光文社文庫

フォーティーエイト・ナイツ
48 KNIGHTS

もうひとつの忠臣蔵

『いとまの雪（上下）』改題

伊集院　静

光　文　社

『48KNIGHTS（フォーティーエイト・ナイツ）』もうひとつの忠臣蔵　目次

新しい文庫の世界も面白い

——文庫化による小説の再生——

これまで数多くの文庫を出版させてもらった。どの本も、日本の出版界の通例にならって、数年の待機（ほぼ二年）の後で、小説の内容はほぼ変わらぬまま本のサイズを小型にして、その分廉価で出版して来た。

ところが文庫化が百冊を越える頃から、新しい文庫の表情を見ていて、「もう少し面白く修正する方法があるのでは？」とか「もっと新しい力を注げたのでは？」と声が聞こえる気がした。勿論、本は声など発するはずはないが、聞こえたのは彼等のものではなく作者（私）の望みや不満への悔やみのように思えた。

今回、『いとまの雪　新説忠臣蔵・ひとりの家老の生涯』を単行本として書店に並べてもらえた時から、問題があった。「忠臣蔵」という日本人なら誰でも知っていると思ったチームによるリベンジストーリーを、若い人の大半が知らぬことがわかった。これはただ歴史の事実も知らないし、仇討ち（あだうち）という行為さえ知らない人がほとんどだった。前時代的と思い込む若者もいた。

ところがイギリス人、フランス人、アメリカ人（特に東海岸の）の中に、この忠臣蔵を世界一の騎士道にそっくりのストーリー、いや歴史の事実が日本にあったと賞讃の声を聞くことになった。

アーサー王以前の騎士道精神（王のための死）を好む人々は歴然と存在し、「忠臣蔵こそが世界一の騎士道の物語だ」と絶讃するほどだった。

それなら世界に誇る日本の騎士道を若い人にも注目してもらおうと、これまで四十七人の騎士を、私流忠臣蔵のあらたな重要人物の登場で、〝48ＫＮＩＧＨＴＳ〟とタイトルを新しくして挑んでみることにした。

小説自体の内容は単行本の時と大局での変化はない。数の問題や、ところどころの表現の修正は加えてあるが、チームによるリベンジがいかに痛快で、それでいて歴史の事実がある点を新しい読者にも学んでもらい、新しい文庫の世界を楽しんでもらいたい。四十八人の騎士は十分過ぎるほどカッコイイゾ！

伊集院　静

第一章　東国の闇

貞享元年（一六八四）八月二十八日、江戸城内は月例の将軍謁見のために登城した二百四十余藩の諸大名で賑わっていた。

五代将軍、徳川綱吉の幕政も四年が過ぎてようやく安定し、平穏な秋を迎えていた。

謁見の刻限が近づき、忙しく各部屋を回る茶坊主たちの足音が廊下から聞こえていた。

魚影に似た朝の雲が江戸湾沖の空にひろがり、秋の陽光が彩雲をかがやかせ、かすかに汐の香りが風に乗って城内に流れ込んでいた。遠く海鳥の鳴く声がした。

その優雅にも聞こえる音をかき消すように茶坊主の声が響いた。

「刃傷でござる。刃、刃傷でござる」

悲鳴にも似た声に気付いた何人かの大名が、声のした御座之間の方角を見た。

「何、何をなさる石見守……」

老中、阿部正武が、血の滴る脇差しを手に立つ若年寄、稲葉石見守正休に怒声を上げた。

今、正武の目前で、正休は大老、堀田正俊に近づき何事かをささやいたかと思うと、「天下のため、お覚悟めされよ」と叫び、素早く抜いた脇差しで大老の右脇から左肩へと一気に突き貫いたのだ。

大老はそれでも「乱心者！」と相手を睨みつけ呻き声を上げ、その場にドーッと倒れた。

幕閣の揃う控えの間近くであったから、皆驚愕した。

すぐに大老の実弟、若年寄の堀田正英が正休を羽交い締めにし、老中、大久保忠朝が正休の手から脇差しを奪い取ると、「乱心者、成敗いたす」と大声を上げ、戸田忠昌、阿部正武らと共に刀を抜き、一斉に左右から突き刺した。正休は絶命した。

一瞬の出来事であった。

堀田正俊はお付き衆に抱きかかえられるようにして、その場を去った。大久保忠朝は大老が去る際の深手を見てとっていたので、足元にひろがる夥しい血を一瞥し、嘆息した。

幕府開闢以来、江戸城内で起こった三度目の刃傷事件であった。

将軍綱吉は事件の報せを聞くと、小さく奇声を発し、すぐに怒声を上げ、「石見守、許さじ！」と肩を震わせた。

それもそのはず、堀田正俊は綱吉が将軍に就く折の最大の功労者であり、綱吉政権の大老として揺るがぬ地位にあったからである。

稲葉正休、乱心す、の報はたちどころに江戸城内にひろがった。

将軍謁見のため登城し、控えていた諸大名は、正休と大老、堀田正俊の父が従兄弟に当たる親しい縁戚関係にあると知っていたので、刃傷事件を聞いて皆驚いた。

将軍謁見は取りやめになり、諸大名は老中に挨拶し、退出した。

その間、老中、若年寄が事件の評定をはじめていたが、綱吉直々の裁定が下され、稲葉正休はお家取り潰しとなった。

それまで江戸城内で二度の刃傷事件があったが、いずれも当事者は捕縛され、後日に評定の上、切腹が申し付けられていた。

例のない早さの裁定であった。しかしそれ以上に大名たちが異様に思ったのは、たとえその場に居合わせていたとはいえ、事件直後、幕閣数名が正休を取り囲むようにして即座に刺殺したことであった。

——何か事情があるのでは……。

大名の何人かは江戸城内の闇の中で何かがうごめいている気配を感じた。しかし、いずれも自分たちに火の粉がふりかかるのを恐れて沈黙した。

この裁定に異を唱えた大名が一人いた。

同日、登城していた水戸藩主、徳川光圀であった。

光圀は老中たちを問責した。

「江戸城内での刃傷とはいえ、石見守に弁明の機会も与えず、老中方が寄ってたかって斬り殺すとは粗忽この上ないではないか」

老中たちは沈黙するしかなかった。

光圀は小石川の屋敷に戻ると、すぐに家老の藤井徳昭を呼び、事件の詳細を調べさせた。

藤井徳昭は光圀の信任厚い、有能な家臣であった。はじめは小姓として光圀に近侍し、小姓頭、書院番頭と出世し、今は家老として藩政の要にあった。

数刻の後、徳昭は小石川邸に戻り、光圀のもとへ行き、事件の詳細を報告した。

「城中、御座之間近くで老中皆控えておりましたところ、石見守が大老に近づき、何事かを話しておりましたそうな。茶坊主の話では、その折、大老が首を横に振り、〝くどい〟と言い捨てられたと。その直後、石見守が〝天下のため、お覚悟めされよ〟と声を発し、脇差しを抜いて大老を突き貫いたと」

藤井徳昭の報告を黙って聞いていた光圀が大きな眼を瞑って言った。

「〝天下のため、お覚悟めされよ〟と確かに申したのだな？」

「何人かの者が聞いております。石見守の懐中には遺書があったそうでございます。これは堀田家で新井白石より聞きおよんだことですが、昨晩、石見守は大老の上屋敷に参ったそうでございます」

「まことか」

「白石が近くに控えておって耳にしたそうです。先年の京坂水害での、淀川改修役を石見守が任じられ、普請の算用で二人に大きな意見の相違があったとか。あまりに石見守の見積もった費用が大きいので、大老が治水に長けた河村瑞賢に同じ算用をさせましたところ、大きな差が出て、これを本日の登城の折、御上に報告しようとしていたのでは、と白石が申しておりました」

堀田正俊にはそのような潔癖性があった。

「普請の見積もりで石見守に嫌疑ありと、それで刃傷におよんだと、白石が申したのか？」

光圀が失笑した。

「儒学者は、儒学者の目しか持たぬな。徳昭、たかがそれだけのことで、大名が一国を潰すと思うておるのか。短慮である」

「は、はあ、面目ございません」

「支度をせい。すぐに石見守の屋敷へ出向く。綱條も同道させい」

綱條は光圀の養嗣子である。

大老、堀田正俊は帰邸後、ほどなく絶命した。刃傷の場にいた老中、大久保忠朝の見立てどおりであった。

陽が傾くと、堀田邸の各所には鎮霊の提灯がかかげられた。

綱吉政権において権勢をきわめた大老の死であったから、屋敷の周囲は夕暮れ前から大勢の人でごった返していた。幕閣はもとより、諸大名、縁者に加えて本藩、支藩の家臣が続々と弔問に訪れた。

一方、稲葉石見守正休の屋敷では遺体が家臣に引き渡され、屋敷に帰ってきたにもかかわらず、わずかばかりの縁者と家臣がひっそりと藩主の死を悼んでいた。

それもそのはず、家臣に反逆あってはと、大目付配下の指示のもと、三百名余りが屋敷の周囲を取り囲んでいたのである。

稲葉石見守正休邸を訪れた数少ない弔問客の中に、控えの間で座している一人の若い侍がいた。

家紋もない質素な羽織を身につけていたが、浪人でないことは乱れのない鬢と、右脇に置いた大小の刀のこしらえでわかった。

色白な顔には若さと出自の良さが見てとれた。そしてこの侍には、何とも形容しがたい艶気があった。

先刻から身じろぎせず、どこか穏やかな表情で目前の一点を見つめている。閉目しているようにも見える瞼からわずかに覗く眸には鋭さがあった。

赤穂藩家老、大石良雄。まだ若き筆頭家老である。良雄は大叔父、大石頼母助の墓参と学問の師、山鹿素行を病床に見舞うための、急ぎの旅の途中であった。

山鹿素行の邸を訪れたのは昼時を過ぎた頃であった。供と二人で歩きながら、良雄は市中がどこか騒々しいのに気付いていた。

素行は床の上に座していた。

久しぶりに逢(あ)う良雄の顔を、素行は笑みをたたえて見つめた。

「何年ぶりになりますか」

「九年ぶりでございます」

「また一段と善(よ)い面相になられた」

「いえいえ、ただの田舎(いなか)侍の面(つら)でございます」

「いや、大石殿は違う。幼少の頃からそうであった。頼母助殿は私に、兄上の孫に胆(たん)をつけていただきたいとおっしゃった。それも西国(さいごく)一の、いや天下を相手にしても揺るがない胆をつけてほしいとな。私が山鹿流にそういうものがあるかどうかと返答いたすと、なければお願いしておりませぬ、と睨み返された。ハッハハ、今となっては懐かしい日々でございます」

「大叔父は少し変わった侍でございましたゆえ、先生にはご迷惑をおかけしました」

「頼母助殿は変わった方ではござらぬ。私の大切な恩人です」

「先生にそう思っていただければ、大叔父も喜ぶことでございましょう」

山鹿素行は、生涯で二度、赤穂の地に赴き、藩主、浅野内匠頭長矩(あさのたくみのかみながのり)をはじめ、家臣の大半を弟子とした。儒学者としても長けていたが、本処(ほんどころ)は軍学であった。

一軍は敵に向き、もう一軍が敵の裏を攻める。〝一向二裏(いっこうにり)〟がその象徴であった。

「市中が騒がしく見えましたが」

良雄の言葉に、素行が小さくうなずいた。

「今朝方、江戸城内で刃傷沙汰がありました。大老、堀田正俊殿を、若年寄、稲葉石見守正休殿が斬りつけたという」

良雄は目を見張った。

「その場で、老中たちが石見守殿を取り囲んで刺殺したそうです」

「まことでございますか」

「評定もされず、御上の裁定で石見守殿は即座にお家取り潰しとなりました。使いの者を堀田邸にやりましたが、大老は帰邸後すぐに歿くなったそうです。今しがた悔やみの書状を新井白石殿へ届けさせたところです」

堀田家に仕える儒学者、新井白石は、山鹿素行と昵懇の間柄だった。

素行は眉根に皺を刻んで唇を嚙んだ。

「先生、何かご心配がおありですか」

素行はしばらく沈黙していたが、

「石見守殿には三度ご講義をいたした。信義に厚いお方でした。本来ならば自ら弔問いたすところですが、このような身では」

先刻から、邸内には素行以外の人の気配がなかった。おそらく出払っているのだろう。

「そのお役目、良雄が引き受けましょう」

「いや、御上の裁定が下った者の家へ貴殿が行かれては、赤穂藩に差し障りがあるかもしれませぬ」

「見てのとおり旅の途中の田舎侍です」

素行はすぐに書状を認めはじめた。

良雄は筆を執る素行の頬の痩けた横顔を見つめた。

赤穂で素行と初めて逢ったのは、良雄が八歳の冬であった。

山鹿素行は、その前年、官学である朱子学から脱し、儒教古学と兵学を一体とする聖学理念を『聖教要録』として出版した。これが幕府の知るところとなり、朱子学を批判したとして赤穂藩へ流謫となった。江戸から遠方へ流されたのである。この折、素行を国境の峠まで家老の大石良欽と弟の頼母助が迎えに出て、以後九年間、赤穂藩に厚遇された。

「くれぐれも門前に届けるだけで」

と素行は念を押し、もうひとつの分厚い書筒を、国元に帰ってから読んで欲しいと良雄に手渡し、小さく嘆息してつぶやいた。

「またひとつ藩が消えた。御上は何をしようとしているのか……」

良雄は稲葉邸の控えの間の隅に座して、昼間見た師、山鹿素行の姿を思い浮かべていた。

病身の素行は、やはり衰弱していた。

――よほどお加減が悪いのだろう。

かつて赤穂の国元で、藩侯以下、居並ぶ家臣の前で『武教全書』を講義していた素行は、響きわたる声もそうだが、「三略」「六韜」「孫子」「呉子」の各節が矢のごとく説かれ、まさに忠烈、義烈の士であった。若かった良雄にとって、その姿はまぶしいほどだった。

素行は祖父、大石良欽と祖父の弟、頼母助の招きに応じ、時折、大石邸を訪れた。ささやかな宴を催すこともあった。

良欽は赤穂藩、中興の祖と呼ばれた浅野長直のもとで筆頭家老を務め、藩の組織改革、開墾、治水、市中整備……そして何より、塩田事業を促進し、今の赤穂藩の礎を築き、長直の〝懐刀〟とまでいわれた人物である。

かといって無骨一辺倒ではなく、趣味人でもあり、当時としては珍しく俳諧、画、書を嗜み、家臣には見せぬが艶福家でもあった。

この良欽が孫、竹太郎（のちの内蔵助良雄）が誕生した時、赤児の面相と眼をしばし凝視し、何度もうなずいた。

大石頼母助は、若い時から文武に長け、長直の時代に藩内で催された武芸大会では他の参加者を圧倒する強さで勝者となった。長直は頼母助を大いに気に入り、長女、鶴姫を妻合わせた。この婚姻が大石家の立場を盤石のものとした。

良欽は嫡男、権内良昭には自ら教育を施したが、孫の教育はすべて弟、頼母助に託した。頼母助の訓育はまことに厳しかった。しかしこの孫は、辛苦に弱音を吐くどころか、顔にも出さず、平然と元服を迎えた。幼名、竹太郎を改めて喜内とした。

のちに大石内蔵助良雄となる若者には、二人の父と、一人の祖父がいたのである。

あれは元服からほどなくの秋であったろうか。素行が大石邸を訪れた半日があった。

素行は庭先の縁に座し、汐の香が漂う中、瀬戸内海の沖合いを見つめていた。

講義の折の烈士のような顔と違って、この屋敷で見る素行の表情は穏やかであった。

山鹿素行は大石邸の庭先で唐突に言った。

「喜内（良雄）殿は普段、何を好まれる？」

元服し十五歳になったものの、良雄は素行の前に出るとどぎまぎした。好みを訊かれ、何か素行に教えられたものを答えるべきかと思ったが、口から出た言葉は違っていた。

「鳥刺が好きです」

「ほう、鳥刺ですか。それでどんな鳥を」

「春なら頬白、目白などで、今なら雀も刺します。しかし雀は子だくさんですから、刺すのは気が咎めます」

「それはおやさしい」

「刺すといっても鳥黐に脚をからませて捕らえますから、放してやります」

そこに祖母が茶を運んで来た。

「何がやさしいのでございますか」

祖母が言った。

素行が今しがたの話をした。すると祖母が笑って言った。

「この児は、赤児の頃、〝弱虫、泣き虫、竹太郎〟と呼ばれていまして、ほんの小さな音でさえ怖がって大泣きをしていました」

「お祖母様、そんなことを……」

「よろしいではございませんか。まことの話ですから。その泣き顔を見て、良欽も義弟もたいそう喜んでいました。弱虫の家老かと」

「お二人が喜ばれたのには訳があるのです。恐れを知らぬほど愚かなことはありません。相手の強さを計るには、己の中に人一倍の恐れを持っていなくてはなりません。恐れを知らず無闇に向かえば犬死にをします」

そう言って、素行は良雄を見た。

「で、先程の鳥刺ですが、なぜその雀を放ってやるのですか。子を持つ鳥への慈悲ですか」

「いえ、私には禄がございます。雀には禄がございません。君より禄を頂いておりますから、臣は君に信義がなせると思っています。これは父の教えです」

素行はじっと良雄を見つめた。

「それでよろしゅうございます」

祖母は、よくわからぬという顔で去った。

素行が赦免され、赤穂での九年の滞在を終えて江戸に帰る初夏の日、良欽をはじめとする家臣一同は、国境の峠まで素行を見送った。

家臣らに挨拶したあと、素行は涙する良雄に歩み寄り、直々に言葉をかけてくれた。

まだ泣き虫ですか、と笑い、良雄の手を包むようにして言った。

「赤穂一の、いや西国一の侍になる人です」

素行との追憶をたどるうち、今回もまた微笑をたたえて自分を見送ってくれた師の姿がよみがえり、良雄の胸は痛んだ。

――今日が、あの笑みが、最後の暇の挨拶であったのかもしれない。

懐中に仕舞ってある、国元で読みなさい、と渡された手紙の分厚さが、それを告げているように思えた。

控えの間にいる侍の話し声が聞こえた。

「老中どもが取り囲んで刺したというではないか」「正休殿の懐中には遺言があったとも」「ならば乱心ではないのでは。なぜろくに評定もせず、成敗されねばならんのだ」「誰かの指矩では……」

その声を掻き消すように屋敷の裏手から女の悲鳴が聞こえた。ご自害、ご自害でございます、と女中らしき叫び声が続いた。家臣の誰かが主君のあとを追ったのだろう。控えの間の侍たちが顔を見合わせ、表情を曇らせた。

すぐに表の方からざわめく気配がした。

水戸光圀様、綱條様、ご弔問でございます。家臣の呼ばわる声と、廊下を走る忙(せわ)しない足音が響いた。

――水戸光圀公がなぜここに？

将軍綱吉を強く支持していると聞く光圀が、なかば謀反(むほん)人として扱われている稲葉正休をなぜ弔問するのか、良雄はその真意を測りかねた。しかも次の藩主となる綱條まで同道して……。

祖父、良欽が家老の時代から、浅野家では親藩へ献上の品を贈っていた。

季節ごとに水戸藩へ数多(あまた)届けられる諸大名の献上品の中に、赤穂藩の塩があった。

この献上品を贈られるきっかけとなったのは、十年ほど前の赤穂藩家老、大石頼母助と光圀の出会いだった。光圀が度々講義をさせていた儒学者、林鵞峰(はやしがほう)を通し、頼母助は光圀に謁見を申し込んだのである。初めて逢った頼母助という人物の聡明(そうめい)さと気骨に、光圀は一目置いた。わざわざ自分に逢おうとした頼母助の心の奥底には、赤穂藩をよしなに、という願いがあることも承知していた。

一人の侍の顔が、良雄の頭に浮かんだ。水戸藩家老、藤井徳昭の老獪(ろうかい)な面容であった。

徳昭とは素行邸で一度顔を合わせたことがある。その折、自分にも献上品を贈れ、と遠回しに言われ、良雄はその要求を呑(の)んだ。

光圀が来たならば、徳昭も同行しているはず。浅野家の人間が弔問に来たと知られては、まずい。

――この場をすぐに去らねば。

良雄は立ち上がり、部屋を出ると、居合わせた家臣に裏門の在処を尋ねた。

その時、背後で声がした。

「大石殿ではござらぬか。赤穂の大石殿でございましょう」

良雄は、声を無視して歩き出した。

声の主は藤井徳昭であった。

徳昭は執拗に尋ね、近寄ってきた。

「水戸の藤井徳昭でござる。ほれ、山鹿素行殿の屋敷で逢うた。毎年、佳き品々をお贈りいただいて、その御礼も申さぬままで……」

「何かのお間違いでございましょう。私、素行先生の書状を届けにまいった、ただの使いの者でござる。では、ごめん……」

その時、灯りが差し、主の遺体が安置されていると思しき部屋から人が出て来る気配がした。徳昭も良雄もすぐに廊下の端に座した。

帰るぞ、という野太い声で、それが光圀だとわかった。殿……と、徳昭の声が続き、話の中に、赤穂、という言葉が聞き取れた。

「何、赤穂の。ほう、それは信義のある者じゃ。ここへ呼べ。礼を言おう」

良雄は頭を下げたまま下唇を噛んだ。

――短慮であった。

良雄は胸の内でそうつぶやき、徳昭の「大石殿、殿がお呼びじゃ」という声にも、身じろぎしなかった。

良雄には光圀が弔問に来た真意がわからなかった。稲葉邸を取り囲んだ侍の数といい、洩れ聞こえてきた事件の複雑さといい、尋常な様子ではない。短慮にも、こんなところにのこのことやって来た自分に腹が立った。

しかし、良雄の腹はすでに決まっていた。光圀の気性の激しさは聞きおよんでいる。しかし気性の激しさなら、こちらも負けるものではない。

良雄は、いったんこうと決めたら、てこでも動かぬところがあった。

「これ大石殿、殿がお呼びじゃ」

「先刻から申しあげておりますとおり、大石という者の名を聞くのも初めてでございます。私、山鹿素行先生の……」

重い足音が近づいて来た。

「水戸光圀じゃ。素行の使いの者か」

「はっ」

「素行は変わりないか」

「去年の秋から加減が思わしくなく、臥しております」

「そうか……。その素行の、たしか師匠筋に当たる林鵞峰が、一人の侍を連れてまいったことがある」

水戸光圀は誰に話すともなく語っていた。

「名は大石頼母助といった。赤穂の家老であった。よい侍がおるものだと感心した。以来、その者がまことに美味なる塩を贈ってくれる。この塩が常陸沖で揚がる鯛とたいそう合う。汐椀など絶品じゃ。面を上げい」

それでも良雄は動かない。

伏した良雄の手元に、影が近寄った。

「かまわぬ、面を上げい」

声にはやわらかな温もりがあった。

良雄はゆっくりと顔を上げた。

目前に光圀の顔があった。睨んだ眼の鋭さに、良雄はたじろぎそうになった。視界の端に綱條と徳昭の姿が映ったが、良雄は光圀の光る眼だけを見つめていた。

「頼母助に礼を言いたかっただけじゃ」

光圀は笑って言い、良雄は返答をせぬまま、静かに頭を下げた。足音が去り、光圀の退出を報せる近侍の声が響き渡った。

光圀は、徳川家康の十一男、頼房の三男で、水戸藩二十五万石の第二代藩主である。幼少の頃から気性の激しさで数多くの逸話があった。文武両道を奨励し、自らも武術の鍛錬を行い、剣術、槍術、弓術、水練術にも長けていた。若い時は、夜半、辻斬りの出没する江戸市中に出かけ、試し斬りと称して何人もの浪人を斬り倒した、という噂もあった。

一方、文徳も大切にし、数多くの学者を招き、小石川邸内に〝彰考館〟なる史局を設け、書物の編纂から家臣の文徳の向上に努めた。

御三家の中でも絶大なる権力を持ち、幕閣に平然と意見することのできる、唯一の人物であった。

帰邸後、光圀は養嗣子である綱條に言った。

「綱條、先刻のあの侍をどう見た？」

「聡明な面立ちで、家臣に欲しい人物かと」

光圀は笑い、それだけか、と言った。

「殿なら何とされますか」

「斬る。あの場で斬ってもよかった」

綱條と徳昭は顔を見合わせた。

「戯れ言だ。戯れ言……」

そこまで言って、光圀は眼を光らせた。

「あの面容は、信義のためなら東照大権現にも弓を引くほどの胆を持っておる」

「まことでございますか」

「ハッハハ、戯れ言じゃ、戯れ言じゃ。綱條、赤穂藩を気遣ってやれ」

戯れ言じゃ、と光圀は言ったが、嗣子、綱條も家老、藤井徳昭もそうは思わなかった。

斬る、と光圀が口にした時、二人の背中をたとえようのない冷たいものが流れた。

この時五十七歳の家康の孫は、自らの手で平然と家臣を誅することがあったのである。

この十年後、隠居の身であった光圀は、長年傍らに置き、信任厚いと思われていた家老の藤井徳昭を、突如、手討ちにする。小石川邸で幕臣らを招いて能興行を催していた最中のことで、光圀自ら舞いを披露した直後のことであったという。理由は明らかになっていないが、光圀の隠居後、水戸藩で権勢を振るうようになっていた徳昭を、重用した自らの手で片付けたのであろうか。光圀は思慮を重ねる人であったが、同時に決断の速さでも風神のごとしといわれた。

光圀には、徳川幕府が何たるかということがわかっていた。

徳川政権は、二百四十余藩が徳川家という権力の下に服従して、はじめて成立するのである。力のみを以て治めれば、必ず乱を生む。家康、秀忠、家光の三代で築き上げた君への信義を、臣とする諸大名に法として徹底させることが肝要だった。

三代の家光まで、幕府は改易や移封などの手を使って権力強化を図ってきた。性格温厚であった四代家綱の時代は平穏であったが、五代綱吉は家光以上に頻々と改易を行いはじめていた。

今回の堀田正俊の刃傷を、大老となって権勢をほしいままにした正俊の排除と見る向きもあった。光圀も、綱吉が前の大老、酒井忠清を粛清したことを思い出し、この事件の背後に綱吉の強い意思を感じていた。

大石良雄は稲葉邸を静かに去った。

すぐに供の仁助が背後に付いた。屋敷を取り囲む警備の侍の群れから離れると、良雄はようやく歩調をゆるめ、空を仰いで秋の月を見上げ、溜め息をついた。

嘆息する良雄に、仁助は珍しいものでも見るような顔をした。

「仁助、冷や汗をかいたぞ」

「良雄様でも、そのようなことが……。なにかございましたか？」

「いや、大したことではない。少し身体が冷えた。温まりにまいろうか」

「どちらへ」

「江戸も最後だ。北里へ、中へ行こう」

北里も中も、吉原遊郭の別称である。

「そうおっしゃると思い、手配はしてございます」

仁助の言葉に、良雄は口元をゆるめた。

仁助は家臣ではなかった。正確にいえば侍でもない。まず祖父、良欽に仕え、頼母助が江戸詰の家老になった折、傍についた者だ。もともと山科の出身で、近くにある大石本家直々に雇い入れられた。頼母助が歿くなる一年前からは、国家老となった良雄に従っていた。

隣国で改易や移封があると、その藩の内情を探るため、仁助はすぐにその地へ向かう。武術も優れていたが、情勢を探る能力に驚くほど長けていた仁助は、大石家に抱えられた、いわば密偵であった。

「江戸町のお方が待っているそうでございます」

江戸町とは、吉原の一画にあった町名だ。

「そうか。豊岡から嫁が来るまでは、せいぜい遊ばせてもらおう」

良欽が良雄の相手として決めた豊岡藩、京極家の家老、石束毎公の娘は、三年後、赤穂に嫁いで来ることになっていた。大石家の家禄千五百石に対して、石束家は千二百石。良欽と娘の祖父に当たる石束毎術が、釣り合いが取れるとして十年前に決めたのだ。

「嫁というものは、主人が女のもとへ行くのをよく思わぬものらしい……」

良雄に女を教えたのは頼母助である。

「色欲は男を狂わせる。しかし狂うては、武士の本分を損なう。まず、どう損なうかをよく知ることだ。そのためには一度狂えばよい。色欲は本分とは別のところにあるものだ」

頼母助はそう言って笑った。

良雄は傍らで休む女の寝息を聞きながら、今夕、稲葉邸で逢った水戸光圀の鋭い眼差しを思い浮かべていた。

――恐ろしい殺気であった。

殺気を感じたのは一瞬のことだったが、間違いなく、相手は斬ろうと考えたと察した。

刀を抜かれたら、自分はどうしただろう。

わからなかった。

もしあの場で斬殺されたとしたら、その後はどうなったか。

つい数年前、両国橋架け替え工事があり、木材の調達を請け負った藩が期限内に数をそろえられなかったなどとして改易された。そういう時代である。赤穂藩家老が、謀反人同然の扱いを受けている大名の弔問に行った。その者を綱吉の後ろ盾である光圀が見つけ、誅殺した。小藩の改易理由としては十分だ。あの時、良雄は、自らの命だけでなく、赤穂藩までを危険にさらしていたのである。

――短慮であった。

ただ、最後に光圀は笑った。あの笑みで、その場は切り抜けられたように思えた。

斬られたかもしれぬ場面であったが、恐怖心はなかった。それが良雄には不思議だった。

死ぬことは怖くないと、いまだに良雄は言い切れない。夢の中で鼻面に刃を向けられ、恐怖のあまり飛び起きてしまうことすらあった。目覚めた際、身体中にびっしょりと汗をかいている自分に呆れもした。

死ぬ覚悟はできているのだが、自分の内に在る何かが、それを受け止め切れていない。

――弱虫、竹太郎か。

良雄は胸の中でつぶやいた。

素行の声が耳の奥に聞こえた。

〝それは弱いということではありません。怖いという気持ちを身体の中に持たぬものは、ただの愚者で、犬死にするだけです。怖いという気持ちを常に持つことが大切なのです〟

素行は、稲葉邸に書状を届けて門前で帰れと言った。今夕の短慮な行いを知られれば、さぞ叱責されるに違いない。

良雄は自分を恥じた。

おもてから梟の声がした。

良雄は起き上がった。廓の者を呼び、供の者に引き揚げることを告げるよう言った。

「主さん、今帰ると嫌な臭いがしんす」

女はそう言った。吉原の傍にある処刑場から流れてくる臭いのことであった。

良雄と仁助はすでに閉じられていた吉原大門を脇のくぐり戸から抜け、日本堤へ向かうゆるやかな坂を登った。

丑三つ（午前二時〜二時半）を過ぎていたが、背後にはまだ廓の喧噪があった。鍛えられた二人の足は速く、土手八丁を越えると、ちらほらあった人通りは絶え、漆黒の闇が広がった。大川の風に混じり、鼻をつく臭気があった。女郎が言っていた処刑場からの腐臭であった。道端には行き倒れらしい人影も見える。

先刻までいた廓の中の華やかな光と音が夢事であったかのように、闇が重かった。

良雄と仁助は同時に足を止めた。

左手前方の辻にぽつんと建つ葦簀張りの屋台の陰に、かすかな人の気配があった。

仁助が素早く前に出た。

「動くな」

良雄が声を殺して言う。

気配は足音に代わり、ふたつの人影が見えた。真っ直ぐこちらを目指して走り寄る男たちの手には、抜き身の剣が握られていた。有無をいわせぬ突進であった。

無言のまま並走していた影がひとつに重なり、前方の影が右肩に担いだ剣の先が、かすかな月明かりを受けて光った。

仁助は下げていた提灯を吹き消し、そっと地面に置いた。次の瞬間、脇差しを抜いている。

良雄は「斬るな」と声を掛け、一歩前に踏み出し、大刀を抜いて中段に構えた。

キィエーッという鶏のようなかけ声とともに、一人目が斬り込んでくる。良雄は一の太刀を払った。閃光とともに刃が音を立てた。

後方の相手に向かう仁助の姿を目の端に捉えながら、良雄は切り返してくる二の太刀を撥ねのけた。

「辻斬りか。まだやるなら次は斬り捨てるぞ」

良雄の野太い声があたりに響く。

どさりという音と同時に、ヒィーッと悲鳴が上がった。二人目の男は仁助の前で倒れ、地べたに這いつくばっていた。

良雄と相対していた男が、「若!」と慌てた声をあげた。仁助のほうへと身を翻す。

仁助は振り向き、低く構えて前に出た。

「仁助、斬るな」

良雄がそう繰り返すと、仁助は剣を下ろした。倒れていた男をもう一人が助け起こし、そろって脇の田圃の中を走り出した。

逃げていくふたつの影を目で追いながら、良雄はゆっくりと刀をおさめた。

「仁助、怪我はないか」

「はい。良雄様は」

「あれしきの連中だ、何もない。辻斬りが横行しているとは聞いていたが、よもや我らが襲われるとは。身を守る術を持たぬ者であれば切ないことになったであろう」

良雄は、四半刻前の廓で見た、不夜城のごとき光の中で戯れる人たちの姿と、その驕奢な喧噪を頭の中によみがえらせた。

しかし一歩廓を出れば、屍臭が漂う闇の中、行き倒れた貧民たちの屍体は道端に打ち捨てられ、狼藉者が跋扈する。

——公方様のお膝元でこのような無法がまかり通るのか。

良雄には、この東国の不気味な闇の奥にうごめくものの正体が見えなかった。

背後からかすかな水音がしていた。やがてその音は、川底の石、泥、屍体を洗う大きな河の音となって良雄の耳底に響いた。

師、山鹿素行が別れの際につぶやいた言葉が聞こえた。

〝御上は何をしようとしているのか〟

今回の刃傷事件は、若年寄、稲葉正休の乱心という単純なものではない。その奥にあるものを素行は見ているのだ。

——どこへ行こうとしているのだ？　この国は……。

二十六歳の大石内蔵助良雄は、この短い旅で、天下太平が絵空事であると思い知った。

漆黒の闇が良雄の前に重く広がっていた。

東国への旅は、これが二度目であった。

一度目は大叔父の頼母助に連れられて、江戸から奥州、越後へと回った。

「よいか、その目と耳で、この国がいかなるものかを見聞することが肝心じゃ」

頼母助は、若き良雄に何度もそう言った。

諸国を旅するということは、日本という国のかたちを摑むことであった。

庄内平野の畦道に立てば、頼母助は「良雄見てみよ。この豊穣な稲田を」と言い、海原のごとく波打つ黄金色の稲田を指さした。

「これがこの藩を支えているのじゃ」

越後の海へ出ると、沖合いに帆を膨らませて進む北前船の船影を眺め、「あの船にはこの海（日本海）に面した諸藩の米や産物が積み込んである。三月もすれば、それが大坂へ、江戸へ陸揚げされ、富となって諸藩を潤していく。良い湊、豊かな海を持つことで、長く栄える藩もあるということじゃ」と話した。

頼母助は旅の先々で各藩の有り様を広く見聞させ、今でいう地政学を、元服したばかりの良雄に教育していったのである。

驟雨に打たれて駆け込んだ水車小屋で、身体を震わせた朝もあった。夕陽で美しく染まる佐渡の島影に、思わず声をあげた夕べもあった。

十五歳の多感な少年にとって、それはどれほどかけがえのない時間であったろうか。

頼母助との旅は、大坂で病気療養中だった父、権内良昭が歿ったという報せを受けて、敦賀で終わりを迎えた。

――あの旅から十年あまりの歳月が過ぎたのか。

今もそうだが、良雄は、ただひたむきに生きているだけの自分が、その実、どこかへ向かっているような気がしていた。それが、いったいどこなのか、そして本当にそこにたどり着くことができるのかは、わからない。

師、山鹿素行は〝古来、天命あり〟と講釈したが、良雄には、いまだに〝天命〟の影さえ見えなかった。

ただ、十年前は見聞きするすべてのものに目を見張るだけであったが、今回の旅では、ますます賑わいを増した江戸市中でさえ、冷静に見つめていられた。

〝目を、耳を、五感を鍛えて、人を見ろ〟と頼母助は言った。

今の良雄の目に映る江戸は、十年前とは変わっていた。市中を歩く人々の表情に、当時は気づけなかった業と欲が垣間見えた。

天命は見つからぬが、自分はいくばくか成長しているようだ、と良雄は感慨深かった。

父、良昭の死は、すなわち良雄が、次に赤穂藩の家老を務めるということを意味した。

父は祖父、良欽の次に家老を継ぐと目され、いまだ部屋住みであったが、良欽の下でその仕事をよく補佐していた。良欽は何度も家老職を良昭に譲りたい旨を申し出ていたが、浅野家赤穂藩第二代藩主、浅野長友が慰留していた。

良欽の家老としての能力は、それほど傑出していたのである。

浅野家は正保二年（一六四五）、長直の時、常陸国笠間五万三千五百石から播州赤穂五万三千五百石に転封した。長直は藩主としての器量に優れ、才覚に長けた人であった。

転封の折、赤穂には小城しかなかった。当初、幕閣からは「赤穂に城は不要」と下知されたが、良欽は、「関ヶ原の合戦の折、その武勲稀なりと家康公にお言葉を賜った浅野家に対して、築城ならずとはいかなるご意向か」と抗議したという。幕府は特別に築城を許した。長直は播磨灘を見渡す堅牢な城を築いた。後年、山陽道の名城といわれることになる、加里屋城（赤穂城）である。

しかし、十年以上にわたるこの普請で、浅野家は石高にそぐわぬ出費をし、その上、幕府から命じられた手伝い普請などでも膨大な費用を負担することになった。

この苦境を乗り切るために長直は、三崎新浜の入浜塩田を拡大し、城下の整備をし、少しずつ藩の財政を立て直していった。

それを長直と共に実行したのが、筆頭家老の大石良欽であった。

良欽には卓越した実行力があり、家臣からの信頼も厚かった。〝大石良欽なくば、赤穂、浅野成らず〟とまで言われた。

長直歿きあと藩主となった長友は、父に次いで良欽を頼っていた。それゆえ良欽が家督を嫡男、良昭に譲りたいと再三申し出たにもかかわらず、引き止めてきたのであった。

良昭も、その事情をよく承知していた。

良雄は父の葬儀の折、良欽が母、玖麻(くま)の手を取り、家老職を継がせることができずにすまなんだ、と涙ながらに言ったことをよく覚えている。母は何も言わず、ただ首を横に振り、祖父の手に大粒の涙を落とした。

父、良昭はやさしい人であった。

いつも物静かで、家にいるときの大半は祖父の部屋で執務の打ち合わせをしていた。

父、良昭との思い出は少なかったが、良雄は父が好きだった。

幼い時、夜半、厠(かわや)に行こうと縁側に出ると、父の部屋からは灯りがもれており、障子戸に父の影が映っているのを何度も見た。皆が寝静まった大石の家で、父だけが黙々と仕事をしていた。

良雄は一度、母の玖麻に尋ねたことがある。

「どうして父上はあんなに夜遅くまでお仕事をなさっているのですか」

母はやわらかく笑って答えた。

「お父様がああしていらっしゃるので、大石家は安泰なのです。お祖父(じい)様が思う存分、殿様のためにお働きになれるのは、お父様のお陰なのですよ」

父が夜仕事をしている間、母が寝ずにいると知ったのは、ずっと後のことだった。

父はよく祖父の代わりに旅に出ていた。旅支度をして出立する父を、母と見送った。父は母に二、三言告げてから、幼い良雄の頭をやさしく撫で、〝留守を頼むぞ、竹太郎〟と笑い、早足に門を出た。

母は、その後ろ姿が見えなくなるまでずっと見送っていた。数日で戻る時もあったし、一か月近く帰らないこともあった。

多忙な父であったが、良雄と二人で、釣りや鳥刺に出かけることもあった。

大石の屋敷は城の三之丸にあったので、外堀沿いを父と二人で海まで歩いた。塩浜を望む堤に並んで座り、釣り糸を垂らした。そんな折も、父は塩田で立ち働く浜方の衆（塩作りの人々）に目をやっていた。

父上、糸が引いています、と言うと、おう、そうかと慌てて竿を上げ、餌だけを取られていると知り、良雄を見て、照れたように笑った。そんな父が好きだった。

鳥刺も父に教わった。

鳥黐に脚を捕らえられた仔鳥を、父はいつも放してやっていた。

せっかく捕らえた鳥をどうして放してしまうのですか、と父に訊くと、「鳥は私たちと違って禄がない。懸命に自分で生きるしかないゆえ」と、静かに言った。

放った鳥が飛んでいく姿をまぶしそうに見送って、「あんなふうに自由に空を飛ぶのはどんな心地だろうか」と誰にともなく父がつぶやいたのを、良雄は覚えていた。

その父の心境が、こうして家老の務めに追われるようになった今、わかる気がした。

貞享元年（一六八四）九月、大石良雄を乗せた船は、大坂の湊を進んでいた。大叔父、頼母助の墓参と師、山鹿素行の見舞いを終えて、江戸から赤穂へ戻る途中だった。

湾内を行き交うあまたの船には北国の諸藩から集められた年貢米が満載されていることを、良雄は知っていた。今秋からの米相場を決定する大切な新米である。颱風の季節が来る前に一気に運んでしまおうというのだ。

船縁に立つ良雄のもとに仁助がやって来て、淀屋の主人が迎えに立つ旨を告げた。良雄は小さくうなずいた。

淀屋とは、四代目、三郎右衛門重当のことである。日本の商業の中心である大坂の湊は、〝出船千艘、入船千艘〟とうたわれ、その船の大半がどこかで淀屋の商いとつながっていた。北浜から梶木町（現在の北浜四丁目）まで二万坪を誇る敷地に、百間（約百八十メートル）四方の店を構え、東廻り、西廻りの船で運ばれた米は、そのまま淀屋前の川に面して並ぶ四十八戸の〝いろは蔵〟へと納まる。その富は大大名一国をも凌ぐといわれた、日本一の商家であった。

「仁助、淀屋はどうしてこの船の居処がわかったのだ？　その上、どうやって迎えに立つとの言付けを船に伝えたのだ？」

「おそらく狼煙かと。数日前、那智大社の辺りから煙らしきものが上がるのを見ました」

「ほう、狼煙を使うのか」

良雄は、素行の「孫子」の講義で、古来の中国に狼煙によって戦場から都まで戦況をたちどころに伝える術があったと教わったことを思い出した。

――ここが商人にとっての戦場か。

大坂での淀屋との面談をお膳立てしたのは、良雄の弟、専貞であった。専貞は出家して石清水八幡宮の坊に入り、今は太西坊の住職を務めている。

「石清水八幡宮は我が父、良勝が修行し、大石家と深い縁がある。伊勢神宮に次ぐ宗廟であるから、いずれ力となることがあろう」

祖父、良欽は、仏門に入ることを決意した専貞にそう勧めた。

石清水八幡宮の最大の氏子が、淀屋であった。淀屋初代常安は山城国岡本で生まれ、二代言当、三代箇斎と商いを広げ、代々の成功を石清水八幡宮の神力として敬ってきた。

その淀屋と、「ぜひ一度、お会いになってはいかがでしょう」という書状を専貞から受け取り、良雄は大坂に立ち寄ったのであった。

艀から降りて桟橋に立った良雄を、供を一人従えた淀屋三郎右衛門重当が出迎えた。

「よくおいでくださいました。初めてお目にかかります。淀屋三郎右衛門でございます」

「赤穂の大石です」

この時代、良雄のように、武士が商人に対して丁寧な挨拶をすることは珍しかった。金勘定をすることすら賤しい、とする侍も多かったからだ。

良雄は淀屋と共に、建ち並ぶ蔵の間を進んだ。やがて二人は堀川にかかる大きな橋を渡った。川岸には米俵を軽々と担いだ人足が大勢行き来し、荷揚げしたばかりの新米が、三角形の杉形に積み上げられていく。

この活気に満ちた見渡す限りの商都のすべてが、淀屋の敷地の中に収まっているのだった。

――商いとは、これほどの人や物を集めるものか……。

良雄は、淀屋の商う品の量と物流の広がりを目にし、心底から驚いた。

淀屋の初代、常安は、秀吉の時代に大坂に入り、材木商として出発したという。大坂冬の陣の折、常安は地元、大坂の豊臣ではなく家康に味方し、茶臼山の家康の本陣造営を無償で引き受けた。この功により山林三百石と侍格を与えられ、干鰯の運上銀の権利を得た。戦さで荒廃した大坂を整備したいと申し出て、各所に散乱していた戦死者を処理した。これで集めた鎧、兜、刀剣、馬具の処分は、大きな利を生んだという。

天下が落ちついてからも、淀屋は歩みを止めなかった。中之島の低湿地を開発する許しを得て陸地にし、私設の米市場を開いた。諸国から集まる米を貯蔵し、売りさばき、米の値段を淀屋が仕切ったのである。この蔵元と掛屋の商いで、巨万の富を築いた。

多くの藩で財政が逼迫しはじめると、今度はその諸藩へ、米の前金という名目で金を融通するようになった。いわゆる〝大名貸〟である。『元正間記』という本には、〝西国大名で淀屋から借用せざる者は一人もなし〟と記されている。

「大石様、船旅、お疲れ様でございます」

丁寧に頭を下げた淀屋の顔には豪商の驕りはなく、むしろ村名主の好々爺といったふうだった。

「東国はいかがでしたか」

淀屋三郎右衛門が訊いた。

大石良雄はすぐには返答せず、しばらく黙って、出された茶をゆっくりと口にした。

「江戸は、田舎侍の私にはまぶしいほどの繁栄ぶりと、賑わいでございました」

「何をおっしゃいますか。赤穂はどこにも引けを取らぬ良き国でございましょう。確かに、江戸の繁栄は驚くばかりですが」

「しかし……」

良雄はそこで言葉を止めた。

「しかし、何でございましょうか？」

「江戸には、きらびやかな光と同じだけの影があるように思えました」

「影、でございますか？」

「闇と言い換えた方がよいかもしれません」

「ほう、闇をご覧になりましたか」

「いや、何しろ私は人一倍の怖がりでございますから、意気地無しが怖じ気付いて、何もないのにそう見えたのやもしれません」

そう言って良雄は笑った。

良雄を見つめる淀屋は笑っていなかった。

これまで多くの大名、藩の重鎮と面談してきたが、自分のことを怖がり、意気地無しと評した侍は一人としていなかった。

目の前の若い侍は、その言葉とは裏腹に、泰然たる笑みを浮かべている。

——この大石というお人は、いったいどういう方なのだ？

大きく目を見張る心持ちで、淀屋は居住まいを正した。

「大石様、それはいったいどのような闇でございましたか」

「いやいや、今申し上げたとおり、意気地無しが半分正気を失くして見た幻影です。本当にあったものかどうか……」

「いえ、私もつい先日、江戸に参った折、闇のようなものを見ました」

「ほう、それは……」

早朝の光に満ちた客間が、ふと暗く陰ったような気がした。奇妙な胸騒ぎがした。

良雄はこれ以上、この話を続けたくなかったので、庭に目を転じた。見事に花を咲かせている生け垣に目が留まった。

「あれは杜鵑花でしょうか。ずいぶんと遅咲きですが、〝霧島〟ですか。よく根を付けましたな。薩摩から土を運ばれましたか」

「いや、ご明察です」

淀屋が頭を掻いた。

良雄は咲いている〝霧島躑躅〟を初めて見た。幼い頃より習っていた絵の師が、江戸へ行った折に写生してきたという絵を見せてくれたことがあった。

「いや、それはそれは美しい花で、国ひとつほどの値が付くと大評判でした」

嬉々として話した絵の師に、良雄は言った。

「先生、私も侍でございます。いくら貴重な花でございましても、国と引き比べることはお控えいただきたい」

良雄はさして腹を立ててはいなかったが、花ひとつと国ひとつを並べられるのは、武士たる者への侮辱であるように思ったのだ。

「あっ、これは失礼なことを申し上げました」

慌てて頭を下げる絵の師の姿を、良雄は覚えている。

幼い時から、こうと決めたら一歩も引かぬ性格であった。その頑固さを、教育係の大叔父、頼母助はたびたび注意した。

「その性分はどうにかならんのか。そんな融通の利かぬことでは、家臣はついて来ぬぞ。白のものを黒と、平然と口にできねば、とても家老職は務まらぬ」

今思い出せば若気の至りと苦笑してしまうが、自分のその性格がいまだに直っていないことを、良雄はよく知っていた。

――それにしても、淀屋は薩摩の島津家とも深い付き合いがあるということか。

良雄が淀屋の庭の花を見て、薩摩と口にしたのは、〝霧島〟と呼ばれるこの夏の花が、かつての将軍、家光が好んだ、薩摩藩から御上への献上品だったからである。

江戸ではこの花が盛んに栽培され、新しい品種が次々に生み出されていた。大名、旗本が珍品を手に入れようと競い合い、極上の霧島には、相当の値が付いた。

薩摩七十三万石は、御三家、譜代大名よりも財力を持つといわれている。御禁制品の密貿易の噂は絶えず、その真偽を探るために幕府の隠密が入っても、まず無事に戻ることはないとされるほど藩士の結束が堅固なことでも知られる国であった。

その薩摩がわざわざ、たかが一商人の庭に極上の霧島を差し出しているのだから、両者の関係は推して知るべしである。

「朝餉のご用意ができましたので、どうぞこちらへ」

淀屋が直々に案内した。

美しい女中が三人、甲斐甲斐しく朝餉の膳を並べている。座敷に美味そうな匂いが立ちこめる。陶器の碗にはたっぷりの粥が盛られていた。

「鮑の粥です。作り方は朝鮮通信使の賄い方から教えてもらいました」

良雄はとろりとした粥を口に運んだ。

「ほう、これは美味い」

そう言って笑いかけた良雄を、世話をしてくれていた年若い女中が見て、恥ずかしそうにうつむいた。

「大石様は、花も人も、美しいものがお好きのようですね」

淀屋はその女中に目をやりながら訊いた。

「それを好まぬ男はおりますまい。その度が過ぎねばよろしいのではと思います」

良雄が笑うと、淀屋も笑い声を上げた。

「ところで、我が赤穂の塩は、あなたから見てどのようなものなのでしょうか？」

良雄は尋ねた。

「赤穂の塩は大したものです。まずは地の利がございます。照る日が多く、遠浅の浜があり、汐の満ち引きが激しい。塩田づくりの技は新しく、その上、浜方には腕がある。これだけの質と量の塩が採れますのは、赤穂だからこそでしょう。この塩を江戸へ運びますと、下総の〝地廻り塩〟の一倍半の値となります。それが北へ、奥州筋の塩廻船で伊達藩や南部藩へ運ばれれば、さらに値は上がります。赤穂の〝下り塩〟は、それほどに評判です」

「実は、西の浜に新たな塩田を開こうと思っております」

「すぐになさるべきです。もし資金がお入り用でしたら、この淀屋が……」

「そのあたりは勘定方の役目です」

「大野九郎兵衛（おおのくろべえ）様ですな。算盤（そろばん）勘定が怖いほどよくできるお方だと伺っております」

――そこまで知っておるのか。

大野九郎兵衛は、祖父の良欽が筆頭家老の時に、その才覚を見込んで引き上げた男で、今では赤穂の財政を取り仕切っていた。

「さらに、この赤穂の塩に信用を支えられているものがございます」

「ほう、それは何でしょう」

淀屋は懐に手を差し入れて絹布を取り出すと、それをゆっくりと開き、中身を見せた。見覚えのあるものだった。

「大石様の藩が出しておられる〝藩札〟でございます」

淀屋が懐から取り出したのは、四年前、延宝（えんぽう）八年（一六八〇）一月に発行された赤穂藩の藩札であった。

藩札の発行は、大野九郎兵衛が具申したものだったが、重臣たちは皆、強く反対した。

「そんな紙切れが、銀子（ぎんす）や小判と同じように受け入れられるわけはなかろう」

「領地内での混乱を招けば、これまで築いてきた我が藩の信用を貶（おとし）めることになる」

しかし、良雄は藩札の発行を許すことにし、藩主、浅野長矩の承認を得た。重臣らは驚いたが、良雄は祖父の言葉に従っただけである。

「九郎兵衛がおかしなことを言い出しても、それはあいつなりの公算があってのことだ。たとえ、そちが解せぬことであったとしても、藩にとって善しというならやらせてみろ」

当時の良雄は、正直、藩札の効用のすべてを理解できてはいなかった。刷った紙切れ一枚が銀子、小判と同じように通用するとは思えなかった。

ところが二年が過ぎた頃、この藩札のお陰で藩の財務はうまく回り始めたのである。

淀屋は絹布に載せた藩札を両手で大切そうに持ったまま、頭を下げた。

「これは銀子と同じものですから、私たち商人にとっての命でございます」

良雄は淀屋の所作を見ていた。

「大坂の塩会所は、今では赤穂の塩をこの藩札で買い入れております。塩廻船が運んできた五百俵、千俵もの塩を、その度ごとに銀、金で買い取ることは、やれ両替商だ、やれ勘定の検分だと、その手間賃、労力だけでも面倒なものでした。藩札を使うことで、藩の勘定方も納金の時期を指定できます」

――そういうことか。

「今や赤穂の藩札は、御領内だけではなく、備後、讃岐、阿波でも銀子の代わりに使われております。それもすべて、赤穂の塩が担保になっているからです。本来、地金の価値は変わるものではありませんが、佐渡の銀の採れ高は、すでに慶長の半分もございません」

淀屋が言ったとおり、佐渡銀山から幕府への上納銀高は三代将軍、家光の六千貫（十二万両）を頂点に以降減り続け、今や二千貫（四万両）までになっていた。

市場に出回る金や銀は減り続けていたが、やがて近づく元禄の時代に向かって、景気は上昇していた。

良雄は淀屋の話を聞き、商人の考え方は侍とはまるで違うのだと思った。

「金銀に代わるものが藩札だとおっしゃるのですか？」

「いずれそういう時代が来るやもしれません。そう考える者もおります」

「そうですか。太平の時代が長く続くとは、恐ろしいことです」

「太平がでございますか？」

良雄はうなずいた。

「この頃では、侍の中にも頂戴している禄を、金だと思っている者が少なくありません」

「そうではないのですか？」

「違います」

良雄はきっぱりと言った。

「禄とは、殿、すなわち君から頂戴した〝信〟をかたちにしたものです。禄を金と考えると、そこに多寡が出てきましょう。しかし、禄には大小も、不足すらもないのです。侍は君よりの〝信〟に、〝義〟すなわち〝忠義〟を以て応えます。君なくば臣ならず。〝忠義〟なくば臣ならずです。禄とは、武士の〝信義〟の根です。その根を歪(ゆが)められれば、侍は皆、命を懸けて向かってくるでしょう」

「私は決してそのようなつもりで……」

淀屋が言った。

「あなたのことを申し上げたのではありません。侍が商人に刃を向けたところで、何も変わりません。それは、商人にも侍の〝信義〟を変えられぬのと同じことです」

良雄は小さく頭を下げた。

「いや、美味なる朝餉を頂戴した。これほどの饗応(きょうおう)を受けて、なお、あなたに教えていただきたいことがあります」

「何でしょうか……」

「米の値はこれから先も上がるのですか」

淀屋の顔色がわずかに変わった。

良雄は、目の前の男が、米相場を握る豪商の一人だということは承知していた。

「上がります。米だけでなく、諸々(もろもろ)の物価は上がり続けるのが定め。天井はございましょうが、一旦(いったん)上がりはじめれば、終わりまで上がり続けます」

「終わりとは？」

「皆が砕け散る時でございます」

それを聞いて、良雄の目が鋭く光った。

良雄は、少し休んでいって欲しいという淀屋の言葉に従い、別棟に向かう廊下を歩いた。

こちら側の庭は京風に整えてある。幼少の頃、訪ねた山科の家を思い出す。

それにしても、淀屋の邸内は一国の城と比べても遜色がない。

「湯殿のご用意ができています。旅のお疲れをお流しください」と主が案内の男が言った。

湯殿へ行くと、戸口の前に先刻、良雄の膳の世話をしてくれた若い女中が佇んでいた。

「お手伝いをさせていただきます」

良雄は女中を一瞥し、

「いや結構です。一人の方が気が楽でな。上がったら茶をいただきたい」

はい、と答えて女中は去った。

湯気の立ちこめる湯殿に入り、檜造りの湯船に足を入れた。身を沈めると、手足の先から旅の疲れが出ていく思いがした。

良雄は目を閉じた。眼裏にさまざまなものが現れては消えた。師、山鹿素行の痩せた顔、水戸光圀の鋭い眼、吉原遊郭のまばゆい光、日本堤から見えた屍、夜道で出くわした辻斬りの形相……すべてが、この短い旅の中で遭遇したものであることに、良雄は驚いた。

——早う、赤穂へ戻ろう。

故郷の澄んだ青空が頭に浮かんだ。

湯を出て、良雄は女中の淹れた茶を飲んだ。

「ちょうどよい加減だ。美味いぞ」

茶碗を戻しかけた良雄の手と娘の白い手が触れ合った。その手を握ると、女中は手を引かなかった。

「名は何という?」

「かんと申します」

「良い名前じゃ」

女中は、はにかむような笑顔を見せると、足早に座敷を出ていった。娘の手は、子供の頃から土や水に馴染んだことのない、やわらかな手だった。商家か、武家の出だろう。

半刻後、良雄は淀屋に送られて西の門へ向かった。仁助が気配もなく付き従っている。

「後ろにいるのは赤穂の家臣の方ですか?」

「いや、あれは侍ではありません。大石家が山科にいた頃より仕えている、忠実な男です」

「赤穂は塩と人に支えられた良い土地ですな」

良雄は何も返答をしなかった。

「私も、大石様を支える一人にしていただきとうございます。あの娘ともども」

「好きになさるがよろしかろう」

峠道を登り切ると、眼下に赤穂の城下町が広がった。

大石良雄は目を細めて、傾きかけた秋の陽差しに照り映える山河を眺めた。

「いつ見ても、ここからの眺めは一番だな」

かたわらで仁助がうなずいている。

遠い日、父に手を引かれ、この峠道を登ったことがあった。

「どうだ竹太郎、赤穂はまことに美しい国であろう。この国が未来永劫、ここにこうしてあるように、おまえも私も懸命に努めねばな」

父、良昭はまだ若く、その瞳に映る赤穂の山河がまぶしかった。

これはこれは大石様と、峠の茶店の老婆が声を掛けた。

「おう、お婆、息災か」

元気だけが取り柄でございますれば、という老婆の返事に、良雄は口元をゆるめた。

ご好物の団子は召し上がりますかと老婆に問われ、良雄は、仁助の分も頼むと答えた。

「奥の部屋を少し借りるぞ」

茶店の奥へ入り、仁助に、開け放たれていた戸を閉めるよう命じる。

良雄は、背負っていた荷から、師、山鹿素行が別れ際にくれた、分厚い書簡を取り出した。

筆跡から、素行の並々ならぬ気迫が伝わってくるようだった。

手紙を読みはじめて、良雄は目を見張った。そこには家光、家綱、綱吉の政権で転封、改易になった諸藩の名前と、それに至った事情が記されていた。

さらに読み進めると、現在もある十藩ほどの名が記され、その藩の藩主、家老、重鎮の名までが列挙してあった。いずれも五万石以上の外様、譜代大名である。

そうして最後に、赤穂藩の名があった。

良雄には、この手紙が素行の遺言状のように思えた。

――ここまで我が藩のことを。

そして、終わりに書かれた一行を読み、目頭が熱くなった。

「仁助、少し席を外してはくれぬか」

仁助が静かに出ていくと、良雄はその一行を、もう一度読み返した。

〝生きるは束の間、死ぬはしばしのいとまなり〟

良雄の眼から、こらえていた大粒の涙があふれ出た。

赤穂の屋敷に戻ったその夜、良雄は仁助を自室に呼んで、山鹿素行からもらった書状に記されていた藩の名と、藩主、家老、重鎮の名前を書き写させた。

素行が挙げた十数藩の内情を密かに探らせることにした。

そうして、二人で話し合い、内偵する藩を回る順序を決めた。

「すべて調べるのに、どのぐらいの歳月がかかりそうか？」

良雄の問いに、仁助は目の前に広げた紙に書かれた藩の名をじっと見た。

「およそ二年かと」

「わかった。くれぐれも気を付けて行くのだぞ」

良雄は為替と、両替商の屋号を記した紙を仁助に手渡した。

「これが掛かりの金の為替と、受け取れる場所だ。もしも不都合があれば、書状を寄こせ」

「あいわかりました」

不都合とは、つまりは不測の事態が起こった時である。

金は赤穂から為替で各地に送られる。もしも、その金が一定の期限内に両替商で受け取られずに赤穂に戻ってくることがあれば、それは仁助の死を意味する。

過去にその例がなかったわけではない。同じように密偵を務めていた仁助の長男の消息は、三年前、薩摩で途絶えている。

翌朝早く良雄は庭に立ち、太刀を手に素振りをしていた。旅でなまった身体に、刀の重みが心地よかった。

そこへ、旅装束の仁助が出立の挨拶にやってきた。

「行って参じます」

「頼むぞ、仁助」

仁助はいつもと変わらぬ表情で一礼した。

その背を見送った後、良雄は素振りを再開した。
太刀を振り下ろしながら、峠道を登っていく仁助の後ろ姿を思い浮かべた。
——二年か。
胸の中でつぶやく。
その額から流れ出た汗が地面に落ちた。

第二章　つかのまの春

貞享二年（一六八五）七月、赤穂藩主浅野内匠頭長矩の二度目の入府の朝、筆頭家老、大石内蔵助良雄は本丸門の前に立ち、東の空を見ていた。

早朝、播磨灘(なだ)から吹き寄せてきた海風が、今はもう高取(たかとり)峠の彼方(かなた)にまで届いたか、連なる播磨の山々を青白く霞(かす)ませていた。

心地よい風が頬を撫(な)でる。

梅雨(つゆ)明けから容赦なく照り付けていた陽差しが、今日はこころなしか弱まっていた。

――殿をお迎えするには良い日和(ひより)だ。

「もう一年が過ぎたか。どのように成長しておられるか、お目にかかるのが楽しみだ」

主君を迎える準備で小走りに行き交う家臣のどの顔も、生気に満ちているように見える。

皆、帰国を心待ちにしていたのであった。

殿の御駕籠(おかご)は先ほど千種(ちくさ)川をお渡りになったそうです、という声が届いた。

――そうか、程なくお着きだな。

良雄はうなずきながら、二年前の夏、藩主長矩の初入府の朝を思い出していた。

赤穂浅野家の三代藩主、長矩は父、采女正長友が若くして世を去ったため、九歳の若さで家督を相続した。十四歳で従五位下に叙せられ、内匠頭に任じられた。

一回目の勅使饗応役を命じられたのは十七歳の時であったが、若年ながらこれを見事に果たし、折から婚儀を執り行い、正室に阿久利姫を迎えた。これによって、幕府は長矩を藩主としてふさわしいと認め、かねてから出されていた自領への帰国を許可した。

家督相続から八年の歳月を要している。

国元の家臣たちは藩主の帰国を心待ちにしていた。この報せを受けての喜び様は尋常でなく、年老いた家臣の中には落涙する者までいた。先代の長友は初入府からわずか三年足らずで歿し、以来、赤穂の家臣たちは藩主にまみえることなく過ごしてきたのであった。

忘れもしない、六月の晴天の日であった。

長矩一行が高取峠を越え、千種川を渡って城下町に入ると、道の両端に並んで膝をついた領民たちに迎えられた。大手門から本丸御殿までの道には、家老、大石良雄以下三百余名の家臣が居並んでいた。身分の違いはあれど、藩主の初入府を祝う心は同じであった。

長矩は駕籠を止めさせ、白砂利の上に降り立つと、ゆっくりと本丸を眺め、白い歯を見せて家臣に向かってよく通る声で言った。

「浅野内匠頭長矩である。長きにわたって国を守ってくれたこと、心から礼を申す」

長矩は大きな声で呼ばわった。

「皆の者、面を上げよ」

三百余名の家臣一人一人の顔を確かめるかのように、長矩は澄んだ瞳で見つめた。

「そちらにこうして逢える日を、一日千秋の思いで待っておった。これからも、皆がこころをひとつにして励んで欲しい」

家臣の中から嗚咽する声が聞こえてきた。

――我らは、善き殿をいただいた。

江戸で家老を務めた大叔父、頼母助からは、長矩の成長を伝える書状が、事あるごとに送られてきていた。白い本丸を背にして立つ健やかな長矩の姿を見つめるうち、良雄の胸に、その書状の言葉が次々と浮かんできた。

良雄は、今日の日を一番待ち望んでいたのが自分であったことに思い至った。

長矩在府の一年は、瞬く間に過ぎていった。

殿としていただいた長矩の言動、考えを、良雄は傍らでつぶさに見た。赤穂藩がこれから先も栄え、長矩に名君として成長してもらうには何が必要かを考え続けた。

長矩は、素直な性格であった。真っ直ぐ過ぎて、時に気ぜわしくなることもあった。だが、その短気さは、いずれ耐えることを覚えられれば、むしろ行動する際の力となるだろうと思えた。

何よりも、真っ直ぐな性分と人を信じるこころに、稀に見るほどの清らかさがあった。

程なくご城内に入られます。殿は騎馬にてのご入城です。程なく殿はご城内へ……伝令が駆け抜けて行った。

「ほう。騎馬でのご入城か。お勇ましい」

家臣たちから歓声が上がった。

外堀にかかる橋を渡り、大手門をくぐって颯爽と馬を進めてくる内匠頭の姿が見えて来た。

馬上で背筋を伸ばしたその姿は、一段と逞しい。

白砂利を蹴る蹄の音が軽やかである。

本丸に居並ぶ家臣たちは、深々と頭を下げて内匠頭を迎えた。

蹄の音が近くで止まり、良雄は顔を上げた。

「内蔵助、ただ今戻ったぞ」

「長旅、お疲れ様でございました。家臣一同、殿のお帰りをこころよりお待ち申し上げておりました」


三日後、良雄は藩医の寺井玄渓を呼んだ。

「殿のご様子はいかがですか？」

「長旅の疲れも取れて、お加減の心配はございませんな。気力も充実して、今日にでも領内を見て回りたいと仰せです」

「それは喜ばしいことです」

ほっとした笑みを浮かべた後、良雄はすぐに表情を引き締めた。

「本日、寺井殿をお呼びしたのは、江戸表でこの三月、いささかお加減のすぐれぬ日があったと耳にしたからです。詳しくお聞かせください」

「はい。三月はじめのことでございました。殿は、胸が苦しいとおっしゃって……。私の見立てでは〝痞〟が出ておられたと」

「〝痞〟ですか」

「左様です。ご幼少のみぎり、春先になるといつも、殿はこの病に悩まされておられた。痛みはなく、何がしかの障りがあるわけでもございませんが、胸骨の下、俗にいう〝鳩尾〟の辺りから胃の腑にかけて、何かが痞えているような気分になります。今回は、およそ五日で快復なさいました」

「〝痞〟が出ると、殿はどんなご様子でいらっしゃいますか？」

「ご気分がすぐれませんので、やはり普段よりも苛立ったご様子で、気が沈みがちになられるようです」

「お怒りになることは？」

「人によってはそういうこともあるようですが、お若い頃から、そのようなことは一度もございませんでした」

「理由もなく誰かを怒っていらしたことはないですか」

「はあ、私の見る限りでは、そのようなことは……」

「では、寺井殿の見ておらぬところでは？」

「それにつきましては、何とも……」

「今後は、その辺りまで見極めていただければ」

良雄の目の奥が光った。

「は、はい。その点も十分に留意して、診察をいたしましょう」

自分の孫ともいえる年齢の良雄に畳みかけるように問われ、寺井玄渓はたじろいだ。

「寺井殿、もう少し近くにお寄りください」

そう言って、良雄は懐から一冊の帳面を取り出し、寺井玄渓の前に置いた。

「お読みになる前に、この中身を決して誰にも明かさぬようにお願いしておきます」

「一体何でございましょうか」

「他言せぬことをお誓いくださいますか」

「は、はい。お誓いいたします」

帳面を読みはじめて程なく、玄渓の顔色が蒼白(そうはく)になった。

「これは今から五年前、内藤忠勝(ないとうただかつ)様が起こした一件についての調べ書きです」

延宝八年（一六八〇）六月、芝増上寺で行われた四代将軍、家綱の法要の際、警備の任に就いていた志摩鳥羽藩の藩主、内藤忠勝は、その会場で丹後宮津藩藩主、永井尚長を刺殺し、翌日切腹、改易となった。刃傷の理由については忠勝の乱心とされていた。

「ご存じのように、忠勝様は我が殿の叔父上にあたられる。母上の弟君で、お血筋は極めて近い。手の者に内偵させましたところ、乱心はご病気によるものらしいのです」

寺井玄渓はごくりと唾を呑み込んだ。

「寺井殿にはあらゆる手立てを使い、忠勝様のご病状を摑んでいただきたい。何歳のころから、どのような振る舞いをなさっていたか、お調べ下さるか」

「は、はい」

「医には医の網というものがありましょう。金も労も惜しまずに。人手が必要でしたら、すぐに手配をいたします。早急に取りかかっていただきたい。このことは他言無用で、書き留めることもなりません。万が一どこかから洩れるようなことがあれば、藩医といえどもお腹を召していただかねばなりません」

玄渓は喉の奥から絞り出すような声で、承知つかまつりました、と答えた。

藩医が退出すると、良雄は、次席家老の大野九郎兵衛を呼びにいかせた。

部屋に入ってきた九郎兵衛は、何ごとかと尋ねたそうな顔をしていた。

「寺井殿に何ぞ御用でしたか。殿のお加減が悪いのでしょうか」

九郎兵衛の声は、相変わらず甲高い。

「いえ、殿はお元気だそうです。むしろお元気過ぎるほどとか」

「それは重畳。して、御用の向きは？」

九郎兵衛はせかせかと尋ねた。

「西浜の塩田開発では、お疲れさまでした。改めて礼を申しあげます」

良雄は年長者の大野を労った。

「かたじけない。ただ、いろいろ問題もございましてな。塩商人の何人かを締め出さねばならぬかと」

九郎兵衛は、管財で非常にすぐれており、良雄はその能力に全幅の信頼を寄せていた。しかし、仕事となると平然と人を切り捨てるところがあり、藩の内部では評判がいまひとつよろしくない。

「お呼び立てしたのは、ひとつお願いがございまして」

「何でござろう。金の掛かることはご勘弁願いたい」

これは九郎兵衛の口癖で、この口の利き方が、藩内の家臣たちを怒らせるのだった。

――相変わらずだな。

良雄は苦笑しながら言った。

「その金のことで、いささかご相談がございます」

「いや、ご勘弁を。藩の財政に余裕がないことは、大石殿が一番ご存じでありましょう。その上でのご依頼ですか」

良雄はうなずいた。

「して、何にお使いで？」

「水道を造ろうと思います。城内に水を引き込むための、新たな水道が欲しいのです」

「城内の水なら、今ある水道だけで十分足りておりましょう」

「もちろん承知しております」

「では、何のためにもう一本を？」

「それは、前に申し上げたとおりです」

ひぇーっ、と九郎兵衛が素っ頓狂な声を上げた。

子供のようなところがある男だ。

「大石殿は、まだ本気でそのようなことを」

良雄は大きくうなずいた。

「この天下太平の世で、籠城をするための水が必要だと、本当にそうお考えなのですか」

「大野殿、お声が大きい。どこで誰が聞いているかわかりませぬ」

「それは相すまぬが、しかし籠……」

言いかけて、九郎兵衛が口に手を当てた。

「備えのためでございます」

「必要な備えでございましょうか」

「それは私が決めることです」

良雄は平然と言い放った。

赤穂の城下町と加里屋城は河口近くの三角洲にあり、どこに井戸を掘っても塩水が混じる。日々の飲用水をまかなうため、池田家の所領だった元和二年（一六一六）、約二里（約八キロメートル）先の取水口から隧道を切り開き、水路を整え、土地の勾配を用いて上水道が造られた。浅野家の転封後も改修が重ねられ、今では町屋、武家屋敷、本丸までをうるおしていた。

しかし、いざ戦さが起こり、城内に家臣が籠城するようなことになった時、水道を押さえられてしまえば十日ともたない。堅牢な造りでありながら、非常時の水の確保という点で、この城は不安を抱えていた。これを打開するため、祖父の良欽は無理を承知で井戸の掘削を試みたことすらある。

良雄も、祖父と同じくこれを恐れていた。

「今の水道を修理なさるのでしたら、考えるべきところはあると思いますがな」

「今あるのは、表向きの水道です」

「表向き？　それは異なことを」

「これから造ろうとしているのは、藩内の限られた者にしか知らせぬ水道です」

「隠された水道を造ると？」

九郎兵衛が呆れた顔で良雄を見た。

「切迫した藩の財政から、その〝隠れ水道〟のために金を捻出せよと」

「金は、一時だけ立て替えをお願いしたい。この普請に金を出したいと申し出た者がおりますので」

九郎兵衛が頰を膨らませた。

「ほほう。そんな物好きがおるのですか」

「大坂の、淀屋三郎右衛門という者です」

「淀屋ですと。あの金の亡者の？」

良雄は、自らの評判を棚に上げてそう言う大野に呆れながら、亡者かどうかは知らぬが、と笑って答えた。

「で、淀屋は見返りを求めませんでしたか？　まさか、我が藩の塩が狙いですか」

「いえ、そういうものは望まぬと」

九郎兵衛が鼻で笑った。

「大石殿ともあろうお方が、それを信じられましたか。利を欲しがらぬ商人など、いるわけがありません。しかも、大坂きっての商いの鬼ですぞ、淀屋は」

「なら、淀屋に直に尋ねてみればよろしい」

九郎兵衛は考え込むように黙っていたが、ではそうさせていただこう、と答えた。

次に良雄は、本丸と二之丸に作事が決まった馬場の話を、九郎兵衛から聞いた。

大野九郎兵衛は、何度も小首を傾げながら御用部屋を出ていった。入れ替わりに入室した側付きの家臣が、足軽頭の原惣右衛門と他一名が先刻から次の間で待っていると告げる。良雄は、二人を通すように命じた。やがて襖が開いた。

足音も荒く入ってきた惣右衛門の眉は吊り上がり、顔が紅潮していた。

「我らは信じられぬ命令を受け、ご家老の真意のほどを伺いたく、まかり越しました」

無骨者として知られる惣右衛門が、一気にまくし立てた。

「何のことだ。申してみよ」

「一昨日、勘定方の者が参りまして、火消組の掛かりの金を減らすように言われました」

「そうか。貴殿らも承知のとおり、二年前の大雨で東浜塩田の堤が決壊し、我が藩には思わぬ出費があった。それ以来、各所に掛かりの金を削ってもらうよう算段しておる。各々の役方も苦心しておるのだ」

「重々承知しております。しかし火消組の掛かりは、これから半分にせよと。組を潰せといわれるのか、と反問したところ、大野九郎兵衛殿のご意向だと言われました。こんなことがまかり通れば、天下に聞こえた〝赤穂の火消組〟が物笑いの種になりましょう。承服しかねます。大野殿と刺し違えてでも、火消組を守る所存です」

惣右衛門の後ろに控える副頭も、鬼のごとき形相でうなずいている。

「これ、言葉を慎め」

――火消組か。

良雄は胸の内でつぶやいた。

江戸初期には江戸城や武家屋敷で火事があれば、その都度、臨時に召集された大名や旗本が消火にあたっていた。しかし寛永（かんえい）十八年（一六四一）、江戸の半分を焼いた大火をきっかけに、幕府は、選ばれた大名が指揮を執り、平時は防火、有事の際は武家、町屋の区別なく消火を行う大名火消を定めた。

火消を申し付けられた大名は数多くいたが、赤穂浅野家初代藩主、浅野長直によって作られた赤穂藩の火消組は、将軍以下、幕閣はもちろん町人たちにまで勇壮なことで知られていた。数々の火事の折には、長直は自ら陣頭指揮を執り、群を抜いた働きをしたという。

長矩の代となってから、赤穂藩はまだ大名火消として任じられていなかったが、火消組は存続していた。

「相わかった。火消組の掛かりの金のことは、大野に話してみよう」

良雄が言うと、原惣右衛門は初めて口元をゆるめ、後ろの副頭を振り向いて、互いに二度、三度とうなずきあった。

「原、悪いようにはせぬつもりだが、仮にも大野は次席家老じゃ。その大野と刺し違えるなど、二度と口にしてはならん」

「承知しました。では、手前どもは、早速このことを組の者たちに報せます」

立ち上がろうとした惣右衛門に、良雄は重ねて言った。

「原、直談判をして聞き届けられた、などということも口外してはならぬぞ。事の順序を違えては、藩の規律が乱れる。わかったな」

「は、ははー」

「ところで明日は御前試合だな。国元のお前たちの鍛錬の成果、楽しみにしておるぞ」

二年前、長矩の御前で行われた武芸大会では、勝ち上がった家臣の多くが江戸詰の者たちであった。国元の藩士たちの不甲斐なさに、良雄はあきれ果てた。

それでも、最後には原惣右衛門の実弟、岡島八十右衛門が江戸詰の者を打ち負かし、ようやく国元の家臣たちの面目は保たれたのだった。

「お任せください。今年はあのようなことはございません」

惣右衛門は胸を張った。

今回のお国入りでも、江戸から腕に覚えのある者たちが随行していた。

江戸詰の家臣は、江戸で採用された者も少なくない。雇い入れる際には国元へ連絡があり、最終的には良雄が判断するのだが、それ以前に長矩が決める場合も多い。江戸詰は江戸詰で、国元の家臣への対抗意識があった。おそらく、今年こそは勝つと、意気込んでいるに違いなかった。

江戸詰であれ国元であれ、浅野家の家臣には違いなかった。しかし、赤穂には三つの道場があり、指南役のもとでそれぞれが日々励んでいることを良雄は知っていた。

翌日の未一刻（午後一時頃）、城中に勇壮な太鼓の音が響いた。

山鹿流陣太鼓である。

この日、武芸大会に出場する八名の藩士は、いずれも強者であった。

小書院にいた良雄は、長矩と馬場の話をしていた最中、その音を聞いた。

「おう内蔵助、始まるな。この山鹿流陣太鼓の音を耳にすると、素行先生のお姿が思い浮かぶ」

「左様でございます。勇ましい太鼓です」

山鹿素行の講義を受け始めた時、長矩は十五歳だった。その三年後には、改めて三つ下の弟、長広とともに誓紙を入れて、素行の門下に入っている。

数千人ともいわれた門人のうち、素行の日記に記されている名前は百四十一名である。

門人といっても、素行の屋敷を自ら訪ね、教えを請う者もあれば、大名の江戸屋敷を訪問した素行が講義を行うこともあった。素行の日記によれば、素行の教えを百回以上受けた者は七人いた。中でも、浅野長矩の名前は上位に入っている。

講義のために足しげく鉄砲洲(てっぽうず)の上屋敷まで通ったことは、素行の赤穂浅野家への思いの深さを物語っていた。長矩の素行への傾倒ぶりにも、並々ならぬものがあった。

それは良雄も同様で、同じ師を仰ぐ者として、良雄はこの若き藩主を厚く信頼していた。

この夏、山鹿素行はいよいよ病状が悪化し、縁者からは、冬まで保(も)つかどうかわからぬ、という報せが届いていた。この二か月ほど後、素行は六十四歳で帰らぬ人となる。長矩も良雄も二度と素行にまみえることはなかった。

主従は、師、山鹿素行との日々を思い返しながら、太鼓の音に耳を澄ましていた。

御前での試合は、国元の岡島八十右衛門と、江戸詰の奥田兵左衛門(おくだへいざえもん)という家臣が勝ち進み、最後はこの二人の一騎打ちとなった。

奥田は円熟味のある豪快な大太刀を振るって見せた。

一方の八十右衛門はまだ年若く、軽やかな太刀さばきである。

凄(すさ)まじい戦いになった。二人とも息を乱しながらも、木刀の切っ先にぶれはなく、互いに譲るまいとする気迫が見る者にまで伝わってきた。

キィエーッと耳を劈(つんざ)くような声を発した八十右衛門が相手に斬り込んだが、一瞬、その刀の先をかわした奥田の木刀が、八十右衛門の喉元を突いた。

「それまで」

指南役が声を発し、その手が江戸詰の奥田兵左衛門に向かって高く掲げられた。

しかし、ドーッと音を立ててその場に倒れ込んだのは、先んじて八十右衛門の喉元を木刀で突いたはずの奥田であった。

いつの間に裂けたのか、奥田の右の耳からは夥しい血があふれ出ていた。一方の八十右衛門は木刀を構えたまま、確然と屹立していた。

見物の家臣からオォーッと声が上がった。

八十右衛門は指南役が挙げた手を見て、我に返ったようだった。

「その裁定は、何ゆえで」

その時、凛とした声が響き渡った。

「岡島、控えよ」

筆頭家老、大石良雄であった。

長矩のそばに控えた良雄は、誰に言うともなく、囁くように続けた。

「裁定どおり。真剣ならば岡島は果てておる」

良雄のその言葉を聞き取ったのは、周囲にいた数人だけであった。

その宵、長矩は武芸大会に出た家臣らを招き、宴を催した。大会の勝者である奥田は寝付いており、列席がかなわなかった。

「皆の者、武芸の披露、大儀であった。いずれも日々の鍛錬が窺えた。さらに精進いたせ」

長矩が満足そうに言った。

岡島八十右衛門の顔には、不服そうな色が浮かんでいた。

宴を終えると、良雄は大会の出場者と指南役を集めた。長矩とは違い、その声は重く沈んでいた。

「皆々、ご苦労でした。本日の勝者、奥田兵左衛門と岡島八十右衛門の立ち合い、実にお見事。しかし、いざ戦さとなれば、奥田と岡島以外は容易く討ち死にするかと存ずる。目に見えるものだけに心眼を奪われると、無様なことになる。明日より、一から鍛え直されよ」

内蔵助のいつになく厳しい言葉に、皆は静かに頭を下げた。

「そして岡島。殿の御前であのような声を上げることがあれば、次は、その場で切腹を申し付ける。何のための剣術と心得るか。武士の剣は己の名誉のためのものではない。君の御為となる剣以外に、剣があるのか」

八十右衛門は、しばらくの間、じっと良雄を見つめていた。やがて、額が畳に付くほど頭を下げた。

貞享三年（一六八六）五月、浅野長矩は参勤で江戸へ発った。

長矩に随行した大野九郎兵衛と入れ違いに、江戸に詰めていた上席家老、藤井又左衛門が赤穂へ戻ってきた。

「藤井殿、長旅、誠にお疲れさまでした」

「いやあ、赤穂は、やはり江戸よりも暑うございますな」

良雄の挨拶に、又左衛門が額の汗を押さえながら答えた。

「このところとりわけ暑うございます。本日は海からの風も吹き、過ごしやすいかと」

又左衛門が冷めた茶を飲み終えるのを見届けてから、良雄は言った。

「早速ですが、藤井殿、江戸での我が殿と阿久利様は、どんなご様子ですか」

「それはもう、仲睦まじく、まるで兄と妹のようにしておられます」

「妻夫ではなく、兄と妹ですか」

「阿久利様はまだ十三歳でいらっしゃいますからな」

「ご懐妊のご様子は……」

「それは、まだ難しいかと存ずる」

「今の御上になってから、大名家の改易、転封は甚だしい。天領をお増やしになりたいのか、まるで関ヶ原の戦さの後のようでございます。大名は皆、戦々恐々としております。殿の御身にもしものことがあらば、世嗣のいない我が藩が、即刻お取り潰しとなるは必定です」

「それは私も、重々わかってはおります」

「いや、貴殿はあまり危うさを感じてはおられぬようだ。何度も書状でお伝えしましたが、阿久利様がまだ幼くていらっしゃるのなら、殿に側室を持っていただかねばなりません」

「しかし側室の話を持ち出すたびに、殿はえらくご機嫌が悪くなりましてな。しばらくはお傍に近寄らせてもいただけません」

一昨年、又左衛門は殿の側室にするため二人の女性を奉公させたが、長矩は激怒し、これを追い出していた。

「なぜ側室を追い出されたのですか。衆道を好まれるのか……」

「いえ、それは……小姓たちからもそのような話はございません」

良雄と又左衛門はしばらく黙り込んだ。

「何しろ殿はおやさしい方ですから、側室をお迎えになった時の阿久利様のお気持ちを一番にお考えなのでしょう。嫁御のおられぬ大石殿は、そんなものとお思いになるかもしれませぬが」

良雄は又左衛門から目をそらした。

「子を成し、お家を栄えさせることは、武士の務めではござらぬか。阿久利様をお思いになる殿のおこころは、確かにおやさしい。だが、おやさしいだけでは済まぬのです」

大石良雄は堅物ではない。浮き名を流すこともあった。しかしこの時の声には、どこか苦いものが滲んでいるようで、又左衛門はまじまじと良雄の顔を見つめた。

良雄はいつもの口調に戻って、言った。

「今この時でさえ、殿の御身に何かあれば、赤穂藩が吹っ飛んでしまうのです。世嗣のいない藩がどうなるのか、知らぬご貴殿ではありますまい」

「申しわけもござらん。確かに、少しでも早く世嗣を得られるよう、我らも手立てを考えて参りましょう」

「ともかく、男と女のことは、一度自然にそうなれば、あとはうまく流れてゆくもの。江戸へ向かう大野九郎兵衛殿にも、お頼みしましたが、あの方に勘定以外のことは荷が重いかもしれませぬ。ですから藤井殿は、この件を江戸詰の家臣たちへ重ねて申し伝えてください」

良雄は口早にそう言うと、立ち上がった。

廊下を進みつつ、小さく溜め息をついた。

微塵も乱堕さのない、長矩の清冽な横顔が頭に浮かんだ。

――どうしたら殿におわかりいただけるのだろうか。

今年の初め、良雄は長矩に世嗣の話をした。

又左衛門がいうほどの嫌悪の色は見せなかったが、笑っただけで返答はもらえなかった。

「お家の大事であることを、どうかおわかりください」

なおも言い募る良雄に、もうよい、と静かに答え、長矩はそのまま小書院を出ていってしまった。

――養子を取っていただくしかないか。

海の方角からもくもくと立ち昇ってきた積乱雲を眺めながら、良雄は考えた。

良雄の口から、また溜め息がこぼれた。

長矩が江戸へ発ってから三か月、赤穂は秋を迎えようとしていた。

その日、大石良雄は夜明け前に起き出した。これから三泊の短い旅に出るためであった。

身支度をはじめてすぐに、母の玖麻がやってきた。祖母、千から供物を預かったという。

「圓通院の住職様によろしくお伝えください」

良雄はうなずき、荷物を受け取った。

大坂、天満の圓通院には、父、良昭の墓所がある。父は大坂で急死し、赤穂の菩提寺にあるのは位牌だけだった。

旅の目的は、表向きは大石家の墓参だったが、ほかにもあった。まずは大坂で淀屋に逢い、そこから山科へ向かう。諸藩の探索を無事に終えた仁助が故郷の山科に戻ったとの報せが届いていたのだ。

それとは別に、かんの顔を見たくもあった。

二年前に出逢った淀屋の奉公人かんとは、大坂を訪れるたびに逢瀬を重ねるようになっていた。懇ろになるにつれ、離れがたくなるような、気立てのいい女だった。

母が去り、支度を手伝っていた女中のせつが、思い出したように言った。

「そういえば昨日、ご城下のつばくろが一斉に〝渡り〟に飛び立ちました」

〝渡り〟とは、春に南方から飛来した鳥が、巣をこしらえ、仔を産んで育み、秋の初めに群れをなして戻っていくことだった。赤穂の城下町には毎年多くの燕がきた。大石家の納戸や門にも巣がかけられていた。

父の良昭は、鳥が好きだった。

「おう、今年も帰ってきたか。精いっぱい仔育てに励むのだぞ」

燕に声を掛ける父と並んで立ち、まぶしいものでも眺めるように、幼い良雄は空を飛ぶ燕を見上げていた。

長梅雨の時、颱風が襲来した時、親鳥は懸命に仔鳥を守った。黒羽を濡らしながら仔をかばう燕の姿が、良雄には父のように思えた。

父歿き後、母と弟との三人での暮らしは、どこか淋しさを感じる時があった。燕の季節が来るたび、良雄は父を思い出すのであった。

「そうか、屋敷もまた淋しくなるな」

「まあ。来年の春までのご辛抱ですよ」

せつはそう言って笑った。

「良雄様の嫁御となる方は、それはお美しい方と評判ですよ。皆で、お輿入れの日をこころ待ちにしております」

十二年前、元服を終えた二年目の冬に、良雄は祖父、良欽に呼ばれた。座敷には祖母の千もいた。

「お前の嫁を決めた」

祖父は、いきなりそう切り出した。

良雄は目を見開いた。

「私はまだ十六歳でございます」

「歳は関係ない。いやむしろ遅い方だ。わしはもっと早かった」

祖母は笑ってうなずいた。

「お前の嫁となるのは、但馬、豊岡の京極家で代々家老をつとめる、石束家の源五兵衛毎公殿の息女だ。石束家は禄高千二百石、我が家との釣り合いも良い。話はわしと、毎公殿の父で筆頭家老の毎術殿とで決めた。婚礼は十年ほど先だ。よいな、良雄」

「お祖父様、よいなと言われましても」

「何か不服か」

良欽の目がギョロリと膨らんだ。一旦、祖父がこの目になると、何があっても物事を押し通してしまうことを良雄は知っていた。

「不服はございません。ですが……」

「まだ何かあるのか？」

「その方の、名を教えていただけますか」

「名前か。はて……」

良欽は眉根にしわを寄せて考え込んだ。

——名も知らぬとは。

「理玖殿です」

祖母が代わりに答えた。

「そうじゃった。理玖だ。良い名であろう」

「して、その理玖殿は何歳でしょうか」

六歳になられます、とこれも祖母が答えた。

「えっ、六歳ですか？」

良雄が素っ頓狂な声をあげる。

「何じゃ、その声は。だから、嫁入りをずいぶんと後にしたのじゃ。わしがきちんと考えての縁組だ。喜べ。もうよい、下がれ」

十六歳の良雄にとって、十年はまだまだ先の話であった。この縁談を、良雄は悠長に受け止めることにした。

その嫁が、来春やって来る。

この秋の終わりに、豊岡から、嫁の兄である毎明が挨拶に訪れる。妹の婿としてかなう男かどうか、見極めるために来るのであろう。

もしもかなわぬと思われても、それはそれでかまわぬ。そう良雄は思っていたが、女中のせつの嬉しそうな声に、胸の隅で何かがかすかに揺らぐのを感じた。

良雄は千種川を渡った。

なるほど、昨日まで川面を飛翔していた燕の姿がない。

――無事に南まで渡ってくれればよいが。

川を越え、高取峠へ向かう急坂を登った。後ろから供の者の足音が続く。

「少し急ぐぞ」

良雄が前を向いたまま声を掛けると、はっ、という返事があった。

幼少の頃は弱虫、怖がりとからかわれていた良雄に、大叔父の頼母助は若い指導役を付け、山歩きや早駆けを、徹底的に叩き込んだ。

「喜内様（良雄の通称のひとつ）、息は全て鼻で吸って、唇から細く出すのです。上半身を無闇に動かしてはいけません。滑るように進むことです。疲れた時も辛抱すれば、やがて調子を取り戻せます。顎を引いて」

なぜ自分はこんなに苦しい鍛錬をしなければならないのですかと、良雄は、頼母助に尋ねたことがあった。

「それがおまえの運命なのだ。天から申し付けられたものと心得よ」

祖父と大叔父が、自分を一人前の武士に育てようとしてくれているのはわかっていた。私塾へ通う同じ年頃の侍の子たちが楽しそうにふざけ合うのを横目に、良雄は課された鍛錬に黙々と励んだ。

その甲斐あって、十二、三歳の頃には並の大人には引けを取らぬ脚力がついていた。

大坂に着いて圓通院で墓参を済ませると、良雄は真っ直ぐ淀屋を訪ねた。

かんが嬉しそうに出迎えてくれた。

「道中、お疲れさまでした。すぐにお湯のご用意をいたします。足を洗いましょう」

三和土にしゃがんで草鞋の紐を解いてくれるかんから、ほのかに甘い香りが漂ってきた。

少し逢わぬ間に、目元が大人になっている。

あら、こんなに砂埃が、と言って、かんは良雄が取った笠を手拭いで叩いた。

「供の者には休んでいるように言ってくれ。身体を拭ったら、すぐに淀屋と逢いたいのだ」

身支度を終えて部屋へ入ると、淀屋はまぶしいものでも眺めるように、目を細めて良雄を見上げた。

良雄は、まず上水道の掛かりの金について礼を述べ、話を続けた。

「ひとつ頼みごとがございます」

良雄が、目顔で淀屋に人払いをするよう伝えると、察したかんは部屋を出て行った。

「あれは口が堅い女ですよ」

「わかっております」

「お話というのは何でしょうか」

良雄は、来年の七月に藩主、長矩が入府するまでに、側室を探してほしいと淀屋に依頼した。これまでの事情もかいつまんで話した。

「一刻も早く殿にお子を成してもらいたいのです。私ども家臣の言葉では、どうやら殿のお気持ちを動かすことは難しいようだ。となれば、否(いや)が応でも殿のお目を引くような女人を探さねばならない。私のような赤穂の田舎侍には、その辺りが難しいのです。我が殿は生まれも育ちも江戸でいらっしゃる。江戸に肩を並べられるのは大坂だけですし、そのような女人を見つけ出せるのは、大坂でも淀屋殿だけでしょう」

「左様でござりますか。それでは、赤穂の殿の側室にふさわしい、家柄と器量のよい娘を探してみましょう」

うなずいた淀屋は口元をゆるめ、それでかんを出て行かせたのですな、と続けた。

良雄は聞こえぬふりをした。

淀屋が手を叩くと、かんが茶を持って入ってきた。

「今夜は当家にお泊まりいただけるかと思っておりましたが。もうご出立ですか」

「いずれまた。明朝、川を上って山科へ向かいます」

そう言って茶を飲み終えると、良雄は立ち上がった。

「京でも大坂でも、道中、野盗の噂が絶えませぬので、くれぐれもお気をつけて」

良雄はうなずき、かんの顔をちらりと見た。

かんには、今晩泊まる宿を教えてあった。

淀屋を出て、良雄は天神橋近くにあるなじみの研ぎ屋に立ち寄った。以前来た時に研ぎに出していた大刀を受け取り、代わりに差してきた刀を渡す。

受け取った刀は、実によい仕上がりであった。

宿に着くと、すでにかんが来ており、離れには夕餉と酒の支度が整っていた。

「お帰りなさいませ」

そう言って顔を上げたかんは笑みを浮かべた。

「逢いたかった。かわりはないか」

かんは、前に逢った時よりもいっそう艶気が増してるように思えた。

「はい。歩き通しでお疲れでしょうに、お招きいただきありがとうございます」

「そのような言い方をするな。おまえに逢えば、旅の疲れなどなくなるのだ」

かんの頬がほんのりと色づく。

かんが武家の出であることは、逢瀬を重ねるようになってすぐ気付いた。しかし、詳しいことは尋ねていない。

身の上を聞いたところで、詮なきことである。五代将軍、綱吉の御代になってから、改易、転封を申し付けられる藩は数を増していた。改易となれば、何百という武家が浪々の身となる。奥方や息女が身売りすることも珍しくはない。

いったん主を、藩を失った侍とその家族がどれほど困窮をきわめるかは、この時代の武士なら誰もがわかっていた。

疲れた身体に酒は素早く回り、良雄はほろ酔いで床に入った。

かんが隣りに座る気配がした。

「暑いな」

かんが障子を少し開くと、水音と共に川風が入ってきた。宿のすぐ下には堀川が流れている。

酒で火照った頬に風が心地よい。

良雄はかんの手を引いた。

忍び込んできた秋の月の光に、かんの美しい姿態が浮かび上がった。

かんの身体が艶やかに光っている。触れる指を跳ね返そうとする張りのある肌に、良雄は顔を埋めた。

翌朝、宿の真下を行き交う船の音と、船頭たちの声で良雄は目覚めた。

久しぶりに訪れた、深い眠りであった。

かんは部屋の隅で、静かに身支度を整えている。昨夜のかんの姿が頭に浮かんだが、それをかき消すように、ひときわ高い船頭の声が響きわたった。

用意された朝餉をかんと二人で摂った。

出発の折、良雄は金子の包みを手渡そうとしたが、かんは受け取らなかった。

「家の者に送ればよい」

かんは、うつむいた。

「家の者はもう生きてはおりません」


良雄が山科の仮寓に到着した時、陽はすでに傾いていた。

出迎えてくれた仁助について奥の部屋へ入る。腰を下ろすと、良雄は日に焼けた仁助の顔を正面から見た。

「二年にわたる探索、ご苦労であった。早速だが、まずは大老、堀田正俊の刃傷沙汰の後のことを聞きたい」

仁助は、壁際の小机の上に積み重ねられた帳面から一冊を抜き出し、良雄に差し出した。

開かれた箇所には、「側用人　牧野成貞」と記してある。

「これまでに聞いたことのない役職だが」

良雄が問うと、仁助は話しはじめた。

堀田正俊が刺殺された後、将軍が居る御座之間の近くにあった老中、若年寄の御用部屋は、より表に近い場所へ移された。将軍の身に危険が及ぶのを防ぐためであったが、この結果、老中、若年寄はそれまで密接な関係にあった将軍と引き離されたことになる。

そこで新たに設けられたのが、側用人である。その仕事は、将軍の意向を老中らに伝えることであった。

つまりは将軍の名代のようなものである。

その職に就いたのが、牧野成貞であった。

成貞は、綱吉が幼い頃から近侍として仕え、館林藩主時代には家老を務めた。綱吉からの信任厚く、年毎に加増され、今では五万三千石の大名となっていた。

「それと、もう一名。こちらを」

柳沢保明、と記された箇所を仁助が指さす。

「聞かぬ名だが、何者か？」

「やはり御上が館林藩主の頃から親子で仕えておる者で、江戸では、この人物が出世頭だと、もっぱらの噂です。御上より、十二歳、年下とのこと」

「二十八か。私と変わらぬではないか」

「二十五の年には、〝大学〟の三綱領を居並ぶ大名の前で講義するほどの英才。その上に」

仁助が言葉を止めた。

「……御上の寵愛甚だしい、との噂でございます。小姓の頃から、度々中奥へ呼ばれるそうで。次は、この柳沢の時代が来るかと」

——柳沢保明か。

その名を胸に刻んだ良雄の前で、仁助は帳面をめくった。

そこには、「生類憐れみ令」と記されていた。

「生類憐れみ令」の文字を、良雄はじっと見つめた。

「噂には聞いていたが、御上はまことにこの法令をお出しになろうというのか」

「はい。すでに江戸では鳥類、貝類の料理が禁じられ、馬の尾を切ったり焼き印を押したりすることも法令にて禁止されました。近いうちに、さらに多くの禁令が出されるかと」

「なんとしたことだ」

この翌年の貞享四年（一六八七）から相次いで出されることになる一連の法令、「生類憐れみ令」は、徳川二百六十余年の幕政の中でも悪法として名高い。しかし、この法の起こりには、綱吉の母、桂昌院の我が子への思いがあった、といわれている。

綱吉は三代将軍、家光と、側室であったお玉の方（桂昌院）の間に生まれた子である。家光には五人の息子がいたが、うち二人は幼くして死去し、成人したのは長男家綱、三男綱重、そして四男綱吉の三人だった。

家光の死後、四代将軍となった家綱にはなかなか嗣子ができず、綱重が病死したため、にわかに綱吉の地位は浮上した。

やがて家綱は嗣子を持たぬまま病に臥し、世嗣問題で徳川の一門、幕閣の意見は分かれることになる。大老であった酒井忠清は鎌倉幕府の故事を持ち出し、有栖川宮幸仁親王を五代将軍として迎えようとした。

これに強硬に反対したのが老中、堀田正俊であった。水戸光圀や御三家など徳川一門の後押しもあり、延宝八年(一六八〇)、綱吉は将軍宣下を受ける。その間の桂昌院の苦労は並々ならぬものであった。

ようやく我が子、綱吉が将軍となったものの、綱吉もまた、なかなか子ができなかった。正室、鷹司信子をはじめとして三人の側室もいたが、世嗣に恵まれず、たった一人生まれた男子も五歳で夭折している。

広く流布している説によれば、桂昌院は、信頼している僧、隆光に助けを求めた。隆光は、子が生まれないのは前世で殺生をした報いで、その罪障を取り除くには以後は広く殺生を禁じるのがよい、と言った。また、綱吉は丙戌の生まれだから、とりわけ犬を大切にするとよい、と付け加えたという。

桂昌院はこれを綱吉に告げた。生来信心深く、殺生を嫌い、鷹狩りすら疎んだ綱吉は、母のこの忠告を受け入れ、「生類憐れみ令」を天下に宣言することになる。

仁助の報告は夜半まで続いた。

山鹿素行の手紙に挙げられた十数藩の大半が石高五万石から十万石で、仁助によると、そのいずれもが何らかの問題を抱えていた。

まず目立つのは、藩主の愚行、乱心である。そのうちの一藩、越前福井(えちぜんふくい)藩四十七万五千石は、この春、藩主、松平綱昌(まつだいらつなまさ)が乱心を理由に蟄居(ちっきょ)となり、知行半減とされている。

次に藩主が年若く、世嗣がおらぬ藩や、家臣の分派、分裂により、藩政が乱れているところもあった。

これとは逆に、藩主以下家臣が強く結束し、近年、着実に力を蓄えていると思(おぼ)しき藩の名もあった。

ひとつひとつの藩の大まかな内情を仁助から聞かされるうち、良雄は腕を組み、深く考え込む表情になった。そういった藩に並んで赤穂藩の名が記されていたことが、不穏であった。

――恐れを知らず無闇に向かえば犬死にをします。

いつかの師の言葉が、良雄の耳に蘇(よみがえ)った。

翌朝早く、良雄は山科を発った。

この旅の最後の目的地は、弟、専貞のいる石清水八幡宮であった。だが、山科を発った良雄の足は、八幡とは逆の大津(おおつ)へ向かっていた。里の道は、木立から洩(も)れた朝陽で縞(しま)模様に照らされていた。

――あやつに逢うのも、久しぶりだな。

歩きながら、良雄はわずかに口元をゆるめた。大津には、三尾豁悟(みおかつご)が暮らしている。

豁悟は徳島藩祖、蜂須賀家政の曾孫で、徳島藩に招かれて家老となった蜂須賀玄寅の実子である。この玄寅の兄、池田由成の娘が、良雄の母、玖麻であった。

年齢の近い豁悟は、幼い頃から孤独な鍛錬に明け暮れていた良雄の、唯一の友であった。性格は違うが、二人は妙に馬が合い、普段周りにいる人たちに話せぬようなことも、打ち明けられる間柄であった。

屋敷の門前で訪いを告げると、豁悟は慌てたように飛び出してきた。良雄の姿を目にし、両手を挙げて白い歯を見せて笑った。

「良雄、急なことで驚いたぞ。よく来たな」

「官兵衛（豁悟の通称）、久方ぶりだな。お主の顔が見たくなってな」

腕を取って、さあさ中へ、と促す官兵衛の笑顔を見て、良雄も相好を崩した。

心づくしの膳が運ばれ、奥の座敷には近江の海（琵琶湖）の幸が並んだ。

良雄は注がれた酒をゆっくりと口に運びながら、順に箸をつけていった。琵琶鱒、鮒や諸魚、蜆——近江の葭登りの佃煮。胡坐をかいて鮒ずしを頬ばった官兵衛は、盃を掲げてぐいと飲み干した。膝を崩さぬ良雄を見て、また白い歯を見せた。

「なんだ、相変わらず堅い奴だな。楽にしたらどうだ」

「している。俺はこれが楽なのだ」

官兵衛は、三十歳を越えているにもかかわらず、仕官もせぬまま、この大津の錦織屋敷で、釣りをしながらのんびりと暮らしている。

官兵衛の和（なご）やかで飾るところのない人柄と、さりげない気遣いは、良雄をくつろがせた。逢っている時はただ酒を酌（く）み交わし、何ということもない話をするだけなのだが、ついつい時を忘れてしまう。

開け放った障子の向こうに広がる見事な庭に、秋の穏やかな陽差しが降り注いでいた。

赤穂の潮風とも、にぎやかな大坂の川風とも違う、湖畔を通ってきた清浄な空気が流れている。

「しかし相変わらず旅が好きな奴だな。どうだ、今度うちに来る時は、お母上をお連れしては。我が母も喜ぶ」

「いや、これからはそういうわけにもいかん。来春には嫁が来る。赤児が生まれれば、母上も忙しくなるだろう」

「ほう。なんとかといった女はどうした、大坂の」

「どうもせんさ」

良雄は静かに酒を口に運んだ。

「お主の旅も終わりか」

「どうかな。家老としての勤めも忙しい。あとは殿のお世嗣がお生まれになれば、俺も安心できるのだが」

「大石の家を守り、赤穂の藩を守り、お主も苦労が多いことだ。立派にお祖父様たちの期待に応えている。俺とは違ってな」

良雄は眉根を寄せた。

「それでもまだ、俺には天命が見えんのだ」

官兵衛はふふ、と低い声で笑った。

京の裏鬼門（南西）に位置する石清水八幡宮は、貞観二年（八六〇）に遷座され、以来、国家鎮護の社として崇敬を受けている。

神仏習合の壮大な宮寺で、参道には四十以上もの社寺（宿坊）が建ち並んでいた。

参道を歩く良雄の後ろを、供の者が周囲を物珍しげに見回しながらついていく。やがて道の先に、弟、専貞の見慣れた姿が現れた。

大石良昭の次男として生まれ、幼い頃に出家して石清水八幡宮、宮本坊の増貞の弟子となった専貞は、今では太西坊の住職を務めている。

専貞は良雄を笑顔で迎えた。

「兄上、よくいらっしゃいました。お祖母様も母上も、お変わりはありませんか」

「皆、息災だ。おまえも変わりないか」

質素な宿坊には他に人の気配もなかったが、良雄はわずかに声をひそめた。

「淀屋の件では世話になった。礼を言う」

「兄上のお役に立てれば本望ですよ。本日は我が坊にお泊まりいただけるのですか。赤穂の話をお聞かせ下さい」

専貞は、そこでぽんと膝を叩いた。

「そうそう、信海様が、折よく江戸からお戻りです」

「そうか。それは是非ご挨拶をせねば」

信海は石清水八幡宮の中でももっとも将軍家とのつながりが強い、豊蔵坊の社僧であった。豊蔵坊は徳川家康が三河にいた頃からの祈禱所であり、そのため徳川家からは格別の扱いを受けており、毎年正月には、将軍に祈禱札を献上していた。

信海はまた、風流を好む教養人でもあった。寛永の三筆と呼ばれる松花堂昭乗に書画を、小堀遠州に茶道を、松永貞徳に俳諧を学んだ。

信海のもとを訪れる客は引きも切らなかったが、その信海は、良雄をことのほか好いていた。

世欲の中の人間には見えぬものを見る信海が、若くして赤穂という小藩の筆頭家老となった良雄の何に好意を抱いたのかは、わからない。あるいは専貞の兄に対する兄弟愛が、信海の興味を引いたのかもしれなかった。

信海の人を見る目は卓越しており、さらにいえば、武家社会を、同時代人とはまったく違う目で見ている人物であった。

専貞とともに豊蔵坊を訪ね、信海の私室に招き入れられた良雄は、折り目正しく頭を下げた。

「信海様には、江戸よりお帰りと聞きました。お疲れ様でございます」

孫ほどの年齢の良雄の挨拶に、信海は目を細めた。

「良雄殿、また一段と善いお顔つきになられましたな。長矩殿もお変わりはないですか」

「はい。武芸にも学問にもお励みになり、赤穂にお帰りになるたびに目を見張るご成長ぶり。先々代の長直様を思い起こさせるとの評判です」

「赤穂は人に恵まれたお国ですな。こちらでは専貞も、よくやってくれています」

専貞が頭を下げた。

「時に、御上は新しき法を発令なさると聞きました。信海様は、何かお聞き及びですか」

「ああ、〝生類憐れみ令〟ですな。殺生はならぬことですが、人は殺生するものです。それを法で縛するのは難しい。古来、万事善しという法はできた例がない。さて、どうなるやらというところですな」

信海は、僧でありながら、世欲をどこか面白がっているような、洒脱なところがある。この時も、深く考え込んだ様子の良雄を、にこやかに、じっと見つめていた。

信海の書画を見せてもらい、良雄と専貞は部屋を辞した。

良雄は、夕刻前には八幡を出立した。

八幡から枚方（ひらかた）へ向かう道を歩いていた。

供の者は、用心のためにと、山科で仁助が持たせてくれた長槍（ながやり）を携えていた。

「長い槍だが扱えるか」

良雄が尋ねると、供の者は自信なげにうなずいた。良雄は苦笑しながら、無闇に突いては懐に入り込まれるぞ、相手の胸元ではなく臍（へそ）を突くつもりでいくのだ、と教えた。

仁助とは枚方宿で落ち合い、赤穂へ帰ることになっていた。秋の陽は落ちかけていた。

道の途中で良雄は足を止めた。

「左の藪（やぶ）だ」

良雄が低く声を発する。供の者は槍の鞘（さや）を取って捨てた。

三つの影がヌーッと現れた。

男たちは諸肌（もろはだ）脱ぎで胴を当て、褌（ふんどし）に籠手（こて）と脛当（すねあて）、手には抜き身の刀と槍を持っていた。

――野盗か。

こちらが侍だとわかっていて、野盗は躊躇（ためら）いなく近づいてくる。大胆な相手の振る舞いを見ながら、良雄は三人の背後を窺った。

もうひとつの影が浮かび上がった。

――やはり、まだいたか。

大きな男である。槍を手に、こちらを睨んでいた。おそらくこの野盗の頭目だろう。周囲に他の気配はなかった。

——四人。刀が二人、槍が二人。

手下の一人が野太い声を上げた。

「命が惜しいなら、金子と腰のものをこちらへ放れ。さもなくば……」

その声を無視して、良雄は刀の鯉口を切り、小声で後ろの供の者に言った。

「離れるな。私が斬り込んだら、右手を抜けて一気に走れ」

良雄は、土を蹴って敵の真ん中に飛び込んだ。中央の男が慌てて身を躱すと、背後にいた頭目に向かって上段から斬りかかった。

素早く身構えた頭目は、槍を横に払いながら飛び退る。見たことのない槍の振り方だった。刀と槍が嚙み合い、鈍い手応えがあった。二人は同時に得物を引いた。

だが、良雄は頭目に構わず、坂道を駆け上った。端からまともにやり合うつもりはない。良雄に命じられたとおり、走り出した供の者がすぐ目の前にいる。

「槍を捨てろ。捨てて走れ」

供の者が投げ捨てた槍が斜面で跳ねた。追っ手の足音がドタドタと背後から近づく。

——追いつかれる。

良雄は地面を強く踏んで止まり、上半身をかがめながら振り向いた。先頭にいた男の剝き出しの太腿を太刀で払った。

悲鳴を上げた男が、もんどり打って地面に倒れた。良雄はそのまま二番手の男に向かって太刀を突き出した。刃先は胴を滑り上がり、相手の裸の右脇を刺し貫いた。

その時、左手から風音がして、良雄の顔に槍先が迫った。届く寸前に鍔元で受け止めたが、槍の勢いは止まらなかった。

オリャーと、槍を振るいながら頭目が叫ぶ。あっと思った瞬間、手から太刀が離れた。

良雄は、咄嗟に頭目の懐に飛び込み、胴体に抱きついた。頭目はびくともせず、片方の手で良雄の背中を鷲掴みにした。

良雄は顎を目がけて頭突きし、のけ反った相手の首に嚙みついた。

周囲に叫び声が響いた。

視界がぐるりと回転した。

頭目に投げ飛ばされた良雄は、背から地面に落ちた。息が詰まり、意識が遠のく。どこからか、良雄様、と声が聞こえた気がした。

「危ないところでございました」

仁助が安堵したように言った。

良雄は目を閉じて黙したまま、右肩の痛みに耐えていた。脱臼していた肩を、仁助はいとも簡単に嵌め、手早く軟膏を塗ってくれた。

野盗から良雄たちを助けてくれたのは、仁助とその息子であった。赤穂に帰るために枚方宿で落ち合うことになっていたが、運良く良雄たちに出くわしたのだった。

供の者は隣室で臥していた。追いつかれた際、三人目の手下に槍先で突かれたのだ。幸い、大きな怪我ではないようだった。

召し上がってください、と仁助の息子が粥を運んできてくれた。

「供の者は、この宿で養生させましょう。倅がお世話をして、快復したら赤穂へお連れします。良雄様の太刀は刃こぼれしておりましたので、代わりにこれをお持ちください」

「私の太刀を見せてくれるか」

仁助から刀を受け取ると、良雄は行灯に近づけた。

剣先三寸（約九センチ）辺りに傷がある。頭目に槍で払われた時、鈍い手応えがあった。

鍔元を見た。こちらはひどい刃こぼれで、槍を受け止め、はね飛ばされた時についた傷だ。

こんな有り様の刀は見たことがない。

「えらい怪力でございます」

「奴を仕留めたのか」

仁助は首を横に振った。現れた仁助たちと数撃やり合い、敵わぬと思ったか、手下を連れて逃げ去ったという。

野盗の頭目は、凄まじい力だった。柔術、組討の鍛錬でも、あれほどの者を相手にしたことはなかった。

それでも、いとも簡単に刀を撥ね取られたことが不可解だった。

――仁助の腕前をもってしても勝てない相手であったのか。

「奇妙な槍さばきでございました。まるで太刀のようでした」

「そうであったな。流派は見て取れたか」

仁助はまた首を振った。

翌朝、良雄は仁助と共に枚方を出発した。

肩の痛みはずいぶん和らいでいた。

その年の秋の終わり、但馬、豊岡から、石束家名代の木下勘兵衛が、理玖の兄、石束毎明をともなって赤穂へやって来た。

勘兵衛は、花嫁となる理玖の父、毎公の弟であった。

二人を出迎えたのは、大石家の中でも長老格の大石八郎兵衛信澄と、叔父の小山源五左衛門良師であり、その後ろには花婿となる良雄が控えていた。

「遠路はるばる、お疲れ様でございます」

信澄は、源五左衛門と良雄を紹介した。

「大石内蔵助良雄でございます。本来ならこちらからご挨拶に伺わねばならぬところ、わざわざのお越し、ありがたく存じます」

良雄は落ちついた声で口上を述べた。

勘兵衛と毎明が、じっと見つめているのがわかった。二人の目には、いったい自分はどう映るだろうか。

勘兵衛は、理玖の嫁入りが三月の初めごろになることと、供の者の人数や嫁入り道具についてを伝え、持参した目録を差し出した。

「但馬は雪の多い里ですから、天候次第で出立が遅れることもございましてな。日取りが決まりましたら、すぐにお報せいたします」

信澄が、お願いしますと言い、頭を下げた。

細々とした話が終わると、良雄たちは二人を案内して赤穂城下を見せて回った。一行が高台に到着して播磨灘を眺めた時には、昼下がりの陽光に塩田がかがやいていた。

「あれが塩の浜でございます。この度の婚礼を決めた良雄の祖父が、先々代の殿に命じられて開発した塩田です」

信澄がぐるりと指をさした。

「赤穂塩の評判は但馬まで聞こえています。ほれ毎明、海の穏やかさを見よ。但馬とはずいぶん違うなあ。理玖も暮らしやすかろう」

勘兵衛が言うと、毎明はうなずいた。

「まことに。理玖は幸せになりましょう」

良雄の脳裏を、大坂にいる、かんの淋しげな白い横顔がちらりとよぎった。だがそれも、赤穂の景色の中に溶けていった。

夕刻から饗応の宴がはじまり、両家は新しい家族として酒を酌み交わし、笑い合った。

そして翌朝、勘兵衛と毎明は但馬への帰途についた。

貞享四年（一六八七）松の内、但馬から、理玖の輿入れが三月三日になる、という報せが届けられた。

理玖が赤穂に来る朝、良雄はいつもより早く目覚めた。

寝間着のまま障子を開けると、海からの風が熱い胸肌に触れた。

数日前まで花冷えの細雨が続いていたが、早朝の海風は好天を告げている。

長屋門脇で満開になった桜の花が、春の陽差しにかがやいていた。

良雄は縁側から庭に出た。いつになく丁寧に整えられた木々や砂利が、まぶしく映った。

山側に目を転じ、高取峠の方角を見る。

石束家の一行は、八鹿から生野を越えて播磨に入り、粟賀を通って姫路に向かうと聞いていた。山の天候も良さそうである。

花嫁一行を国境の峠で出迎えるため、大石家の者たちは家臣を連れ、今朝早く出発していた。

「私も迎えに参りましょう」

前日に良雄はそう申し出たのだが、

「婿殿はのんびり構えておればよいのだ。あとは周りの者がするゆえ」

と、信澄は笑いながら答えたのだった。

朝餉を摂った良雄は、木刀を手に再び庭に出た。

——いつもなら登城している時刻だな。

素振りを始めたが、どうも身が入らない。落ち着かぬまま、それでも半刻は稽古を続けただろうか。とうとう良雄は木刀を置いた。

「誰かいるか」

家の中へ声をかけるが返事はない。もう一度呼ぶと、姿を現したのは仁助だった。

「仁助、来ていたのか」

仁助は口元をゆるめ、婚礼のお祝いを申し上げに参りました、と答えた。

「何か御用でしょうか」

「馬を引け。すぐ峠まで行く」

仁助は黙って頭を下げ、小走りに馬屋へ向かった。

良雄は家に入ると、着替えをはじめた。通りかかった女中のせつが、

「どうなさいましたか、良雄様。どこかにお出かけになるのですか」

と慌てた声を出した。その声を聞きつけて、母の玖麻も顔を出した。

「まあ、何の騒ぎですか」

二人には答えぬまま、良雄は素早く支度を終えて、草鞋を履いて立ち上がった。

良雄は、仁助が引いてきた馬に飛び乗り、長屋門から駆け出した。峠道に向かって馬を走らせる。

途中、大石家の一行に追い着いた。馬蹄の音に振り向き、良雄の姿を認めた皆が驚き、口々に、ご家老、と叫んだ。

「良雄、どうしたのだ？」

小山源五左衛門の声も聞こえた。

良雄は珍しく白い歯を見せて破顔した。

「私の嫁を迎えに行くのです」

明るい声でそう叫び返して、良雄は勢いを落とさぬまま、一気に一行を抜き去った。

峠の桜も、満開であった。舞い散る花の下で馬を下りて、良雄は花嫁を待った。どこか明るく響く足音と、朗らかな話し声が近づいて来て、やがて旅装束の一行が坂を登って姿を現した。

良雄は深々と頭を下げた。

先頭を歩いていた男が、驚いたように足を止めて、菅笠を上げた。石束毎明であった。毎明は列の中ほどにいた、笠と杖を手にしたすらりと背の高い女人のもとに、小走りに近づいていった。立ち止まった一行に向かって、再び良雄が頭を下げる。

毎明に何ごとかを告げられた女人が、良雄に頭を下げ返した。

——あれが理玖殿か。

「大石殿、わざわざのお出迎えありがとうございます」

進み出てきた木下勘兵衛がそう言って、並んで立つ毎明と理玖の方を振り向く。良雄はつかつかと歩み寄り、理玖の手を取った。桜の木の下まで彼女を連れていき、眼下の景色を指し示した。

「ご覧ください、これが赤穂です。今が一番美しい季節なのです」

理玖は、海に向かって広がる赤穂の町を、優しい瞳で見つめた。

赤穂はまさに春爛漫。何本もの桜が千種川の河畔を飾るように咲き、その光彩がそのまま播磨灘の海の色に溶け込んでいた。

「美しいお国ですね」

まなざしと同じく、やわらかな声であった。

良雄はその言葉が心底嬉しかった。

嫁の理玖の顔を初めて正面から見つめた良雄は、小さな声で何ごとかを囁いた。

二人の様子を見つめていた毎明と勘兵衛は、互いの顔を見合わせて何度もうなずいた。

後ほどお目にかかります。そう言い残し、良雄は馬にまたがって峠道を駆け下っていった。

大石家の出迎えの一行と再びすれ違う。源五左衛門が声を掛けた。

「嫁御はいかがでござった」

良雄は、ただ顎を引き、馬の尻に鞭をくれた。

家臣の一人がつぶやいた。

「ご家老が照れておられるようじゃ」

大石家と石束家の一行は峠で落ち合った。赤穂の町に入ると、理玖を駕籠に乗せて、大石信澄の屋敷に向かう。信澄の屋敷で旅装を解いた一行は、ようやく、休息を取った。

しかしその後も大石家の親族との顔合わせが続き、理玖が寝間に入ったのはかなり遅い時刻になってからだった。

挨拶やら明日の婚礼の支度やらで疲れ切っていたが、理玖はなかなか寝つけなかった。二回三回と寝返りを打つ。小さく息を吸うと、眼裏に、満開の桜の下で見た、良雄の顔が浮かんだ。

春の風に乗ってひとひら、ふたひらと舞い落ちてくる花びらが、夫となる良雄の輪郭をやわらかく滲ませた。

国境の峠で、良雄は小声で囁いた。

「この桜の美しさを、理玖殿に見せたかったのです。間に合って良かった」

そう言って、良雄は恥ずかしそうに笑った。

理玖も微笑みを返そうとしたが、緊張でうまく笑えなかった。

――お優しい方なのだ。

こころからそう思った。

翌日、春の陽が傾きはじめた頃、輿入れの行列は長屋門から大石家の屋敷に入った。

案内されて屋敷の奥にある仏間に入った理玖を、並んで座した良雄と母の玖麻、祖母の千、弟の良房が迎えた。仏間には、盃の用意がしてあった。

「理玖でございます。どうか末永くよろしくお願い申し上げます」

家族は仏壇に向かって合掌した。

「お祖父様、父上、お陰様で本日、妻を娶ることができました。末永く、仲睦まじく添い遂げる所存でございます」

はっきりした声で良雄が言った。

二人は盃を交わした。

良雄は理玖を連れて、大広間に移った。

客は皆着席し、その前には豪華な祝いの膳が並べられていた。

座敷の正面に並んで座った良雄と理玖が、順番に挨拶をする。

長老の大石信澄が、一族を代表して祝辞を述べ、宴がはじまった。

新郎と新婦のもとには次から次へと列席者が祝いを述べに押し寄せ、叔父や家臣らが謡(うたい)や踊りを披露する。

酒宴がたけなわとなった頃、良雄は、理玖が落ち着かない様子で身体を左右に動かしていることに気付いた。

「足が痛むのか」

良雄が小声で尋ねると、理玖は動きを止め、そのようなことはございません、とやはり小声で答えた。しばらくして、良雄は囁いた。

「気を楽にしておくことだ。そうすれば少しは痛みがやわらぐであろう」

素直にうなずいてから、理玖は恥ずかしそうに肩をすくめた。悪戯(いたずら)が見つかった子供のような仕種(しぐさ)を見て、良雄は思わず微笑んだ。

——おおらかな娘なのだな。

祝宴は一刻ほどでお開きとなった。大石家の一族は、羽目をはずして騒ぐほど酒を飲むことがない。

理玖は控えの間に去り、良雄は湯殿で汗を流してから寝間へと向かった。

ほどなく寝間着に着替えた理玖が入ってきた。表情は硬く、緊張しているのがわかった。

「今日からここがあなたの家です。わからぬことがあれば母上や家の者にお訊きなさい。皆田舎者ですが、率直さが取り柄です。意地の悪い者はおらぬから、安心していい」

良雄は蒲団をめくった。

「ここに横になりなさい」

たじろぐ理玖の手を取り、蒲団に仰向けに寝かせると、良雄は寝間着の裾をめくった。

「あっ」

「痛むのはどちらの足だ？」

慌てて身をすくめた理玖の足に、良雄は優しく触れた。

「この指の曲がりは、子供の時分に怪我でもしたのか」

はい、と理玖は消え入りそうな声で答えた。

「木から落ちました」

「木から？　豊岡では、娘は木にのぼるのか」

「いいえ、私だけでございます」

理玖は小さいがはっきりした声で言った。

「少し痛むかもしれないが、我慢をしなさい」

良雄はそう言い、蒲団の上の理玖の右足を取った。曲がった親指の周りを揉みはじめる。

豊岡から赤穂への長旅の疲れのせいか、理玖の足は痛々しく腫れていた。

「大石様、お願いでございますから、そのようなことは」

「良雄と呼びなさい」

「で、では良雄様、どうかもう……」

「理玖」

「はい」

「大きく息をしてみよ。そうだ。力を抜いて」

しばらく揉み続けるうちに、理玖の身体から力が抜けた。やがて、寝息が聞こえてきた。良雄は、足からそっと手を離し、蒲団を掛けてやった。

その寝顔を見つめた。美しい目元である。ほどよい高さの鼻に愛らしい口元だった。紅を差した唇は薄く開き、穏やかな息がもれていた。寝化粧を施されていたが、まだあどけない。

──おおらかな、良い嫁が来てくれた。

良雄は、安心したように眠る理玖の横に座り、ひとつのことを考えていた。

もしも、この娘が今日の無邪気さとおおらかさをなくさぬまま、歳（とし）を取ってゆけるのならば、自分の一生もまた安泰なのだろう。

──いつか共白髪（ともしらが）となって、今日のことを話す日が来たら、なぜ木にのぼったのかを尋ねてみよう。

翌朝、耳元で名を呼ばれ、良雄は目覚めた。目を開けると、枕元に理玖がかしこまって座っていた。

「昨夜は先に寝入ってしまい、本当に申し訳ありませんでした。こ、このような粗相は、二度といたしません」

理玖は膝元の畳に額をぶつけんばかりの勢いで頭を下げた。良雄は身を起こすと、理玖の手を取った。

「私もよく眠った。私たちは良い夫婦になれそうだ」

眠たげに笑う良雄の前で、理玖は耳元まで赤くなり、うつむいた。

昼すぎには、主君、浅野長矩から祝いの品が届けられ、夕刻前、二日目の祝宴のために人が集まりはじめた。家老の藤井又左衛門や組頭など、藩の主だった者が招かれていた。

皆が理玖を見る目はまぶしげであった。

理玖の隣りで、良雄は幸せであった。

第三章　元禄改元

六月の強い陽差しが降りそそぐ中、二十人からなる徒歩（かち）の小さな行列が、峠道を越えようとしていた。

ここを過ぎれば、ほどなく三河国、吉良荘（きらのしょう）に入る。

頂上に差しかかると、供の者が駕籠（かご）に近寄って声を掛けた。

「義央（よしひさ）様、ただ今、峠でございます」

「止めい」

甲高い声がして駕籠が止まると、中から一人の初老の男が現れた。

茶人のような出（い）で立ちの男は、数歩前に進むと、眼下に広がる大地を眺めた。

聡明（そうめい）そうな面立ちである。切れ長の目元、筋の通った鼻は、若かりし頃にはさぞや美男であったろうと思わせた。

高家（こうけ）諸家を差配する役目の、高家肝煎（きもいり）、吉良上野介（こうずけのすけ）義央である。

「雨上がりの吉良荘は、誠に美しいな」

そばに膝をついた供の者が答えた。

「ほんに、さようで。これも殿のご仁政の賜物でございます。お国入りは久々、領民たちもこころ待ちにしておりましょう」

上野介はまぶしげに小手をかざし、広田川、須美川、安藤川が矢作古川に合流するあたりを見渡した。この一帯は、先年、堤の普請を終えたばかりである。

「よき堤じゃ。五月の長雨にもびくともせなんだと聞いたぞ」

「今年は相当に雨が多うございましたが、被害もなく乗り切っております。領民の間では、黄金の稲をもたらす、〝黄金堤〟と呼ばれておるそうです」

「それはめでたい呼び名じゃ」

吉良荘は大雨が降る度に川が氾濫し、水害に悩まされていた。そこで上野介は、多額の費用をかけて大規模な治水工事を行った。完成した堤は、長さ百間（約百八十メートル）、高さ二間強（約四メートル）。この普請のお陰で、泥沼の湿地であった一帯は、豊かな田地となっていた。

上野介はまた、三河国岡山の西端から須美川の水を引いて、水田に用いるための寺島用水も完成させている。

この善政を喜ぶ領民たちは、敬意と親しみを込めて、上野介を〝吉良の殿様〟と呼ぶ。上野介は領内を見回る際、自ら赤馬（農耕馬）にまたがり、領国では〝赤馬の名君〟とも呼ばれていた。吉良荘に到着した上野介は、家臣らとの挨拶を早々にすませ、屋敷に入った。茅葺きの風雅な屋敷には、隣接して吉良家の菩提寺である華蔵寺が建っている。

その寺の住職、天英がすぐに訪ねてきた。

「お帰りなさいませ。京はいかがでしたか」

「これは天英殿。此度は朝廷で天子様にも直々に御声をかけていただき、ほんに善き時を過ごせました」

天英は、上野介が気を許せる数少ない相手であり、茶の友でもあった。

上野介は茶人として知られていた。千宗旦の弟子となったのが十五歳で、〝卜一〟という号を有し、卜一流という茶の流派も興していた。

二人は茶室に入り、上野介が亭主を務めた。かたかたと風炉釜で湯の沸く音がし始めた。

「天子様が即位されてしばらく経ちますが、まもなく改元となるようです」

「ほう、ようやくですか」

上野介はそう応じた天英を見やり、すぐに釜へ目を戻した。

「貞享も天災は少なくなかった。新たな世が穏やかならば良いのじゃが」

「ご領地の治水はうまくいっておりますな」

天英が誉めると、上野介は相好を崩した。

「噂によれば、御上から畠山殿、大沢殿へ、上野介を見習うべし、とご下命があったとか」

「それはまた、大層な噂ですな。そのようなこと、私は存じません」

ふふふと、上野介は満更でもなさそうな含み笑いを洩らした。

畠山家も大沢家も同じく高家であるが、その中でも吉良家は、今や筆頭格の扱いを受けていた。それほどに、上野介の仕事ぶりは万事にわたってそつがなく、吏僚としても謹厳実直であった。

高家とは、徳川幕府において儀式、典礼を司る職にある武士である。禄高こそ五千石以下の家がほとんどであったが、常に朝廷と関わりを持ち、天皇に拝謁するため、官位は高かった。日光や伊勢への代参や、幕府から朝廷への使者の任を果たし、また、朝廷からの使者の接待役や、接待の任に当たる大名の指導も行っていた。

吉良家は慶長十二年（一六〇七）に足利家の庶流である義弥がその任に就いたのが始まりで、上野介で三代目となる。禄高は四千二百石だったが、官位は従四位上左近衛権少将であった。

貞享五年（一六八八）吉良上野介は四十八歳にして、人生の絶頂期を迎えようとしていた。この十年、吏僚としての活躍は他の高家の追随を許さず、全てにおいて完璧な仕事ぶりは、周囲がうらやむほどであった。

それもそのはず、将軍家の儀式、典礼を整備して今の形としたのは吉良家であり、上野介はその吉良流礼法と、儀式、典礼を司る役職である高家の仕事を受け継ぐべく、幼い頃から父、義冬に厳しく教育された。

その甲斐あって、十三歳の時には父と共に四代将軍、家綱に拝謁を許され、十九歳で部屋住みのまま庇蔭料千俵を給され、高家見習いとして勤勉に務めた。二十三歳にして霊元天皇の践祚の賀使として上洛し、従四位上にのぼっている。二十八歳で家督を継いだ上野介は、吉良家の期待に応え、家名に恥じぬ見事な働きを続けてきたのである。

父、義冬は足利家の流れを汲む一門の出であり、それはつまり鎌倉、室町からの名家の血を継いでいるということである。母もまた、三代将軍、家光と四代将軍、家綱に仕え、大老にまで上りつめた酒井忠勝の弟、忠吉を祖父に持つ名門の出身であった。

この二人の嫡男である上野介は、上杉謙信を家祖とする米沢藩三代目藩主、上杉綱勝の妹、三姫を妻に迎えている。三十万石の大名の姫が禄高四千二百石の旗本に嫁すということの異例な縁談を、義冬は、あらゆる伝手を使って実現させていた。

三姫こと富子が長男、三之助を産んだ翌年、上杉綱勝が急死する。綱勝には嗣子がおらず、米沢藩は慌てて三之助を末期養子として迎えた。上野介は、米沢藩主、上杉綱憲の父となったのである。

その二十一年後に上野介の次男が夭折したため、今度は吉良家が、綱憲の次男、春千代（後の義周）を養子に迎える。これにより米沢藩との結びつきはますます強固になった。

上野介本人もまた、努力の人であった。朝廷と武家がいかに接触すべきか、あらゆる有職故実に学び、公家たちの好む文学、聞香（香道）、歌道、書道にも通じていた。

こうした様々な偶然と必然の積み重ねにより、上野介は、他の高家のみならず、諸大名からも一目置かれる存在になりつつあった。

このことは、上野介の内に驕りを芽生えさせることになったが、当人も、そして周囲も、その危うさにまだ気付いていなかった。

上野介はこと仕事において、完璧を求めた。

儀式、典礼に通じ、朝廷からの覚えもめでたい上野介は、全てにおいて、些細な手抜かりすら許さなかった。

それゆえ、仕事の失策があれば、折々に役目を申し付けられる大名から茶坊主まで、誰であろうと容赦のない叱責を浴びせた。

大半の大名は、日ごろから家臣に守られ、己の職分を家臣任せにしていた。しかしそれが家康以来の武家社会の姿でもあった。上野介はそのことを十分に承知していたが、許容できなかったのである。

武家の社会において、主君の恥は家臣にとっても耐え難い恥辱である。大名家の家臣たちは、お役目を担う主に失策、落ち度がないように心血を注ぐだけでなく、上野介に配慮を願うため、多額の賄賂を贈った。

この時代、賄賂は正当なもので、誰もがその効用を認めていた。賄賂の多寡により、贈られる人への評価が変えられるところもあった。

しかも賄賂は、それを受け取った人の手元に留まるものではなかった。上洛する度に、上野介が朝廷や公家衆へ準備する献上の品々への掛かりは、相当な額であった。

朝廷、公家衆との関わりは、上野介の生命線である。

同時に上野介には、武家社会が朝廷を絶対視するようにしたいという願望があった。

天英の前に、茶が差し出された。

天英が茶を飲み終えると、上野介は小さくつぶやいた。

「世の中は茶のようにはいかぬものだ」

「ほう、それはどういうことで?」

「牧野成貞殿は、すでに御上のご寵愛を失っておられるようです」

「では、次に取り立てられる方は?」

「柳沢保明殿です。この近侍が次に力を得るであろうな。御上が館林藩にいらした頃からの忠臣で、親子二代にわたって侍従しています」

「お年齢は?」

「まだ三十前なのに、御上のおこころを摑むことにかけては、牧野殿など足元にも及びません」

（上段冒頭）「それほどのお方で」

上野介は、はっきりとうなずいた。両膝の上に手を置き、少し身を乗り出して言った。

「先般、御上が日光東照宮に参詣したいとおっしゃった折、牧野成貞殿は道中にかかる多大な費用を理由に反対なさったそうです」

「それは御上もお可哀相に」

「いや、それを聞いた御上は、たいへんな剣幕でお怒りになったそうです。〝将軍ともあろうものが、家祖の墓参さえできぬのか〟と顔色を変えて。老中らは大慌てだったと聞きました」

「それはそれは……」

「御上はかまわず参拝へ行かれた。しかし牧野殿からは、掛かりの金をこれまでの半分に抑えられぬかと、私のもとにもお話がありました」

「吉良殿もご苦労なことですな。それでは、ご参拝は質素なものに？」

上野介は首を横に振った。

「ところが、日光参拝はこれまでどおりに、と柳沢殿が申し上げ、牧野殿の目論見はご破算になりましてな」

「柳沢殿は孝をわきまえたお方ですな」

「それはどうかわからぬ。所詮は、館林藩の小姓上がりのお追従じゃ」

「お小姓だった方なのですか」

上野介は自分の手を見つめて断言した。

「人は、いくら器量、才覚に長(た)けていても、出自次第で全てが決まってしまうものです」

今回の上洛に先立って江戸城を訪れた折、上野介は柳沢保明に呼び出され、ひとつ頼みごとをされていた。

「ゆくゆくは、ということですが、桂昌院様にふさわしいものを、朝廷からいただかねばなりません。吉良殿には、そのためのご準備を今からしていただきたく存じます。御母堂のために吉良殿がご尽力くだされたと知れば、御上も喜ばれることでしょう」

上野介は、思わず柳沢の目を見返したが、柳沢は平然として、おわかりですな、とでも言いたげな表情で深く顎(あご)を引いただけだった。

上野介は、その時にこみ上げてきた腹立たしさを思い出し、胸の内でつぶやいた。

――桂昌院に官位を与えるだと？　あの女は、もともと京の野菜売りの娘ではないか。桂昌院に官位をもらうために、小姓上がりめが、この私に働けというのか。

上野介は京で、桂昌院に官位を授かるための力添えをしてくれそうな二人の公家に、高価な進物を贈った。

生まれをわきまえぬ柳沢への怒りは収まっていなかったが、宮仕えというものを、上野介は心得ていた。

上野介が高家として勤め始めて以来、幾人もの権力者が現れては消えていった。

酒井忠清は大老にまで出世し、前の将軍、家綱の時代には、幕政の全てを握っていた。江戸城大手門の下馬札の前に屋敷があったことから、酒井についたあだ名は〝下馬将軍〟だった。その酒井は、綱吉と老中の堀田正俊に排除された。しかし堀田とて、若年寄、稲葉正休に刺殺された。刺殺の理由はあくまでも私怨とされているが、それを信じる者はほとんどいない。綱吉が手を下させたとのもっぱらの噂である。

次に綱吉が取り立てるのは誰かと、上野介は老中、若年寄を俯瞰していた。

上野介の読みは外れ、綱吉が幼い頃から近侍し、館林藩藩主として分家すると奏者番になり、家老も務めた牧野成貞が、今では側用人として全てを握っている。

御上は、母、桂昌院と連れ立って屋敷を訪ねるほどに、牧野への信頼を見せている。

だがやがて、牧野に代わって柳沢保明が実権を握る日も近いだろう。

それが世の中というものである。

牧野と柳沢は、二十四歳の年の差がある。五万三千石の大名である牧野が、数年前までたかだか五百石取りだった若造に権力を奪われたら、どんな顔をするだろうか。

年も立場も牧野の方に近い上野介は、牧野にいくばくかの憐れみを感じた。

しかし上野介は、その若造のために、京都の土産として高価な茶道具を買い求めた。

時世の流れを見極めることが、吏僚にとっては何よりも大切だと、上野介はわかっていたのである。

「上野介殿、何か心配事でもおありですか」

天英の声で、上野介は顔を上げた。

「いや、何も。ところで、桂昌院様について、天英殿は何かご存じですかな」

「将軍家の御祈願所として護国寺を建立されたとか。信仰心篤く、私たち僧侶にとってはこの上のないお方です」

「此度の上洛で、桂昌院様のために少しばかり働いて参りました。江戸に戻りましたら、是非一度、ゆっくりご挨拶したいと思っております」

「なれば筑波山知足院に、桂昌院様の覚えもめでたい隆光という僧がおります。先年、護国寺の住職、亮賢から推挙を受け、招かれて江戸に出て参りました。ご紹介いたしましょう」

天英は全てを心得たような笑顔で言った。

――やれやれ、また金がかかる。

上野介は心の中でつぶやいた。

この頃の上野介は、己の職分を全うしたいと願って勤勉に励み、領地領民への愛着も人一倍だった。

ただ、上野介にはわからないことがあった。それは、武家の人間が時折見せる〝武士道〟への執着であった。

君（くん）のためなら、平然と命を賭（と）す。自分も旗本であったが、その精神は理解しがたかった。それでも、四十八歳の壮健な盛りの高家肝煎には、自分が進まんとする道への不安は何もなかった。

上野介が、桂昌院の知遇を得ようとするのには理由があった。

幼少の頃より綱吉は、ことあるごとに母から将軍としての心得を説かれながら育った。幼い綱吉なりに、母が自分を思う気持ちはわかっていた。

だが、四男である綱吉が実際に将軍となるまでの道は、平らかではなかった。

綱吉に、にわかに次期将軍としての目が出てきたのは、兄である甲府（こうふ）藩主、綱重が急死した後だった。大老の酒井忠清が、将軍として京から親王を迎える案まで持ち出したが、これを阻止すべく幕閣へ働きかけたのは、他ならぬ桂昌院であった。

将軍になってからも、綱吉は暇さえあれば桂昌院のもとを訪ね、歌舞音曲を楽しみ、さまざまな贈り物をし、母が建立した護国寺に多大なお布施をした。

綱吉の桂昌院への孝養は、幕閣も口を挟めぬほど熱心なもので、母への異常とも思えるほどの敬慕の念が政（まつりごと）にまで影を落とした。その代表といえるのが〝生類憐れみ令〟であった。

だからこそ上野介は、桂昌院を足がかりにすれば綱吉との縁が深められると考えたのである。

貞享五年（一六八八）、大石内蔵助良雄は藩主の参勤に随行して江戸にいた。

九月三十日の早朝、鉄砲洲にある赤穂藩上屋敷を出た。まだ明六つ（午前六時頃）というのに、すでに荷を積んだ船が運河にひしめいていた。船頭や荷揚げ人足の声が響き、周囲は喧噪（けんそう）に満ちている。

四年前よりも、人の数も建物の数もさらに増え、江戸はますます賑（にぎ）わいを見せていた。この町はどこまで膨張していくのか。赤穂で生まれ育った良雄にとって、江戸が肥え太っていく速さは不気味にさえ思えた。

船着場の脇を通り過ぎようとした時、良雄は人だかりに気付いた。

多くの手が天に向かって差し伸べられている。紙片のようなものが宙に舞い、それを取ろうとしているようだった。

――いったい何の騒ぎだ？

良雄は立ち止まり、人混（ひとご）みを眺めた。

見て参りましょうかと供の者が言い、人の輪の中へと入っていく。

やがて、供の者は、白いお札のようなものを握って戻ってきた。これでございます、と差し出された紙を良雄は手に取った。

そこには、〝めでたき元禄　改元札〟の文字が鮮やかな緋色（ひいろ）で刷られていた。

一銭で売っておりましたが、奪い合いするほどの人気でございます、と供の者が言った。

本日、主君の浅野内匠頭長矩は、改元発布のため登城している。だが、その元号までは報されていなかった。

江戸庶民は、それをすでにどこからか聞き知って、商いにしている。良雄はそのしたたかさに舌を巻いた。

もう一度、刷られた文字を見る。

——元禄か。

この新しい元号を、良雄はある感慨をもって口にしていた。

というのも、赤穂にいる妻の理玖が無事に男児を産んだという報せを受け、良雄は鐵砲洲稲荷神社にお礼参りに向かう途中であったからだ。

予定した日よりも少し早い初産であった。まだ見ぬ赤児と理玖の明るい笑顔を思い、弟の良房が寄こした吉報を手に、良雄は思わず声を上げていた。

「よくやった、理玖」

大石の家に、嗣子が誕生した。それを思うと、良雄の身体は芯から熱くなった。

改元の翌日、良雄を呼び出した長矩は上機嫌だった。

「内蔵助、嫁が子を産んだそうじゃな。めでたきことだ。家の者たちもさぞ喜んでおろう」

頭を下げてから、良雄は、江戸屋敷の者たちの顔を順に思い浮かべた。自分に男児が誕生したことはしばらく殿のお耳に入れるな、と強く申し付けたのに。口の軽い誰かが喋（しゃべ）ったに違いない。

「祝いのお言葉をいただき、ありがたき幸せでございます」

「うむ。誠にめでたい。予も内蔵助にあやかり、男児誕生と願いたいものじゃ」

「そうなりますれば、何よりの幸せと存じます。しかし、阿久利様にはあまりおっしゃいませぬように」

良雄は、子宝にまだ恵まれぬ長矩の正妻、阿久利が、さまざまな寺社に参詣していることを知っていた。

「ハッハハ、そのようなことを気にする奥ではないぞ」

笑いながら長矩は、脇に置いていた三方（さんぼう）の上の祝いの品を、良雄の前へ押しやった。

良雄は深く頭を下げた。

江戸市中のあちこちで、改元を祝って振る舞い酒や菓子が配られていた。神楽（かぐら）が聞こえ、神輿（みこし）が繰り出し、祭りのような大騒ぎである。

その喧噪の中を、一人の若い侍が、口をへの字にして歩いていた。菅笠（すげがさ）を手に持ち、騒ぎ立てる町衆を睨（にら）みつける目は、それだけで人を倒せそうに鋭かった。

上背がある。着ている羽織袴（はかま）は薄汚れ、大股（おおまた）で歩く足元の草鞋（わらじ）は擦り減っていた。

それもそのはず、この若侍は越後、牛崎村から江戸までを、一気に歩き通して来たのだった。

武庸こと、中山安兵衛、十九歳の秋である。

その剣の腕前は、十五歳にしてすでに、新発田藩のみならず越後中に轟いていた。

彼が向かっているのは、姉の嫁ぎ先、長井家の親戚、佐藤新五右衛門の家である。

安兵衛の父、弥次右衛門は新発田藩藩士であったが、城の辰巳櫓が失火した責任を取って浪人となり、その身分のまま歿している。安兵衛のこの度の上京は、父の遺志を継ぎ、中山家再興を願ってのものであった。

「何の騒ぎだ。まったく」

安兵衛は怒ったようにつぶやいた。

賑わう江戸の市中を、若牛のような勢いで、安兵衛はズンズン歩いてゆく。

先刻より、出くわす人に幾度も八丁堀への道を尋ね、そちらに向かって進んでいるのだが、歩けど歩けどそれらしき場所にたどり着かない。同じところを回っているだけのような気がしてくる。

辛抱は子供の時分に身につけたつもりだったが、とうとう頭に来た。

「オイッ、八丁堀はどっちだ？　いい加減なことを言うとただではおかんぞ」

運悪く通りかかった町人を怒鳴りつける。相手は目ん玉を剝き、は、八丁堀ですかい、それならこの道を真っ直ぐ行って橋を渡ったところです、と答えた。

「まことだな」

男は安兵衛の形相にたじろぎながら、

「まこともへったくれもあるかい、八丁堀はそこひとつだけよ」

と、口を尖らせて言い返した。

安兵衛は頷き、すぐに教えられた方角へと歩き出す。

「こちとら道を教えてやったんだ、礼のひとつも言いやがれ、この田舎侍が」

喚いた男は、侍の姿がすでに数十間離れているのを見て、また目を剝いてつぶやいた。

「えらい足の速い野郎だ。ありゃ韋駄天か」

佐藤新五右衛門は、安兵衛の姉、きんが嫁いだ長井家の縁戚であり、安兵衛の竹馬の友でもあった。佐藤家は堀直奇侯の鉄砲組頭を務めた家柄で、新五右衛門は母方の同家に養子に入っていた。

ようやく佐藤新五右衛門の住まいを尋ね当てた安兵衛が、お頼み申す、と声を上げかけた時、木戸が開いた。現れた女が目の前にのっそりと立った安兵衛に驚き、小さく悲鳴をあげる。

「越後、牛崎村から参った、中山安兵衛でござる。新五右衛門殿には江戸へ来る旨を書状にてお伝えしましたが」

女はそれを聞き、ほっとした顔をした。

「私は新五右衛門の叔母でございます。はい、確かに、安兵衛殿が江戸へ来られるというお話は聞いております。しかし、それはまだ五日前のことですよ」

「急いで参ったのです。すみませぬが、水を、水を一杯頂戴したい」

安兵衛は新五右衛門の叔母にそう頼むと、胸元を叩いた。

砂埃が舞い上がって叔母が咳き込んだ。口元を押さえて、もう一方の手で顔の前を払った後に言った。

「なんとまあ、すぐに裏の井戸へお行きなさい」

案内された屋敷の裏の井戸端で、安兵衛は荷を下ろした。諸肌脱ぎになると、日に焼けた逞しい腕で一気に水を汲み上げ、頭から被った。フウーッと大きく息をつく。

手拭いを手にして戻ってきた叔母は、安兵衛の姿に目を丸くした。

形ばかり鬢を撫でつけ、身なりを整えた安兵衛は、叔母に向かって改めて頭を下げた。

「元新発田藩士、中山弥次右衛門の倅、中山安兵衛と申します。しばらくご厄介になり申す。ところで、新五右衛門殿はいらっしゃいますか」

「出かけております。夕刻には戻りましょう」

「では、私は訪ねたきところがありますので、それまで出かけて参ります」

「どちらへ？　江戸は初めてでは……」

「はい、初めてです。江戸は実に広く、道もわかりにくい。堀内道場へ行こうと思いますが、小石川はどちらの方角でしょうか」

「まあ。それならば、供の者に案内させましょうか」

「それはありがたい」

安兵衛は、江戸に着いて初めて、ほっとした顔になった。

堀内道場は江戸で有数の名門道場である。さすがに門構えは立派で、中からは稽古の掛け声が勇ましく響いていた。

玄関で門弟に、道場主にお逢いしたい、と告げた安兵衛は、小さな部屋に通された。

ほどなく現れた堀内源左衛門に一礼して、安兵衛は、越後の剣の師に書いてもらった紹介状を手渡した。

一読した源左衛門は、正面から安兵衛の面構えを眺め、ひとつ頷いた。

「道場へ参られよ」

三十名ほどの弟子が稽古に励んでいた。入ってきた師と安兵衛を見て、皆は手を止め、黒光りする床の上に正座した。

源左衛門は弟子の一人の名前を呼び、手合わせするように命じた。

はっ、と返事をして、壮年の男が立ち上がる。きびきびとした隙のない動きであった。

安兵衛と男は、木刀を手に向き合い、お互いに一礼した。

「始め！」

源左衛門の声が掛かった。

木刀をすっと持ち上げた男が、中段に構えた。

安兵衛は、上段の構えを取った。

安兵衛の全身が、倍の大きさに脹れ上がったように見えた。

「キィエーッ！」

道場を揺るがす掛け声と共に、安兵衛が打ち込んだ。男は咄嗟に木刀を上げ、これを受けた。

否、確かに受けたはずであったが、倒れた。

安兵衛の一撃は、堀内道場で鍛え抜かれた男の腕前を以てしても、捌ききれぬ強さであった。

弟子たちのどよめきが道場に響いた。

「そこまで！」

源左衛門が叫ぶ。

「強い」

誰かが呻いた。

安兵衛は、平然とした表情で、一礼した。

源左衛門は安兵衛と三人の弟子についてくるよう声をかけ、先ほどの小部屋へ戻った。腰を下ろした源左衛門は、満足そうな表情で三人を安兵衛に紹介した。

「この者たちは当道場の師範格だ」

「菱沼式兵衛と申す」

続いて、塩入主膳が頭を下げ、最後は先刻安兵衛と立ち合った壮年の男が、奥田兵左衛門でござる、と名乗った。

「中山安兵衛でございます。越後から参りました」

「この中山殿を当道場に入門させる。年は若いが、越後では知らぬ者がおらぬほどの剣士だそうだ。以後よろしく頼んだぞ。中山殿、江戸でわからないことがあれば、何でも、この者たちに訊かれよ」

源左衛門にそう言われて、安兵衛は深々と頭を下げた。

安兵衛とこの三人は、やがて、直心影流堀内道場の四天王と呼ばれるようになる。

その日、道場に戻った安兵衛は、夕刻までたっぷり汗を流した。

お相手を、と次から次に挑んでくる弟子たちは、一様に鋭い太刀筋をしていた。

「いや、本日は誠に驚きました。危うく木刀を撥ね飛ばされるところでした。のう細井、そうであろう。さあ中山殿、もう一献」

稽古のあと、安兵衛は堀内道場からほど近い酒屋にいた。安兵衛を強引に店に連れてきた奥田兵左衛門は、機嫌よく安兵衛の盃に酒を注いでくる。その隣りにいた物静かな男は、細井知慎と名乗った。

「中山殿は越後のお生まれとか」

「父が新発田藩に仕えておりました」

「新発田藩といえば、藩主の溝口重雄様は学問を奨励しておられる名君ですね」

細井が落ち着いた声で言う。

「拙者、どうも学問の方は苦手でして」

安兵衛が恥ずかしそうに頭を掻いた。

「いや、あれほどの腕前があれば、他に何が要りましょう」

奥田が熱心に言い、また銚子を差し出す。

「いや、私は何も持っておりませぬ。新発田藩を辞した父がそのまま歿くなり、今は浪々の身です。何とか中山の家を再興したく、江戸へ出て参ったのです」

「そうでしたか。中山殿ほどの達人ならば、容易く仕官は叶いましょう」

奥田が言うと、細井が反論した。

「いいえ、今の時代、剣だけではいけません。やはり文武両道を究めねば」

「中山殿、お気になさるな。この細井は、何かというと学問の大切さを説くのです。こう見えて医学を修め、儒学者で書家でもあります。つまり何でもできる嫌みな男なのですよ」

「いえ、中山殿のことではありません。武士全般です。あなたに向学心があることは、見ていてわかります」

安兵衛は思わず細井の顔を見た。細井は、利発そうに秀でた額にしわを寄せて笑った。安兵衛より十ほど年長のようだが、穏やかなその笑顔に、気が合いそうに思えた。

奥田が胸を張って言った。

「中山殿、いや、もう安兵衛でよいか。私は播州赤穂藩、浅野家に仕えておる。江戸詰でな」

「私は遠州、掛川の出です。次男で、仕官はしておりません」

細井がそう言い、手を伸ばして、安兵衛に酒を注いだ。

おい亭主、酒をもっと持ってきてくれと、奥田が声を張り上げた。

しまった、と安兵衛が飛び起きた時には、すでに暁七つ（午前四時頃）だった。酔いつぶれて初対面の細井の家に泊めてもらったのだった。

宿酔で痛む頭をひと振りし、ふらつく足を動かして八丁堀にある佐藤新五右衛門の家に帰り着いた時には、東の空が白みはじめていた。奥田、細井と意気投合し、ついつい酒を過ごしたのだ。

安兵衛は裏手に回り、庭先に座り込むと、家人が起き出すのを待つことにした。

どこからともなく一羽の小鳥が飛んできて生け垣に止まった。あちこちをついて餌を探しているのだろうか。愛くるしい姿を見ていると、姉、きんの優しい目が頭に浮かんだ。

「安兵衛、短慮は慎みなさい。剣の腕が上がれば上がるほど、頭を垂れる武士にならなくてはいけません。あなたには中山家再興という本懐があるのですから。これは些少ですが路銀です。くれぐれも気を付けてゆくのですよ」

そう言って、村を出る安兵衛に金子を握らせたきんの手は、昔と変わらず温かかった。

安兵衛は、生まれてすぐに母を歿くした。それゆえ、腹違いの姉、きんが、安兵衛の母親代わりになって育ててくれた。

それだけではない。父、弥次右衛門が死去した後、一人になった十四歳の安兵衛を引き取ったのも、牛崎村の庄屋、長井弥五左衛門に嫁いでいた姉のきんであった。安兵衛は十九まで長井家で世話になり、この度、長井家の遠縁に当たる新五右衛門を頼って江戸へ出てきたのである。

牛崎村にいる間、きんは安兵衛が肩身の狭い思いをしないようにと、いつも気に掛け、夫の甥、従兄弟らと同様に学問を習わせてくれた。中山家の再興は、きんの願いでもあった。

姉を思ううち、安兵衛はいつしか寝込んでしまっていたようだった。

「安兵衛、こんなところで何をしておる？」

頭上から聞こえてくる声に目を覚ますと、新五右衛門が立っていた。数年ぶりの再会であったが、変わらぬ笑顔であった。

「すまぬ。小石川の堀内道場に入門を頼みに行って、弟子の方々と意気投合し、飲み過ごしてしまったのだ」

安兵衛が面目なさそうに頭を掻くと、新五右衛門は、ハッハハと愉快そうに笑った。

霜月のある日、大石良雄は阿久利のもとへご機嫌伺いに訪れた。浅野長矩は二日前から、所用で上屋敷を留守にしていた。

「内蔵助、男子が誕生したそうですね。殿は我がことのように喜んでおられます。わらわも嬉(うれ)しいです」

「もったいないお言葉です」

「国元では五穀豊穣(ほうじょう)のうえ、塩の出来もよかったとか。これも領民や家臣たち、そして内蔵助の尽力のお陰です」

「恐れ入ります。民も家臣も、長矩様という名君をいただいておりますゆえに、いっそう懸命に働いておるのです」

長矩のことを誉められたのが嬉しかったのか、阿久利は微笑んだ。

阿久利は備後、三次(みよし)藩主、浅野長治(ながはる)の三女として生まれた。延宝五年（一六七七）、阿久利が四歳の時に浅野長矩との縁組が決まり、その翌年、五歳の時に婚儀に備えて鉄砲洲の上屋敷に入った。

阿久利が初めて長矩に逢ったのは、長矩が十二歳、阿久利が五歳の春であった。それ以来、二人は夫婦というよりは兄と妹のように、共に成長してきたのである。

年が明ければ、阿久利は十六歳になる。世嗣を産んでもおかしくない年齢である。長矩や家臣一同が自分の懐妊を心待ちにしているのを、阿久利はよくわかっていた。

そのうえ、夫の長矩が、他藩の藩主が当たり前のように迎えている側室を拒んでいることも承知していた。

良雄はこれまで、国元でも江戸でも、長矩に気に入られそうな側室候補を何人か選び、屋敷に入れた。長矩はそのすべてに暇を出した。大坂の淀屋が紹介してくれた娘も、結局は退けられた。

良雄は、阿久利の真っ直ぐな気性を好ましく思っているだけに、こうして阿久利に逢う度、こころが痛んだ。

「阿久利様、明日は山王権現(さんのうごんげん)にご参詣なさるとお聞きしました」

山王権現は、もともと江戸城内に祀(まつ)られていて、徳川家康が入府した際に将軍家の産土神(うぶすながみ)とされた。二代将軍、秀忠の時に城外へ移され、今では「江戸の産神(うぶがみ)」と呼ばれて多くの参(さん)詣(けい)者が訪れている。

「内蔵助もお供いたしたく存じます」

「それは嬉しいことです。ぜひお願いします」

翌日は冬にしては強い陽差しが降り注ぎ、風のない暖かな日であった。

——良い縁をいただけそうな、良い日和だ。

阿久利の駕籠の傍を歩む良雄は、菅笠を持ち上げて空を仰いだ。一羽の鳥が飛んでいく。

その鳥影を追う良雄の視線の先に、江戸城が見えた。三の丸が陽に輝いている。

良雄の耳の奥に、家老の安井彦右衛門の言葉がよみがえった。

「昨日、柳沢保明様が新たに側用人に就かれたそうでございます」

「御上のご意向ですか」

「左様のことと聞き及んでおります」

「側用人は、牧野成貞様と柳沢保明様を含めて五人になったということだな」

安井は黙って頷いた。

——千代田の城の中も、日々変わっていくということか。

阿久利を乗せた駕籠は潮見坂を登り切り、緩やかな下り坂を進みはじめた。

参道へつながる坂を右に曲がると、その先に思わぬ迎えが待っていた。

浅野内匠頭長矩であった。

長矩は、良雄の姿を見つけると、白い歯を見せて笑った。

「殿がどうしてここへ？」

良雄はすぐに、阿久利に声をかけた。

「阿久利様、殿がおられます」

「えっ、駕籠を止めてください」

供の者が扉を開けると、阿久利は揃えられた草履をはいて駕籠を降りた。参道の先にある鳥居の下に立つ夫の姿を見つけ、長矩と同じ笑顔になった。

二人は歩み寄り、手に手を取って境内に向かって歩き出した。

良雄はその姿をまぶしそうに見つめた。


年が明け、元禄二年（一六八九）を迎えた。良雄は、仕官のために安井彦右衛門に連れて来られた二名の侍を面談した。

一人は勘定方への採用が決まっていたが、あとの一人は組頭、奥野将監（おくのしょうげん）の縁者ということであった。

「武芸は何を学ばれた？」

「直心影流を」

「安井殿、直心影流であれば、奥田兵左衛門に引き合わせてみましょう」

手合わせをさせてみては、という意味であった。

弥生（やよい）三月のある晴れた日、品川（しながわ）に逗留（とうりゅう）している淀屋三郎右衛門を訪ねるため、良雄は早朝に鉄砲洲の上屋敷を出た。

左手に広がる芝浦には、汐の引いた水際で潮干狩りをする人々がいる。江戸の庶民は行楽と実益を兼ね、春は潮干狩りに繰り出すらしい。

そういえば、昨夜の上屋敷の膳にも、蛤の汁椀が添えられていた。聞けば、諸事倹約に努めている赤穂藩では、賄い方が総出で葛西まで潮干狩りに行ったという。

街道を進んで伊皿子坂下を通り、右に折れて、まず泉岳寺に立ち寄った。赤穂浅野家の江戸の菩提寺である。初代長直、二代長友の墓所があり、良雄はそれぞれの墓に参った。

寺を出て品川に向かうと、左に海が広がり、右手には遠く相模の山々が霞んでいた。

若い頃訪れた江戸には、大通りを一歩外れれば、飢えと死の恐怖が漂っていた。

元禄になった今、良雄が江戸で暮らしてみて驚いたのは、町人の豊かな暮らしぶりと、行事の多彩さであった。春は上野や隅田の堤に桜の花見に出かけ、夏の川開きには花火を楽しむ人や屋形船が集まり、秋は菊、紅葉の見物にも出かける。

社寺の祭りも盛んだ。山王権現や神田明神の祭礼は〝天下祭〟と呼ばれ、江戸城内まで賑やかな行列が練り込み、それを御上が上覧した。幕府はこの祭りの費用を出してもいた。

祭りのない日でも、道には贅沢な絹物を身に纏った男女が行き交い、中には、季節を先取りした麻地の着物の者までいる。

木綿の着物しか身に着けず、それも綿入れ、袷、単衣へと繰り返し仕立て直し、繕いながら着ている赤穂では考えられない。

江戸庶民はこれらすべてを、生活の一部として当たり前のように享受していた。この風潮は、元禄を迎えていっそう強くなっていた。

——民が浮かれ過ぎてはいないか。

生真面目な良雄にとって、江戸の人々の暮らしぶりの奔放さは目に余るものであった。

四代将軍、家綱の頃から、幕府の普請事業の増加や新興商人たちの台頭もあり、景気は上昇を続けていた。五代綱吉の治世になってその傾向がますます強まり、現代でいう〝バブル期〟の予兆が見え始めていた。

しかし、その好景気を享受しているのは、江戸や大坂の一部の者たちだけであった。

淀屋三郎右衛門の逗留する屋敷は、品川宿から少し西へ行った丘陵の上にあった。

邸内では、大坂から淀屋が連れてきた使用人たちが、忙しく立ち働いていた。玄関で良雄を迎えたのは、かんであった。

三つ指をついてこちらを見上げるかんの姿に、良雄は思わず顔をほころばせた。

「さあ、どうぞ」

かんも微笑んだ。

二年ぶりに逢ったかんは、また一段と大人びていた。

淀屋の待つ座敷に入ると、開け放した障子戸の向こうに見事な海が広がっていた。

「大石様、お久しぶりです。こんなところまでお呼びたてして、申し訳ございません」

「江戸滞在で鈍った身体には丁度良い道のりでした。藩祖の墓参もできました」

「それはようございました。狭い家ですが、ゆっくりしていってください」

淀屋はすぐに膳を運ばせ、酒を勧めた。

「陽の高い時から酒を飲むのは久しぶりです」

「たまにはよろしゅうございましょう」

「此度は商いでの江戸入りですか」

「はい。このところ米市場の様相が変わり、一度仕切り直しが必要になりましてな」

「今年は米の値が上がりましたね」

「昨夏は奥州が冷えたのと、あちこちで水害が酷うございましたから。そうでなくても、米の値段は上がっておりましたが」

「天災がなくとも、そうなるものですか」

「はい。ひとつには江戸、大坂で人の数が増え続けておりますからな。その上、近ごろはこうして昼時に飯を食べるようになりました」

淀屋の言うように、江戸幕府が開かれた当初、日本人の大半は一日二食であったが、この頃には昼食の習慣が根付きはじめていた。

いつの頃からか、赤穂藩の江戸屋敷でも昼に簡単な食事を用意するようになっていた。良雄はまだ二食であったが、若い家臣たちの間では、昼に結び飯を頬張るのが当たり前のようだった。節制の大切さを説いても、まるで聞こえぬ振りである。

昼餉を終えると、淀屋は立ち上がり、部屋を出ていった。しばらくして、襖が静かに開いた。かんであった。

「息災であったか」

かんは良雄の顔を見つめ、ゆっくりと頷いた。久しぶりに嗅ぐかんの匂いに、良雄の心は安らいだ。

七月、浅野長矩の参勤交代にともない、良雄は赤穂へ帰ってきた。

一年ぶりに屋敷の長屋門を潜った良雄を、赤児を抱いた女中のせつと並び、理玖が出迎えた。

「お帰りなさいませ。松之丞、父上ですよ」

良雄は松之丞を抱き取り、笑いかける。

「これは大きな児だ。重たいな。母の乳をずいぶんと飲んだようだな」

松之丞がはしゃぎ声を上げた。

「あれ、松之丞様が笑われた。やはりお父上だとわかるのですかね」

せつが感心したように言い、長旅でお疲れでしょうからと、松之丞を受け取ろうとした。

「せつ、松之丞は私の児だ。逢えなかった分、しばらく抱かせておいてはくれぬか」

良雄が我が児を抱き締めてそう言うと、理玖は嬉しそうに笑った。

着替えを済ませた後も、良雄は松之丞を傍から離そうとしなかった。

膝の上に乗せて縁側に座り、

「松之丞、腹は空いておらぬか」

「母に似てよう笑う児じゃ」

などと、ずっと話し掛けていた。

その姿を見た奉公人たちは、良雄様はたいした子煩悩だ、と微笑みを交わし合った。

その夜、良雄たちは初めて親子三人で蒲団を並べた。

「理玖、お産は重かったのか」

「いいえ、松之丞はぽんっと出てくれました」

「ぽんっ、とか。ハッハハ」

良雄が笑うと、理玖は恥ずかしそうに、顔を赤くした。二人の間で、松之丞は安らかな寝息を立てている。

「理玖」

改まった声で良雄が名を呼んだ。

「はい」

「よくぞ大石家の嗣子を産んでくれた。私からだけでなく、祖父や父にも代わって礼を言う」

目をしばたたかせた理玖は、こくりと頷いてから、大粒の涙をこぼした。

翌朝、良雄は、理玖と松之丞と共に、大石家の菩提寺である花岳寺を訪れた。昨秋歿くなった祖母、千の墓参のためであった。

松之丞を抱いて寺の仁王門を出て、理玖と並んで立つ。どこまでも続く穏やかな海を眺めて、しみじみとつぶやいた。

「やはり、赤穂が一番良いな」

秋になり、理玖は二人目の子を身籠もった。

その年の師走のある夜、酔い心地で屋敷に戻ってきた良雄に、理玖は目を丸くした。

「お酔いになるのは珍しいですね」

「大野九郎兵衛の孫の誕生祝いでな。めでたい席で、つい飲み過ぎた。ついでに、九郎兵衛に説教もされた。私は、巾着の紐が緩いのだそうだ」

「あの方は、なにもかもを金勘定にしてしまうという噂ですから、あなたにそんなことをおっしゃるのです」

理玖は頬を膨らませた。

「ほう、理玖にまで九郎兵衛の勘定方としての仕事ぶりが聞こえているのか。知らない者はそう言うだろうがな、ああ見えて、侍としての筋は通しておるのだ」

「そうでしょうか。お始末屋と評判ですよ」

「ははは、確かにやつの口癖は、倹約、だな」

良雄は、蒲団を敷き終えた理玖の手を取り、引き寄せた。

「いけません。お腹(なか)の子に……」

「わかっておる。少し傍にいてくれ」

理玖は黙って、良雄の蒲団に入った。身八ツ口から差し込まれた夫の手が乳房に届いて、声が出そうになった。

「理玖、庭の椿の花を見たか？」

「はい。二年で花を咲かせてくれました」

「理玖が植えてくれたお陰だ。この屋敷はおまえが来てからずいぶん明るくなった」

「義母上(ははうえ)からは、笑い過ぎると叱られました」

「気にするな。おまえはおまえのままでよい。そういえば、豊岡から便りがあったようだな」

「はい。兄の毎明は来春、祝言だそうです」

「そうか。何か祝いの品を用意せねばな」

話している途中で、良雄は寝息を立て始めた。理玖は横になったまま、夫の寝顔を見ていた。こうして二人で過ごせることが、理玖は嬉しかった。

夜半、理玖は、奇妙な物音で目を覚ました。理玖の隣りで、夫が眉間に深いしわを刻み、苦しそうに声をあげていた。悪い夢でも見ているのだろうか。

赤穂藩は小藩ながら、筆頭家老の大石内蔵助は、切れ者として西国でも評判だった。その夫が、胸を掻きむしらんばかりにしてうなされている。

——いったい何と戦っていらっしゃるのか。いや、何を恐れておられるのだろう。

夫の苦悩を思い、理玖は切なくなった。

良雄は自分の声で目を覚ました。

天井が目に飛び込んできて、自分が赤穂の屋敷で寝ていたことを思い出す。身体を起こした良雄は、隣りの蒲団にいる理玖の様子を窺った。うめき声を聞かれたのではと心配したが、妻は童女のような顔で眠っていた。

師走だというのに、全身に汗をかいている。

夢の中で、良雄は何かに恐れおののき、叫んでいた。今し方まで見ていたその夢を思い出そうとしたが、記憶はいつものように模糊としていた。いつの頃からか、良雄はこの正体のわからぬ悪夢を見るようになっていた。

初めてこの悪夢にうなされた夜、良雄は差し伸べられた手を握りしめながら目覚めた。かんの手であった。

心配そうに良雄の顔を覗き込んだかんは、大丈夫ですか、と強く手を握り、かんが傍におりますから、と耳元で囁いた。背中を擦られた良雄は、幼児のように何度もうなずき、かんの胸に顔を埋めた。

今まで理玖の傍で、悪夢を見たことはなかった。良雄は、もう一度、妻の様子を窺った。寝返りを打った理玖は、良雄に背中を向けている。

二年前の嫁入りの夜、自分に足を擦られながら眠ってしまったあどけない寝顔を見て、良雄は、この女をこのままのびのびと暮らさせてやりたいと願った。自分にはできないことを、せめて伴侶にさせてやることが大切なのだろうと思ったのだ。

――それにしても厄介な夢だ。

良雄は胸の中でつぶやき、再び目を閉じた。

ちょっとした事件が起きたのは、良雄がその厄介な夢を見た二日後であった。

年の終わりに恒例で行われる〝火消組〟の鍛錬で、家臣の一人が大火傷を負った。

藩主、長矩は〝火消〟という仕事をことのほか好み、自ら陣頭に立って指揮を執るほどであった。

江戸市中並びに江戸城を広く焼き尽くした寛永の大火以来、幕府は、大名を火消の任に当たらせていた。赤穂浅野家の初代藩主、浅野長直も幕府に選ばれた〝大名火消〟の一人で、その勇猛さと働きぶりから、江戸では知らぬ者はなかった。

長矩はまだ火消の任に就いたことはなかったが、その日に備えて鍛錬を欠かすことはなかった。赤穂藩の火消の鍛錬は、簡単なものではなかった。

長矩が在府の際は、南沖櫓のそばに仮小屋を三棟建て、これに火を付ける。火事を報せる早鐘が打ち鳴らされると、本丸から〝火消組〟の三十名が刎橋門を駆け渡ってきて、一斉に燃え盛る小屋へと突進する。この時代の消火方法は、延焼を防ぐために家を打ち毀すというものだった。

山鹿流陣太鼓が轟く中、火事装束の屈強な男たちが小屋を崩していく。夕刻から始まる鍛錬は、火の粉が盛大に噴き上がり、見ようによっては冬の花火のようで美しかった。

事故は、一棟目の打ち毀しを終え、二棟目にかかった直後に起こった。

「二番方、次へ」

長矩の声が響き、十人の家臣が向かった。海からの突風が吹き付け、火が燃え上がる。突然、小屋が音を立てて崩れ落ちた。下がれ、という叫び声の後、まだ一人残っているぞ、という悲鳴が続く。すぐに二人が火の中に駆け戻り、ほどなく、ぐったりした男を背負って出てきた。大量の水が三人に浴びせられた。

鍛錬後には宴席が設けられる。この日は、〝火消組〟と、大野九郎兵衛を含む勘定方とが、膳を挟んで睨み合っていた。

負傷した者は、小屋の床柱を大槌で打ち倒すために火中に飛び込んだところ、急に床柱が倒れてきたという。兜で頭部を守っていたため火傷で済んだが、一歩間違えれば死ぬところであった。

仮小屋を建てた大工に理由を問い質すと、小屋の普請代が減らされ、仕方なく柱を細くて安い木材に替えたということがわかった。

長矩が労いの言葉を掛けて退出した直後、怒声が上がった。

「だから拙者は、〝火消組〟の掛かりを削ることは承服できぬと申し上げたのです」

足軽頭で、〝火消組〟の頭を務める原惣右衛門が怒りに身体を震わせながら言った。

「火消の鍛錬は、そろそろ中止にした方がよろしいようですな」

九郎兵衛が答えた。

夜半まで続いた議論の後、良雄は本丸御殿を出た。

二之丸門を潜った時、急に海鳴りが聞こえた。それが誰かの叫び声のように思えて振り向くと、冬の月が皓々と輝いていた。

翌日、良雄は大書院で長矩に逢った。

「昨日の鍛錬の指揮、お見事でした。殿のお力で赤穂の〝火消組〟もますます勇猛果敢になりましょう。しかしあの事故は、内蔵助の不行き届きでございました。原因を調べたところ、仮小屋の木材を減らしましたため、火の回りが早かった様子。二度とあのようなことが起こらぬようにいたします」

良雄が深く頭を下げると、長矩が応じた。

「予が倹約を申し付けておる故であろう。勘定に合わぬことを大工にさせて済まぬな」

良雄は顔色を変えた。

「僭越ながら申し上げますが、勘定などということを、殿が口にしてはなりません」

常より厳しい良雄の表情を見て、長矩は驚いたように問うた。

「内蔵助、なに故じゃ。藩の財政を知るのは、藩主の務めではないのか」

「ごもっともです。すべての藩政は、殿にお決めいただくことで、藩の財政もそのひとつです。しかしながら、殿が細かい金の勘定をなさる必要はございません。ましてや、殿の口から勘定に合わぬ、などという言葉が発せられては、家臣一同、己の恥と思いましょう」

「なぜ、家臣の恥となるのじゃ？」

二年前、長矩が江戸に詰めていた折、同じく江戸にいた大野九郎兵衛が何度か呼ばれ、藩の財政について詳しく話をしたと聞いた。長矩が勘定という言葉を使うようになったのは、おそらくこのためだろう。

「殿が日頃から倹約を心掛けてくださっていることは、内蔵助も家臣も、重々承知しております。しかし初代、長直公以来、家臣は殿にご倹約をお願いすることはあれど、窮することはなきようにと心掛けて参りました。君、窮するは臣の恥でございます」

長矩は居住まいを正して頷いた。

「相わかった。今後は慎もう」

良雄は深々と頭を下げた。

大書院から下がると、良雄は勘定所の次の間へ出向き、茶坊主に大野九郎兵衛を呼ぶように頼んだ。

しばらく待っていると、九郎兵衛はいつものようにせかせかと急ぎ足で入ってきた。

「何か御用でしょうか。勘定方は、今が一年で一番忙しい時でござる。手短に願いたい」

「それは相すみませぬ」

良雄はそう言って、にこやかな顔で九郎兵衛を見上げた。

「大野殿にお願いがございます」

「何でござろう。金の掛かることはご勘弁願いたい」

良雄は苦笑して言った。

「殿のことです」

九郎兵衛は怪訝(けげん)な顔をした。

「殿が、どうかなされたか？」

「いえ、殿に何かあるわけではござらん。殿と大野殿のことです。大野殿が江戸に詰めておられた折、殿に藩の財政の話をお聞かせになられたそうで」

「ああ、殿のお召しがありましてな。ありのままの歳入歳出をお話しし、この先の財政についても、私の意見を申しあげました」

「それは誠にありがたきことでございます。殿はさぞお喜びだったでしょう」

「そう丁寧に礼を言われると、尻がむずがゆいですな。そのことで呼んだのですか？」

「いいえ。お話はふたつございます。まず、今後、殿の前で金勘定の話はしないでいただきたい」

九郎兵衛は、意外そうな顔をした。

「それはまた、どうして？」

「殿に藩政をお決めいただく上で、金勘定が先に立つことは、決して善いことではないからです」

「これは異なことを。財政を知らずして、どうして政ができましょうか」

「もちろん、藩の財政については知っていただかなくてはなりません。しかし、殿が細かな金勘定について、ひとつひとつ口にするようでは困るのです」

「財政とは、つまるところ細かな金勘定であろう」

「承知しております。それでも、殿に金勘定をさせてはなりません。ましてや、殿がそれを口になさることは断じてならぬのです」

さすがの九郎兵衛も苛立った。

「わからぬ。私には大石殿が話しておられることがわかりません」

「赤穂の藩主は〝金勘定に聡い〟という風評が立ちましょう」

「聡いのなら、よろしいのでは？」

「風評とは、そのように真実は伝えません。〝聡い〟は〝金勘定を好む〟に変わり、次には〝金勘定ばかりして武家の本分を忘れた〟となるやもしれません」

「そんな馬鹿な」

九郎兵衛は笑った。

「赤穂の藩主は武士の本分を忘れた大名だ、という風評が立ちかねません」

良雄は、よからぬ噂を避けるため、長矩に金勘定を覚えさせたくはないと、大野九郎兵衛に話した。

「ハッハハ、そんなこと、あるわけがない」

九郎兵衛は呆れたように笑った。

「笑われるのも無理はないですが、風評とは、そういうもの。江戸の老中や側用人たちの耳は、常にその風評を捉えようとしています。よからぬ噂が広がれば、すぐさまなにがしかの企みが動き出しましょう。二百四十余藩、御一門にも譜代大名にも、幕府の隠密が入っていることはご存じのはずです。幕府が一度狙いを定めれば、外様の我が藩など、ひとたまりもありません。その上、赤穂は上質の塩の産地。天領に欲しいと思わぬ訳がありません」

真顔になって良雄の話を聞いていた九郎兵衛が、また苦笑いを浮かべた。

「大石殿、戦さの続く時代ならまだしも、この太平の世で、そのようなことは起こりますまい。取り越し苦労も大概になさいませ」

九郎兵衛は身を乗り出し、さらに小声で続けた。

「風評といえば、先般の江戸詰の折、私は諸藩の方々と広く交流いたしました。その際、〝赤穂に大石あり〟というたいした評判を耳にしました。〝西国一の家老〟というのもござった。これを口にされたのは、ほれ、我が藩が塩を献上している水戸藩の家老、藤井徳昭殿じゃ。私は驚きましたぞ。水戸光圀公がそうおっしゃっていたとか。大石殿は、光圀公ともご昵懇（じっこん）のようで」

「いや、そのようなことはござらん」

「ほれ、これだから、風評はあてにならんのです。江戸でも評判の大石殿が、煙も立たぬうちから、そのようなご心配をなさる訳が、私にはわかりません」

良雄は、しばし黙ってから答えた。

「恐れておるのでしょう。私は幼い時より〝弱虫〟と呼ばれ、風が吹いただけで、その音に怯（おび）えて泣いておりましたから」

「ハッハハ。それは面白い。大石殿が〝弱虫内蔵助〟などと、誰一人として真に受ける者はおりませぬよ」

九郎兵衛は笑いながら立ち上がった。

良雄は頭を下げて見送り、もうひとつの話は、後日改めてすることにした。

年が明けて、年始の行事をすべて済ませると、良雄は、石清水八幡宮の専貞を訪ねた。豊蔵坊の社僧、信海の墓参のためだった。

「兄上、少しお痩せになったのではありませんか？」

良雄は去年の暮れから食が細くなっていた。理玖が心配して好物や精のつくものを膳に並べてくれるのだが、食欲がなかった。眠れぬ夜もあった。さすがに弟である。

専貞は、僧としての風格を増していた。二人して参道を歩くと、すれ違う僧たちが深々と頭を下げ、慕われている様子が窺える。早々に仏門に入れたのは、やはり祖父、良欽の慧眼であったのだと改めて感心した。

良雄は、専貞を羨ましいと感じる時がある。人は、与えられたそれぞれの道で己の本分をまっとうするしかないのだが、生まれる順序を違えていれば、隣りを歩く僧侶は自分であったかもしれないと思った。

墓前で手を合わせると、信海と最後に会った姿がよみがえってくる。その日、向かったのは、いつもの私室ではなく、敷地の隅に建てられた、苔むした小さな庵であった。

「信海様、大石でござい……」

声を掛けると、裏手へ回ってくれぬか、という返事が聞こえた。庭に行くと、作務衣姿の信海が箒を手に立っていた。

「こんな恰好やが、ご勘弁ください」

「ご無沙汰しております。久びさにご挨拶に参りました」

「良雄殿、堅苦しい挨拶はなしや。まあ、ここへお掛けください」

信海はそう言い、縁側を指さした。

二人は横に並んで座った。

「ここは私の休息所でしてな。一人になって寺の内外で被っておる面を取り去り、この庭をぼんやりと眺めるんです」

小さな庭で、池はあるが水がなかった。

「水のない池も、なかなか良いもんでしょう。雨が降って溜まればそれでよし。わざわざ水を入れれば、次に魚を、亀をと言い出し、人の欲は限りがない。八万四千の煩悩いうほどですわ」

今日の信海の言葉には、普段は使っていない京言葉が交じっていた。

信海は庵の中に良雄を招き入れた。

「丁度、茶を点てようと思てました」

「不調法で、茶の作法は存じませんが……」

「作法などいりません。気持ちよく飲めばそれでよろしい」

良雄は茶を飲み込むと、信海に向き直った。ずっと抱えていた不安を、吐き出したくなった。

「信海様に聞いていただきたい話があります」

信海は優しい目で見返した。

幼い頃から祖父、良欽と大叔父、頼母助に教育を受け、その教えに懸命に従ってきたこと。若くして家老職を継いだものの、いまだに祖父や大叔父の望む半分も務めを果たせていないこと。綱吉の治世になって小藩の転封や改易が相次ぎ、赤穂藩が心配でならないことなどを、良雄は正直に話した。

「私は幼い頃〝弱虫〟と呼ばれ、人一倍怖がりでした。その性質(たち)が、近ごろまた表に出て来たのか、夜中にうなされて飛び起きる始末です」

「お武家さんいうんは、つらいもんですな。私は、将軍になってすぐの頃に綱吉様にお逢いしましたが、学問好きで信心も篤く、なかなかの器とお見受けしました。綱吉様の周りの人たちに、癖があるのかもしれませんな」

信海は昔を思い出すように遠くを見た。

「しかし、私の耳に入ってくる良雄殿の評判は、どれも良いもんばかりです。淀屋三郎右衛門殿は、西国に数多(あまた)ある藩の中でも、大石殿は一番の家老だと言うてはる」

「いえいえ、私などそんな大層な者ではございません」

「そうそう、確か〝切れ者〟とも聞きますな」

良雄は、九郎兵衛に言われた時と同じように、今度もまた、信海が自分をからかっているのではないかと思った。

「どなたかとお間違えでは」

「いや、間違いやありません。噂いうんは、当人の知らんところで勝手に一人歩きするもんです。あなたの評判を聞いて、私は嬉しかった。しかし、他藩の人や将軍様の周りのお武家さんたちはどう思わはりますかな」

「えっ？」

「あなたはご自分のことを怖がりと言うてはりましたが、将軍様やその周りのお人たちのほうが、もっと怖がりなんやないかと私は思うとります。その怖がりが、相手を手強いと見たら、どないすると思います？」

やわらかな口調とは裏腹に、信海の言葉は鋭いものだった。

良雄は掌に汗をかいていた。

信海の目に腹の中を覗き込まれているように感じて、返答に窮した。

「……わかりません」

「良雄殿、居ても、居なくてもかまわんような、無用の長物におなりやす」

――無用の長物？

良雄が戸惑っていると、信海は部屋を見回し、フフッと笑って隅のほうを指さした。

そこに、灯の点っていない行灯があった。

「昼間のあれですわ。〝昼行灯〟のようにならはるとよろしいですわ」

良雄は、陽が差し込む場所に、ぽつんと置かれた行灯を見つめた。

「そうならはったら、良雄殿、あなたは務めを果たすことがおできになります」

そう言って信海は立ち上がる。

「よう考えておくれやす。ああそうや、あなたにお渡ししたいものがありました」

信海は手に細長い木箱を持って戻り、そこから一幅の絵を取り出した。

沈みゆく大きな夕陽に染まる海、うねる波濤の際に、一羽の鳥が飛翔していた。夕陽は見事な朱色であったが、一羽だけで飛ぶ鳥は、どこか、もの哀しい。傍らには歌が添えられていた。

〝まるき日のなかしみしかしといふ不審　われハたつ鳥　浪にとへとや〟

良雄はそれに見入った。

「このような素晴らしい絵を私に」

「あなたのために描いたもんです。お見えになると知って、急いで仕上げました」

良雄は黙ったまま、深々と頭を下げた。

石清水八幡宮を出た良雄は、その足で大津の三尾豁悟を訪ねた。

信海からもらった絵を広げると官兵衛は感嘆の声をあげ、羨ましがった。

絵を食い入るように見つめている良雄に、官兵衛が言った。

「どうした、良雄。心配事でもあるのか？」

良雄は笑い、静かに首を横に振った。

信海の訃報がもたらされたのは、そのひと月後だった。

第四章　天空の城

元禄四年（一六九一）の師走のある日、大石良雄は縁側に座り、ぼんやりと海を眺めていた。

夏の終わりから、良雄の持病、疔腫（腫れ物）が悪化し、肩口から背中にかけて腫れた。藩医の亀崎玄良には大したことはないと言われたが、調子が悪い時には登城せず、一日中屋敷にいることもしばしばだった。

玄良が処方してくれた軟膏を塗るのは、女中のせつの役目だ。子どもたちに感染ってはいけないからと、良雄が理玖に身体を触れさせないでいたためだ。

「腫れ物の具合はどうでしたか」

理玖が尋ねると、せつは首を傾げて答えた。

「もう痕もありませんが、薬を塗ると、痛いとおっしゃって。昔から大きな傷ができても、決して痛いなどと口にしない方でしたのに」

理玖が様子を見に縁側へいくと、夫はうとうとしていた。

この一年余り、良雄はよく居眠りをするようになった。少し目を離すと、このように舟を漕いでいる有り様だった。

嘘か真実かわからぬが、この秋の浅野長重公の法要の席で、殿の後ろに座った夫が居眠りをしていたとの噂が立った。身体が不自然に左右に揺れるのを見た家臣たちは驚き、目を疑ったという。そのような大切な席で、あろうことか筆頭家老が眠っていたという話は、瞬く間に藩内に広がった。

理玖は縁戚の潮田又之丞に、それとなく城内での夫の様子を尋ねた。大石邸によく顔を出す又之丞は、理玖と年も近く、話しやすい相手だった。

「こんなことを申し上げては失礼ですが、近頃、ご家老はお疲れのようです。子だくさんも結構ですが、過ぎるのはいかがでしょうか」

最初は相手の言わんとしていることがわからなかった。しかし、それが嫁いで四年ですでに三人の子をもうけた自分と夫に対し、ほどほどにしては、と言っているのだと気付き、理玖は顔を赤らめた。

長女のくうが生まれる少し前から、夫の様子は変わったように思う。嫁入りしたばかりの頃は、妻の自分さえ近寄りがたい、刃のような鋭いものが見えた。周囲から同じように見られているのも知っていた。

それが近ごろでは、刃どころか、ぼんやりとした捉えどころのない人になったようで、病かと案じてしまうほどだった。

「来年、讃岐、高松へ行こうと思う」

うたた寝をしていると思った良雄が、急に声を出した。驚いた理玖は訊き返した。

「何とおっしゃいましたか？」

「年が明けて、殿が江戸へ発たれたら、しばらく讃岐、高松へ行こうと思っている」

「はい。しばらくとはどのくらいですか？」

「三月、いや半年になるかもしれぬ」

何とも曖昧な言い方だった。

「藩のお務めでしょうか？」

「のようでもあるし、そうでないようでもあるなぁ」

理玖は、その言葉をどう捉えればよいのか迷ったが、彼女には夫へのゆるぎない信頼があった。

武家に生まれた男はどのように生きねばならぬのかを家族から教え諭されて育つ。その過酷さは、兄を見てわかっているつもりだったが、女の理玖には想像するしかなかった。この度の高松行きにも、何か理由があるのだろうが、理玖には推し量ることしかできない。

今春、良雄の母、玖麻が滞在先の京都で歿くなっている。嫁いでまだ四年、祖母、千に続いて大石家の護り手を失って茫然とした理玖であったが、夫は、家のことはこれからはおまえのやり方でやればよい、と言った。

穏やかなその言葉に、理玖は驚くのと同時に、夫もまた、自分を信頼してくれていると知り、胸を熱くした。

だからこの度の旅についても、

「讃岐の地は、過ごしやすいでしょうか」

と問うただけで精一杯だった。

「どうだろうなあ。潮田又之丞も大石源蔵も一緒だ」

それを聞いて、理玖は少し安堵した。

良雄が海を渡った讃岐まで出かけようと決めたのは、東軍流の師である奥村権左衛門が高松に道場を構えたからである。

十年ほど前、赤穂に奥村権左衛門が滞在していた折、良雄は三年間教えを受けたことがある。その間に剣術の腕が上がったのを自分でもはっきりと感じた。

しかしその後、良雄は家老職で忙しくなり、奥村もまた、この地から移っていった。

その奥村が讃岐にいると聞き、再び教えを請おうと考え、良雄は手紙を出した。

年が明けてすぐ、手紙の返事が届いた。

奥村権左衛門は、良雄の高松入りをこころ待ちにしている、と書いてきた。

いかにも実直そうな性格が表れている、権左衛門らしい手跡であった。

権左衛門の門弟は五百人以上といわれている。西国ではその名を知らぬ者がない剣客であり、軍学にも秀でた人物であった。赤穂だけでなく、池田家、浅野家、松平家などで藩士に剣技を授けた後、四国を歴遊し、今は高松に落ち着いていた。

良雄にとっては剣の師であるが、二人は同い年で、お互いを敬い合っていた。

良雄はこの数年、己に不足しているものを痛感することが増えた。そのひとつが、剣術であった。未熟な剣の腕を鍛えたい、と思っていたが、筆頭家老という役職にあり、国元をそうそう留守にすることはかなわなかった。

しかし常々、武術の鍛錬を怠るなと藩士たちに申し付けている自分自身の剣に迷いがあり、己ができないことを人に命じるのは身勝手だと感じていた。

昨年秋、赤穂城下において、一人の男が斬死した。

殺されたのは、二年前に江戸から赤穂へ婿養子としてやって来た岡田与三郎。若いが、剣の腕が立つという触れ込みだった。

与三郎を養子に迎えたのは、馬廻役の岡田家で、嫡子がおらず、ふみという娘が一人だけだった。ふみは器量好しで、優しい娘であった。理玖とも親しくしており、良雄の長男、松之丞が生まれた際には、大石家に手伝いに来ていたこともある。

与三郎が初めて赤穂入りした折には、ちょっとした評判になった。男振りがたいそう良かったからである。まるで役者のようだと、武家の女性たちは色めき立った。

大石家へ養子縁組と仕官の挨拶にきた与三郎を見て、良雄は少し戸惑った。色白で涼やかな目元は、鄙にはまれな容貌だった。剣の腕前よりも、男振りの良さが先に立ち、質実剛健を第一とする赤穂の武士たちとは、明らかに異質であった。かすかな不安を胸にとどめたまま、良雄は婿入りの件を認めた。

良からぬ噂が流れ出したのは、祝言を終えてひと月も経たぬうちであった。

与三郎の噂は、誉められたものではなかった。町人町にある水茶屋に入り浸っている、というのだ。

その一方で、城下にあるいくつかの道場を訪ねては相手をさんざん痛めつけ、剣の腕をひけらかすというのだ。江戸から来た若者の傲慢な態度は、赤穂の侍たちの反感を買っていた。見かねた義父が叱責し、しばらくはおとなしくなったものの、それも長くは続かなかった。江戸で一旦覚えた遊びを、我慢できない若侍は珍しくなかった。

しかもこれに加え、夏の終わりになってさらに悪い噂が立ち始めた。こともあろうに、与三郎が藩士の妻女と不義密通をしているというのだ。

噂はあくまでも噂である。しかし、それを捨ておけぬ者がいた。不破数右衛門という若い侍である。

数右衛門は、御前試合でも活躍した岡島八十右衛門と並ぶ、腕自慢として知られていた。数右衛門は、その類い稀な武術の才を見込まれて不破家の養子に入り、百石取りの馬廻役となっていた。

数右衛門の性格は実直にして豪放磊落。実直といえば聞こえはいいが、一度こうだと決めたら何が何でも曲げることはできず、また、小事に拘らぬどころか、細かいことには全く目を向けられない性質であったから、何かと他人とぶつかってばかりいた。

武士という身分にも誇りを持っていた。それゆえ、町で酒を飲んでは、酔客や博徒と悶着を起こし、相手に斬りかかることすらあった。

この時代、生身の人間を斬ったことのある侍など、ほとんどいなかった。朋輩から、人を斬るとはどんなものかと尋ねられた数右衛門は、斬ってみなければわからぬと答え、埋葬されたばかりの屍を掘り起こし、試し斬りをしたという噂まである。

妻女が不義密通の噂を立てられたのは、同役の田中新之助。病弱だが真面目な男で、数右衛門の友である。

岡田与三郎と、田中新之助の妻女との不義密通の噂が耳に届いた時、数右衛門がそれを放っておける訳はなかった。

数右衛門は単純であるが、およそ悪意がない男である。

仕官して同役となった与三郎の年が自分と同じで、剣の腕も立つと知り、すぐに好意を持った。強い侍が藩に仕えるのは、こころ強い。数右衛門が親しげに声を掛けると、与三郎はいつもろくに返事をせず、にやにやとした笑顔を向けた。しかし、

——馬鹿にされている。

とは、微塵も思わなかった。

愛想のいい男だ、とまで思っている。

酒や女の噂は聞くが、数右衛門とて潔癖というわけではないし、江戸詰の折には悪い遊びに耽ったこともある。ただ、友人の妻女との不義を捨て置くわけにはいかなかった。

そこで、まず与三郎を呼び出し、直接問いただすことにした。町人町の外れにある酒屋に現れた与三郎は、いつもの馬鹿にしたような笑みを浮かべていたが、卓に着いた数右衛門を見ると、表情を改めた。

「噂を聞いた。お主が、田中新之助の……」

数右衛門がそう切り出した途端、与三郎はあっさりと頭を下げた。

「すまん、間違いであった。拙者は己が恥ずかしい。あの女にはもう二度と逢わぬ」

あっけにとられた数右衛門に、与三郎は更に深く頭を下げた。

妻女との不義を認めたら、新之助の代わりに斬るつもりであったが、あやまちをあっさり認め、詫びられるとは思ってもみなかった。

武士に二言があるはずはない。

それが数右衛門という男であり、数右衛門は、すべての武士がそうであると信じていた。

「うむ……そうか……」

曖昧にそう唸った数右衛門の盃に、与三郎は酒を注いだ。

「わざわざ忠告をしてくれるとは、お主はいい男だな」

与三郎にそう言われて、完全に毒気は抜けている。

「そういうわけではないが」

言いながら、酒をぐいと干した。

二人は半刻ほど酒を酌み交わし、いずれ剣の手合わせをと約束して別れた。

──意外と素直でいい奴ではないか。

上機嫌で引き揚げる数右衛門の背を見送った与三郎は、ほとんど酔っていない。

「田舎侍が、何様のつもりよ」

顎を突き出し、吐き捨てた。

数右衛門は、馬鹿がつくほどの正直者であった。

一方の与三郎は、性根の腐った悪党であった。事の大小を問わず、自分の都合次第で、嘘をつくことなど何とも思っていない。

与三郎が素直に頭を下げた理由は、酒屋で一人座る数右衛門の殺気に満ちた背中を目にした時、数右衛門の剣の力量を感じ取ったからだった。腕は自分の方が上だと踏んだものの、いかんせん実戦の経験はない。かたや数右衛門の剣は、いわば死ぬ覚悟のある剣で、真剣で勝負をすれば、一撃で仕留められてしまうと悟った。

──今立ち合えば、死ぬのは俺だな。

そう思った与三郎は、こころにもない言葉を並べて、数右衛門を丸め込んだのであった。

数右衛門と逢った次の日は、田中の妻女との約束があった。与三郎はいささかの良心の咎めもなく、待ち合わせた茶屋へ向かった。

数右衛門の屋敷を新之助が訪ねてきたのは、数右衛門が与三郎と話した数日後の早朝であった。

病がちな新之助であるが、早朝の光のせいか、真っ青な顔はまるで死人のようであった。

「岡田与三郎が我が妻と密通をしていると知っていたか？」

「いったい何の話だ？」

数右衛門はとぼけた。

「知らぬならよいのだ。邪魔をしたな」

「おい、何をするつもりだ？」

「岡田を始末する。おまえには言わぬつもりだったが、朝早くからすまぬな」

「ちょっと待て。岡田は腕が立つぞ。その話はどこから聞いたのだ？」

「三日前、二人が茶屋に入っていくのを見かけた」

「今、岡田はどこに？」

「町人町の水茶屋だ」

——あいつ、懲りもせずに。

数右衛門は剣を取ると、立ち上がった。

「新之助、お主はここにおれ」

慌てて前に立ちはだかった新之助の身体を、数右衛門は突き飛ばした。尻餅をついた新之助は、立ち上がろうとして足首を押さえて呻いた。

「待て、数右衛門」

友の叫びにも振り向かぬまま、数右衛門は屋敷を飛び出した。

水茶屋に飛び込んだ数右衛門は、勢いよく階段を駆け上がった。

「岡田与三郎っ」

怒声を発しながら、一番手前の襖を、叩きつけるように開ける。数右衛門にとっては運が良かったことに、寝床からむくっと起き上がった男は、与三郎であった。

「恥を知れ！」

と、一声告げ、数右衛門は袈裟掛けに太刀を振り下ろした。

一撃であった。

与三郎の隣りで寝ていた水茶屋の女は、悲鳴を上げて襦袢姿で逃げ去った。

数右衛門は太刀の血のりを拭い、剣を鞘に収めた。あお向けで息絶えている与三郎の股間が見えた。

——何という態だ、まったく。

その骸に蒲団を掛け、部屋の真ん中でどっかりと胡坐を組んだ数右衛門は、大きく息をついた。

——さて、これからどうしたものか。

頭が回らなかった。階下から人が騒ぐ声が聞こえてくる。まず行動を起こし、後から考える。こういうところは、子供のころから変わらない。

これから来るのは、町役人か、それとも城からの目付方か。逃げ隠れするつもりはないが、この始末をどうつけたものか。

ただ、自分がやらねば、病弱な新之助は与三郎に斬られたであろう。自分が斬るしかなかったのだ。

しかし、それはこちらの理屈である。たとえ相手に非があったとしても、藩士一人を斬り捨てたのだ。岡田家は自分と同じ馬廻役でもある。この先どうなるか見当もつかないが、なるようにしかならないと腹をくくった。

「おい、誰ぞおるか。酒を持ってこい」

階下に向かって声を掛けると、しばらくして店の主らしき男が、銚子と盃を運んできた。

「お侍様、これからどうしましょうか」

店主はお盆ごとそれを差し出し、おずおずと訊いた。

数右衛門にとって幸いだったのは、店主が慌てて役人に報せなかったことと、人殺しと叫びながら早朝の通りを走る女と出くわしたのが、大石良雄に仕える仁助だったことだ。

仁助は女を落ち着かせて水茶屋に連れ帰り、二階に上がった。そこで酒を飲んでいる数右衛門を見つけた。

数右衛門は剣士としても、筋の通った乱暴者としても、赤穂城下で顔と名を知られている。いやに落ち着いて盃を口に運ぶ返り血を浴びた若侍が、不破家の養子だと、仁助はすぐに気付いた。簡単に事情を尋ねた後、仁助は店主に短く指示をし、大石家へ走った。

事情を報された良雄は、仁助にふたつ三つのことを申し付け、素早く身支度をした。

「まあ、お出かけですか」

理玖がのんびりした声で訊いた。

水茶屋の周りには、人だかりができていた。仁助に手配させた役人が二人、入り口を背にして立っており、良雄の姿を見て一礼した。

「藩医は着いていますか？」

「はい、今しがた。中に入りました」

「町の衆を下がらせてください」

役人に立ち去るように命じられ、水茶屋を囲む人の輪が崩れた。人々が散ったのを見届けて、役人が良雄に向き直る。

「ご家老、私どもはいかがいたしましょう？」

「藩の侍がここで狼藉者に襲われ、手傷を負ったと身内から報せがありました。私は中の様子を見て来るので、このまま見張りを頼みます」

水茶屋へ入ると、仁助が待っていた。仁助は、手にしていた二本の釣り竿と魚籠を差し出した。それを受け取った良雄は、二階へ上がり、一番手前の座敷に入った。

数右衛門は、突然現れた良雄を見て、大慌てでお銚子を背後に隠し、ご家老、面目もございません、と畳に頭を擦りつけた。

部屋の隅には困惑顔の藩医が座っていた。

「ご苦労様。して、怪我の具合はどうですか」

良雄は竿を手にして立ったまま、のんびりした口調で藩医に尋ねた。

数右衛門が慌てて答える。

「怪我も何も、私が成敗いたしました。此奴は武士の風上にも置けませんので、私が……」

「いや、まだ息はあろう」

数右衛門はぽかんと口を開けて見上げた。

良雄は、釣り竿の一本を差し出した。

「不破、立て。釣りを続けるぞ」

「えっ？」

「岡田は、少し遊びが過ぎた。それゆえ、こんな場所で狼藉者と斬り合う羽目になったのだ。怪我人は、岡田家の者が連れ戻しに参る。逃げた狼藉者は、役人に追わせよう」

数右衛門の口が、さらに大きく開いた。

筆頭家老と、返り血を浴びた若侍が釣り竿を手に水茶屋から出てきたことで、役人たちは呆気にとられたようだった。

「怪我人は、ほどなく迎えの者が引き取りに来ます。深手は負ったが、藩医ができる限りの処置を施しました。武士がかような場所で負傷するのは不名誉なことゆえ、他言は無用です。狼藉を働いたのは余所者で、どうやら這々の体で逃げ出した様子。すでにご城下から去っておるでしょうが、念のため、近くを探索してください。私は釣りを続けたいので、後は任せます。おい、行くぞ。先ほど逃した魚は、まだあの辺りにおるはずだ。今度こそ釣ってみせよう」

役人たちは、わけがわからぬという顔で二人を見送った。

良雄と数右衛門を乗せた舟が川の上をゆっくりと進んでいた。

「ご家老、これはどういうことでしょう」

焦れたように数右衛門が問う。

「私とお主は、朝早くから共に釣りをしておった。それだけのことだ」

「私は、岡田与三郎が約束を違え、武士にあるまじき行状を続けておるのを見かね……」

「何の話だ。まさか、お主が岡田を斬ったとでも申すのか？　それなら、捨ておくわけにはいかんぞ」

「さよう、お咎めなしでは理に合いませぬ。私も侍でござる。この場で腹を切れと言われても、致し方ございません」

「であれば、この場で斬る」

良雄は竿を置き、傍らの刀を手に取った。

「介錯していただけるのですか」

「切腹などさせぬ。斬り捨てる」

その言葉に、数右衛門の顔色が変わった。

「なぜ、腹を切らせてもらえぬのですか」

数右衛門も刀を手に取った。背後で艪を漕いでいた仁助が、小刀に右手を掛ける。

良雄は仁助のその動きを、目で制した。

良雄と数右衛門は、狭い舟の上で対峙した。

数右衛門の目が異様な光を放ち始める。

――おそらく、相撃ちになる。

仁助が思わず唾を呑んだ時、良雄が言った。

「不破、まだわからぬか。武士の剣は、すべて、君のためにあるのだ。殿の御ため以外に剣を振るうは、恥である。捨てるつもりのその命、私が預かろう」

その言葉で、不破の殺気が霧散した。

「内蔵助、暇を許そう」

藩主、浅野長矩が、口元に薄く笑みを浮かべて言った。

「はっ、有り難きしあわせに存じます」

小書院の下座についた良雄は、深々と頭を下げる。

「しかし、予が知る限り、内蔵助の剣の腕は並々ならぬものだった。そのうえでなお修行をせねばならぬのか。訳を聞かせてくれるか」

「本当のところを申せば、私の剣は拙く、ぼんくらそのものだからでございます」

「ほう、ぼんくらと言うか。ハッハハ。それは可笑しいのう。ところで内蔵助、そちのことで面白い噂があるのを存じておるか」

「はて、なんでございましょう」

「近ごろのお主は、まるで〝昼行灯〟のようになってしまった、と言われておるそうだ」

良雄は、目を丸くした。

「〝昼行灯〟ですか。それはどのようなものでございましょう」

「薄ぼんやりしている、ということであろうな。予がそれを耳にした時は、いささか腹を立てた。しかし、近ごろのそちの有り様を見ておると、これは案外言い得て妙じゃ、と思うようになった……。いや戯れ言じゃ、内蔵助。怒るでない」

さすがの長矩も、良雄が気を悪くしたのではないかと案じたようだった。

良雄は、自分の額を掌でぽんと叩いた。

「確かに確かに。自分でも合点が参ります」

長矩は目を見張った。

「私は、その昔〝弱虫〟だけでなく〝呑気丸〟とも呼ばれておりましたゆえ、〝昼行灯〟は当たっておるかもしれません」

長矩は真顔に戻り、

「つまらぬ話をした。許せ、内蔵助」

と言って小さく頷いた。

長矩が参勤で江戸へ発った数日後、良雄は大石源蔵と潮田又之丞を伴って、四国、高松へ向かった。

源蔵は大石家の長老、大石信澄の息子である。潮田又之丞は大石家の縁戚で、二人は、是非共に剣の修行をと願い出て、許された。

長矩に許された暇は七か月。家老という立場と年齢を考えれば、これが奥村権左衛門から剣を学ぶ最後の機会だと、良雄は心得ていた。

高松に着いて、良雄たちはまず、東軍流、奥村権左衛門の屋敷を訪ね、門人となる許しを得た。

寓居は、浄願寺の称名院に構えた。

この住まいを用意してくれたのは、祖父、良欽と大叔父、頼母助の弟である大石弥兵衛とその息子、平内だった。

高松藩に仕えた弥兵衛は、三百石を与えられていた。親子は良雄たち三人の高松入りを歓迎し、不便があればなんでも言ってくれ、と請け合ってくれており、剣の修行に打ち込むための準備は整っていた。

到着した翌朝から、良雄たちは若い門人らに交じって、懸命に木刀を振り続けた。気がつけば辺りはすっかり暗くなっていた。人の気配が消えた道場で、良雄は一人、大刀を振った。一心に剣の稽古に励むのは久しぶりで、集中すればするほど、自分のこころが澄んでいくのを、良雄は感じた。

「大石殿、初日から根を詰めると、長続きしませんぞ」

声がして、良雄は手を止めた。道場の入り口で、権左衛門が笑っていた。

「何のこれしき。まだまだ疲れてはおりません」

「今日はそれぐらいにして、我が屋敷においでください。ささやかですが、歓迎の宴をご用意しました」

「先生、そのようなお気遣いはご無用に」

「大石殿、その先生というのは、どうにも据わりがよくありません。奥村と呼んでください」

「いえ、先生です」

高松での修行は、この後、六か月余りに及ぶ。良雄はその間、道場の内外にかかわらず、権左衛門を先生と呼び続けた。

それでも一日の修練を終えれば、酒を酌み交わすことも多く、そんな時、二人は畏友として楽しい時を過ごしたのである。

軍学への造詣も深かった権左衛門は、良雄と論じ、山鹿流軍学の話もした。良雄は良雄で、自分の剣の迷いについて尋ね、わからぬことは素直に教えを請うた。

良雄は東軍流を学び、己の剣の基礎を固めようとしていた。

東軍流は柔軟な武術であった。

徹底的に実戦を重んじる流儀は、剣だけでなく、槍、長刀、分銅鎖、弓など、さまざまな武器との戦いに対する心構えと技を教えていた。

まだ明け切らぬ早朝から、陽の暮れた後まで、良雄はひたすら修行に励んだ。

赤穂藩の筆頭家老がわざわざ暇を取って武術の修行に来ているという噂は、高松藩内でも知られるようになった。道場と称名院を行き来するだけの日々であったが、道すがら出逢う高松藩士たちは、歩みを止めて良雄に頭を下げるようになっていた。

半年が、瞬く間に過ぎ去った。

その朝、道場に入った良雄は、権左衛門に呼ばれ、余人を交えず、今日は二人きりで立ち合うという旨、申し渡された。

良雄は井戸端で身を清め、真新しい道着に着替えて師を待った。道場に現れた師もまた、新しい道着を身に着けていた。師から手渡された綿の香が匂う襷を掛け、頭をひとつ下げてから、良雄は立ち上がった。

「いざ」

師が鋭い声を発し、木刀を正眼に構えた。

半年前は、師と向き合えば緊張のあまり呼吸が乱れたが、今は微塵の乱れもない。対峙する師の姿は、淡いひとつの光のように見えていた。立ち合う相手がこんな風に見えたのは、初めてのことだった。

相手がどう出るかでなく、どう出ようとも、その動きは自ずと察せられる気がした。同時に、己の動きをどうしようかと考えずとも、身体が自然と動き出すであろうことを、良雄は確信した。

良雄は音もなく、木刀を突き出した。いや、突いたか、振り下ろしたのかすらも、定かではなかった。

その時、木刀は、確かに何かを打った。

「そこまで」

師の声で、良雄は我に返った。目をしばたたかせると、師の笑顔があった。

「大石殿、東軍流免許皆伝でござる」

権左衛門の声が道場に響き渡った。

安堵の息を吐くと同時に、良雄の頬に、ひと筋の涙が伝わった。

一か月後の元禄五年（一六九二）十二月、良雄と源蔵、又之丞の三人は称名院を発ち、高松、東浜港から赤穂に向かった。

――またたく間に時が過ぎたな。

良雄のこころは、すでに赤穂へ飛んでいた。

三十四歳の師走。

剣への迷いは消え、良雄の眼差しは高く天へと向かっていた。

備中、松山（現、岡山県高梁市）に、天下の名城と呼ばれる城がある。

備前、備後、美作、伯耆の国々に囲まれた備中は、古くから西国制覇への要衝であり、常に戦乱の危機の中にあった。この地で激しい争奪戦が繰り広げられてきたのが、標高四百八十七メートルの臥牛山頂上付近に建ち、〝天空の城〟と呼ばれる備中松山城である。

鎌倉時代に有漢郷（現、高梁市有漢町）の地頭が築いた砦を起源とし、一時は荒廃していたが、慶長年間、ここに新たな城を築いたのは備中国奉行、小堀政一（遠州）である。さらに、備中松山藩水谷家二代藩主、水谷勝宗が指揮する大改修により、ここは天下に誇るべき山城となった。

勝宗の父、水谷勝隆がこの地へ移封される以前、水谷家は八代にわたり常陸国下館城主であった。水谷家は代々、名将として知られていた。

備中松山藩、水谷家初代藩主の勝隆は、十九歳で大坂夏の陣に参戦し、敵の首級を数多くあげる戦功を立てた。これにより勝隆は、五万石の大名となった。

徳川家康からの絶大な信頼を受けた水谷家は、三代家光の江戸城郭をはじめ、幕府が手がける数々の普請に積極的に参加していくことになる。

勝隆は優れた家臣団を抱えており、築城、築港、運河や水路などの普請において、彼らは並外れた技術力を発揮した。

この家臣たちが、名城、備中松山城を築き上げた。

備中松山を訪れた人たちは藩政のさまざまな成果に目を見張ると同時に、山城の美しさに圧倒された。

――天下無敵の城である。

雲間に浮かぶ城の姿は、勇壮そのものであった。

水谷家二代藩主、勝宗は城を完成させただけでなく、新田や塩田、鉱山を開き、藩の富強に心血を注いだ。

その甲斐あって、勝宗が五十歳を迎えた頃には、表高五万石の所領は、実質的にはそれをかなり上回っていた。

諸藩が羨むほどの財力を持つ松山藩は、赤穂藩にとって見習うべき存在であった。大石良雄の祖父、良欽は、大叔父、頼母助に命じて、松山藩をたびたび視察させた。

大石良雄は、家老見習いの時には大叔父、頼母助から諸国の事情を事細かに教えられてきた。ある時、頼母助が小さく溜め息をつきながら、備中松山藩のことを話したのを覚えている。

「松山藩が羨ましく思える時がある」

「大叔父上、松山藩のどこが羨ましいのですか。赤穂は良い土地です。家臣とて、松山、いえ、どの藩にもひけを取らぬ忠義者揃いでございましょう」

「それはもちろんだ。だが、あの藩には赤穂にはないものがある」

「それは何でございましょう」

「大権現様（徳川家康）からの、〝松山藩を譜代大名に準じる扱いとせよ〟というお墨付きじゃ。三代将軍、家光様には、江戸城郭の普請を任せられ、松山藩はそれを見事成し遂げた。その働きぶりを家光様は大いにお喜びになり、幕閣の老中以下も改めて松山藩を見直したそうだ。将軍と幕府の懐に、松山藩は入り込んでおる。それは藩の安泰のためには、何よりも心強いものだ」

赤穂藩と松山藩には、古くからのつながりがある。

前藩主の池田家がお取り潰(つぶ)しとなり、常陸国笠間藩から浅野長直が赤穂に移封される際、赤穂城は一時、水谷勝隆が預かることとなった。正保二年（一六四五）、長直に城を受け渡して役目を終えている。

それだけではない。

常陸国真壁(まかべ)郡から移封されてこの地を治めるようになった初代、水谷勝隆の藩政は、領民たちから絶大な信頼を寄せられていた。

勝隆は、やみくもに年貢を上げて領民を苦しめるような政(まつりごと)を行わなかった。それを補うため、次から次へと新しい田を開墾させた。

また塩田も開拓した。そのために、西国一と呼ばれていた赤穂へ技術者を送り込んだ。当時の藩主、長直はこの申し出を快く受け入れるよう、家老の大石良欽と頼母助に指示した。塩田開拓の技術を教える代わりとして、長直が求めたのは、松山藩の優れた家臣団が保持していた、鉄の採掘技術を指導してもらうことである。

しかしながら、赤穂の山々では鉄の鉱脈が発見できなかった。赤穂の家臣一同は落胆したが、この技術は、のちに水路開発に大いに役立つことになる。

松山藩は、赤穂藩の塩田技術を指導されたおかげで、自国で消費する塩をすべて自力で賄えるようになった。

こうしたことから、藩主の水谷家はもとより家臣一同は、時が経った今でも、赤穂への謝意を抱き続けていた。

水谷勝隆は有能な人物であったが、この人物の内政の優れた点は、己の有能さを過信することなく、むしろその限界を見極める力に依るものであった。

塩田の開発に際して、赤穂から指導者を招くのではなく、技術者としてすでに評価を得ていた自国の家臣団を、わざわざ赤穂まで学びに行かせた件からもわかる通り、不足していると感じたことに対しては、驕ることなく、その時々で最善と思える手を打っている。

勝隆は、新田と塩田の開発、煙草や漆の栽培、牧畜の奨励と、さまざまな方策でこの先の財政の揺るぎない土台を整えながら、自分一代では藩を築き上げられないと、早くから察していた。そのため、嫡男、勝宗を、若いうちから普請事業の先頭に立たせ、敢えて難しい普請にも向かわせた。この時、勝宗の補佐役を担ったのが、家老、鶴見内蔵助良直であった。

鶴見家は、代々家老として水谷家に仕えてきた。普請へ向かう勝宗の供をする鶴見の、真っ直ぐな気質が表れたような姿勢のいい後ろ姿を見ながら、

——鶴見なら、勝宗を見事育ててくれることだろう。

勝隆は、満足げに肯いた。

初代、勝隆の思惑どおり、二代藩主の勝宗も、優れた藩主となった。

年ごとに力を備える松山藩には、父子の夢があった。それはこの藩に、天下に名を轟かせるような名城を築くことだった。しかし、家光の時代になってから、新たに城を造ることは御法度とされていた。

そこで、築城ではなく城の修復という名目で幕府に願い出たが、これすらも延々と待たされ続け、許可を得るまでに二十数年を要した。ようやく臥牛山の城に手を付けられることになった時、家綱の治世は終わろうとしていた。

ところが、この認可を受けた後も大きな問題が残されており、勝隆、勝宗父子を悩ませることになった。

築城の許しを得たものの、一番の問題となったのは費用の捻出であった。

五万石の備中松山藩に申し付けられる普請や幕府の御用は、他藩に比べても確かに多かった。莫大な費用を必要とする勅使や院使の饗応役にいたっては、他藩の倍以上も命じられている。

松山藩は、これを積極的に受け入れる姿勢で応え続けてきた。

「それにしても、我が藩に申し付けられる御用は、どうしてこうも多いのか」

勝隆の愚痴に、勝宗は笑って答えた。

「これこそが、われらが譜代大名と同格の扱いとされております証拠でしょう」

実際この時代、譜代大名に申し付けられる普請の数は驚くほど多い。将軍、幕閣は口にこそ出さぬものの、たとえ親藩、譜代であろうとも、大名が力を持てばすぐにその力を削ぐということを、基本方針としていたのである。

日本一の山城を完成させるべく、水谷家の家臣団は知恵を絞りその技術のすべてを出し切ることとなった。天和三年（一六八三）、三年にわたる普請の末、完成させた松山城は、藩士はもとより民たちの誇りとなった。

勝宗の代になってからは、普段の藩政は山城ではなく城下に置かれた屋敷で行うようになっていたが、時折、勝宗は家老の鶴見内蔵助を伴って、松山城の天守閣を眺めるために近くの山に登ることがあった。

天気によっては臥牛山は白い靄に包まれてかすみ、すると松山城はまるで天空に浮かぶ城のように見えた。

「内蔵助、見てみよ。雲の中に浮かぶ、あの城の美麗さを。あれこそが、父と私のかなえた夢よ。もし再び戦乱の世が来るようなことあらば、要になるのは、この城であろう」

「滅多なことを口にされませんように」

「ハッハハ、内蔵助は心配性だのう」

貞享元年（一六八四）、水谷家の長年の功績が認められ、備中松山藩水谷家は譜代大名に列せられた。勝隆、勝宗父子の悲願はかなった。

そして五年後、二代勝宗は嫡男、勝美に家督を譲り、その年、世を去った。

死の前日、屋敷の庭で春告鳥の声がした。見舞いに来ていた鶴見に、障子を開けるように言い、床についた勝宗は穏やかな表情で、目だけで鳥の姿を追っていた。

鶴見内蔵助は、三人目の藩主、勝美に仕えることとなった。

勝美は、その若さに似合わぬ器量と見識の持ち主であった。藩主としての有り様、藩政への思いを、名君であった祖父や父から受け継ぎ、鶴見内蔵助をはじめとする経験豊富な家臣たちの助言に、よく耳を傾けた。鶴見もまた、己の権力に酔うことも地位に驕ることもなく、実直な忠臣として歳を重ねている。

水谷家は安泰に思えた。

しかし鶴見には、勝美が誕生した頃から、憂慮していたことがあった。それは、勝美が幼少の頃から身体が弱く、たびたび病に臥すことであった。藩医は勝美に滋養を取らせることを心がけ、その甲斐あって、勝美は年々壮健になっていくように見えた。

鶴見がようやく安心しはじめたその年、九州、唐津で天然痘が流行した。天然痘はたちまちのうちに西国一帯へと広がって多くの感染者を出し、その疾病に勝美は見舞われた。

勝美には子がいない。鶴見内蔵助は、末期養子として水谷勝阜の長男、勝晴を嗣子とする旨を申し出た。末期養子は、嗣子のいない当主が危篤状態になった時、お家の断絶を避けるために急に願い出る養子のことである。

治療の甲斐もなく、勝美は十月上旬に三十一歳で卒去した。水谷家は、勝晴を嗣子とすることへの幕府の裁可を待った。こういった養子縁組の申し出は通常つつがなく承認されるもので、勝晴を四代目の藩主として迎えることは、決まったようなものであった。

ところが、その勝晴が天然痘を患い、勝美が死去した翌月に十三歳で急逝してしまった。まさかの出来事に、鶴見内蔵助は天を仰いだ。

嗣子がいないためにお取り潰しになった藩は、少なくなかった。

鶴見は、松山城築城の頃から、幕府がこの領地を欲していることがわかっていた。しかし、鶴見はそれを勝隆、勝宗父子に告げることができなかった。幕府を信頼し続けた父子は、この城と土地の平和を守ることを夢としていた。

末期養子、勝晴が家督を継ぐ前に起きた、勝晴自身の逝去である。

松山藩は混乱した。

毎日のように討議がなされたが、藩士たちの胸には、譜代となった我が藩が、まさかお取り潰しにはなるまいという期待があった。

あとは御上の裁定を待つばかりだった。

松山藩に異変あり、という噂は、たちまち近隣の藩に伝わった。

赤穂の大石良雄にその報せをもたらしたのは、従者の仁助であった。

「その話はまことか？」

「そうか。ではすぐ、松山藩に入ってくれ」

頷いた仁助を残し、良雄は急いで登城した。重臣らを召集し、松山藩で起こりつつあることを告げた。

「わが藩も兵を集め、備えるべきでしょう」

良雄はそう言って話を終えた。

「いったい何に備え、何のために挙兵するのですか？」

大野九郎兵衛が顎を突き出して尋ねた。

「松山藩に謀反の動きあらば、松山へ向けて進軍するためでございます」

「へぇ〜っ」

素っ頓狂（とんきょう）な声をあげた九郎兵衛の隣りで、組頭、奥野将監が苦々しい顔をした。

「大野殿、ご家老は、もしも松山藩がお取り潰しになれば、我が藩、我が殿のもとへ、城受け渡しのお役目が申し付けられるかも知れぬ、とおっしゃっているのです」

「へぇ〜」

九郎兵衛がまた、間の抜けた声を出した。

「そのお役目、すでに申し付けられましたので？」

「大野殿！　また早とちりを」

いらだった声をあげた将監に代わって、良雄が口を開いた。

「松山藩への裁定はまだ下されておりません。しかし、お取り潰しが決まれば、即刻、近隣の藩に後始末が命じられましょう。備後福山藩水野家は譜代ですから、押し付けられることはありますまい。幕府が難題を申し付けるのは、財力のある藩か、問題を抱えておる藩。まずは岡山藩、浅野本家の広島藩、三次藩、もしや九州の藩も、任に当てられるかもしれません。そして我が藩は、近隣にあるうえ、財力があり、嗣子がおらず、殿が在府中です。事があった場合、松山藩との対決を命じられることは十分にありえます」

良雄の事を分けた説明に、九郎兵衛が言った。

「しかし大石殿、幕府の裁定が下りぬうちから、松山藩が改易になると、なぜわかるのですか」

重臣の何人かは、九郎兵衛の質問に同意したように頷きながら、良雄の顔を見た。

「もちろん、私の話は取り越し苦労かもしれません。もしそうなら、この内蔵助、それ以上の喜びはありません」

「杞憂ではござらぬか？」

九郎兵衛が言うと、重臣たちの間からいくつかの声が上がった。

「水谷家は、常陸国下館城の城主を八代にわたって務めた家柄ですぞ」

「初代勝隆殿は大坂夏の陣で大手柄を立てられた。その家風、勇猛果敢にして、幕府への忠誠心も篤い」

「譜代大名にも加えられています。そのような家を、お取り潰しにするものですかな」

皆の意見を聞いていた良雄は、おもむろに口を開いた。

「私も同じ考えです。ただ綱吉公には、権現様のお考えを踏襲する気はないかもしれません。もしもに備え、四千人の兵を揃えておきたいのです」

「よ、四千ですと?」

九郎兵衛はまた素っ頓狂な声をあげた。

半月が過ぎたが、松山藩への裁定は下らぬままであった。良雄は陽の当たる縁側に座り、庭で仔犬と遊ぶ松之丞の笑い声を聞きながら、目を閉じて顎を胸元に埋めていた。近頃は〝昼行灯〟の名もすっかり定着していた。

松山藩は混乱の中にあるが、不審な動きはないという文が、仁助から届いた。

それによると、水谷家がいくら権現様の覚えめでたき名家でも、その運命は側用人、柳沢保明の手中にある、というのだ。幕府の裁定は、今や柳沢の取り仕切るところとなっており、老中、若年寄に特別な計らいを願い出ても、柳沢の腹ひとつで覆される。仁助はそう結んでいた。

松山藩は今ごろ、柳沢と接触するためにあらゆる手蔓をたぐっているに違いない。手蔓があれば助かり、なければ破滅する。そこまで考えて、良雄は眉間にしわを寄せた。

師、山鹿素行が挙げた幕府が目をつけていると思しき藩名の中に、備中松山藩の名も入っていた。

嗣子がおらぬ藩、財を順調に増やして家臣の結束が固い藩。備中松山に当てはまるこれらの条件は、赤穂にも当てはまっていた。

その年十二月、江戸城内で幕閣による評議が行われ、備中松山藩には除封という裁定が下され、勝美の弟、勝時には備中国内で新たな三千石が与えられた。

同時に、播州赤穂藩藩主、浅野内匠頭長矩に収城使が申し付けられた。

良雄の推測は的中した。

柳沢保明は、何年も前から松山藩に隠密を入れており、表高の五万石をはるかに上回る実高があることを承知していた。これに加えて、初代藩主、勝隆が育てあげた家臣団に指導された職人たちは、周辺の地域から学び、優れた技術力を持つ。領地には鉄の鉱山と塩田があり、柳沢にとって松山は、どこを切っても旨味を味わえる、大きな鯛のようなものであった。

三代目の急逝と末期養子の死を知り、柳沢は、松山藩の除封を断行しようと腹を決めていた。徹底的な検地を命じて正確な石高を把握し、領地を分割した上で一部を天領とすれば、幕府の財政の一助となる。

松山藩の評議の結果を伝えるため、将軍綱吉に謁見した柳沢は、深々と下げていた頭を上げた。童子の頃から女のような美貌であったが、三十を越した今、その白い顔には蛇のような狡獪(こうかい)さが見え隠れするようになっていた。小姓上がりと揶揄(やゆ)されるこの男が、今や最も将軍の近くにいる。

「申せ」

膝に乗せた狆(ちん)を撫(な)でながら、綱吉が、甲高い声で命じた。

幕閣の意見の大半は、二か月という短い期間に藩主、末期養子を相次いで歿(な)くした松山藩に同情するものだった。水谷家の武勲と普請での功績、何より権現様の意向も受けていた。減封の上、弟に跡目を取らせるという裁定を求めることとして、話はまとまった。

評議について綱吉に伝えた後、柳沢は、ふと思いついたように付け足した。

「二代続けての末期養子は前代未聞。松山藩に武勲ありといえども、法は遵守(じゅんしゅ)すべきでございましょう。いったん除封の上で、歿(な)くなられた水谷勝美殿の弟御に数千石を与え、水谷家の功労に報いればよいのではと」

「そうじゃな。法は法じゃからな。除封にいたせ」

綱吉の声に、狆が、クゥン、と甘えたように鼻を鳴らした。

「かなわなかったか……」

除封の報せを受けた鶴見内蔵助は、そうつぶやいて肩を落とした。これから先のことを考え、鶴見は苦悩の表情を浮かべた。

この裁定で唯一の救いは、収城使に松山藩と縁の深い赤穂藩が任じられたことだった。

鶴見は庭先に出て、臥牛山を見上げた。

冷たい早朝の陽に、松山城の天守は美麗な姿を見せていた。

――あの勇壮さが、皆を惑わさねばよいが。

裁定に激怒した家臣らは城を明け渡すことを拒み、籠城への道を突き進むかもしれない。

鶴見は、父から何度となく聞かされた、赤穂藩主の厚情と家臣団の忠誠心を、思い返していた。仮に一戦交えるようなことになれば、赤穂は手強い相手となるだろう。

「そのようなこと、決してさせてはならぬ」

鶴見はそうつぶやいて、唇を噛んだ。

備中松山の鶴見内蔵助が西国の空を見上げて苦悩していた朝、播州赤穂のもう一人の内蔵助、良雄は居間で一枚の地図を広げて、仁助の話を聞いていた。

「それほど堅固な城であるのか」

「西国では一、二を争うかと」

良雄は目の前の地図に描かれた、南北に広がる国をじっと見つめた。

「塩田と田畑以外、ほとんど平地がないな」

「左様でございます。いったん松山川の堰を断ち切れば、城下は水浸しになります」

「これほどの城を造ることを、幕府はよく許可したものだ。城と城下の動きはどうだ」

「静かですが、あまり穏やかではございません。藩士はもちろん、領民まで、ふつふつところを沸き立たせているのが感じられます。城下の民の中には、一戦あれば、城を守りに馳せ参じると話す者もおります」

「武士でない者がか？」

「はい」

——それほどか。

良雄はもう一度、地図を見つめた。

その日、大書院で収城使の討議が行われた。

昂ぶりを顔に出した長矩に、良雄が言った。

「殿、収城使のお役目は何としても全うせねばなりません。すでに一か月前から松山に数名の隠密を遣わしておりますが、今のところ、不穏な動きは無いとの報せが届いています」

長矩は安堵の息を吐いた。

幕府の命は、翌元禄七年（一六九四）二月までに備中松山藩の城明け渡しを完了せよというものであった。

収城使は、城明け渡しの状況を見守り、その一切を報告するのが役目である。すべては赤穂藩、浅野内匠頭長矩に一任されていた。

このほかに、幕府は目付役二名、勘定役二名、そして代官として今井七郎兵衛、平岡吉左衛門を任命した。

松山藩の勇猛な家臣団がそう易々と幕府の裁定に納得するとは思えない、と考える赤穂藩の重臣は少なくなかった。籠城となれば、先日良雄が口にしたように、四千という兵力が必要になると言い出す者もいた。

それに異を唱えたのは、またもや大野九郎兵衛であった。

「四千もの兵と、武器や兵糧を準備すれば、我が藩の財政は立ちゆきません」

それでも良雄は、兵の数を譲らなかった。

三千で、いや二千でも山中の城ひとつぐらい落とせる、という意見も出た。議論が白熱する中で、良雄が言った。

「もしも松山の城を落とせぬとなれば、赤穂藩もお取り潰しとなります。幕府、そして天下も、この攻防を固唾を呑んで見守っているということを、各々方、お忘れ無きよう」

この三年余り〝昼行灯〟と冷やかされてきた良雄の、人が変わったような真剣な声音であった。重臣たちは改めて、この家老の器の大きさに感じ入った。

赤穂で重臣たちが議論を戦わせている間も、探索に潜入させた密偵からは随時連絡が入ってきた。

「籠城派と、城明け渡しを支持する者とで、藩内は二分されています」

「武器、兵糧を集めているとの噂です」

「家老の鶴見内蔵助は、なおこの裁定を覆そうと、京都、江戸へ使者を送っております」

密偵の報告は、籠城派の動きを主としていた。

「松山の商人は、貸した金の回収をすべく、藩に申し出ているようです。民は落ち着きを取り戻し、動向を見守っています」

「鶴見の動きは？」

「籠城派の主だった者と毎晩のように逢い、説得を続けている様子」

「鶴見の様子はどうだ？」

「何ひとつ変わりませぬ」

良雄は、仁助に鶴見宛の手紙を託した。

そこには、希望する家臣がいれば赤穂藩は彼らを受け入れること、他藩への斡旋（あっせん）も尽力すること、松山藩の借財を肩代わりすること、などが認（したた）めてあった。

十日後、松山藩で籠城派を主導する三名が腹を切ったという報せがもたらされた。

良雄は大野九郎兵衛を呼び、収城使が伴う兵の数を、二千五百人に減らすと伝えた。

「ほう。有り難いですが、そこは千五百人になりませぬか」

やはりここでも九郎兵衛は、かかる費用を値切ってくる。

「その人数では、殿を守りきれません。見知らぬ土地では、一人の刺客が百人の護衛に勝ります。そのことはよくご承知でしょう」

良雄の言葉に、九郎兵衛は目をしばたたかせた。

「いや、私は勘定方以外のことは、とんとわかりませぬ。だが兵の数を四千から二千五百に減らすということは、ご家老は、お城は無事に明け渡されるとご判断されたのですな」

「それは、まだわかりません」

「大石殿、私の前で、建前の話はご無用でございます」

「これはまた、大野殿らしからぬお言葉。私はいつでも、自分の思うところを正直にお話ししておりますよ」

九郎兵衛は二、三度首を横に振った。

「いずれにしても、収城使に掛かる金は、藩の財政を今後三年余りにわたって圧迫しましょう。それをお忘れ無きよう」

良雄は黙って頷いた。

「松山藩は、この二十年余りで、相当な回数の饗応役を命じられています。松山藩の代わりとして、いずれ我が藩にもお役目が回ってくるであろうことは、大野殿も頭に入れておいてください」

九郎兵衛は、ぐるりと大きな目を回した。それだけで、どうやら算盤をはじき終えたらしい。苦虫をまとめて嚙みつぶしたような顔になった。

元禄七年（一六九四）二月、浅野内匠頭長矩は、二千五百の兵を率いて、赤穂を出立した。

長矩一行に先立ち、大石良雄は先遣隊を引き連れて松山に入っていた。

城下は静けさに包まれていたが、町人たちが向けてくる目に戸惑いはあれど敵意はなく、良雄は内心、胸をなでおろした。

家老、鶴見内蔵助からの使者に案内されながら登った松山城は、良雄の想像をはるかに超えた険しい場所にあった。

臥牛山頂上への道を歩きながら、良雄は天守閣へとつながる屛風（びょうぶ）のような巨岩を見上げた。冷たい風が吹き下ろしてくる。遠目には美しい城であったが、近づけば近づくほど、堅固な造りに圧倒された。

天下一の山城は、良雄に畏怖の念を覚えさせるに十分であった。

入城し、案内された部屋に、鶴見内蔵助良直は座していた。側近をも交えぬ、二人だけの会見であった。

真向かいに腰を下ろした良雄は、鶴見を見つめた。同じ家老であり、同じ内蔵助の名を持つ男は、自分よりはるかに年長であった。見事な白髪であったが、裃（かみしも）を着た姿はかくしゃくとしており、何より、澄んだ目をしていた。

良雄の耳の奥に、大叔父、頼母助の声がした。

〝人の覚悟は目に表れるものだ。澄んだ目に偽りはないことを、覚えておけ〟

鶴見老人の目を見た瞬間、この城は無事に明け渡されると、良雄は確信した。

「赤穂藩家老、大石内蔵助良雄です」

「松山藩の家老、鶴見内蔵助良直でござる。お役目とはいえ、こんなところまでわざわざお越しいただき、誠にかたじけない」

「いや、見事な山城に、こころより感服いたしました。噂には聞いておりましたが、素晴らしい城ですな」

「お誉めに与り、何とも有り難い。天守が完成したのは先代の勝宗様の時ですが、それ以来、この城はわが藩の誇りにございます」

鶴見は昔を思い出すかのように、一瞬遠い目をしたが、すぐに表情を引き締めた。

「藩主の勝美様が歿くなられた後、方々に手を尽くしましたが、このような仕儀となりました」

「無念のほど、お察しいたします」

「籠城して最後まで戦うべし、という声も出ましたが……」

鶴見はうつむいた。

「失礼ながら、主君のおらぬ城を守ったとて何になりましょう。勝隆様も勝宗様も、家臣たちの無益な働きを見れば、お怒りになるでしょう」

良雄は、目の前にいるこの老人が、まるで自分自身であるかのように感じた。殿に世嗣のおらぬ赤穂とて、盤石ではない。

もしも赤穂がこの藩と同じ運命をたどることになったとしたら、己はどのような道を選ぶのであろうか。国元の藩士たちの顔が、良雄の頭をかすめた。

やがて、鶴見は顔を上げた。

城明け渡しは、二人の家老が書面をやり取りすることではなく、城という名の国をやり取りするものである。侍同士の、互いを尊重するこころが通じ合わねば、全うできる仕事ではなかった。

その真の目的は、お互いの目を見つめ合うことで、一瞬のうちに果たされていた。

鶴見内蔵助に案内され、良雄は天守閣に上がった。

雲海の狭間に備中松山の城下が見え、海へ向かって流れる松山川が、冬の陽に朱色に染まっていた。

「松山の平和は、我が藩主、水谷三代の夢でござった」

「おこころ、お察し申し上げます」

「収城使が赤穂の浅野内匠頭様と聞き、それが唯一の救いでした。常陸国笠間藩より浅野長直殿が赤穂城に入った折、その明け渡しの任に当たったのは、当藩の勝隆様です。これも、ひとつの縁でございましょう。赤穂藩主浅野長矩様は、まだお若いが民を思う名君、その家老の大石内蔵助殿が、主君に仕え、善政を敷いておられると聞いております」

鶴見の言葉に、良雄の身体は熱くなった。

元禄七年二月二十二日、浅野内匠頭長矩が二千五百の兵を率いて備中松山城に入城した。目付が城内を監察し、あらかじめ整然と並べられた道具類と、松山藩の提出した目録とを引き比べ、城の明け渡しは粛々と行われた。

翌二十三日、全てが完了し、水谷家三代の栄華に幕が降りた。

家中の者に向けて、期日までに屋敷を引き払うべしというお達しが出された。城中はもとより、奉公人の屋敷でも、引き戸や襖一枚に至るまで持ち出すことは禁止されていた。

水谷家に仕えた人々は、こうして松山を去っていった。鶴見は最後に、松山城に向かって深々と頭を下げ、従者や女子供もそれにならった。

藩主と兵たちが赤穂に帰る朝が来た。

「あとは頼んだぞ」

浅野長矩は良雄に言い残し、満足そうに山を下りていった。

これから新しい藩主が入府するまでの間、良雄が備中松山城の城代としての任に当たる。このほか藤井又左衛門、岡島八十右衛門、勝田新左衛門、神崎与五郎、武林唯七、原惣右衛門ら三十名ほどが在番することになった。いずれも良雄が信頼を寄せる面々である。

家臣たちは翌年五月、上野高崎から安藤対馬守重博が六万五千石で入府するまで、赤穂の国元に戻ることはなかった。

第五章　ふたつの多寡

元禄は花の盛りを迎えようとしていた。

元禄以前、最大の消費者層は、将軍を筆頭とした武家社会であった。三代将軍、家光以降、江戸城の完成を目指した大掛かりな普請をはじめ、幕府は江戸市中の道、街道、水路、堀の整備を徹底して行った。

この結果、江戸へは急激に人口が集中し、町人をはじめとする庶民の消費が一気に膨らんだのである。消費拡大は、江戸の町の更なる発展に拍車を掛けた。

改元の前には建物の影すらなかった江戸郊外には、夥しい数の長屋が並び、拡大された道を行き交う人は増え、そこが何年も前からあった江戸の一画であるかのように自然な賑わいを見せた。

日本の歴史上、ひとつの都市がこれほど短期間で栄えたことはない。莫大な消費力は、人口の増加と経済の発展を爆発させた。

栄えよ、盛れよ、と浮かれる庶民の、祭りのようだった。

この江戸の町人たちには、これまでどこの城下にもなかった特有の気質があった。その朝受け入れた新しいものを、夕べにはそれがとうの昔からあった当たり前のもののように考える。好奇心が強い彼らは、新しい事物を歓迎し、抵抗なく受け入れた。

〝目には青葉　山ほととぎす　初鰹〟

経済は安定し、季節を愉しむ余裕が生まれた。庶民は、走りの食材を珍重し、こぞって口にした。

変化があったのは町人だけではない。旧来の御用商人たちは利権を独占し続けようとしていたが、新興商人たちは創意工夫で大きくのし上がりつつあった。

目新しいものへの関心の高さと、反骨精神もどきが、江戸っ子気質である。

「おいおい聞いたか、あそこの横町で何か騒ぎがあったらしいぜ」

と声が掛かれば、たちどころに人が集まり、押すな押すなの大騒ぎになる。

要するに、極めつきの野次馬なのである。ひとつの噂が半日の内に市中に広がる。それが公方様のことであってもだ。

元禄七年（一六九四）二月。

物見高い江戸庶民が目を剝き、

「さすがはお侍だねえ。天晴れじゃねぇか」

と感心する事件があった。

高田馬場で、当節では珍しい〝果たし合い〟があった。

噂の主役となったのは、果たし合いをした当人ではなく、その助っ人をした侍である。越後、新発田から江戸へ出て来た、中山安兵衛であった。

「そりゃ、大したもんだぜ。〝果たし合い〟って話だったのに、相手は卑怯にも大勢で待ち伏せてやがってよ。多勢に無勢、取り囲まれてもう駄目かと思ったところに、その侍が躍り出て、たちまち三人を斬り倒したっていうんだから。強ぇのなんの」

「ほぅ。今どきそんなに腕が立つ侍がいるとはね。で、どんな男なんだい？」

「小石川の堀内道場で四天王の一人といわれる中山安兵衛って男さ。何でも、越後から出てきたって話だぜ」

「どこの家中だ？」

「それが、浪人らしい」

「そりゃ、もったいないな。そんだけの腕と、こころ意気があれば、どこの殿様でも欲しがるはずだ」

「その通りよ。中山安兵衛の家の前には、いろんな奴らが列をなしているらしいぜ。当家に仕官を、ってよ」

噂は、嘘ではなかった。

果たし合いの顚末は江戸中に広がり、安兵衛の住む牛込の家を、連日、旗本や大名の家臣が訪れるようになっていた。

故里、越後の新発田藩を辞して浪人となり、失意の内に歿した父のため、安兵衛は何としても中山家を再興したかった。

江戸に出てきて、すでに六年余り。仕官の道はどこまでも遠く、安兵衛はいまだに浪人であった。

しかし、今回の騒動で、それが一変した。

最後の客が引き揚げた時には、すでに春の日は傾き始めていた。

――これでは稽古どころか、出かけることすらかなわぬな。

安兵衛は大きく嘆息した。

高田馬場の果たし合いで安兵衛が助太刀をした菅野六郎左衛門は、深手を負い、その日のうちに絶命した。昨日は六郎左衛門の月命日であった。菅野の家族には使いをやって供物を届けさせたが、安兵衛自身は墓参にも行けていなかった。

――叔父上殿の墓に花を手向けたかった。

菅野六郎左衛門は伊予西条藩士で、叔父上殿と呼んでいるものの、安兵衛の本当の縁者ではない。

安兵衛と六郎左衛門は、小石川の堀内道場で同門となり、お互いに好意を抱いた。特に六郎左衛門の方は、さながら一目惚れのようだった。

「中山殿とお逢いできたこと、八幡様のお引き合わせと思うております。私は貴殿の腕前、いやお人柄に惚れ申した」

「いや私も、菅野殿には他のお人には感じたことがないほどの親しみを覚えております」

「ならばどうであろう、私と叔父、甥の契りを結びませぬか」

江戸へ出てきて六年。剣友、酒友は大勢いるが、こころから頼れる人物はいなかった。父を早くに歿くした安兵衛にとって、菅野六郎左衛門は父のようであった。

「願ってもないことです。しかし、こんな酒呑みの浪人が甥となってよろしいのですか」

「むろん。さあ、契りの一献だ」

中山家の再興をひたすら願う安兵衛のため、六郎左衛門は仕官の口を探し、相手の屋敷を訪ねるよう勧めてくれた。結局、その話はうまくいかなかったが、安兵衛は六郎左衛門を本当の叔父のように慕っていた。

その六郎左衛門から手紙が届いたのは、二月八日だった。

同じ藩に勤める村上庄左衛門と些細なことで口論となり、果たし状を突き付けられた。

武士として望むところだと返答し、二月十一日に人を集めて、高田馬場で立ち合うことにした。打ち破られることがあるかもしれないから――と、これまでの友誼に対する礼が丁寧に綴られていた。

中山安兵衛は〝喧嘩安〟〝呑兵衛安〟と呼ばれ、周りからは豪放磊落で、細かいことにはこだわらない若者、という印象を持たれていた。しかし、決してそうではなかった。

同門のある男の日記には、入門当時の安兵衛について、こう記されている。

『力任せに向かってくる中山に、師範直伝の秘太刀で小手を打ったところ、翌日からしつこく稽古の相手を所望された。五日目、中山が、教えもせぬ秘太刀の小手を使い始めた。私が三年かけて会得した技を、短い間で冷静に観察し、鍛錬したのだろう。中山の真骨頂は〝敵を知る〟ための観察眼にあるようだ』

日記の主が見抜いたように、安兵衛は万事において緻密な男であった。

菅野六郎左衛門の手紙を受け取った安兵衛は、すぐに伊予西条藩の屋敷周辺を探り、村上庄左衛門について調べた。庄左衛門の評判は甚だ悪く、しかも、果たし合いはこれが初めてというわけではなかった。以前の果たし合いでは悪い仲間を集め、寄ってたかって相手を斬り殺したという。

高田馬場は戸塚村に将軍家光が臣下の馬術訓練のために整備した、長さ六町（約六百五十メートル）、幅三十間（約五十五メートル）の鍛錬場で、馬術だけではなく、弓術、砲術にも使われていた。

二月十一日、六郎左衛門は、年老いた小者を連れて果たし合いの場所に向かった。安兵衛は二人の後ろから馬場に入った。馬場の南には村上庄左衛門が待ち構えており、庄左衛門の背後には助太刀の者が一人いた。辺りを窺うと、木陰にはさらに二人の気配があった。

――不意を突くつもりか。卑怯な奴め。

庄左衛門と助太刀の男は、いきなり刀を抜き放ち、白刃を光らせて六郎左衛門に突進してきた。同時に木陰を出た二人が、安兵衛に襲いかかる。

立ち竦(すく)んだ小者の脇から躍り出た安兵衛が、襲ってきた男の眉間(みけん)を一撃して倒すと、もう一人は驚いて逃げ出した。次に、六郎左衛門のもとへと駆け寄った安兵衛は、助太刀の男をこれもまた一刀のもとに斬り倒し、六郎左衛門と斬り結んでいた庄左衛門に止(とど)めを刺した。

わずかな間の出来事であったが、どこから集まったのか、いつの間にか大勢の見物客が取り囲んでいた。

その日、夕刻に訪れた客は言った。

「中山殿、百石で足らねば、百五十石お出ししましょう。あっ、そういえば果たし合いでは、十八人を斬られたのでしたな。いっそ百八十石ではいかがでしょう」

「恐れ入りますが、私は十八人も倒してはおりません。どこでそんな話になったのか、皆目見当がつきませぬ。私は禄高のみで仕官先を決めるつもりはございません。どうかお引き取りを」

「もちろん、そうでございましょう。それでも我が藩に中山殿をお迎えできるとしたら、たいへんな名誉となります」

「今日のところは、もうご勘弁ください」

ほとほと疲れ果てて、安兵衛は嘆息した。

安兵衛は、禄高などどうでもよかった。願いはただひとつ。父、弥次右衛門の悲願でもあった、中山家の再興である。

弥次右衛門は、城内での失火の責任を負い、新発田藩を退いていた。父と懇意にしていた人も親類も藩に留(とど)まるよう助言したが、父の意思は変わらなかった。安兵衛は元服前の十四歳であったが、父の態度を潔(いさぎよ)しと思った。

父は武士としての一分を貫き通した。しかし、父はたちまち病に臥(ふ)した。禄を失ったことはもちろん、それ以上に戴(いただ)くべき主君を失ったことが堪(こた)えたようだった。

大黒柱を失った家屋のように、中山家も、そして父も崩壊した。

安兵衛の父は物静かで、越後の侍に特有の、含羞(がんしゅう)のある人だった。幼い頃から腕白だった安兵衛が何をしても、怒った顔を見せたことがなかった。時折、安兵衛を産んですぐに歿(な)くなった母の話をする時の、幸せそうな笑顔が好きだった。

「おまえの母上は、優しい人でな。おまえにはその血が流れておるゆえ、人に優しくできるはずだ。決して威張ったり、驕(おご)ったりするでないぞ」

父は、浪人となったその年に他界した。

安兵衛は、父のさまざまな思いを、成長するごとに理解できるようになっていた。

——何としても、中山の家を再興せねば。

それが安兵衛の思いであった。

「で、奥田殿。中山安兵衛とは、それほど傑出した侍でございますのか？」

堀部弥兵衛は、目の玉をぎょろりとさせて、奥田兵左衛門の顔を穴があくほど見つめた。

「我が後輩、中山安兵衛は、裏表のない、まことに爽やかな男であります」

赤穂藩の江戸留守居役、堀部弥兵衛は、同じく江戸詰の奥田兵左衛門を家に招き、高田馬場の果たし合いで江戸中の評判となっている中山安兵衛のことをあれこれ尋ねていた。奥田と安兵衛は、堀内道場の同門であった。

弥兵衛のそばに座った弥兵衛の娘、ほりも、父とよく似た顔によく似た表情を浮かべ、奥田の言葉にいちいち頷いていた。

弥兵衛は顎に手を当てたまま、しばし考え込んでいたが、いきなり膝を打って言い放った。

「わかり申した。その中山安兵衛殿を、我が家の婿にお迎えしましょう」

「えっ、今、何と？」

「中山殿を、このほりの婿殿にすることを、たった今、決め申した」

「そ、それは、素晴らしいお考えなれど、安兵衛の気持ちもありましょうし……」

慌てて奥田が答えると、弥兵衛は、ほりに向き直って言った。

「ほり、それでよいな」

「はい、父上」

奥田はその二人の様子を見て、父親はむろん、娘も娘で、よくぞこんな無茶苦茶な話に同意できるものだと、大いに呆(あき)れた。

しかし、相手は赤穂藩一の頑固者である。

「奥田殿、では早速、中山殿にお目にかかる手はずを整えていただきたい」

「えっ、私がですか？」

「何のために貴殿を呼んだと思っておるのだ」

弥兵衛の言葉に、奥田は天井を仰いだ。

数日後、三人は中山安兵衛と対峙(たいじ)していた。

「ですから中山殿、そこを曲げて、たってのお願いと申し上げておりましょう」

安兵衛は、目の前に座っている父娘と、同門の奥田の顔とを交互に見比べながら、ぼんやりと考えていた。

――やはり、富岡八幡宮(とみおかはちまんぐう)のお神籤(みくじ)は本当だったのだな。

菅野六郎左衛門は、高田馬場の果たし合いの日に歿(な)くなっていた。今日は六郎左衛門の四十九日法要で、安兵衛は菩提(ぼだい)寺に参った後、すぐ近くの富岡八幡宮に参拝した。

日ごろはご託宣など気にしたこともない安兵衛だったが、その日は珍しくお神籤を引いてみた。開いたお神籤は、大凶であった。

安兵衛は目を剝き、もう一本くれ、と言った。

二枚目は中凶だった。

――馬鹿な。

むきになった安兵衛は、さらに一本引いた。

今度も、大凶であった。

こんなことがあるのか……。結果は信じられぬものの、今日は一日、自重しようとこころに決めた。

昼過ぎから、堀内道場の同門、奥田兵左衛門が客を連れて家を訪ねてくることになっていた。奥田は道場の中でも人柄が慕われ、安兵衛にも何かと気を遣ってくれる先輩だった。

その奥田が連れてくる客人なら、何の問題もなかろう。安兵衛はそう思った。

ところがどうだ。目の前に座るご老体、堀部弥兵衛とその娘、ほりは、挨拶もそこそこに、先ほどから半刻あまりも、安兵衛に婿になってくれと懇願し続けている。高田馬場の件以来、家を訪ねてきた中でも、最も手強い客だった。

助けを請うように目をやるが、奥田は素知らぬふりでそっぽを向いている。安兵衛が婿養子にはならないことを重々承知しているはずなのに、同じ赤穂藩の先輩で断れなかったとはいえ、なぜこのような客を連れてくるのだと、怒りすら覚え始めていた。

――やはり、大凶か。

安兵衛は座り直し、ややうわずった声で弥兵衛に言った。

「私は、婿養子にはなれない身の上でござる」

その言葉を聞いて、弥兵衛が身じろぎした。

「私、中山安兵衛は、父の無念の死以来、中山家再興を願って生きてきました。中山の名が途絶える故、婿養子にはなれません」

——これで諦めてくれるだろう。

ところが、弥兵衛は首を振った。

「そのようなご心配は無用です。貴殿を我が家に迎えられるなら、堀部家の存続は問いません」

「えっ？」

安兵衛は驚いたが、奥田も呆然とした。まさか、そんなことができるわけはない。

「まことでございますか」

まさかの提案に安兵衛が尋ねると、父娘はよく似た顔を向け、口を真一文字にして、そろって頷いた。

弥兵衛の申し出は、安兵衛にとって信じられない話だった。

安兵衛は、丁重に断った。

落胆するかと思えば、弥兵衛は小さく頷き、

「今日のところは、ここまでで失礼します。明日また、お願いに上がりますので」

と平然と言った。

「いえ、私はこう見えて、剣の修行と代稽古で忙しくしておりまして……」

もう勘弁してほしい、と安兵衛は遠回しに言っているわけだが、弥兵衛は一向に気にならないようだった。

堀部弥兵衛は、一旦こうと決めたら絶対に退かぬ、頑固一徹な老人として知られていた。安兵衛が一人娘の婿になるのなら、堀部の名を継がずともよいなど、常識では考えられない。娘のほりもほりで、よく知りもせぬ相手に嫁ぐことに、何のためらいも見せない。父娘そろって、驚くべき思い込みの激しさである。

家に戻った弥兵衛は、筆頭家老、大石内蔵助に手紙を書き、安兵衛との養子縁組の件を打診した。

備中松山城に在番していた良雄のもとに弥兵衛の手紙が届いたのは、四月になってからだった。

良雄は受け取った手紙を読み、末尾にあった、堀部の姓を中山に替えてでも、という一文に苦笑した。思わず独り言が洩れる。

「そのような仕官がかなうはずはないのに。弥兵衛殿には困ったものだ」

松山城明け渡しが無事に終わると、幕府は姫路藩主、本多忠国に備中松山藩の検地を命じた。

すぐに姫路から、本多家の家老が段取りのためにやって来た。

「幕府の下知でございますれば、いかようにも。領内の禄高はこちらです」

良雄は、鶴見内蔵助から受け取った帳面を差し出した。

「ご協力かたじけない。ところで大石殿、この書き付けは水谷家が記したものでございましょう。松山藩の五万石は表向きで、実高は十万石を超えていると聞き及びましたが、それはご存じですか」

「いや、存じませぬ」

家老は、良雄を探るような目で見た。

良雄は、幕府から本多家へ内々に、松山藩の石高を洩らさず洗い出せという命令が下っているのだと知った。

「大石殿、まことにお聞きになっていませんか」

「存じません。もしそのようなことあらば、水谷家は幕府に隠し立てをしていた、ということになりましょう」

「いえ、過ぎたことはよいのです。検地をすればいずれわかることです」

良雄は、その五万石の差は、水谷家と藩士と領民の血と汗の結晶ではないか、と口に出せるものなら出していただろう。幕府はその結晶を、天領に変えて、労せずして手に入れようと目論んでいるのだろう。

家老が帰った後、良雄は在番中に住んでいる屋敷の庭に立ち、松山の空を眺めていた。

――それほどに幕府の財政は逼迫しておるのか。そうだとしても、此度の除封はあまりに酷いやり方ではなかったか。

良雄は、恩師、山鹿素行からの最後の書状を思い出していた。それには、幕府はいずれは次から次へと小藩を取り潰し、己の力を強固にする政策に転換していくかもしれぬ、と読めた。

「その矛先が、いつか赤穂に向けられるかもしれぬ……」

良雄が声に出した時、背後で足音がした。

「夕餉の支度が整いました」

かんの声であった。

良雄の備中松山城在番を聞き、不自由だろうからと、身の回りの世話をさせるためにかんを寄こしたのは、淀屋三郎右衛門であった。

「何かご心配事ですか」

「いや、何もない。腹が空いただけだ」

良雄が笑うと、かんも微笑んだ。

良雄が推察したとおり、幕府の財政は逼迫しており、早急に立て直しの必要があった。松山藩の禄高差五万石など、実は、手に入れたとしても焼け石に水であったのだ。

この年、武蔵国川越藩主となっていた柳沢保明は、財政危機を乗り切るため、貨幣改鋳という大胆な方策を打ち出そうとしていた。その責任者として抜擢されたのが、勘定吟味役、荻原重秀である。

寛文元年（一六六一）、江戸城の金蔵には三百八十五万両の貯えがあった。しかし毎年の赤字を補うため、幕府は貯蓄を切り崩し続けていた。延宝八年（一六八〇）、信心深い綱吉が将軍になると、寺院の建立や修理、江戸城や河川の普請などで支出は増え、傾きつつあった財政はさらに悪化していった。

諸藩のお取り潰しや減封が綱吉の時代に極端に増加したのは、この窮状と無関係とはいえなかった。

柳沢保明は、勘定吟味役の荻原重秀が以前から荻生徂徠らと共に主張していた、〝瓦礫貨幣論〟に目をつけた。貨幣は国家が造るものであるから、それが本物の金や銀である必要はなく、瓦礫のように無価値なものであっても価値を持たせられる、というものだ。

この論に、綱吉は飛びついた。

元禄八年（一六九五）八月、幕府は金銀貨幣の改鋳を行った。

その御触書には、現在流通している金銀貨幣の極印（偽造防止や品質保証のために押した印影や文字）が古くなったので吹き直す、近年産出する金銀が減少して流通量も減っているため、貨幣の金銀の含有量を減らした上で市場での流通量を増やす、と記されている。

こうして改鋳された貨幣は、従来の〝慶長金銀〟に対して、〝元禄金銀〟と呼ばれた。〝慶長金〟の金の含有率約八割四分に比べ、〝元禄金〟は約五割七分。一方の銀は、慶長で約八割だったものが、元禄では約六割四分となっている。貨幣の品質を落として量を増やすことによって生じる莫大な利益は、幕府のものとなるはずだった。

綱吉は喜んだ。それは、柳沢保明も、荻原重秀も同様だった。

ところが、質の悪い貨幣が大量に出回ったことで貨幣価値が下がり、これに加えて東北地方での米の不作などが重なり、物価が一気に跳ね上がった。

また、質のよい〝慶長金銀〟は商人らの蔵の奥深くにしまい込まれ、思ったように回収が進まなかった。

一時的に幕府の収入は増えたが、物価高騰は庶民の生活に大きな混乱を与えた。そして、この混乱の余波をまともにくらったのは、幕府の治水、灌漑（かんがい）普請などを負担させられる諸藩の財政であった。各大名も支出が増加し、大いに苦しめられることになった。

中でも小藩の困窮ぶりは切実で、元禄以前から質素倹約を旨としてきた赤穂でも、藩士はさらなる節約を命じられることになった。

次席家老の大野九郎兵衛は、前にも増して支出の引き締めにかかった。食材はもとより茶さえも廉価なものにするよう命じた。城内を歩く彼は眉間にしわを寄せ、その眼はいつも無駄なものを探しているようだった。

「九郎兵衛の奴、今朝方、拙者の腰のものを見て、ほうずいぶんと立派な刀ですな、と嫌みを言いおった。頭に来たので、武士の魂でござるから、と言い返してやったわ」

「拙者も先日、宴会の帰りに大野と出くわし、ずいぶん良いご機嫌ですな、と酒を飲んだことを咎めるように言われた。一緒にいた原惣右衛門殿が〝酒は戦さの活き水でござる〟と言い返されたので、胸がすっとしました」

「して、九郎兵衛はどうした？」

「苦虫を嚙みつぶしたような顔が、さらに苦々しくなっておった」

ハッハハと二人は笑った。しかし、そうやって九郎兵衛に文句を言いながらも、節約のために食膳の品数を減らすことは、藩士の間では当たり前になっていた。

塩田から安定した収益を得られる赤穂ですらこの有り様であり、米以外に産品のない全国の小藩の台所事情は、さらに困窮していた。

逼迫する武士たちとは逆に、大坂、江戸で台頭してきた新興商人たちは年ごとに財力を増し、中には大名すら及ばぬような、豪奢な暮らしぶりの者さえいた。

この十数年、江戸が大火に見舞われる度、再建に必要な木材を一手に扱ってきた紀伊國屋文左衛門は、〝紀文大尽〟と呼ばれ、江戸、吉原を幾夜も借り切って、金粒を撒いて節分会をしたという噂があるほどだった。

経済の面では、武家社会と商人を中心とした庶民の社会とは、すでに力関係が逆転していたのである。

生活のため、父祖以来、代々大切にしてきた刀を手放す侍も増えていた。

「そんなはした金で、武士の魂を売れと申すのか。これは関ヶ原の合戦で我が家の……」

「お武家様、もう戦さはございませんので」

商人は平然とした顔で言った。

大石良雄は、元禄八年（一六九五）の春を備中松山城で迎えていた。

在番はすでに一年を過ぎようとしており、故郷を懐かしむ家臣らと共に、赤穂から届けられた酒と肴（さかな）でささやかな宴（うたげ）を催すこともあった。

「ほどなくここに入府する藩も決まるであろう。それまでは皆、こころして勤めていただきたい」

良雄はそう言って盃を干した。

松山藩の新しい藩主が誰になるか、同程度の禄高の小藩がそろって注目していた。

改易に伴い、姫路藩の手で領内の徹底的な検地が行われていた。このたび江戸の勘定奉行に提出された報告書には、実高は十万石を超えると記されていた、という噂だった。

その余禄分のどれほどを幕府が手にしようと目論んでいるのかはわからなかった。しかし、たのだ。

もしも転封を申し付けられたらと、全国の小藩は戦々恐々として松山藩の行方を見守ってい

それと同時に、足かけ二年にわたる在番を見事にこなしている赤穂藩筆頭家老、大石内蔵助良雄の評判も、全国に知れ渡りつつあった。〝赤穂に大石あり〟というかつての噂は、もはや紛れもない真実として語られるようになったのである。

「江戸からの報告があります。皆様もうご存じかもしれませんが、江戸留守居役の堀部弥兵衛殿が、昨年婿養子を迎えました。そしてこのたび、殿のお許しが出て、来年、弥兵衛殿は隠居、婿殿には家督が許され、二百石が与えられることが決まりました」

「ご家老、その婿というのは、江戸の高田馬場で果たし合いを助け、十数人を斬り倒したという中山安兵衛にございましょう」

「なんでも、十八人斬りというぞ」

「堀部殿が心底惚れ込んだものの、中山家の跡とりだから婿にはなれないと断られたそうですな。そこで、殿に掛け合って、中山のままで婿入りさせたとか」

「よく知っておられるな。中山安兵衛改め、来年からは堀部安兵衛になるそうです」

「それは、我が藩には心強い」

「殿もたいそう喜んでおられるそうです」

「いやあ、一番喜んでおるのは、堀部の頑固爺でござろう」

その言葉に、皆が一斉に笑った。

宴会が終わり、仮寓に戻った良雄を、かんが出迎えた。

「今夜の主様はとても楽しそうですね」

「江戸の話でずいぶんと盛り上がったからな」

「それはよろしゅうございました。すぐに湯漬けをお作りしましょう」

「そのように急がずともよい。腹の赤児に障るぞ」

かんは良雄の子を身ごもっていた。すでに五か月を過ぎている。

良雄は少し前までそれに気付かなかった。かんを抱いた時に様子がおかしかったため、問いただした。

かんは顔を赤らめ、主様の赤児が、と小さな声で言い、うつむいた。

なぜ早くそれを言わなかったのかと、驚いた良雄はかんを叱った。神妙な顔をしていたかんは、赤児に障ると大変ではないか、という良雄の言葉に、ようやく顔を上げた。

申し訳ございませんと答えたかんは、どこか嬉しそうだった。

良雄は手伝いの女を雇おうと言ったが、かんは、私は元気ですので、主様のお世話ぐらい一人で大丈夫ですと、それを断った。

「めでたいことだ。良い子を産むのだぞ」

最後に良雄がそう言うと、かんははっきりと頷いた。

台所へ行ったかんが、誰かと話している声が聞こえてきた。部屋に戻ってきたかんは、手にした書状を差し出した。

「誰ぞ、参ったのか?」

「使いの者だという若い方が、これを」

書状の表には良雄の名があった。

開いてみると、それは不破数右衛門からであった。

不破は先般、赤穂城内で同役と諍いを起こし、相手を殴り倒して怪我を負わせた。藩主、浅野長矩は激怒して蟄居を命じたが、不破は相手に非があるという主張を曲げず、そのまま脱藩した。

長矩はさらに激高し、不破をお役御免としていた。

書状には、この一件の顚末と、良雄への詫びが綴られていたが、不破は、自分の行動は正しい、となおも主張していた。

書状を読み終えた良雄は、思わず、

「愚か者!」

と大声を出し、その後、大きく嘆息した。

良雄は、備中松山に在番中、引き連れてきた藩士たちをのんびりとは過ごさせなかった。

岡島八十右衛門、勝田新左衛門、神崎与五郎、武林唯七ら腕の立つ若手はもちろん、この地に留まっていた三十余名の藩士たち皆に、徹底して武芸の鍛錬をさせた。

良雄自ら指導にあたったのだが、その中に、一風変わった稽古があった。

一人の相手に対して、二人もしくは三人一組で攻撃を加え、間違いなく敵を倒すというものだった。

二人組の攻め手の片方に、通常の三分の二の長さの槍(やり)を持たせた。片方が刀で激しく打ち込んで隙をつくらせたところで、短槍(たんそう)を手にした者が急所への一撃を振るう。

三人組の場合は刀一本、短槍二本にするが、さらに片方の槍手には突きだけでなく、相手の刀を払うという動作を覚えさせた。

原惣右衛門はこの戦法を面白がり、わざわざ自作の短槍を携えて来て、稽古に加わった。

「これは面白い槍の使い方ですな。実戦なら、通常の突きよりもはるかに役立ちましょう」

惣右衛門は、感心したように言った。一方で、なかなかできぬ者には、槍を手にした良雄が手本を見せた。

「岡島、神崎、それでは手ぬるい。一撃で仕留めねば、お主たちの首が飛ぶぞ。二人で向かっているというこころの緩みが見える。肉は斬らせる覚悟で相手の骨を砕くのだ」

「痛っ」

良雄の短槍で鳩尾(みぞおち)や喉(のど)を突かれた者が声を上げると、

「痛いでは済まぬ。戦さなら、とうに絶命しておるのだぞ」

良雄は険しい目をして叱りつけた。

日を重ねるごとに、全員が痣だらけになって疲弊していった。その中で、原惣右衛門だけは嬉々として鍛錬を続けていた。

稽古の後、汗まみれの身体を井戸端で拭いながら神崎が訊いた。

「この鍛錬はいったい何なのでしょうか」

惣右衛門が笑って答えた。

「ご家老は、本当に役立つ戦法を教えて下さっているのよ」

「いつ役立つというのですか？」

「いざという時よ」

神崎や岡島らが首を傾げる中、惣右衛門だけは満足そうだった。

備中松山城に在番することになった最初の日、良雄は、一人で城の全容を見て回った。

その時に良雄が考えていたのは、水谷家の家臣が城の明け渡しを拒み、城に立てこもっていたら、いかなる結末を迎えていたか、ということだった。

我が赤穂藩は、果たしてこの堅牢な城を落とすことができただろうか。討ち死に覚悟で迎え撃つ敵と戦ったなら、どれほどの死者が出ただろうか。考えれば考えるほど、良雄は恐ろしくなっていった。

――もしも、鶴見内蔵助という賢明な家老がいなかったら。

たら。

——もしも、幕府が水谷勝時に新しく三千石の知行地を与えず、ただ水谷家を断絶してい

籠城（ろうじょう）戦になっていれば、赤穂藩からも多くの犠牲者が出たに違いない。

その危うさに気付いていたのは、良雄だけではなかった。

ある日、城内を見回っていた良雄は、原惣右衛門に呼び止められた。

「ご家老、ちと尋ねたいことがござる」

「何でしょうか？」

「ここ数日、拙者はこの松山城の中をぐるりと見て回っていたのですが……」

良雄は、惣右衛門の言わんとしていることがわかったので、それを遮った。

「まことに美しい眺めだったでしょう」

「いや、もちろん眺望は素晴らしいですが、拙者が伺いたいのは、そんなことではござらぬ。

もし松山藩が籠城していたら、我らはどうなったかということです」

「殿は無事にお役目を果たすことができたのですから、もうよいではないですか」

良雄はそれきり口をつぐんで天守閣を見上げたが、惣右衛門は食い下がった。

「ご家老のお考えをお聞かせ願えませぬか」

良雄は惣右衛門に背を向け、その場を立ち去ろうとしたが、急に向き直った。

「籠城戦になれば、間違いなく、多くの赤穂藩士が命を落としたでしょう。私が言えること

は、いざという時のために、我が藩の侍たちを鍛えておかなければならない、ということです。比類なき〝戦さ組〟をこしらえなくてはなりません」

「ほう、戦さ組ですか。さしずめ〝必殺組〟ですな。面白い。拙者もぜひ加わりたい」

高松にいる東軍流の師、奥村権左衛門に、良雄は一通の手紙を書いた。ほどなくして、師からの返事が届けられた。

良雄は戦さで勝つための術を尋ねたのだが、それに対する奥村権左衛門の戦法は、実に明確なものであった。

一人一人を鍛えあげることも大切だが、実戦では、一対一の戦いを避けよ。相手を強者と見なした時は三人で、中ぐらいの力量の者なら二人で対し、確実に絶命させるか戦意を奪えと書状にはあった。

こちらが多勢ならば、まず弓をもって敵を負傷させよ。その次に有効な武器は槍である。それも短い方が善いとして、短槍の使い方を絵図で示してくれていた。

良雄はその戦法を、備中松山城の在番中の藩士たちに習得させることにした。松山に留まっている三十名余りの赤穂藩士は、良雄が信頼を寄せる者ばかりだったのだ。

鍛錬の成果は着実に上がりつつあった。

備中松山での暮らしは、良雄にとって束の間の休息のようでもあった。

松山は多くの花が咲く美しい土地だった。水道の両岸には木々が植えられ、春には桜、夏には柳が川面に映るさまは、赤穂とも違った風情である。

良雄は時折、かんと共に名刹、頼久寺を訪れることもあった。頼久寺には松山城を手がけた小堀遠州による庭園があり、皐月の花で知られていた。

「見事なものでございますね。淀屋さんのお庭も、これにはかないません」

「こうしていると、こころが穏やかになる。かんといる時には、私はただの男でいられるのだ」

その言葉に、かんは息を呑んだ。

「かん、そんなに離れて歩かずともよい。もう少し近くに寄りなさい」

「私は、ここでよいのです」

良雄は、かんの手を取った。

「誰かに見られます……」

「誰に見られてもかまわぬ」

二人は咲き乱れる皐月の海の中を、並んでゆっくりと歩いた。

その日、上野高崎藩の安藤対馬守重博が、備中松山に所領を与えられ、六万五千石で入府するという報せがもたらされた。

元禄八年夏、降りしきる雨の中、良雄は三十余名の赤穂藩士と共に松山を出発した。

一同は国境で足を止め、一年ほどを過ごした土地を振り返った。低く垂れ込めた雲で、

〝天空の城〟の姿はまったく見えなかったが、良雄は、しばらくその方角に顔を向けていた。

新しい城主を迎え、備中松山藩は再び時を刻みはじめる。良雄はこの地を去っていった侍たちの来し方行く末に思いを馳せ、安寧を願わずにはいられなかった。

この地に起きたことが、赤穂で起こらぬとは限らない。その時、天下に恥じぬ身の処し方が、自分たちにはできるであろうか。

――いや、絶対にそのようなことになってはならない。何ごともなく我が藩を、殿を、藩士たちの暮らしを守っていくのが、私に与えられた務めなのだ。

――さあ赤穂へ帰ろう。

踵を返すと、唇を真一文字に結んで良雄は歩きはじめた。

赤穂城下を通って大手門をくぐり、本丸門にたどり着いた良雄たち一行は、本丸御殿から出てきた多くの藩士たちに迎えられた。

「お帰りなさいませ。殿が皆様をお待ちです。さあ、中へ」

先頭に立って一行を出迎えた奥野将監はそう促したが、良雄は雨の中を歩き続けて濡れた自分たちの着物に目をやり、逡巡した。

「おう、内蔵助。戻ったか」

甲高い声に振り返ると、そぼ降る雨の中を御殿から出てくる長矩の姿が見えた。

一行は白砂利の上に片膝を突き、かしこまって頭を下げた。

「ただ今、帰藩いたしました」

良雄が報告すると、

「皆の者、長らく大儀であった」

長矩はきびきびした声で藩士らを労った。

一年半ぶりに逢う長矩は、一段と貫禄を増していた。

「殿、屋敷へお入り下さい。お濡れになりますぞ」

「なんの、これしきの雨。おまえたちはこの中を歩いてきたのだろう。今宵は祝宴をもうけるから、松山での話を聞かせてくれ」

良雄は深々と頭を下げた。雨音に入り交じる濤声を聞きながら、故里に戻ったのだな、という思いを噛みしめていた。

良雄が赤穂に帰ってきて何より嬉しかったのは、藩主、長矩の成長ぶりであった。

「そうか。備中松山藩は、それほどまでに藩の力を高めていたのか。せっかく造り上げた国を手放す形になり、水谷勝美殿もさぞやご無念であったろう。今回の件は、決して他人事と聞き流してはならんのう」

「仰せの通りにございます。しかし我が藩では、長広様を御養子に迎えることが決まっております。まずは一安心でございますが、家臣や民たちは、やはり長矩様の御子を望んでおります。ぜひとも阿久利様には御子をお産みいただきたく存じます」

「わかった。励もう」

以前なら嗣子の話をすれば煙たがって遮ることが多かった長矩が、話を聞くだけでなく望みを受け入れてみせるまでになっていた。

――藩主としての自信がおつきになったのだ。これだけこころに余裕がおありなら、いずれ吉報もあるに違いない。

長矩は昨年八月、弟の浅野大学長広に三千石を分知し、仮の養子としていた。江戸へ参勤するこの秋以降には、綱吉に拝謁し、そこで正式に養子の認可を得ることになっている。

綱吉が将軍となってから十五年目を迎えた昨年、柳沢保明はついに老中格となった。綱吉の信任が厚かったもう一人の側用人、牧野成貞は隠居が決まっており、柳沢は幕政を手中に収めようとしていた。

柳沢に逢ったことがあるという長矩に、良雄はその印象を尋ねた。

「柳沢殿は学問がお好きな方でな。江戸で評判の荻生徂徠殿とも親しいと耳にしたので、ぜひご紹介くださいと申し上げた」

「お引き合わせいただいたのですか」

「いずれと言われたが、それきりじゃ。柳沢殿はどうも公務以外での大名家や旗本との関わり合いを極力避けておられるようだ」

ほどなく江戸への参勤となる七月、城内で七夕の宴が催された。広間と使者の間は開け放たれ、庭には七夕飾りが立てられていた。

——阿久利様と離ればなれで、さぞお淋しいことだろう。

庭を眺めながら盃を傾ける長矩の姿に、良雄はしみじみと思った。

突然、馬のいななきが聞こえ、一頭の見事な若駒が馬方に引かれて庭に入ってきた。

若駒は、九州、肥後から、長矩のために連れてこられた駿馬であった。良雄は、今回の参勤で、長矩がこの若駒を江戸へ連れていくことを楽しみにしていると聞いていた。

「内蔵助、あの馬じゃ」

「ほう、これは素晴らしい馬にございますな」

庭の所々に置かれた松明に照らされ、張り詰めた筋肉と美しい栗毛が輝いていたが、その両耳は激しく動き、鼻孔はひくついていた。

「乗って見せようと思うて、引かせたのだ」

長矩が庭におりた。

「殿、お待ちください。松明の炎で、馬の気が立っております」

内蔵助と周りにいた家臣らは慌てて止めにかかり、長矩も足を止めようとした。その時、馬が前脚を大きく持ちあげた。馬方が手綱を引いたが、押さえきれず、馬の蹄が長矩の胸元をかすめた。

何かが千切れる音がして、光の粒のようなものが散るのが見えた。長矩の羽織紐の飾りだった。

「おのれ、これは阿久利がこしらえてくれた」

長矩は大声を上げると、脇差しを抜き、馬方に向かって腕を振り下ろした。松明の明かりを受けた刃が、ぎらりと光る。

一瞬の出来事だった。

「ええい、許さぬ！」

声を上げてなおも斬りつけようとした時、倒れた馬方と長矩の間に、良雄が両手を広げて立ちふさがった。

「殿、なりません」

良雄が静かな声で言った。

長矩の目には、憤怒(ふんぬ)の炎が燃えている。邪魔をするものは誰でも斬りかねない、異様ともいえる表情だった。

良雄は長矩の目を真っ直ぐに見て、少し声を張って再び言った。

「殿、なりませぬぞ」

その声で我に返ったように、長矩は目をしばたたかせた。まだぶるぶると震えている手から、脇差しをゆっくりと受け取り、良雄は小さく頷いて見せた。

「殿はお熱がある。すぐに奥へお連れしろ」

二人の小姓が駆け寄り、長矩を奥へと導いていく。その背後で、家臣たちに押さえられた馬が興奮した鳴き声をあげた。

良雄は庭に倒れた馬方を見下ろし、その場に立ちつくしていた。

空には満天の星が輝いているだけだった。

元禄八年（一六九五）九月、浅野内匠頭長矩が江戸へ向かって出発する日の朝、良雄は長矩と二人きりで語り合った。

「此度は、備中松山の収城使という、まことに重きお役目を見事果たされました。江戸へお戻りになれば、御上よりお誉めの言葉がありましょう。どうか、堂々とお振る舞いくださいますよう」

「それもこれも、皆のお陰だ」

長矩は晴れやかな笑顔を見せた。

「いいえ、殿という主がおられるゆえ、家臣が一丸となってなし得たことにございます。収城使のお役目で江戸をお空けになったこの二年、阿久利様にはお淋しい思いをさせたかと思うと、内蔵助、こころが痛みます」

「心配ない。阿久利ももう大人じゃ。お役目のことはよくわかっておる」

良雄は七年前に逢ったきりの阿久利の顔を思い浮かべた。早いもので、今年二十二歳となったはずだった。

「内蔵助、たまには江戸へ参れ。奥も逢いたがっておるぞ」

「もったいなきお言葉。なれど、江戸はあまりに広く、人も多く、行く度に身体が芯から疲れてしまいます」

「ハッハハ、江戸は苦手か。それなら、来年は土産を持って戻るとしよう。何がよい？」

「思いつきませぬ……。いや、ひとつだけ」

「何なりと申せ」

「江戸留守居役、堀部弥兵衛の養子、堀部安兵衛をぜひお連れください。江戸でも評判の剣豪と聞きました」

「それはいい。一度赤穂も見せてやらねばな」

「道中のご無事を祈っております。くれぐれもお身体を大切に」

良雄は、長矩の顔を真っ直ぐに見て言った。

あの七夕の数日後、長矩は良雄に言った。

「予の至らなさから、あのような仕儀となってしまった。馬方には、まことにすまぬことをした」

「そこまでおわかりでいらっしゃるのなら、内蔵助からは何も申し上げることはございません。これからはどうぞ、おこころを落ち着けて、政務にお励みください」

良雄は何ごともなかった顔でそう答えた。

しかしあの一瞬、良雄は、長矩の身体の中に棲むものをはっきりと見た気がした。それが長矩を突き動かしたのだ、とわかっていた。

長矩の見せた突然の感情の昂ぶりは、藩医、寺井玄渓の報告を思い出させた。

長矩の叔父、内藤忠勝は他藩の藩主を刺殺し、切腹、改易となったが、その理由は病気による乱心とされていた。

寺井玄渓によると、忠勝はごく幼い頃から気に入らぬことがあると暴れて手がつけられず、長じてからは何人もの家臣や女中を手討ちにしていたという。

長矩が忠勝に似ることを良雄は恐れたが、報告から十年、長矩の行いに問題はなく、幼少からの〝痞〟発作もこのごろはすっかりなりを潜め、良雄は安心していた。

しかしあの夜、長矩の憤怒の炎に燃える目を覗き込んでしまった良雄は、激しく動揺した。

言葉や態度にひとつでも誤りがあれば、自分も手討ちにされていたかもしれない。

幼い頃の長矩については大叔父、頼母助からよく話を聞かされ、十七歳で初入府してからは、そばで見守り続けている。長矩の生まれ持ったこころ根の優しさを、良雄はよくわかっているつもりだった。

成人した今でも長矩は、誉められた時などに頰を染めて戸惑うような仕種をする。時折見せるその含羞は、真っ直ぐな性格を表しているようで、良雄まで清々しい気分にさせられた。

傲慢さの欠片もない長矩に仕えられたことを、つくづくしあわせだと感じていた。

――あれはただの癇癪などと呼べる代物ではない。おそらくそのことは、長矩様御自身が一番よく知っておられる。だからこそ、わざわざ〝予の至らなさ〟などと口にされたのだ。殿も苦しんでおられる。

数日間悩み抜いた末、良雄は今後についての結論を出した。

――あれは、殿のお身体の中に棲む何かが、殿を操り、お気持ちを昂ぶらせているのだ。あの爆発するような怒りを、長矩が自身で抑え込むのは至難の業に違いない。それならば、長矩が穏やかに過ごす方策を、周りが取ればいい。近侍はもちろんのこと、江戸屋敷の家臣、奥女中にも徹底させねばならない。

藩主の乱心が幕府に知られ、それを理由に改易の憂き目に遭った藩は、この二十年間でひとつやふたつではなかった。

良雄は、皆にどう説明すべきかを、夜を徹して考えた。これからの対策を考えることで、自分の中で抑えきれぬほどに広がった不安を、すべて忘れようとした。

元禄六年（一六九三）から十一年（一六九八）にかけて、徳川幕府は数多くの災害に見舞われた。

元禄六年七月、駿河、三河を颱風が襲う。

翌七年五月、奥羽の蔵王山が噴火。六月にも紀伊の田畑が大雨で水没し、八月には江戸や信濃で颱風による洪水が起こった。その夏、さらに東国の多くの藩が未曾有の冷害に襲われ、全国の米の収穫量が半減した。十月には京都で大きな地震があった。幕府は、これらの天災による被害を受けた地域での普請に力を注いだ。

しかし元禄八年は、またしても冷夏であった。八月から九月にかけて奥州、北陸一帯に長雨が降り続き、吹き荒れたヤマセ（冷風）と共に、稲田をはじめ、農作物に大きな被害をもたらした。これに加え、近畿、四国、中国では日照りが続いて稲が根付かず、やっと稲が育ったころに大洪水が起こり、記録的な凶作となった。この年の飢饉は全国で数万人の死者を出す大規模なものとなった。

さらには、元禄十年、相模、武蔵を大地震が襲う。

十一年九月には筑前、豊後一帯に地震が発生。続いて、江戸では勅額火事と呼ばれる大火が起こり、三千人以上が死亡した。

この時代の政は、途切れることのない天災との戦いであった。それにしても、綱吉の治世の間は、各地で水害や飢饉が続いた。

綱吉政権は休むことなく治水、灌漑事業を進めたが、毎年のように起こる大規模な災害を前に、その効果は微々たるものであった。

天災は米不足を招き、米価は高騰した。それに伴って物価は二割、三割と上昇していき、侍の暮らしも、庶民の暮らしも、ますます厳しいものとなっていった。

その中にあって、商人の一部は米不足につけ込み、米を市場に出すことを手控えることでさらに値を吊り上げ、暴利を得ようと目論んだ。

さすがの幕府もこれを見逃すわけにはいかず、目立って悪辣であったいくつかの大きな商家が、〝闕所〟となった。

闕所とは、全財産没収の上、〝場所払い〟といって市中からの追放処分になる、商人にとってはかなり厳しい刑罰であった。

元禄十年（一六九七）六月の早朝、素振り稽古のため庭に出た良雄は、妙に生暖かい風が吹き過ぎていくのを感じ、下男を呼んだ。

「朝早くにすまぬが、風の様子が少し気になる。組頭、船奉行、塩田に使いをやって、雨風への注意を怠るな、と伝えてほしい」

下男は、すぐさま表に向かって駆け出した。

朝餉の支度をしていた理玖が、前掛けを外しながら現れた。

「どうかなさいましたか？」

「いや、この風が、ちと気になってな。四年前の水害も、この時期であっただろう。あの時も雨の強さを梅雨のせいだと思って油断したせいで、ひどいことになった」

「そういえば、風が暖か過ぎますね」

空を見上げた理玖の後ろから、木刀を手にした嫡男の主税が現れた。

「おう、主税も一緒に稽古をするか」

はにかむような笑みを浮かべ、はい、と元気に答えた息子を、良雄は目を細めて見つめた。

十歳になった主税は、同年の子どもたちよりも背は高いが、少し痩身である。細面の顔立ちも明朗な性格も、理玖に似ているとよく言われた。

藩の役目で留守がちな良雄をこころから慕っており、私塾と一緒に剣の道場へ通い始めてからは、父に稽古をつけてもらうのを何よりも楽しみにしているようであった。

「もう少し腰を落として構えるのだ。そう、それでいい」

木刀を振るう手は小さく、腕もまだ細くこころもとないが、眼差しは真剣である。

「上段から振り下ろす時は、まず、目の前に大きな山があると考えるのだ。その山の頂から裾野まで、ただふたつに切り崩すつもりで振るとよい。相手を倒すことに囚われると、剣が鈍るぞ」

「はい、父上」

剣を習得するには、自分の身体で覚えるしかない。

もちろん誰かに習うことはできるが、それは道でいえば、〝標べ〟でしかない。自分のものとして身に付いていなければ、いざという時には相手に討たれるだけなのである。

大粒の雨が、良雄の頬に当たった。

鉛色の雲がまたたく間に空を覆いつつあった。

四年前の六月、四国、中国地方を襲った大雨は、赤穂藩にも大きな被害を与えた。

六月は梅雨時であるが、赤穂は例年雨量が少なく、大規模な水害につながることも少なかった。それが、この時は違っていた。

夕刻に降り出した雨は、夜半になっても一向に止まず、朝を迎える頃には城の掘割から水が溢れ出していた。

長雨は十日続き、堤を壊し、田植えを終えた水田をほぼ壊滅させた。塩田は大きな被害を免れたものの、家屋の倒壊や崖崩れで命を落とした民は多く、数名の藩士も歿くなった。

後日、書庫の日誌を紐解いたところ、以前も同じような洪水があったことがわかった。

――なぜ、先人の記録をきちんと確かめておかなかったのか。

良雄は反省し、これを教訓として生かすよう、家臣一同に命じた。

登城前に雨は本降りとなった。

重役たちから月例の報告を受ける日であったが、それは後日にし、良雄は雨への対策を優先させることにした。四年前の水害によってもたらされた傷はまだ生々しく、藩士たちは皆、引き締まった表情となっていた。

四年前と大きく違っていたのは、備えができていたことだった。

「カマス（土のう袋）の用意はできておるか。川沿いの村に使いを出し、堤に異常があればすぐに報せるよう伝えよ」

良雄の声で、藩士たちが次々に広間から駆け出していく。

雨は結局、その日から幾日も降り続いた。藩士と領民たちの必死の働きにより、人死にはほとんどなかったものの、稲田は半分以上が被害を受けた。

雲が去り、晴れ間が土を乾かし、赤穂の城下に活気が戻った翌七月、良雄は大野九郎兵衛を小書院に呼んだ。

「何か御用でしょうか」

九郎兵衛は不機嫌であった。

「水害の後始末でお忙しいところ、お呼び立てして申し訳ありません」

「帳面の上では、備中松山への派兵だけでなく、四年前の災害の後始末すら、まだ終わっておらんのです。このまま金を使い続ければ、我が藩は立ち行きませんぞ」

九郎兵衛は、良雄を睨(にら)みつけた。

「して、何の御用ですか？」

大野九郎兵衛は面倒くさそうな顔を隠しもせずに言った。

「この数年、勘定方の帳簿を拝見しておりますが、大野殿のお働き振りに、内蔵助、たいへん感心しております」

「ほう。勘定方の帳簿がおわかりになりますか。これは驚きましたな」

「どこまでわかっておるか、正直怪しゅうございますが」

「そうですな。怪しいものでござる」

「何がでございますか」

「算用というものが怪しいのです。人は、算用を多寡で見ます」

「多寡、ですか？」

「左様。数の多い少ないで、物事の価値を判断するのです。しかし、多寡にはふたつの面がございます。ひとつは数が多いか少ないかです。多いものが少ないものに優るとすれば、算用を一面でしか捉えておりません。もうひとつの多寡は、数を超えたものです」

「ほう。数を超えたものですか。それは？」

「算用とは、実は生きものです。生きものであれば、そこには当然、真理もあれば誤もあります」

「ならば、その算用の中に〝誠〟と〝忠節〟を盛って欲しゅうございます」

「誠と忠節？」

九郎兵衛が素っ頓狂な声を上げた。

「そうです。今のお話を聞き、こころ強く思います。私が大野殿を頼りにして参りましたこと、間違ってはおりませんでした」

九郎兵衛は怪訝な顔をして尋ねた。

「はて、何がおっしゃりたいので？　私には誠と忠節を盛る、という意味がわかりませぬ」

「その備えをいたしましょう」

「はい。私と大野殿の二人で、殿への、赤穂藩への誠と忠節を守り通せる、いや貫く、そのための備えをいたしましょう」

九郎兵衛は、居住まいを正した。

「それは、良欽様の帳簿のことをおっしゃっているのですか?」

「左様です。あれはもう、そろそろ一万両になりますか」

「えっ、一万両ですとっ?」

九郎兵衛は悲鳴のような声を上げた。

参勤交代や幕府の普請などへの掛かりに苦しめられていた表高五万三千石の赤穂藩が、表高とは別に実高を管理するため、もうひとつの帳簿を用意するようになったのは、良雄の祖父、良欽の時代からである。

表向きの帳簿とは別の、いわゆる裏帳簿であり、幕府に知られればむろんただでは済まない。これについて知るのは藩主と筆頭家老、そして次席家老で勘定方でもある九郎兵衛とその配下の一、二名のみであった。

「一万両もの金はまだございません。ご家老もご存じのはずでは」

九郎兵衛は良雄に訊いた。

「それならば、これからそれをつくるのです」

「大石殿はこの数年間の表向きの帳簿を見たとおっしゃいましたな。備中松山への派兵や二度の洪水で蓄財を使い果たし、余裕がないことはおわかりでしょう」

良雄は頷いた。

「はい。それは十分に。ですが、大野殿は私に説明してくださった。多寡は、ふたつあるものだと」

「それとこれとは、別の話でござる」

九郎兵衛は額に皺(しわ)を寄せ、真顔で訊いた。

「あなたはその一万両で、いったい何に対する備えをなさるおつもりなのですか？」

良雄は返事をしない。その胸の内を見極めようとするように、九郎兵衛は身を乗り出して畳みかけた。

「どうして口をつぐんでおられるのですか？　勘定方に金を用意せよとおっしゃるからには、それ相応の理由がござろう。しかも、表には出せぬ金で一万両をと仰せじゃ。こんな小藩が一万両もの金を蓄えられると、本気で思っておられるのか」

「はい。勘定方の帳簿を拝見して、確信いたしました」

九郎兵衛のこめかみが、二度、三度とひくついた。このように真剣な表情の九郎兵衛を見たのは初めてだった。良雄は訊いた。

「何のための備えか、それを申し上げれば、一万両の件はご承知くださいますのか」

「無論。納得できれば、是非もない」

「有り難うございます。しかし、私にもわかっていないのです。理由がわかっていれば、私はすでに手を打っておるでしょう」

「えっ？」

九郎兵衛は何度目かの驚きの声を上げた。

困ったような表情で頭をかく良雄を、九郎兵衛は呆れ果てた顔で見つめながら言った。

「いやあ、噂は本当でござるな」

「何ですか？」

「筆頭家老は〝昼行灯(ひるあんどん)〟だと、赤穂城下ではもっぱらの噂です」

「ほう、そんな噂が。ハッハハ」

良雄が笑うと、

「笑い事ではございませんぞ」

九郎兵衛はいまいましげな顔で言った。

「そのような噂が出るくらいなら、我が藩は、むしろ安泰ということでございますよ」

「この忙しい時に、無駄な時間を使(つこ)うてしまった。まったく。もう失礼します」

そう言って九郎兵衛は立ち上がった。

「貴重なお時間をすみませんでした」

歩き出した九郎兵衛の背に、良雄の声が掛かった。

「内蔵助、大野殿のお覚悟、しかと見せていただきました」

九郎兵衛は足を止め、胸の内でつぶやく。

――はて、覚悟など見せておらぬが。

良雄も、胸の内で繰り返していた。

――無論、という言葉が聴ければ十分です。これからも頼みましたぞ。

祖父、良欽と大叔父、頼母助が大野九郎兵衛という人物を見つけて今の任に就けてくれたことに、良雄はこころから感謝した。

同じ月、藩主、浅野長矩が入府した。

藩主を迎えた城内は、常にも増して活気に満ちているようだった。

ひとつには、長矩の弟の長広が、将軍綱吉の謁見を経て、正式に赤穂藩浅野家の養子として認められたためである。これで赤穂藩の世嗣の不安は、まず解決した。

もうひとつ、藩士たちを浮き足立たせたのは、江戸留守居役、堀部弥兵衛が隠居したことで、娘婿の堀部安兵衛が二百石の馬廻（うままわり）役として召し抱えられ、長矩の供として赤穂に入ったことであった。

高田馬場での果たし合いは、〝たちまち十八人を討ち果たした〟とか〝八丁堀から高田馬場までを一気に走り通した〟などと、話に尾ひれがついて赤穂にまで広まっていた。藩士だけでなく、城下の人たちも安兵衛を一目見ようと、集まってきた。

——どれほどの豪傑だろうか。

良雄も安兵衛に逢うのが楽しみだった。

赤穂に戻った堀部弥兵衛は、早速、安兵衛を連れて良雄の屋敷に挨拶に訪れた。安兵衛は上背はあるものの、どちらかといえば痩身で、人好きのする笑顔の若侍であった。

「あの折はご家老に、ご心配をおかけしました。堀部弥兵衛、お詫びいたします」

弥兵衛が最初に口にしたのは、備中松山に在番中の良雄に出した手紙の件であった。

「ああ、心配いたしました。堀部の家が無くなってしまうのではないかと」

良雄が笑った。

「これが安兵衛でございます」

安兵衛は居住まいを正し、畳に手をついて頭を下げた。

「堀部安兵衛にございます。以後よろしくお願いいたします」

弥兵衛も、そろって頭を下げた。

「良き婿殿をお迎えになりましたな。弥兵衛殿が直々に口説き落としたと聞きました。娘御も奥方も、さぞお喜びでしょう」

弥兵衛は照れたように頭をかいた。

「安兵衛殿を我が藩に迎え、殿もたいそう喜んでおられます。お励みください」

「は、はい。安兵衛、これより奮進して、藩のため殿のため、忠節を尽くす所存です」

――忠節か。

久しく耳にしなかった言葉だ。

良雄は満足げに頷いた。

次の間に控えていた理玖が、子どもたちを振り返って声を掛けた。

「堀部様に、ご挨拶をなさい」

十歳の長男、主税を頭に、長女くう、次男の吉千代が並び、かしこまって座っていた。

「大石主税でございます」

主税は、憧れを隠さぬ目で安兵衛を見つめた。安兵衛も頷き、よろしくお願いします、と挨拶を返した。

すると、主税が突然、意気込むような口調で願い出た。

「堀部様、どうぞ私に武芸をお教えください」

理玖が慌ててたしなめる。

「これっ、急に何を申すのですか」

安兵衛は相好を崩した。

「主税様は武芸がお好きと見えますね」

「はい。父からも毎日教わっています」

「では、ご家老のお許しをいただけるなら、これからすぐにお手合わせいたしましょう」

「誠ですか。ありがとうございます」

主税は目を輝かせた。

「やあーっ！」

堀部安兵衛から剣の手ほどきを受けている主税の声が、庭先から響いてくる。

良雄と弥兵衛は、座敷からその様子を眺めていた。子ども相手に熱心に稽古をつけている安兵衛の姿に、良雄は好感を抱いた。

「安兵衛殿は、赤穂にとってもなくてはならぬ藩士となりましょう」

「お誉めいただき、有り難きしあわせ」

「ところで、隠居暮らしはいかがですか。釣りなどはなさいませんか」

「私はせっかち故（ゆえ）、釣りは性に合いません。隠居というのは身を持て余すものですな。釣り竿（ざお）よりもつい木刀を握り、稽古に励んでしまいます。老体ではございますが、我が藩に何かあれば、すぐに馳せ参じますぞ」

弥兵衛は、浅野家がまだ常陸国笠間を領していた頃からの忠臣である。七十歳を過ぎても矍鑠（かくしゃく）としており、その目は澄んでいた。

「内蔵助殿の御祖父、良欽様、大叔父の頼母助様より叩（たた）き込まれた、赤穂武士としての心得は、ずっとこの身に染みついております」

「それは頼もしい。こころ強い限りです」

「江戸に詰めている今どきの若い者は、侍なのか、ただの遊興の徒なのかわからぬ体たらく。私にはそれがもどかしくてなりません。ですから、いまだに皆を叱りつけに行くのです。安兵衛は迷惑に思っておるようですが」

「ハッハハ。何の何の、思う通りになされよ」

「おや、ご家老からのお墨付きを頂戴（ちょうだい）しましたな。この弥兵衛、これからも藩のため、粉骨砕身（ふんこっさいしん）いたしましょう」

良雄はその言葉に微笑んだ。

その数日後、赤穂入りした堀部安兵衛のため、城内で御前試合が行われることになった。二之丸庭園に設（しつら）えられた会場には、堀部安兵衛の勇姿を一目見ようと、大勢の家臣が詰めかけていた。会場の正面に陣取った長矩も、身を乗り出すようにして観戦した。

今回の御前試合には、安兵衛以外に江戸詰の者はいなかったが、国元の並み居る藩士たちを打ち破り、安兵衛は勝ち進んだ。腕前は圧倒的で、皆の期待をはるかに超えていた。

その剣は、強引なものではない。むしろ、相手の太刀筋を素早く見極め、スイスイと受け流していく。

――ほう。この男は頭が良いのだ。

良雄は感心していた。

安兵衛は、一度も負けることなく七戦を勝ち抜いた。長矩の御前に進み出ると、傍らに木刀を置いて片膝をつき、深々と頭を下げた。

「あっぱれじゃ。堀部安兵衛」

長矩は満足そうに大きく頷いた。

「どうじゃ内蔵助。堀部の腕前は」

「内蔵助、つくづく感服いたしました」

「そうであろう。だが堀部、国元の者たちが相手では物足りなかったか？」

「いいえ。いずれの方も太刀筋鋭く、その気迫に何度も呑まれそうになりました。さすがは赤穂のお侍です」

「そうであろう。しかし、ここにおる内蔵助は、東軍流免許皆伝の腕前じゃ。予の前では、一度もその腕を披露せぬが。どうじゃ、内蔵助と立ち合うてはみぬか」

「滅相もございません」

「ハッハハ。戯れ言じゃ」

良雄は、そう言った長矩の目を見た。

「殿、せっかくの機会ですので、内蔵助、ひとつお願いがございます」

「何じゃ。申せ」

「国元では今、皆に、ある戦術を学ばせております」

「ほう、どんな戦術じゃ」

「山鹿素行先生の軍学を端緒とし、東軍流の師、奥村権左衛門の戦法を加えたものです。口でご説明するのは難しいので、堀部という得難い剣豪を相手に、実地でお見せしたいと存じます」

「それは是非見てみたいのう」

「堀部、構わぬか？　疲れているなら申せ」

　安兵衛は黙って頷き、立ち上がった。

「岡島、勝田、神崎、武林、それぞれの組は、前へ」

　良雄が声を掛けると、襷掛けをした十二人の侍が、各々の武具を手に現れた。見物している家臣の間から、どよめきが起こった。

「一対三となる。堀部、手加減は無用だ」

　真っ先に呼ばれたのは、神崎与五郎率いる「一の組」であった。互いに一礼した後、木刀を手にした小柄な侍が凄まじい気迫で突進してゆく。短槍を手にした神崎ともう一人は、二手に分かれて安兵衛に迫る。

　腰を落として木刀を構えた安兵衛は、先鋒の侍の一撃を躱した。そこへ神崎が進み出て、短槍を横に薙ぎ、安兵衛の足元を払う。

安兵衛は短槍を軽々と跳び越える。見事な身のこなしだった。

御前試合が終わり、宴が催された。途中で長矩が退出すると、堀部弥兵衛が良雄のそばにやってきて、満足そうに言った。

「本日は赤穂武士の剣技を見せていただき、弥兵衛は嬉しゅうございました。安兵衛にもよい稽古となったでしょう」

「いや、安兵衛殿が三の組に敗れたのは、御前試合からの疲れのせいでござろう。不覚が二組、引き分けが一組、あれでは話になりません。実戦なら、あの者らはとうに命を落としております。安兵衛殿の剣にある柔軟さを、誰一人持っておりませんし、第一、気迫が足りません」

良雄は不機嫌な顔を隠しもしなかった。

一方、疲労困憊（こんぱい）しているはずの安兵衛は、宴席の片隅で先ほど剣を合わせた神崎ら〝戦さ組〟の面々と車座になり、楽しそうに酒を酌み交わしていた。時折交じる身振り手振りを見れば、剣術談義に花を咲かせているようだった。

――敗れたというのに、あの者らの笑顔はどうだ？

良雄は、不甲斐（ふがい）ない藩士らに珍しく激しい怒りを覚えた。さっきまで好ましく感じていたはずの安兵衛の笑顔も、なぜか気に障った。

日が落ちるまでにはまだ間があった。

城を出た良雄は、川沿いにある小さな家に立ち寄った。

戸をたたくと、中からかんが現れた。

「これはまた、急なお出でですね」

「ああ、今日は御城で御前試合があってな。宴が早めに終わったのだ」

かんの後ろから幼女が現れ、良雄の足元に飛びついた。

「おう、きん。いい子にしておったか」

幼女を抱き上げた良雄は、柔らかい頬に顔をすり寄せた。きんはくすぐったそうに笑う。

かんは備中松山で娘を産んだ。かんの身体が落ち着いてから、良雄は城下にこの家を用意して下女を雇い入れ、二人を呼び寄せた。月に何度かは通い、泊まることもある。

かんのことを知った理玖は、しばらく良雄と口を利かなかった。しかし、悪びれずにかんのもとへ通い続け、言い訳ひとつしない良雄を見て、いつ、何を思い定めたのか、以前と変わらぬ態度を取るようになった。理玖の気性からして観念したとは思えなかったが、騒がずにいてくれることは有り難かった。

夕餉の膳には、良雄の好物、水茄子の漬物が並べられていた。大坂の淀屋から届けられたようだ。

不惑の年を目前にして節制をこころがけていたが、今夜の良雄は、つい、盃を重ねてしまった。

酌をするかんの手は、艶やかだった。

「御前試合はいかがでした？」

「江戸詰の堀部安兵衛が七人抜きをしおった」

「それはそれは。評判どおりですね」

「うむ、強い。強過ぎる……」

浮かぬ顔の良雄を、かんが心配そうに見つめた。

「何かにお怒りなのですか」

「安兵衛がいくら強いとはいえ、国元の藩士たちの不甲斐なさが……」

良雄は、飲み止しの盃を膳に戻した。

「……いや、違うな。今、気付いたが、どうやら私は、安兵衛に剣士として嫉妬しているようだ。安兵衛はあまりに鮮やかだ」

家老である自分が、試合に出ることはできない。己の立場とこれまでに成し遂げてきた務めに誇りはあった。しかしそれでも良雄は、腕一本で身を立て、自由に剣を振るい、藩士たちと屈託なく笑い合う若侍の姿に、羨望の念を抱いたのであった。

良雄のもの言いに、かんは思わず微笑んだ。

「何かおかしかったか？」

「いえ、主様がそんなふうに他人を羨むのを、初めて見ましたので。あと……」

かんが含み笑いを洩らす。

「あと、何じゃ？」

「子どものようで、可愛らしく見えたのです」

「私が可愛いというのか」

「はい。主様には、ご自分で気づいていらっしゃらない無邪気なところがおありです」

「ほう。それは誉めておるのか」

「お誉めしております」

きんが、傍らで寝息を立てている。邪気のかけらもない清らかな顔だった。

「私はかんといると、つい本音を洩らしてしまうのだ」

「嬉しいです」

良雄はかんの手を取り、その顔を見つめた。

「子を産んでから、ますます美しくなったな」

「お酒を過ごされたようですね」

「いや、こころからそう思っておる」

恥ずかしそうにうつむいたかんを、良雄は引き寄せた。

元禄十一年（一六九八）の春、弟の専貞が病に臥しているという報せが、太西坊から良雄のもとに届いた。

幼少の頃から身体は丈夫な弟であったし、今年で三十九歳の年盛り。良雄はそれほど心配もせず、見舞いの品と手紙を送っておいた。

ところが、八月になって届いた次の報せは、専貞の死を告げるものだった。

良雄は大いに驚いたのだが、御用繁多で、領内を出ることは難しく、弔いに参列することは叶わなかった。

専貞が仏門に入る際、再び逢えぬかもしれぬと心得よ、と言った祖父、良欽の厳しい顔を、良雄は思い出した。家老職とはそういうものであったのだ、と改めて思った。

もう一人の弟、良房もまた、六年前に二十二歳で歿くなっていた。良雄は早くに父、良昭を歿くし、祖父や祖母、母も、すでに鬼籍に入っている。

秋も深まって、良雄はようやく、石清水八幡宮を訪れることができた。

太西坊に着いた良雄を、専貞の弟子、覚運が出迎えた。覚運は良雄の叔父、小山源五左衛門の末子である。専貞の弟子となるべく出家し、石清水八幡宮へ入っていた。入山の際、良雄は叔父から頼まれて、家格を上げるため、覚運を自分の養子としている。まだ十一歳であったが、すっと背筋を伸ばして座る姿は、同い年の主税よりも大人びていた。

「養父上、専貞様のご最期は、眠るように安らかでした」

覚運はそう言った後、専貞から託されたという書状を良雄に手渡した。

手紙には、これまでの厚情を感謝すると共に、先立つことへの詫びが綴られていた。その中で専貞は、十年前に歿くなった豊蔵坊信海のことに触れ、信海は生前、良雄の肩にかかる重責を心配していたが、それは自分も同じ気持ちであること、信海からいざという時は良雄の力となるように命じられたにもかかわらず、こうして病に倒れることになったのは唯一のこころ残りであることを、弱々しいものの、乱れのない筆跡で記していた。

手紙を読み終えると、良雄は覚運に案内され、専貞の墓所に参った。歴代の住職の墓が建ち並ぶ中に、真新しい石塔があった。

墓前に座って手を合わせた良雄は、専貞だけでなく信海のことも思いながら瞑目した。

秋にしては暑い日であった。

石清水八幡宮太西坊の門に向かって歩き出した良雄は、数羽の雀が御手洗場で水を飲んでいる様子に、足を止めた。

小鳥たちは仲睦まじげに見えた。

――親子であろうか。

良雄の脳裏に遠い日の記憶がよみがえってきた。

ある秋の日、父の良昭、母の玖麻、良雄、専貞、良房は、赤穂の浜を散策していた。

じゃれ合うように先を駆けている良雄と専貞は年子だったが、まだ幼い良房は、母に手を引かれていた。

日ごろの良雄は祖父、良欽と大叔父、頼母助から厳しい教育を受けており、父の良昭は上司でもある祖父の命で不在がちであったから、家族がこうして揃うのは珍しいことだった。

良房が、空を舞う鳥を指差して、チュン、チュンと呼んだ。

「あれはチュン、チュンではありませんよ」

母が笑って言う。

「あれは雀ではないよ。何にも知らないんだなあ」

専貞も笑った。

「あれは鳶というのだ。あんなに高い場所を飛んでいるのに、あの鳥の目は、私たちが手にしているものまで、見分けることができるのだ」

花木や鳥、魚などが好きな父は、いつも子供たちに教えてくれた。

「南風が吹けば、やがて雨が降る。唐の国では、季節ごとに順調な雨風が訪れることを〝五風十雨〟といい、世の中が泰平であることのたとえとしたのだよ」

良雄も弟たちも、父の話が好きだった。

ほんの二十年前のことである。

まだ若く颯爽とした父と、美しい娘のような母がいた。

その二人はすでになく、良房は病死し、専貞も入寂した。

——私一人が残ってしまったのか。

あの時の家族がすべてこの世にはいないのだ、ということが身にしみた。

——いや、今は理玖がいる。主税、くう、吉千代も……。大石家は安泰なのだ。

良雄は寂寥感を拭うように、胸の奥でつぶやいた。


石清水八幡を出て、良雄は大津に向かった。官兵衛こと、三尾豁悟に逢う約束をしていた。六里（約二十四キロメートル）ほどの道のりはところどころ山間を通り、秋風に吹かれた木々がかすかな葉音を立てていた。やがて湖畔に出て、目指す住まいが見えて来ると、門前には人影があった。

良雄は苦笑した。

——あやつ、わざわざ門前に。

官兵衛が大きく手を振ってみせた。

「いい大人が童のように手を振るな」

「良いではないか。〝朋、遠方より来たる有り〟だ」

官兵衛は良雄の母、玖麻の従兄弟で、良雄とは年も近い。徳島藩の家老、蜂須賀玄寅の息子で、四年前、義理の甥に当たる五代藩主蜂須賀綱矩に初めて拝謁し、毎年二百石三十人扶持、金三百両を給されることになり、今も大津で暮らしていた。

官兵衛に背中を抱えられるようにして、良雄は屋敷に招き入れられた。座敷に座って改めて官兵衛の顔を眺めると、年相応に、少し貫禄がついたようだった。

「今夜は泊まっていけるのだろうな。お前の好物を取り揃え、酒も京から取り寄せた」

官兵衛は、良雄の盃に酒を注いだ。

「禄を無駄遣いするものではないぞ」

「お前の、その堅いもの言い、いい加減どうにかならんか」

「持って生まれたものだろうさ」

良雄は苦く笑って酒を飲み干した。

「いや、違うぞ。俺にはお前の本当の姿がわかっておる」

「ほう。俺の真の姿とはどんなものだ？」

「お前は淋しがり屋で、泣き虫だろう」

「それはそうだ。童のころから、泣き虫と呼ばれていたからな」

「童のころの話ではない。今だって専貞を殁くし、本当は泣きたいはずだ。大人とて、つらい時、泣きたい時は泣けばよい」

「人の前、臣下の前でもか」

「ああ。声をあげてオイオイ泣けばよいのだ」

「そうか。じゃあ今夜は、声をあげて泣いてみるとしよう」

「おう、そうしろ。俺も一緒に泣いてやる」

ハッハハと、互いに声をあげて笑い、二人は夜が更けるまで語り合った。

酒も肴も、実に美味かった。

客間に下がって蒲団に横たわると、酔いも手伝ってか、良雄は久しぶりに深い眠りに落ちた。

夜半、喉が渇いて目覚めた良雄は、起き出して障子戸を開け、縁側に出た。

「何と……」

庭に目をやると、一面の雪だった。牡丹の花びらのような雪片が天から落ちていた。

突然、雪の中を足音もなく複数の黒い人影が現れ、縁側に立つ良雄を取り囲んだ。

見ると、賊は手に手に抜き身の剣を握り、その刃先から、真っ赤な血が滴り落ちていた。

大石だ、大石を見つけたぞ――影の一人が声を上げて呼ばわった。

内蔵助がいたぞ、という声も響いた。

咄嗟に、良雄は隣室にいる官兵衛を思い、部屋の障子を開け放った。

しかしそこにいたのは、白い寝間着をまとった浅野長矩であった。

「殿っ！」

良雄は声をあげ、目を閉じている長矩に駆け寄った。長矩の胸元から腹にかけ、どす黒い血の痕が見えた。

「殿、殿、しっかりなさいませ」

良雄は、長矩を抱えて立ち上がろうとした。

庭に群がっていた黒い影は、すでに縁側にあがり込んでいた。

「誰ぞ、小姓、近習(きんじゅう)、出合え！」

長矩を背後に隠し、良雄は傍にあった大刀を摑(つか)んで、鞘(さや)を払った。

「このお方を赤穂藩主と知っての狼藉(ろうぜき)か」

黒い影が振り下ろした一撃を躱し、良雄は次の相手の胸元を突いた。

まるで手応(てごた)えがなかった。

――何だ、これは？

背後の音に振り向くと、数人の黒い影が長矩を連れ去ろうとしていた。

「待て、おのれ……」

黒い影に手を伸ばそうとすると、下腹部に衝撃が走った。

見下ろすと、臍(へそ)のあたりから槍の先が突き出していた。良雄は、その切っ先を握りしめ、身をよじりながら、なおも長矩に向かって手を伸ばす。

その手と肩を、背後から何者かに取られた。振り払おうとしたが、それは人の手ではなく、牙(きば)をむいた蛇であった。

長矩が遠ざかる。

「殿、殿っ……」

ドクッドクッと、腹の底から突き上げるものがあり、喉の奥から血の塊のようなものが口に迫り上がってくる。

良雄は自分の血に塗れながら、なおも闇に向かって進もうとした。

「殿、殿、何処へ……」

良雄はあらん限りの声で叫ぶ。

その時、誰かがまた肩を摑んだ。

「おい、良雄。大丈夫か？」

肩を揺すぶるその手を取り、思い切り払いのける。

ドスン、という大きな音がした。

はっと気付くと、目を大きく見開いた官兵衛が、畳の上で良雄を見つめていた。

「いきなりどうしたんだ？　大丈夫か」

良雄は蒲団に座したまま、自分の胸元や腹、手を順番に見回した。

血は付いていない。

背筋や脇にはびっしょり汗をかいている。

――夢か。それにしても何という不吉な。

良雄は、大きく嘆息した。

尻もちをついていた官兵衛が、心配そうな顔で這い寄ってくる。

「もしや、俺が突き飛ばしたのか？」

「そうだ。何があったのだ？」

「面目ない」

「いや、よいのだ。悪い夢でも見たのであろう」

良雄は首を横に大きく振りかけ、思い直したように小さくうなずき、また頭を振った。

——よりによって、殿のあんなお姿を夢に見るとは。私は何という臣なのか。

良雄は瞼を閉じ、深々と頭を下げた。

すると、目の奥が熱くなり、大粒の涙があふれ出した。

「泣いておるのか。そうか、それほど切ないのなら、思う存分泣けばよい。お前ほどの侍が涙を流すのだ、余程のことであろう。俺も共に泣くぞ」

良雄の肩を慰めるように叩いていた官兵衛も、声をあげて泣き始めた。

泣くだけ泣くと、二人は庭に出て、井戸の水を汲んで顔を洗った。

夜が明け始めた里に朝の陽が差し、鳥の啼き声が聞こえてきた。

——私は、一体何を畏れているのだ？

良雄は昇る太陽を見ながらつぶやいた。

元禄十年末、翌年三月に京都から下向する勅使、院使を接待する饗応役を任命されたのは、石見津和野藩主、亀井茲親であった。

まだ二十九歳と若いが、儒学や絵画に親しみ、穏やかな人柄で知られた茲親が勅使饗応役となるのは、これで三度目であった。茲親は、指導役となった吉良上野介に就任の挨拶に出向いた。その際には、通例に従い、謝礼としてしかるべき金子と、藩の名産品、石見半紙を持参し、恙なく挨拶を済ませている。

ところが翌年一月、勅使を迎える伝奏屋敷にて、いざ饗応の具体的な打ち合わせが始まると、上野介の茲親への態度は、あからさまに毒を含んだものであった。

「朝廷から来られる方々は大切な客人です。料理はもちろん、進物も相応しきものをご用意ください。田舎の半紙で事が足りるなどとはお考えにならぬように」

上野介の言葉で、茲親の顔色が変わった。

「田舎の半紙とは、よもや我が藩の和紙のことではありますまいな」

上野介は、扇子を口に当てて上品に笑った。

「おや、そのように不作法に声を荒らげるとは。もののたとえでございますぞ」

怒りをこらえて上屋敷に戻った茲親が事の顚末を家老に話したところ、家老はさらなる金子を用意し、上野介の屋敷へ再度出向いた。

翌日から上野介の態度は元に戻り、その年の勅使饗応は無事に終了した。

しかし、茲親と吉良の確執の噂だけは、秋になってもまことしやかに流れ続けた。

「あの亀井殿が、吉良殿に嫌がらせをされて、成敗してやると激高したらしい」

この噂を受け、老中の土屋相模守政直（つちやさがみのかみまさなお）が、大老格となっていた柳沢保明に注進した。

「勅使饗応のご指導役ですが、ここ数年、吉良上野介殿ばかりが務めておられます。ご寵愛（ちょうあい）が一家に偏ると、問題が起きかねませんぞ」

俯（うつむ）いていた柳沢が、目をあげて言った。

「万事承知しております。吉良殿には成し遂げていただきたき事があり、お役目をお願いしています。これは御上のご意向です」

土屋は、それ以上口を挟めなかった。

柳沢が口にした〝御上のご意向〟とは、綱吉の母、桂昌院に朝廷から従一位の官位を賜（たまわ）りたい、という息子の願いであった。

吉良荘で名君と呼ばれていた上野介が、これほど傲慢な人間に変わっていったのは、結局は権力の恐ろしさであろうか。

禄高五万石ほどの大名には、幕府からの普請や門番、火番、饗応役などの役目が集中する。これらは、いわば幕府への奉公で、費（つい）えはすべて任命された藩が負担した。

お役目からいかに免れるか知恵を絞るのも、江戸家老や江戸留守居役の大事な務めのひとつであり、良雄の大叔父、頼母助は、家老としての在任中、多くの労力を幕閣や有力藩との伝手を求めることに費やしていた。水戸光圀へ毎年塩を献上していたのも、その一環であった。

この数年、良雄は江戸留守居役の建部喜六に向けて、幕府からのお役目を回避するために力を尽くせ、という手紙を何度も書き送っていた。

江戸家老の安井彦右衛門や建部は懸命に幕閣への伝手をたどり、老中、若年寄、目付、奥右筆などにも渡りをつけていた。彼らの家に嫡子が誕生した、婚姻が決まったと聞けば祝いを届け、折々の進物も欠かさぬようにしていた。

だが、江戸幕府との外交の上で、赤穂藩の侍たちは、彼らの美点である清廉さに足を引っ張られていた節がある。

潔癖で媚びへつらうことをせぬ藩主、長矩の性質は藩士たちの気風にも少なからぬ影響を与えており、国元でも倹約が徹底され、私欲を嫌う風潮があった。それだけに、赤穂の侍は〝賄賂〟の力に疎かったといえる。

「大石殿から、また、誰にいくらの賂を差し出したかを報せろ、という書状が届いた」

「昼行灯殿は、賄賂がお好きだな。だが、大野九郎兵衛殿からは、併せて賄賂の効用を報せよというお達しが来る。二年前に若年寄へ渡した大枚は役に立たず、結局、本所の材木蔵の火番を押し付けられた。大野殿に無駄遣いとの誹りを受けてから、思うに任せぬな」

腹芸を嫌い、実際的なことを好む江戸詰の侍たちは、代わりに商人たちから幕府や幕閣の情勢を聞き込んでいた。

赤穂藩は商人たちとの繋(つな)がりが強く、その基(もとい)となっていたのが名産の塩であった。上質で価格も安定している赤穂の塩は人気が高く、商いに関わる者の数は多かった。

各地で塩を取り扱う塩問屋、赤穂から大坂、江戸へ塩を運ぶ塩廻船(かいせん)や、さまざまな品の相場を報せる飛脚や駕籠(かご)屋まで、赤穂の屋敷には多種多様の商人らが出入りしており、その情報網は全国に広がっていた。

第六章　騒乱の春

元禄十三年（一七〇〇）十二月、鉄砲洲にある赤穂藩上屋敷を江戸城からの使者二名が訪れた。

使者は上座に立ち、〝上〟と認められた書状を開いて、一気に読み上げた。

「元禄十四年三月、朝廷からの年頭賀答礼の勅使御馳走役を浅野内匠頭長矩に任ずる。饗応役指南は吉良上野介である。早々に準備を始め、つつがなくお役を全うするように」

――やはりか。

口上を聞いた江戸家老、安井彦右衛門と江戸留守居役の建部喜六は、平伏したままそっと目配せを交わし合った。

今年の秋、誼を通じている奥右筆から、来年の饗応役の候補として赤穂藩の名が挙がっていると聞かされていた。これを回避すべく二人はさまざまな画策を試みていたのだが、どれも不首尾に終わっていた。それどころか、相談に出向いた他藩からは、十年以上饗応役を務めていないのだから仕方なかろうと、恨み言を聞かされる始末だった。

使者が帰ると、安井は建部に申し付けた。

「大石殿にお報せせねば。早速飛脚を呼べ」

四日後の夕刻、赤穂へ早飛脚が到着した。

大半の家臣はもうお城から下がっている時刻だったが、大石良雄は神崎、岡島、勝田、武林ら〝戦さ組〟と歓談していた。

「早飛脚？」

良雄は、束の間、何ごとかを思うような表情を見せた。

「届いたものをすぐにこちらへ」

「承知しました」

書状を開き、一読した良雄の顔色が瞬時に変わった。

「急ぎ、大野九郎兵衛殿を呼んでください」

少し赤らんだ顔で再登城してきた九郎兵衛は、今日も不機嫌そうだった。

「こんな時刻に何用ですか」

良雄は軽く頭を下げた後、江戸から届いた書状を黙って差し出した。

九郎兵衛はそれを読み終えると、カッと目を見開いて顔を上げた。

「勅使饗応のお役ですと？　たいそうな費えがかかりましょう。我が殿は二度目ですな。一生に一度務めれば、十分でござろうに」

良雄は頷き、九郎兵衛を見つめた。

「藩の財政も厳しくなりますが、何しろ心労の多いお役です。殿をお助けするために、今後は必要な金子を惜しまぬように願います」

年が明けて元禄十四年（一七〇一）二月四日、江戸城で幕閣が居並ぶ中、年始挨拶への返礼として京都から下向する勅使二名、院使一名の名と、日程が正式に申し渡された。

「本年の朝廷からの勅使は柳原前大納言資廉卿と高野前中納言保春卿、院使は清閑寺前大納言熙定卿。江戸への到着は三月十一日、翌十二日は上様による引見、十三日は恒例の猿楽が催され、十四日は白書院にて勅答の儀、十五日は上野寛永寺並びに芝増上寺への参詣、十八日には帰途と相成ります」

続いて、勅使、院使を迎える馳走役の大名並びに指揮を執る高家の名が呼ばれた。

「勅使御馳走役は浅野内匠頭長矩、院使御馳走役は伊達左京亮宗春。高家は吉良上野介義央ですが、ただ今、年頭使として京へ出向いております」

浅野長矩と伊達宗春は列座の中から進み出て、上段の間に向かって深々と頭を下げた。

老中、土屋相模守政直が二人に将軍綱吉の言葉を伝えた。

「本年の勅使饗応ですが、上様におかれましては、例年に優るご接待を希望しておられます。こころしてお役目を果たすように」

二人は揃って平伏した。

二月二十九日になって吉良上野介が京都から戻ると、勅使らの宿所となる伝奏屋敷において、すぐさま高家による饗応役の指南が行われることになった。

その初日、三名は初めて顔を合わせた。

伊達宗春より年長で、二度目の饗応役を務める長矩が、まず挨拶をした。

「この度の饗応役、伊達殿ともども懸命に果たす所存でございます。吉良殿にはご指導を賜りますよう、よろしくお願い申し上げます」

続いて頭を下げた、まだ二十歳の伊予吉田藩主は、初めての饗応役だった。

「伊達宗春、若輩の身なれど、吉良殿のお言いつけを守り、お務めを果たす所存です。ご指導よろしくお願いいたします」

宗春の初々しい挨拶を、上野介は目を細めて聞き、二度三度と頷いた。

「伊達殿、昨年末より幾度も丁寧なご挨拶をいただき、上野介、感服しております。昨日は昨日でたいへん佳きお品物を頂戴し、有り難うございます。家中の方々にも御礼をお伝えください」

宗春は、心底嬉しそうな顔で笑った。

「はい。有り難きお言葉です」

「本年の饗応の次第でございますが、まずこの御宿所に勅使の慰労に来られるのは……」

吉良上野介が段取りを話しはじめた。

昨日吉良邸へ進物を届けた旨の報告を家老から受けていた長矩は、上野介が伊達宗春だけに礼を述べたことに違和感を覚えた。しかしそれも一瞬のことで、淀みなく進んでいく説明を聞き取ることに集中した。

隣りを見れば、矢立から筆を取り出した宗春が、上野介の説明を書き留めている。

長矩は、顔合わせの初日に詳細を聞かされるとは思っていなかった。筆記具の用意もなかったため、必死に上野介の言うことを覚えようとした。

「吉良殿、恐れ入りますが、今少しゆっくりとご指導いただけますと幸いです」

宗春が、筆を止めて言った。

上野介は好々爺然と笑った。

「伊達殿、この顔合わせは毎年恒例のもの。取り急ぎ段取りをご説明しているだけでございます。そう丁寧に書き写されずとも、式次第、日程などはすでに書面にて、昨日お越しになった江戸家老殿にお渡ししております」

「相わかりました。何から何までご配慮いただき、誠に有り難うございます」

先刻から、上野介は長矩の顔を一切見ようとはしなかった。

この時になってようやく長矩は、吉良上野介が赤穂藩と自分に対して、何か特別な感情を抱いているのではないかと思い至った。

その後も次から次へと、上野介の口から段取りが発せられ続けた。饗応役が二度目の長矩であっても、とても覚え切れる内容と量ではなかった。

話し終えた上野介が立ち上がった時、長矩は慌てて引き止めた。

「本日のお話は書面でいただけるとのことですが、それは昨日ご挨拶に伺った私どもの使者が、すでに頂戴しておるのでしょうか?」

「はて、浅野殿からの御使者ですと? 私はお逢いしておりませんが」

「そ、そうでしたか。失礼をいたしました」

「ああ、そういえば昨日、どこぞから粗い俵が届いたと、家の者が申しておりましたな。まさか高家への進物とも思えぬので、捨て置くようにと命じておきました。此度のお役は、貴人の饗応。見苦しきものは、爪の先ほどもあってはならぬのです」

「こころして承りました。今後ともご指導の程、よろしくお願いいたします」

深々と頭を下げた長矩のそばを、上野介が足早に通り過ぎる気配がした。

その時、上野介が何かを囁いた。独り言のような微かな声だった。

「何がよろしくじゃ。赤穂の田舎侍が」

長矩は、我が耳を疑った。

高家とはいえ旗本が、まさかそのような言葉を大名に向かって発するはずがない。

――空耳であろう。そうだ、私は慣れぬ事で疲れているのだ。

傍らに座していた宗春が向き直り、長矩に真っ直ぐな眼差しを向けた。眩しいものでも見るように目をしばたたいた。

「浅野殿、よろしくご指導の程を。浅野殿は十七歳の折、見事に饗応役を果たされたとお聞きしました。宗春、共にお役目を担うことができ、こころ強く思っております」

長矩はその目を見て言った。

「伊達殿、共にお役目を果たしましょう」

江戸上屋敷に戻った長矩は、江戸家老、安井彦右衛門の労いを受けながら、今日の伝奏屋敷での出来事について、彦右衛門に話すか否かを迷っていた。

まるで長矩がそこにいないかのような態度、その上、信じられぬあの言葉。

――いや、私の思い違いであろう。あの一言も、私の耳にそう聞こえただけかもしれぬ。

長矩は、のんびりとした彦右衛門の顔を見ているうちに、そんなことをいちいち家臣に言っても無用な心配をかけるだけだ、と思えてきた。

「ところで彦右衛門、吉良殿の屋敷へ挨拶に伺ったのは昨日のことか」

「はい。赤穂の最上の塩を五俵、お届けいたしました。それと一緒に、昨年の饗応役からお聞きしました通り、相応の謝礼もお渡ししてございます」

――賂が足りぬとでも申すのか。

長矩は眉間に皺を寄せた。

その日の顔合わせで、長矩は自分が考える以上に気を張っていたのだろう。正室の阿久利と夕餉を摂りながら居眠りをはじめた。

長矩の疲れ果てた様子を見て、阿久利は心配そうに言った。

「殿、お顔の色が優れませぬな。早めにお休みください」

元禄十四年、長矩の饗応役拝命の報せが国元に届けられてから、大石良雄と大野九郎兵衛は連日のように話し合いを続けていた。

「十八年前の掛かりが四百五十両でした。我が藩がそれから何年も倹約を強いられたことを、大石殿はよくわかっておられるはずです。それなのに、今回は一千五百両を用意せよとおっしゃる。藩を潰せと命じておられるのも同然です。出せたとしても、九百両。これが限度でござる」

にべもなく言い切る九郎兵衛に、良雄は苦笑した。

「藩を潰すとは、大げさな。元禄の世となり、諸々の物品、人手を購う金子が、十八年前とは比べものにならぬほど高騰しておるのです」

九郎兵衛は鼻で嗤った。

「ほう。この私に、物品、手間賃の値動きについてお教えくださるのか。では、大坂と江戸の米の値をお聞かせ願えますかな」

「言葉が過ぎました。しかし一千五百両は譲れぬのです。このお役目となった以上、殿には、断じて肩身の狭い思いをさせてはなりません」

「私にはあなたと殿の見栄にしか思えませぬ」

「大野殿、言葉を慎んでいただきたい。殿の見栄とは、無礼であろう！」

良雄が一喝すると、九郎兵衛は扇子で自分の腹を指した。

「ほう。今度は私を脅されるのか。どうあっても一千五百両を出させるなら、この九郎兵衛、腹を切りましょう」

「では、私も共に腹を切りますので、是非出していただけませぬか」

平然と言った良雄を、九郎兵衛は臓腑が煮えくりかえる、という表情で睨みつけた。

応酬の結果、饗応役の掛かりとして一千二百両が出されることに決まった。しかし九郎兵衛は、肚の虫がおさまらなかった。

「何が〝昼行灯〟だ。わしはあの男の正体を見たぞ。あれは蛇じゃ。いや、大蛇じゃ。いずれ我が藩のすべてを呑み込んでしまうぞ」

家に戻ってからずっと悪態をつき続ける夫に、九郎兵衛の妻はあきれ顔で言った。

「何をそんなに怒っておられるのですか。いつもはご家老のことを〝赤穂で一番の侍〟とおっしゃるではありませんか」

「うるさいっ！」

九郎兵衛は、火鉢を思い切り蹴り倒した。

伝奏屋敷での顔合わせの翌日、長矩は老中、土屋政直に呼ばれ、家老の安井彦右衛門と共に、小川町にある土浦藩の上屋敷を訪ねた。

道すがら、駕籠の脇を歩く彦右衛門は饒舌だった。

「勅使への進物も料理も、十八年前より良い物をお選びいただけますぞ。大石様のお力で、十分な費えがご用意できましたので」

屋敷に着き、案内された座敷で控えていた長矩の前に、土屋政直が現れた。

三年前に老中首座に就いた政直は、その判断力と実行力で、幕閣のみならず諸大名からも大きな信頼を得ている。特に、中、小の藩からは、分け隔てのない発言や裁定で信奉されていた。

「饗応役としてお忙しき折、お呼び立てしてすみませぬ」

座るやいなや口を開いた政直の声は、あたたかかった。

「拝命つかまつり、何よりの栄誉にございます。ご期待に沿うよう、懸命に務めます」

長矩は頭を下げた。

「いずれの藩も財政が厳しき中、浅野殿のお言葉、有り難く思います」

そう言った政直は、長矩に顔を向けた。

「本日はその饗応の件でお越しいただきました。この数年、必要以上に華美、豪奢になっているのではないかとの声が、幕閣の間で上がっております。それが高家の意向であったとしても、このままでは掛かりの金は増すばかり。この度の饗応、贅沢になり過ぎぬようにと吉良殿にもすでに申し伝えましたが、浅野殿におかれましても、よくよくおこころに留めていただきたく存じます」

政直の言葉は、長矩にとって意外なものであった。七十年にわたって恒例行事となっている勅使饗応の在り方を、改めて問い直そうというのだ。

――さすがは土屋様だ。

長矩は深々と頭を下げて言った。

「土屋様のお考え、私も同様に思います。お気持ちに沿うよう務めます」

政直はそこで表情をくだけさせ、長矩に笑いかけた。

「ところで、江戸家老の大石頼母助殿がご存命であった頃より毎年お贈りいただいている赤穂の塩は、相変わらず重宝しております。昨年歿くなられた水戸光圀公も絶賛しておられましたな。ほんに佳き塩でございます」

江戸上屋敷に戻った長矩は、早速、藤井又左衛門と安井彦右衛門の両家老と、勘定方を呼んだ。勅使への進物やお土産品などを含め、華美になり過ぎぬようこころがけ、饗応役の掛かりを抑えるようにと命じた。

それを聞いた藤井又左衛門は言った。

「憚(はばか)りながら、この度のお役目につきましては、筆頭家老より事細かに指示があり、すでに進物や料理の手配も済んでおります」

長矩は困惑した顔で尋ねた。

「内蔵助(くらのすけ)はそこまでしておるのか？」

「国元からの指示はまことに細かく、江戸の者たちも驚いております。聞くところによると、大石様の手元には、先の家老の頼母助様が十八年前の饗応役の折に書き留めた帳面があり、それを手本にしているようでございます」

「頼母助か……。」

長矩は懐かしむように口にした。一日に二度もその名を聞くとはな」

「予は善き家臣を持つしあわせ者であるな。なれば、これから先の掛かりでよい。くれぐれも華美にならぬよう、こころがけよ」

「承知いたしました」

その夜、昨日とは打って変わって、すこぶる上機嫌な夫を見て、阿久利は安心した。

来客ありとの報せを受け、客間に向かって歩きながら、藤井は先ほどから気にかかっていたことを安井に話した。

「彦右衛門、数日後に勅使への進物と土産物の検分が行われるが、その折、吉良殿に金子を渡すようにと大石殿から指示された。一体どうしたらよいのであろう」

「藤井殿、殿のお話を聞いておられなかったのですか？　すでに相応の謝礼は済んでいます。以後は華美にならぬようにとのご指示に、吉良殿への謝礼も含まれましょう。老中首座から直々にお達しがあったのです。だいたい、此度の国元の指示は極端で、〝昼行灯にしてはえらく周到で気前が良過ぎる〟と、貴殿も言っておられたではないですか」

「それはその通りだが」

「殿や、江戸にいる我々の方が、余程、世情が見えておりますよ」

大石内蔵助からは、勅使への進物、土産品を検分する折には、吉良上野介への謝礼を、初回の倍額渡せ、と言われていた。

「殿御自ら節約せよとの仰せであるのだしな。日ごろから倹約倹約と口うるさい国元にとっても、むしろ歓迎すべきことであろうよ」

藤井は、自分に言い聞かせるようにつぶやき、安井と共に客間に入った。待っていたのは、伊予吉田藩の江戸家老と留守居役だった。

「饗応役のご準備でお忙しき折、申し訳ない」

吉田藩の留守居役は、膝元（ひざもと）に置いていた包みを、藤井に向かって滑らせた。

「こちらは御正室様に。京、西陣の絹織物でございます」

「これはご丁寧に。遠慮なく頂戴します」

藤井は包みを押し戴（いただ）き、笑みを見せた。

「月並みな品で恐縮ですが。この度のお役目でも、やんごとなき方々に何を進上すればよいのか、とんとわかりません。中でも、吉良殿への進物は苦慮いたしますな」

「初めてのお役目、お気持ちお察しします」

「先日は、内匠頭様より優しいお言葉を掛けていただいたと、我が殿は感激しております。何しろ内匠頭様は、十七歳にしてこの大役を果たされた先達でいらっしゃるので」

長矩を誉められた藤井と安井は、満更でもない表情で頷いた。

「ご不明な点は、何なりとお尋ねください」

「ではひとつ。吉良殿への初めのご挨拶の折、京より取り寄せた茶道具を献上したのですが、失礼ではなかったかと心配で……。何しろ、吉良殿は一流の茶人でいらっしゃるので」

伊達家家老の言葉に、藤井と安井は思わず顔を見合わせた。

「相応のご進物でしたら、お喜びなのでは？」

「失礼ながら、浅野家ではどのようなお品を」

「我が藩は、長年の習いで、赤穂の塩です」

「おう、羨ましい。貴藩には名高い塩がありましたな。我が藩は煮干しと蠟と紙ですが、どれも相応しい品とは思えませぬ。すでに三度ご挨拶に参上しておりますが、その都度、京より進物を購い、もう次が思いつきません」

「すでに三度ですと？　それはそれは……」

藤井も安井も、同情するような目を向けた。

客人を送り出した後、藤井が心配そうに尋ねた。

「我が藩でも今一度、吉良殿に謝礼をお渡しした方が良いのでは……」

安井は肩をそびやかして答えた。

「くどいですな。殿のお叱りを受けますぞ」

一昨日届けた塩が吉良に冷笑されたことを知らぬ二人は、この話をここで終えた。

勅使とは天皇が派遣した使者、院使とは上皇の使者である。新将軍の就任、将軍家の慶弔、正月に将軍が朝廷への挨拶に使者を赴かせる年頭賀への答礼などのために、公家らが江戸へ下向してきた。これらの使者をもてなすことが、勅使饗応であった。

年頭賀答礼は、毎年三月十日前後に勅使、院使が到着して宿所となる江戸城和田倉門外の伝奏屋敷に入り、翌日に江戸城で将軍の引見、三日目に饗応の猿楽が催され、四日目には勅答の儀が行われる。そして、五日目に上野寛永寺と芝増上寺の参拝を終えた公卿らを京へ送り出せば、無事終了となる。

主役は将軍綱吉であり、公卿らでもある。さらにいえば、将軍と天皇、江戸幕府と朝廷が向き合う大切な儀式であった。

武力も、政治的権力も持っていなかった朝廷、天皇に幕府が礼をつくすのは、大権現、徳川（がわ）家康（いえやす）以来、五代続いて朝廷から征夷（せいい）大将軍に任命されることで、武家の棟梁（とうりょう）としての権威を与えられていたからである。

その朝廷への使者と接待を委（まか）されたのが、老中の支配下にあって朝廷関係や幕府の儀式典礼を担う高家であった。

三十家近くある高家は皆、室町（むろまち）時代から続く名家であったが、中でも吉良上野介は重用されていた。元禄に入ってからは使者として京へ赴くことも多く、それは大老格にまで上り詰めた柳沢保明（やなぎさわやすあきら）を通しての、綱吉の意向であった。上野介には才覚があり、仕事振りは誰もが認めていた。しかしその裏に、上野介を介することで、女性としては最も高い位（くらい）である従一位を母、桂昌院（けいしょういん）に賜りたいという綱吉の熱い思いがあったのも事実である。

綱吉と柳沢から過度の信を得たことで、上野介には謝礼、進物、賄賂（わいろ）が集中した。

こうして上野介は、目に余るほどの大きな力を得ると共に、傲慢（ごうまん）さを増していった。

勅使らが江戸へ到着する数日前、上野介は三公卿への進物、土産品を検分した。しかしその際、またしても上野介は、赤穂藩が用意した品物だけをあからさまに無視した。長矩は石のように身を硬くしていた。指南役への謝礼が少ないことに腹を立てたための嫌がらせと思ったのだった。

この仕打ちに加え、老中、土屋政直の華美にし過ぎるなという戒めの言葉が、浅野長矩のこころを頑（かたく）なにしていった。

伝奏屋敷で公卿らへ出される料理の献立は、伊達宗春が、吉良上野介に伺いを立てたところ、すんなりと決定した。

ところが三月九日の夕刻になって、赤穂藩江戸家老、安井彦右衛門のもとに、内匠頭の世話係として伝奏屋敷に詰めていた若侍から、急な報せが入った。

「このままでは御勅使は迎えられぬと、吉良様から厳しい叱責を受けました」

「一体、何への叱責だ？」

安井にとっては、寝耳に水だった。

「寛永寺と増上寺の勅使休息所の畳が黴くさく、とても公家の方々にお使いいただくわけにはいかぬと」

「黴くさい？　替えるかどうかと尋ねた折には、不要と言われたぞ」

「伊達様の持ち分はすべて替えたそうです」

「なぜ、今になってそんなことを……。まあ、それはあとだ。畳替えをせよ、ということだな。一体どのくらいの枚数なのだ？」

「すべての畳となると、二百枚を超えるそうでございます」

「にっ、二百畳！　それだけの畳を、明後日までに替えろと言うのか」

「は、はい。そればかりか、伝奏屋敷の屏風と、庭の手入れが行き届いておらぬとも」

「屏風っ、庭っ……ほ、ほかには？」

安井は立ち上がり、赤坂南部坂の下屋敷、本所屋敷に報せを送り、江戸詰のすべての家臣を召集するように命じた。

「このことは、殿にはお報せするな」

怒ったように安井は言った。

畳職人を引き連れて、真っ先に芝増上寺に着いたのは堀部安兵衛と、隠居した義父、弥兵衛だった。

「こりゃあ大変だ。とてもじゃねえが、明後日までになんて、間に合いませんよ」

職人の親方は目を剝いた。

「何としても、やり遂げねばならんのだ。金はいくらかかっても構わん。集められるだけの職人と材料を集めてくれ」

「安兵衛の旦那、もうこんな刻限ですぜ」

「人が足りぬのなら、私がたたき起こして回ろう」

「旦那、果たし合いとは勝手が違いますぜ」

「同じだ。これは我らの果たし合いなのだ」

じっと目を見てそう言った安兵衛に、

「できるかどうかわからないがやってみるよ」

と、親方は胸を叩いた。

翌日の夕刻、寛永寺と増上寺の畳替えが何とか終わった。

不眠不休の仕事で精も根も尽き果てた職人たちは、下屋敷で振る舞い酒を出され、バタバタと倒れるように眠ってしまった。

「いや、よくやってくれた」

思い思いの恰好(かっこう)で大鼾(おおいびき)をかく職人らを眺めて、安兵衛はしみじみと口にした。

「それにしても、江戸家老や江戸留守居役は一体何をしておったのだ？」

弥兵衛は声を荒らげた。

「義父上(ちちうえ)、お怒りになると身体に障ります」

「年寄り扱いは無用だ。私が江戸留守居役だった時には、他藩と打ち合わせを重ね、間違いのないよう努めたものだ」

「確かに今回の不手際、ちと解せませぬな。しかしもう殿は、伝奏屋敷に入っておられます。明日以降は、大過なくお役目を果たされるはずです」

弥兵衛はようやく、表情をゆるめた。

「殿は大丈夫じゃ。名君であらせられる」

「ほんに。私はこの藩に仕えることができて、本望でございます」

安兵衛は、三年前、将軍家光(いえみつ)の長女であり尾張(おわり)大納言光友(みつとも)の正室である千代姫(ちよひめ)の逝去に際し、長矩の代理として弔問に出向いた時のことを思い出していた。

並み居る古参の家臣らを差し置き、長矩は仕官して間もない安兵衛を弔問使として指名した。

義父、弥兵衛は、安兵衛が恥ずかしくなるほどの喜び様であった。安兵衛自身も、自分が〝赤穂の侍〟として認められたことに感激した。

弔問使として出席した葬儀では、赤穂、浅野内匠頭長矩代理、堀部安兵衛殿と呼ばわる声を聞き、居並ぶ侍たちの間からどよめきが起こった。

「おう、あれが、かの堀部安兵衛か。なるほど、聞きしに勝る面構えであるな」

安兵衛は忘れない。その時の誇らしさを。

――この先何があろうとも、殿へのご恩をお返ししていかねばならぬ。

安兵衛はそれを思い出す度、鼻の奥が熱くなるのだった。この時も涙を見られまいとして顔を上げ、そのまま縁側に出た。

夜空には、雨の止んだ雲間に、赤い星が輝いていた。

――妙に赤い星だ。

浅野長矩が伝奏屋敷に入った三月十日の宵、播州赤穂の大野九郎兵衛の屋敷では、ささやかな宴が開かれていた。

九郎兵衛の孫、三四郎の元服祝いで、親戚以外で招かれていたのは良雄だけだった。

挨拶に回ってきた九郎兵衛の嫡男、郡右衛門は、部屋住みの身ながら二十石を与えられている。父には似ず、おっとりとした美丈夫だった。

宴も終わりに近づき、厠へ立った良雄は、濡れ縁に立ち止まって夜空を仰いだ。

この数日続いていた春の雨も止み、雲間から赤い光を放つ星が輝いて見えた。

良雄は、冬の終わり頃から夜空を見る度、その星が妙に気になっていた。少年の頃、あのような星を見たことがある。その時、共に浜を歩いていた大叔父、頼母助が言った。

「厄介な事が起こらなければよいが。あのような星がひときわ輝く年は、凶作になるのだ」

「言い伝えでもあるのですか？」

「常陸国にいた折、祖父から聞かされたことがある。百姓衆もあの星は不吉だというそうだ。何事もなければそれに越したことはないが、覚えておくがよい。天地人は運命を繰り返すもの。穏やかなものはやがて騒ぎ、乱を生ずる。騒乱は運命なのだ」

「大石殿、お酔いになられましたか？」

廊下から声がし、九郎兵衛が歩いてきた。

「三四郎殿は良き侍振り。大野家も安泰ですな」

「我が家の安泰は、赤穂藩が平穏無事であってこそ。近ごろは藩のことをよく考えます」

「さようでございますか」

いつもは勘定の話しかせぬ九郎兵衛が、このように藩について語るのは珍しいことだった。

九郎兵衛は淡々と続けた。

「この頃、大石殿のご心労を拝見していて、この私にも心配性がうつったようですな」

「一体何のことでございましょう」

「もう夜ゆえ、〝昼行灯〟は通用しませんぞ」

九郎兵衛の顔を、良雄はまじまじと見た。

善い面構えであった。これほどの相が刻まれるまでには、さまざまな辛苦を味わってきたであろう。

「大野殿、あの赤い星をご覧ください」

良雄は空を指差した。

「星ですか？　行灯の明かりではなく？」

「ずいぶんと赤い星ですな。あれが何か？」

「赤い星は、凶兆を表すそうです」

良雄は九郎兵衛に説明した。

「またご心配事でしょうか」

「いえいえ、怖がりの性分です」

「その怖がりの本当のところが、私には少しわかって参りました。大石殿にしか見えていないものがどうやらあるのだと……」

「ほう。それは何ですか？」

「その正体がわかれば、苦労はいたしませぬ。私は、浅野家が常陸国笠間を領していた時に御祖父、良欽様と大叔父様の頼母助様に声を掛けていただき、我が父と共に仕官いたしました。それまでの暮らしは、誠に貧しいものでした。父は凡庸な侍でしたが、良欽様への恩を忘れるなと、常々申していました。私はまだ若く、父ほどの決意は持てぬまでも、恩に報いるため、どうすべきかを考えました。剣も弱く書も弱い。そこで私は、唯一得意な算用で、誰にも負けぬ勘定方としてあるため、今まで精進して参りました。これが、大野九郎兵衛という侍の歩んできた道でござる」

大きく吐息をつき、九郎兵衛が話を終えた。

「有り難く存じます」

「ところが、いかなることにも勘定を違えないはずのその私が、いつも読み間違え、戸惑うのが大石殿、貴殿のことでござった」

九郎兵衛が、いつものように目玉をぐるりと回した。

「大石殿、良欽様、頼母助様はあなたをとりわけ厳しく育てられ、あなたもそれに黙々と従って来られた。正直なところ、私は金勘定以外にはそれほど頭が回りません。楽しみも持たず、ひたすら鍛錬に打ち込むあなたの姿に、家老職とはそれほどのものかと思ってきました。

それがこの頃、無茶を押し付けられるたび、あなたのお気持ちになって考えて、どうも何かが見えてきたように思えます」

春の風に乗って、庭の草木のみずみずしい香りが漂ってきた。

「倅は、部屋住みながら務めに励んでおりますし、孫も無事に元服いたしました。私にはもう後顧の憂いはございません。これからは勘定の多寡を超え、赤穂の侍として義を尽くしたいのでござる。大石殿、あなたと私が無事に勤めを終え、隠居しました暁には、釣りに同道させてください」

九郎兵衛はそう言って笑った。

「楽しい釣りになるでしょうな」

良雄は頷き、笑い返した。

赤い星が、少しだけ開けた寝間の小窓から見えていた。

――あと二日。

阿久利は心の中で指折り数えた。長矩が伝奏屋敷から戻ってくるまでの日数だった。

勅使饗応のお役目で鉄砲洲の上屋敷を出る日、長矩は阿久利に笑いかけて言った。

「お役が済んだら、桜見物に参るとしよう。品川宿を見下ろす伊皿子に、それはそれは見事な桜の木があるのだ。元服前に泉岳寺への参詣を口実に、花見に行ったことがある」

「家老の大石頼母助が内緒で連れて行ってくれたのだ。頼母助は面白い侍であった」

「まあ、殿がそんなことを」

「内蔵助の大叔父でしたね」

「そうじゃ。内蔵助には厳しかったらしいが、予には優しかったな。父上が亡くなってからずいぶん世話になった」

「私にとっては内蔵助がそうでした。江戸詰の折、内蔵助は、赤穂の、お国元の四季がどれほど美しいかを聞かせてくれました」

「そうか。では次の参勤の折に内蔵助を江戸に連れて参ろう。屋敷を抜け出して、三人だけで江戸を見物するか」

「駕籠にも乗らず、殿と江戸見物ができるのですか。夢のようでございます」

阿久利は胸を押さえ、弾んだ声を上げた。

近侍が刻限を告げ、長矩は立ち上がる。

「では、行って参る」

「はい。お帰りをお待ちしております」

五歳で嫁いで以来、二十八歳のこの年まで、鴛鴦のつがいのように己に寄り添ってくれた阿久利であった。自分を見上げている妻の目を、長矩は眩しそうに見返し、笑って頷いた。

元禄十四年（一七〇一）三月十四日の早朝、本日の将軍勅答の儀の次第を、長矩は伊達宗春と打ち合わせていた。宗春の家臣が入室し、絹の覆いが掛けられたものを置いた。

「伊達殿、それは何でしょう？」

「これは、本日御院使へお渡しする進物です」

「進物は一度でござろう」

「吉良殿より、この度の進物は三度、とお聞きしております」

「そんな……」

その時、吉良上野介が江戸城へ出発するという先触れの声が聞こえてきた。

長矩はあわてて部屋を出た。

「吉良殿、吉良殿……しばしお待ちを」

自分を呼ぶ声に上野介は足を止めたが、長矩を一瞥すると、再び背を向けて歩き出した。

「吉良殿、お訊きしたき儀がございます」

上野介は玄関の手前でようやく立ち止まり、振り向きもせずに言った。

「ああ、何と喧しい。朝から何を騒ぎ立てておるのか。私には、そのように不作法に、何度も名前を呼ばれる謂われはござらぬ」

「こ、これは失礼いたしました」

長矩はその場に姿勢を正して座り、丁寧に頭を下げてから再び話し掛けた。

「ただ今、伊達宗春殿より、御院使への進物は三度行うとお聞きしました。御勅使へは一度でよろしいのでしょうか？」

「よろしいか、とは何のことでしょう。私は何も訊かれず、お答えもしておりませんが」

「進物は一度と思うておりました」

「どなたに聞かれましたので？」

「それは……例年通りとのことでしたので」

「誰にお聞きになったかと問うておるのです」

「それは……我が藩の昔の覚え書きで」

上野介の両眼に、嘲笑の色が浮かんだ。長矩が生まれて初めてぶつけられた、露骨な侮蔑と傲慢さであった。

「田舎侍ごときが作法を決めるなど笑止千万。ええいっ、汐臭い身体で近寄るでない！」

長矩は自身の血潮が頭へと駆け上る音を聞いた。こめかみから耳のあたりにかけてが、激しく熱を帯びる。

――おのれ、我が藩と私を愚弄したな。旗本ふぜいが。

上野介は、足音も高く歩き去った。身体を硬くしたまま動けないでいる主君に、近侍二人が駆け寄った。

「殿、何かございましたか？」

長矩にはその声すら聞こえていなかった。

その後、近侍が着替えを手伝う間も、長矩は、ただ宙を見つめていた。元々、気軽に話しかける性分ではない。異変に気付いた近侍はいなかった。

しかし大紋烏帽子姿に着替え、小さ刀を受け取った長矩の指は、あまりに熱かった。近侍は驚き、思わず声を掛けた。

「殿、熱がおありでは」

「大事ない」

硬い声で即座に返され、近侍は平伏した。

浅野長矩は押し黙ったまま、静かに江戸城へと向かった。

和田倉門外の辰ノ口にある伝奏屋敷から江戸城内までは、ほんのわずかな距離だ。

駕籠に揺られながら、長矩は眼を瞑っていた。腹の中で怒りが膨れあがっていく。

年を追うごとに豪奢、華美になっている饗応行事に歯止めを掛けろと、老中首座、土屋政直が自分を呼んでわざわざ申し付けた。長矩は、然るべし、とそれに従った。

饗応の支度をする最中、長矩は吉良上野介のやりように疑問を呈し、指示を仰がぬこともあった。長矩の実直な性格と倹約を尊ぶ赤穂の気風ゆえであったが、今や将軍の後ろ盾を得て、朝廷に関する行事の一切を取り仕切る上野介には、看過できぬ態度であったろう。

上野介の言葉の端々、振る舞いに不遜さが滲んだが、長矩は気付かぬふりを続けた。無事にお役目を果たしてから、上野介に直に抗議をしようと心に決めていたからだ。

――それまで、耐えるのだ。

自分に言い聞かせたが、上野介の面が頭に浮かぶと、また怒りが湧いた。官位は上であるものの、たかが旗本が、一国の大名に向かって、あるまじき言動を重ねている。

「許さぬ！」

長矩は声を上げた。駕籠の外から、殿ご用ですか、と問う声がした。

「いや、何もない」

そう答えると、頭が少し冷えた気がした。

しかし、長矩の眼は、上野介の姿を求めていた。

――やはり今すぐ、吉良殿と話すべきだ。

その思いだけが頭を巡り、こころは逸るが、上野介の姿は見当たらない。通りかかった旗本に上野介の居場所を尋ねられ、長矩は、

「私も捜しております」

と応じたが、その声はまだ落ち着いていた。

上野介を捜しながら、長矩は饗応役の控えの間となっている下之御部屋に入った。立っているわけにもいかぬので、仕方なく障子近くに座った。そこからは中庭を挟んで将軍綱吉が謁見に使う白書院までが見渡せた。中庭の手前に、途中が鉤形に曲がり、松林と千鳥の絵が

あしらわれた襖のある長さ二十八間（約五十一メートル）の大廊下が続いていた。

――どこにおるのだ、上野介は。

長矩の中で、いつしか吉良殿という呼称が上野介へと変わっていた。

先刻から、傍らで伊達宗春が話し掛けていたが、その声は一切耳に入らなかった。

白書院の方角をじっと睨みつけていた長矩の視界に、ふたつの人影が見えた。

白書院を出てきた二人は、大廊下の途中で足を止め、そこで何ごとかを話し合っている。

一人は、先ほど長矩に上野介の居場所を尋ねてきた、旗本の梶川与惣兵衛であった。

長矩は、自分の方に背を向けている、もう一人の姿に眼を凝らした。

白髪交じりの後ろ頭と、何より、風折烏帽子で狩衣を身に纏っている。

身体の中で、血が沸騰するのがわかった。心の臓が異様に膨らんで、激しく脈動する。

長矩は大きく息を吸い、腹にある熱をすべて放つかのように吐いた。その息の音は、少し離れた席に控える茶坊主の耳にも届いた。

「どうかなさいましたか、浅野殿」

隣りにいる伊達宗春の声が、遠くから聞こえた気がした。

――今しかない。

長矩は自分に言い聞かせ、立ち上がった。

「どちらへ？　間もなく……」

「小用でござる」

そう答えた長矩は、部屋を出て廊下に立ち、上野介に向かって真っ直ぐ歩み始めた。

――これまでの無礼の数々、ここで抗議をしておかねば。

固くこころに決めて立ち上がったはずが、一歩ごとに頭の中が白く霞んでいく。

長矩は、小刀の鯉口を切った。

「吉良上野介っ！」

長矩が大声を発した。

「吉良上野介っ！」

早足で刀を抜きながら駆け寄り、上野介の背後に迫ると、そのまま刀を振り下ろす。

刀の音は大きかったが、間合いを誤ったか、切れたのは衣だけであった。

振り向いた上野介と相対した長矩は、

「上野介、この間の遺恨覚えたるか！」

と言いざま、真正面から顔を斬りつけた。キーンと、刀が高い音を立てた。

刃先は烏帽子の縁に当たり、上野介の額を斬り裂いた。血が吹き出し、顔を赤く染める。

驚愕の表情を見せ、慌てて逃げにかかる上野介に追いすがり、長矩はさらにもうひと太刀、背後から斬り下げた。今度は確かな手応えがあったように思えた。

「何をなさるっ、浅野殿！」

我に返った梶川が、長矩の手を取って羽交い締めにしようとする。

長矩は、梶川与惣兵衛の手を払いのけ、逃げる上野介を、なおも追いかけようとした。

梶川は長矩の肩を大紋の衣と共に鷲摑みにして、制止しようとする。

「放してくだされ。これは遺恨あってのこと」

声の限りに叫ぶ長矩の手から、大兵、強腕の梶川は易々と小刀をもぎ取った。

この騒ぎに気付いた周囲の侍たちは、これを梶川と浅野の喧嘩だと勘違いし、二人を引き離そうと集まってきた。

「喧嘩ではござらぬぞ」

梶川は怒声を発した。

侍らが足元を見れば、這いながら逃げ出そうとしている上野介の姿があった。上野介の背中から滴り落ちた血が畳に筋を描き、怯えて振り向いたその顔は、額からあふれた血で真っ赤に染まっていた。

「刃傷です。刃傷でございます」

茶坊主が上ずった声で叫び、侍たちはようやく事の大きさを知った。

「吉良にはここしばらく遺恨があったので、殿中であり、大事な儀式の日でもありましたが、やむをえず討ち果たしました」

大声でそう訴える長矩の背中を、梶川が摑んで組み伏せようとする。

その様子を見るに見かねたのか、伊達宗春が進み出た。

「浅野殿の身柄は私がお預かりいたしましょう。浅野殿、事はもう済んだのですから、お静かになさいませ」

宗春は廊下に転がった烏帽子を拾いあげると、ほかの数人の侍と共に内匠頭を取り囲んで大広間を抜け、柳の間へと連れて行った。彼らは長矩を部屋の真ん中に座らせて、周りに屏風を巡らせ、見張りをつけることにした。

「遺恨あってのこと。乱心ではございません」

ようやく落ち着いた長矩は、そう言って宗春に軽く頭を下げ、大紋の乱れを整えた。

一方の上野介は、同僚の高家や茶坊主に抱えられるようにして奥医師の間へ運ばれた。額から流れ出る血を、茶坊主が差し出した懐紙で押さえ、傷が痛むのか時折背中を反らすようにしながら、うめき声を上げた。

「早く治療を。痛くてたまらぬ。ここへ浅野がくることはあるまいな」

と怯えた声でそう言いながら、血走った眼で周囲を窺った。

刃傷あり、という報せは、茶坊主の悲鳴と共にまたたく間に江戸城中に広まり、大名の家臣らが控えている大手門と内桜田門の下馬所にまで伝わった。

「御城内で刃傷沙汰という話だ」

「どなたがどなたを？」

「よもや……我が殿ではあるまいな」

供侍たちは皆、詳しい事情を知ろうとして門前に押し寄せた。その中には、浅野家の家臣たちもいた。

門前で騒ぐ供侍たちを鎮めるため、作事奉行は御触書を貼り出した。

〝浅野内匠頭が吉良上野介への刃傷に及んだので、目下両人を糾問中である。お供の方々は騒動いたさぬように〟

これで騒ぎは収まったが、吉良と浅野の家臣たちは、顔色を変えた。浅野家の近侍の一人はこの報せを伝えるため、すぐに鉄砲洲にある赤穂藩上屋敷へと走った。

一方、城内の老中、若年寄らにも、この一件はすぐに報告された。

「何と愚かなことを。本日は公卿辞見の儀式とわかっておりながら」

老中首座、土屋政直は思わず声を上げたが、その後の動きは迅速であった。下総佐倉藩主、戸田能登守忠真を呼び、内匠頭の代理として饗応役を命じた。さらに、陸奥一関藩主、田村右京大夫建顕には浅野内匠頭の身柄を屋敷で預かるようにと申し付けた。

その上で吉良と浅野のもとへ目付を差し向け、双方の言い分を聞き取らせた。

内匠頭のもとに遣わされた目付の多門伝八郎は、柳の間で内匠頭と向き合い、この度の所業について理由を問うた。

「遺恨あってのことでございます」

内匠頭はただそう繰り返し、遺恨の内容を訊いても、押し黙るばかりで、果ては、上野介の生死を尋ねるのだった。

一方、上野介の聞き取りをした目付は、

「その方、内匠頭が場所柄、日柄もわきまえず刃傷に及ぶほどの、いかなる恨みを受けておったのか。定めて覚えがあろう」

と問い質し、内匠頭の〝この間の遺恨覚えたるか〟という言葉についても尋ねた。

「私には何の恨みを受けたのかわかりませぬ。覚えもございません。内匠頭は、まるで乱心したように見えました」

上野介は、そう声を絞り出し、無念の表情を見せた。

目付によって浅野内匠頭と吉良上野介が詮議される一方、事の一部始終を目撃していた梶川与惣兵衛への聞き取りも、老中、若年寄、大目付が居並ぶ中で行われていた。吉良が小刀に手をかけたり、抜いたりはしなかったかと問われた梶川は、否と答えている。吉良は素手で手向かうことすらせず、そのまま這って逃げている。この不始末が、喧嘩か、そうでないかを見極める重要な問いであった。

すべての聞き取りを終えた後、この一件を柳沢保明に報告したのは土屋政直であった。

「何と申した?」

「殿中、松の大廊下において、浅野内匠頭が、高家、吉良上野介への刃傷に及びました」

柳沢は、男にしては細い眉を撥ね上げた。

「して、吉良の容体は？」

「命に別状はないとのことです」

「浅野は饗応役ではないか。それを、この大切な日に不届き者め。理由は何だ？」

土屋は上野介の申し開きをそのまま伝えた。

「内匠頭の乱心と」

「許せんな。上様には私からお伝えして、御裁定を仰ごう」

この日の朝、柳沢は登城して間もなく、上野介と二人で話をしている。今日の儀式の前に、桂昌院への従一位授与の見込みを聞き、御上に伝えておきたいと思ったからだ。

「来年には賜れるかと存じます」

上野介の言葉に、柳沢は満足そうに頷き、いっそう努めるようにと労った。

多門らが両者に聞き取りを行う前から、土屋政直が柳沢に事件の報告をする前から、この刃傷沙汰の始末は、すでに決定していたともいえる。

上野介の治療には御典医二人が当たったが、出血が止まらぬため、外科医の栗崎道有が呼ばれた。

額の傷は右眉に向けて斜めに長さ三寸六分（約十一センチ）ほど、骨にまで達する深さだった。背中の傷はこれよりも浅く、命に別状はなかった。道有はどちらの傷も湯で洗って糸で縫い、薬を塗り、手際よく手当てした。

老中からは、上野介は屋敷に帰り、養生せよと伝えられた。家臣らに護られた上野介がひっそり江戸城を退出した時刻は、七つ前（午後四時前）だった。


赤穂藩上屋敷は大混乱に陥っていた。

「なぜ、殿が吉良殿に刃傷を……」

「殿の御身はどうなっているのだ」

「吉良殿は深手を負うたが生きておられるそうだ」

「ともかく、殿がどうしておられるのかを知ることが先だ」

「大学様にはお報せしたか」

「はい。先刻使者を出しました」

「吉良め、殿に何かあれば許さんぞ」

怒声が飛び交う中で、家老、藤井又左衛門が言った。

「まずはこのことを国元に報せねば。早駕籠を至急用意いたせ。使者の任には……」

〝早打〟と呼ばれる早駕籠に耐えられる者を決めかねていると、隣りの部屋から入ってきた早水藤左衛門と萱野三平が使者を申し出た。

又左衛門は集められるだけの事柄を書状に認めて、二人に託した。

江戸と赤穂の距離は、百五十五里（約六百二十キロメートル）。参勤交代なら十七日の旅程だが、早駕籠は五日ないし六日で駆け抜けた。

担ぎ手が四人と、一人が前棒に綱をかけて引き、もう一人が後ろ棒を押す。六人で走れるだけ走り、次の宿場で待機していた人足と素早く交代する。人足は交代できるが、乗り手はずっと揺られ続けるため、失神する者もいる。頭には鉢巻き、胴には晒し木綿をきつく巻いた〝早打扮装〟と呼ばれる身支度をし、駕籠の天井から垂れた綱を両手で握り締め、舌を噛まないように手拭いを咥え、ひたすら振動に耐えて目的地を目指すのだ。

赤穂への第一報となる早駕籠が鉄砲洲の上屋敷を出たのは、未の下刻（午後三時半）だった。

同じ頃、饗応役の宿所となっている伝奏屋敷に滞在していた浅野家家臣たちは、代役の戸田家家臣らの到着を待って引き払うよう、遣わされた目付に申し渡された。

早駕籠が出立する四半刻前、江戸城平川門から一台の駕籠が静かに出て行った。平川門は〝不浄門〟とも呼ばれ、城内の死者や罪人を搬出するところとされていた。

田村家の手勢七十名余りが守りを固め、錠が下ろされて網が被せられたその駕籠には、浅野内匠頭が乗せられていた。

浅野内匠頭を乗せた駕籠が愛宕下にある田村邸に向かっていた頃、この度の刃傷沙汰に対する裁定はすでに決まっていた。

信心深く忠孝道徳と礼節を重んじる綱吉は、大切な儀式の日と場所を血で汚した内匠頭を許さず、〝即日切腹〟を申し付けた。

一方の吉良上野介への裁定は〝お構いなし〟である。さらに綱吉からは傷の養生をするようにという厚情ある言葉が贈られている。

裁定の決め手となったのは、斬りつけられた上野介が無抵抗であったことで、喧嘩ではないと判断された。江戸時代は〝喧嘩両成敗〟が決まり事で、もしも喧嘩と認められていれば、双方が切腹となっていたであろう。

「切腹！」

その報せに、赤穂の家臣らは仰天した。

何がどうしたのかわからぬまま、あっという間に裁定が下り、主君が腹を切らされる。

上屋敷のあちこちからすすり泣きの声が洩れる。その中にあって、堀部安兵衛たち若手の侍は色めき立った。

「切腹とはどういうことだ。吉良は生きておるのだろう。我が殿だけがなぜ責めを負うのだ。私は今すぐ吉良邸へ行き、吉良を討つ！」

「逸るな、堀部。何が起こったのかわからぬまま、迂闊(うかつ)に動いてはならん。上意ぞ」

家老の藤井又左衛門は、青ざめた顔でそう言って諫(いさ)めた。

浅野内匠頭を乗せた駕籠は、七つ（午後四時）に田村邸に到着した。急ごしらえの座敷牢(ざしきろう)

に内匠頭を迎え入れたのとほぼ同じ時刻、切腹の場をすぐ整えるように、との伝令が届いた。田村家が大慌てで始めた準備が終わらぬうちに、検使として遣わされた大目付、庄田下総守安利、目付、大久保権左衛門と多門伝八郎が到着した。

切腹の場は作法に則って座敷内に用意されていたが、庄田は座敷に入ることすらせず、庭先で行うべし、という老中の命を伝えてきた。そこで、田村家は庭にむしろを敷き、その上に畳、さらに毛氈を重ねた。三方を屏風で囲い、外側に幕を巡らせる。

これを見ていた多門伝八郎は尋ねた。

「庄田殿、五万石の大名に対して、これではあまりに粗略な扱いではござらぬか」

「御上のご意向である。控えおれ」

庄田は苛立った声で言った。

同じ頃、田村家を赤穂藩の侍が訪れていた。側用人として仕え、最も内匠頭の信頼の厚い片岡源五右衛門と磯貝十郎左衛門である。

「我が殿にせめて、ひと目、ひと目だけでも……。どうか暇乞いをさせてくだされ」

田村家の家臣が何度断っても二人は食い下がり、懇願を続けた。ほとほと困り果てた用人が庄田にこれを伝えたが、庄田は頑として首を縦に振らなかった。

座敷牢で、内匠頭は静かに瞑目していた。

様子を見にきた目付に、再度、上野介の容体を尋ねた。

「傷は浅いものの、老齢な上に急所であるので、快復は難しいかと存ずる」

これを聞いた内匠頭は、この日初めて和らいだ表情になって、息をついた。

目付が去ってから再び目を閉じると、瞼の裏にさまざまなものが浮かんでは消えた。

阿久利の美しい眸と眩しい笑顔。父、母、弟の長広の顔。そして赤穂の光あふれる浜と海と共に、多くの家臣たちの姿が見えた。

内匠頭は、見張り番に、家臣に手紙を書きたいと伝えたが、幕府の許しがないと断られた。ただし、伝言だけなら預かることができるだろうと言われた。

「この度のことは前もって報せておくべきであったが、今日やむを得ないことになってしまい、それも叶わなかった。不審に思っているであろう」

最後の言葉は、静かな独白のようだった。

裃に着替えた内匠頭は、庭に面した座敷に呼び出され、庄田から上意を告げられた。

「その方は、恨みがあるという理由で理不尽にも吉良上野介に斬りつけた。殿中という場所柄を弁えず、勅答の儀式がある大切な日でもあり、重ね重ね不届きの極みである。これによって切腹を申し付けられるものなり」

内匠頭はひとつ頷き、深々と頭を下げた。

「本日の不調法な行いはどのように厳しい処罰を受けても仕方がないところ。切腹を仰せつけていただき、有り難く存じます」

庄田は田村家の家臣に命じた。

「すぐに用意をいたせ」

六つ（午後六時）過ぎ、徒目付に付き添われて庭におりた浅野内匠頭長矩は、毛氈の上に座り、検使が見守る中、粛々と切腹を果たした。介錯人は検使に向かって、その首を差し上げて見せた。

夜が更けた頃、鉄砲洲の上屋敷から、赤穂に向けて一番手の早駕籠が出発した。浅野内匠頭の切腹と浅野家のお取り潰しを報せる使者である。駕籠に乗っているのは、足軽頭の原惣右衛門と、馬廻役の大石瀬左衛門の二人だった。これと同時に、内匠頭の弟で養嗣子となっている浅野長広からの報せを携えた早飛脚も出発した。

長い夜であった。提灯を揺らしながら、片岡と磯貝が田村邸から戻ってきた。二人は結局、内匠頭には逢えなかったものの、主君の最期の様子を目付から聞かされていた。大広間に集まった一同を前に、憔悴しきった顔の二人が切腹の様子を語り始めると、屋敷は慟哭に満ちた。

家臣たちの顔には、行く先を見失った人間の、不安と戸惑いの表情が浮かんでいた。堀部安兵衛は先刻までの憤激から打って変わって、じっと眼を瞑り、その報せを聞いた。

赤穂藩の人々は、すでに上屋敷、赤坂南部坂と本所の下屋敷を速やかに退去するように、との通告を受けていた。

家老の藤井又左衛門が一同に言った。

「殿の亡骸は、すでに大学様にお引き取りのお許しが届いておる。糟谷、建部、片岡、磯貝、田中、中村は田村邸にお迎えに出向いて欲しい。それ以外の者は長屋に戻り、明朝から行う屋敷明け渡しのための支度を整えよ」

皆はゆっくりと立ち上がる。すでに四つ（午後十時）になろうとしていた。

安兵衛は一人殿舎を出ると、首をすっと持ち上げて背筋を正し、空を見た。殿がいなくなった江戸の空には、四日前に見かけたあの赤い星が、変わらずに輝いていた。安兵衛は口をきつく引き結んだ。

深夜、蒲団にくるまっていた安兵衛は、表長屋の戸を叩く音に起き上がった。板戸を開くと、屋敷の裏手にある水門の番人が立っていた。番人の顔は引きつっていた。聞けば、火事場泥棒よろしく、船に乗り込んだ三、四十人の町人が上屋敷に押し入り、めぼしい道具類を勝手に運び出そうとしているという。

「何だと！」

安兵衛は、刀を手にして現場に駆け付けると、町人たちに向かって一喝した。

「手にしたものを置いて立ち去れ。さもなくば、堀部安兵衛が一人残らず斬り捨てる！」

安兵衛の気迫に、彼らはわっと声を上げ、蜘蛛の子を散らすように逃げ去った。

元禄十四年（一七〇一）三月十九日未明、大石良雄の屋敷の門を激しく叩く者がいた。

下男が眠い目を擦りながら門脇のくぐり戸を開けると、そこには馬を引いた使者が立っていた。

「国境から参りました。あと一刻ほどで、御城に江戸からの早駕籠が到着します。ご家老にお伝えください」

「承知しました」

小走りで下男が庭を回りこんだ時には、良雄がすでに濡れ縁に出ていた。

「江戸よりの早駕籠だそうでございます」

「わかった。駕籠は、今どの辺りだ？」

「国境を過ぎた由」

理玖が寝間から出て、主税も顔を覗かせた。

「江戸からの急使らしい。すぐに登城する」

「父上、一体何でございましょう」

「よい報せとは思えぬが、今から心配しても仕方がない。お前たちは休んでおれ」

良雄は、歩いて自邸を出ると、本丸御殿に入った。まだ暗い中、本丸門に近い広間の障子戸を開け放ち、駕籠の到着を待つ。

寅の刻（午前四時）、出迎えた番人と寝番の侍に抱えられて、早水藤左衛門と萱野三平が覚束ない足取りで広間に入ってきた。

「遠路、ご苦労であった。一体、何事か」

二人は口を開けて何かを言おうとするが、荒い息をつくばかりで声にならない。早水が懐から油紙に包んだ書状を取り出した。

「水をやってくれ」

良雄は番人に声を掛けると、書状を開いた。

『三月十四日、内匠頭様、江戸城中にて吉良上野介殿に刃傷に及ぶ。御身は田村右京大夫邸に預かりとなった。火急にお報せ申し上げる。仔細は次の便で追ってお報せする。藤井又左衛門、安井彦右衛門』

――殿が刃傷を……。

かすかに震える声で、良雄は書状を読み上げた。良雄の口から刃傷という言葉が出ると、皆がハッと息を呑んだ。

「これに相違ないか？」

早水と萱野は何度も頷いた。

「大野九郎兵衛殿とそれぞれの組頭、足軽頭、用人を広間に呼び集めよ」

寝番にそう命じると、良雄は早水と萱野を別室に移した。詳しい話を聞くためであったが、二人は、それ以上のことを知らなかった。

疲労しきった様子の二人に、休め、と言い置き、良雄は広間に向かった。

赤穂城の広間に集められた面々は、すでに江戸で起こったことを知らされているようだった。正面に座した良雄は、彼らの顔に動揺の色が浮かんでいるのを見ていた。

「聞き及んでいると思うが、今朝ほど江戸表から早駕籠が到着した。三月十四日、江戸城内において、殿が指南役の高家、吉良上野介殿に刃傷に及ばれたという。殿の御身は田村右京大夫邸でお預かりになっているということである。仔細は追って届くであろう。決して取り乱すことなく、平静に過ごすように」

組頭の一人が問いを発する。

「なぜ刃傷を？　殿は、吉良殿を討ち果たしたのでしょうか？」

「わからぬ」

良雄が短く答える。

「十四日といえば、勅使が御上にお別れの挨拶をなさる日かと。刃傷はその折であろうか」

大野九郎兵衛の言葉で、重臣たちは事の重大さに気付き、一様に顔を見合わせた。

「大野殿、今、見えぬものを見ようとしても詮なきことです。次の報せが来るまで、ともかく待っておりましょう」

「要らざる事を申し上げました」

良雄は一人一人の目を見て声を掛けた。

「では各々方には、配下の者へ今のことをお報せいただき、いつものごとく勤めるように申し伝えてください」

重臣らは立ち上がり、広間を出ていった。

「大野殿」

良雄が呼び止めると、九郎兵衛が振り向いた。小さく頷いた良雄が歩き出すと、九郎兵衛はそのあとをついていった。ひと気のない小書院に入り、二人は向き合って座った。

先に言葉を発したのは九郎兵衛だった。

「これから何が起こるとお考えか」

「わかりません」

良雄は首を横に振る。

「嫌な予感しかしませぬな」

眉間にしわを寄せた九郎兵衛が言う。

「そうですか」

いつもの口調で良雄が答えた。

「よくそうして平静でいられるもんですな。大石殿、あなたには何が見えているのです?」

良雄は返事をせずに、ひと言だけ口にした。

「勘定方の整理を始めてください」

九郎兵衛は一瞬、悲痛な表情で口を真一文字に結んでから、答えた。

「すぐに」

戌（いぬ）の下刻（午後九時）、二番手の早駕籠が赤穂城に到着した。

良雄の目前で倒れ込むように膝をついた原惣右衛門と大石瀬左衛門は、悲痛な声で告げた。

「ご家老！　殿っ、殿は、十四日の六つ刻（どき）、田村邸にて切腹、切腹を……」

惣右衛門は言葉を詰まらせて大粒の涙をこぼした。その隣りで、瀬左衛門も慟哭する。

集まってきた若い家臣らは、切腹の言葉を聞いて驚愕し、引きつった顔を良雄に向けた。

良雄は、固く目を閉じていた。

「……無念でござる」

絞り出すような声で惣右衛門が言った。良雄は目を見開き、惣右衛門の肩に手を掛けて訊（き）いた。

「ご立派な最期であられたか」

惣右衛門が二度、三度と頷いた。

二人の介抱を申し付け、良雄は藤井又左衛門と浅野長広からの書状を開いた。読み終えると、良雄は大野九郎兵衛を呼んだ。

すぐに良雄の前に現れた九郎兵衛は、すでに戦さ場に立つ侍の顔となっていた。

良雄から無言で手渡された藤井と長広の手紙を読み終えると、九郎兵衛は内容がわかっていたように頷いた。

「大野殿、長広様がわざわざ藩札のことをよろしくと書いて寄越されたのをどう思われますか？」

「大学様は勘定方のことに詳しいとお聞きしています。藩が改易となればその藩札は紙くず同然となり申す。商人たちにお取り潰しの件を知られるのは、なるたけ遅らせたいところですが……」

「ここに早駕籠が着いたということは、すでに他藩や商人のもとへも早飛脚が届いておるはずです。早々に換銀を求めて、我が藩には人が殺到するでしょう。藩札はどれほど出回っておるのですか？」

「およそ銀九百貫目です」

「そのすべて、換銀は叶いますか？」

「いいえ、多めに見積もっても七割ほどでございましょう。不足分はどこからか早急に借用せねばなりますまい」

「何か、今できることはありますか？」

「いやござらぬ。あえて申せば、藩札の件はすべてを私に委せていただきたい。おそらく激しい抵抗がございましょうが」

「承知した。貴殿に一任いたす」

良雄は大野九郎兵衛との話を終えると、二人で広間へ向かった。

総登城のお触れによって、赤穂城内はどの部屋も家臣たちであふれ、異様な空気に包まれていた。

上座に着いた良雄は、広間に詰めかけた藩士たちを見回した。すでに話は広まっているようで、家臣たちの顔には、それぞれに動揺が表れていた。皆が固唾を呑んで見守る中、良雄は淡々と語りはじめた。

「これから話すことを、一同、よくよく聞いていただきたい。三月十四日、江戸城内において我らが殿、長矩様が、高家、吉良上野介殿に刃傷に及ばれました。詳細はわからぬものの、殿は田村家にお預けとなり、その夜の酉の刻、腹を召されました」

どよめきがわき起こった。

「ご立派な最期であられたそうです。そして我が赤穂藩には、お取り潰しの裁定が下りました」

良雄は一旦口を閉ざし、藩士たちの激しい動揺の様子を眺めた。立ち上がる者、怒鳴り声を上げる者、両手をつき、うなだれる者——。驚きと嘆きが城内を満たした。

「取り乱されますな」

良雄が鋭い一声を発すると、広間は再び、しんと静まった。

「ほどなく公儀より沙汰がありましょう。殿はすでにこの世にはおられませんが、浅野内匠頭という名君を共に戴いた我らは、こころをひとつにしてこの大事に当たりたく存じます。明朝から、広間にて討議をいたします」

良雄は一揖（いちゆう）し、立ち上がった。

「ご家老、殿が斬りかかられたという吉良殿は、ご存命なのですか」

若い侍が声を上げる。

「わからぬ。次の使者が報せて来ましょう」

「吉良殿がご存命ならば、明らかに喧嘩両成敗に反する裁定。この裁定を受け入れては、武士の一分が立たぬと存じます」

「仔細がわからぬうちの討議は無駄でござる」

散会すると、良雄は原惣右衛門が休んでいる部屋に向かった。家臣らの動揺は収まらぬようで、そこここから大声が聞こえてくる。

原惣右衛門はすでに目覚めていた。

「休めましたか。お疲れでしょうが、少しお話を聞かせてください」

良雄は蒲団から出て頭を下げようとする原を押し止（とど）めてそう言った。

深夜、ようやく屋敷に戻った良雄を、理玖（りく）と主税（ちから）が出迎えた。

二人は、すでにあらかたのことを知っているようだった。

「これからどうなるのでしょう？」

理玖が心細げに訊く。

「本日の報せだけではわからぬ事が多いな」

「赤穂藩はどうなるのですか？」

主税も途方に暮れたように言った。

「改易のお沙汰は下ったが、殿が刃傷に及ばれた理由が判明いたせば、裁定に異議を申し立てて、浅野家のお取り潰しは免れるやもしれぬ。大切なのは、それまで平静を保っておることだ。わかったな、主税」

「はい」

理玖が声を掛ける。

「仁助がお戻りをずっと待っております」

「そうか。今夜はもう休め。明日からはさまざまな流言飛語が耳に入るだろうが、こころを動かされぬようにな」

頷いた二人が去った後、廊下に控えていた仁助を部屋に通した。

「ご城下の様子はどうだ？」

「今のところ静かですが、すでに隠密が二名入っており、一名は岡山からの者です。居場所は突き止めてございます」

「探索であろう。捨て置け。広島藩、浅野綱長様の動きはどうか」

「綱長様は江戸におられます。国元の家老たちの間では、関わり合いを避ける所存かと」

「本家はそのようなお考えか……」

良雄が気にかけているのは、赤穂藩浅野家の本家に当たる広島藩をはじめ、浅野家一門の動向であった。

刃傷の当日、内匠頭の母方の従兄弟、大垣十万石の戸田采女正と内匠頭の伯父に当たる浅野長恒は、すぐに鉄砲洲の上屋敷に使者を遣わしていた。赤穂藩士たちが騒動を起こさぬようにとの牽制であった。

幕府は、内匠頭の養嗣子の浅野長広に閉門を仰せ付けただけでなく、内匠頭の父方、母方、妻の親戚ことごとくに遠慮（表門を閉じての籠居とお目見え差し控えなどの刑罰）を申し渡した。その上で、赤穂藩が幕府の裁定に従うよう、くれぐれも気を付けるようにと申し付けており、この命を受けての、戸田家、浅野家の動きであった。

三月十五日、江戸では側用人の片岡源五右衛門が、磯貝十郎左衛門らと共に田村家から内匠頭の遺骸を引き取り、浅野家の菩提寺、高輪の泉岳寺まで運んで、そこに埋葬した。ひっそりとした弔いであった。

片岡と磯貝、田中貞四郎、中村清右衛門はその場で髷を切り落とした。四人は共に内匠頭の傍近くに仕え、中でも片岡源五右衛門は、心底主君を敬愛していた。

源五右衛門は内匠頭の墓前に突っ伏し、額を土に押し付け、長い間動かなかった。やがて顔を上げたその形相は、恐ろしいほどであった。

藩邸に戻った源五右衛門は、同輩の近侍たちを呼び、この事件の話を周辺からできる限り聞き集めてくれと告げた。殿の非業の死について、自分が感じたものが正しいかどうかを確かめるためであった。源五右衛門は江戸城を睨みながら、こころの中でつぶやいた。

——この事件の真相を摑んでも、側用人の私ごときでは、何もできない。だが、あの方にお伝えすることはできる。

それは、大石内蔵助良雄である。

この時点で、藤井又左衛門と安井彦右衛門、小心な二人の家老は、内匠頭の遺骸を引き取りに行くことはおろか、墓に詣でることすらしていない。江戸の若い侍たちが頼れるのは、大石良雄のみであった。

源五右衛門は、自分が調べた限りの、この度の一件の詳細を認めた。手紙を書き終えたのは三月十六日の夜明け前である。源五右衛門はこれを、裏門近くで待っていた塩問屋の主人と、身支度をした早飛脚に託した。

「頼んだぞ。できる限り早く、赤穂のご家老、大石良雄殿に届けてくれ」

第一級の早駕籠でさえ、赤穂までは四日半かかっていた。それを陸路と海路を駆使して、三日ほどで届けようという〝早打状〟だ。これを可能にしたのは、赤穂藩と廻船問屋、塩問屋らとの日ごろからの密接な付き合いであった。

果たして三月二十日の早朝、大石家の門を叩く音がした。

良雄はすでに目覚めていた。眠れようはずもなかった。

下男が運んできた片岡源五右衛門からの書状を静かに読み始めた良雄は、ある一文に瞠目し、思わず声を上げた。

「何と……庭先にて……切腹……」

最後まで書状を読んだ良雄の身体は、怒りで震えていた。それを止めるため、右手で太腿を鷲掴みにする。

切腹は武士の誉れを守るもの。それなのに、なぜ五万石の大名が、庭先で腹を切らされたのか。源五右衛門の書状を読む限りでは、長矩が犯した罪に対してあまりに重過ぎる罰であり、甚だしい侮辱でもあった。

知らぬうちに、大粒の涙があふれ出ていた。

初めて江戸屋敷の庭で見た少年の長矩の姿と、初入府の際の眩しい笑顔が脳裏に浮かんだ。次に赤穂に戻る時は土産を求めて参ろう……そう話す優しい声が、耳に聞こえた。

涙は嗚咽に変わり、良雄は身も世もなく、身体を震わせて泣き続けた。

この夜明けの落涙は、良雄がその生涯で流した、最後の涙だった。

泣くだけ泣いた後、良雄は明け始めた東の空を見上げた。真一文字に結んだ下唇から、微かに血が零れていた。

「許さじ、柳沢保明、許さじ、犬公方め！」

良雄は、肚の底から唸り声を発した。

廊下の柱の陰に、そっと俯く影があった。理玖であった。早朝の早飛脚に不安を募らせた理玖は、離れたところから良雄を見守っていた。嫁いで十四年、初めて目にする夫の激情であった。聞こえた唸り声と、その形相から、これから起きようとしているのが尋常なことではないと知れた。

三月二十日、赤穂城内の広間で行われた評議は、大きく混乱していた。

あちこちから罵る声が聞こえ、摑み合いすら始まりそうだった。良雄は三百名以上の家臣の顔を見回し、寝不足で痛む額を押さえた。

――これが赤穂の侍なのか……。

主君の刃傷、切腹、お家の取り潰しという一連の出来事は、確かに未曾有の事態である。動揺は無理もない。とはいえ、武士たるものがここまで乱れるとは思ってもみなかった。

その時、大野九郎兵衛が立ち上がった。

「拙者、藩札の始末があり、商人らが押しかけておるので退出いたします。勘定方で仕事が済んでいない者も、早々に持ち場に戻れ」

「大野殿、その言い方は無礼でござろう」

「そうだ、そうだ！」

大野九郎兵衛はぎょろりと目を回し、無言で一同を睨みつけた。九郎兵衛とその配下らしき何人かは、さっさと退出して行った。

その日の昼夜は、混乱のうちにただ時間だけが過ぎていった。主君は切腹、浅野家はお取り潰しという報せに対し、公儀の裁定には従うしかないという者、長矩の弟、浅野長広が養嗣子として認められているのだから、長広様が跡目を継ぐよう願い出ればお家はすぐに再興できるはずだと主張する者、そしてお城の明け渡しを命じられたならば、籠城して戦おうと言い出す者までいた。

浅野家家臣が赤穂城の明け渡しを拒み、籠城して幕府に抵抗する道を選ぶのではないかという噂は、当初から藩の内外に広がっていた。かつて備中松山（びっちゅうまつやま）藩水谷（みずのや）家が改易となり、長矩が収城使を務めた際、良雄もやはり、松山藩士たちによる籠城を恐れた。水谷家家老、鶴見（つるみ）内蔵助が穏健派であったため騒ぎは起こらなかったのだが、主君から預かった大切な城を、幕府の命だからといって簡単に明け渡すものではないというのが、この時代の共通認識であった。

とはいうものの、この時点では、籠城派はまだ赤穂藩士の一部に過ぎなかった。三百余名の藩士たちの考えはさまざまで、その日、皆が口々に己の考えを述べて収拾がつかなくなった総評議の様子を上座から眺めながら、良雄は、主君を失った藩で、家臣が一枚岩にはなり得ないことを思い知らされた。

翌日以降も早飛脚が次々と江戸からの書状を運んできた。浅野長広は閉門。江戸の三つの藩邸は引き渡し――。

こういった報せは赤穂にもたらされるのと同時に江戸から各地へも伝わり、全国の赤穂藩士たちに故郷への帰参を促すこととなった。江戸からは長矩の初七日を済ませた片岡源五右衛門、磯貝十郎左衛門、田中貞四郎が、京都からは小野寺十内、大坂からは岡本次郎左衛門が、それぞれの思いを胸に、危機に瀕する赤穂への帰路を急いだ。

一方、江戸詰の藩士たちの中には、屋敷を引き渡した後、江戸に残った者も少なくなかった。堀部安兵衛、高田郡兵衛、奥田孫太夫の三名は、事件の直後から吉良を討つことを考え、家臣を説得して回ったが、賛同を得られなかった。この時、彼らは自分たちだけで吉良邸に押し入ろうと企てている。しかし赤穂藩士の復讐を恐れた上野介の実子にあたる米沢藩主、上杉綱憲が吉良邸を厳重に警備しており、猫の子一匹入り込む隙もなかったため、安兵衛たちは諦めるしかなかった。

赤穂城受け取りの上使が遣わされるという報せが届いた日、いつものように広間に集まった藩士一同に対して、良雄は長矩が庭先で切腹したことと、相手の吉良上野介が生きているという事実を、初めて報せた。

広間は騒然とした。

慟哭する者、許せんと叫ぶ者、逆に押し黙る者など反応はさまざまだったが、この報せが、ばらばらであった家臣のこころを、ひとつの方向へと押し流していくことになった。

「ご家老！」

叫んで手を挙げたのは、原惣右衛門であった。長矩切腹の日の朝まで、長矩のそばにいたこの男は、屈辱と怒りの火を胸の内に燃やし続けている。震える声で良雄に詰め寄った。

「幕府のなさりようを、どのようにお考えか。ご家老の胸の内、ここでお聞かせ願いたい」

「ご家老、是非お聞かせください」

皆も次々と声を上げる。

「今、私の考えを口にすることは控えます。すでに複数の隠密が御城下に入り込んでおります。私の一言で、これから収城使と共に赤穂へやってくる兵の数が増えるやもしれません。近隣の藩では、我が藩の動きを警戒し、海上の警備に軍船を出しておるそうです」

良雄は低い声で言葉を続けた。

「私の考えは今申し上げられませんが、亡き殿も、そして私も、かつて山鹿素行(やまがそこう)先生に軍学をお教えいただきました。その教えの中に、私が武士のあるべき姿として大切にしてきた言葉がございます。それは……」

良雄は、静まりかえった一同を見渡した。

「……それは、〝君、辱められし時は、臣死す〟というものです。本日の討議はここまでといたします」

この日、評議を終えて大広間を出て行く家臣たちの顔は、決意に満ちていた。

主君の敵である吉良上野介への処分を求め、殿に与えられた恥辱を雪ぐ――。ようやく彼らは混迷から抜け出し、何をすべきかという武士の大道を見つけたようであった。

良雄は近くにいた大野九郎兵衛に声を掛け、小書院へ向かった。

「あなたは大した役者ですな。しかも、えらい言葉を持ち出したものです」

九郎兵衛は、部屋に入るなりそう言った。

「あれは私の本音です。だが大野殿、あなたには逃げて貰いたいのです」

「え？　今何と言われたので？」

大野九郎兵衛が目を剝いて良雄を見た。

「いえ、今すぐに逃げろというわけではございません。藩札の換銀作業、城明け渡しに向けての準備、そして、例の帳面の金を大坂に移す……これらが終わってからのことです」

「城明け渡し？　今日の様子では、我らは籠城をするのでは？」

「うまく事が運べば、明け渡しになります」

「おっしゃっている意味がわかりません」

「家中は今、揺れに揺れております。まとまったように見えたとて、それは一時のこと。とてもひとつの結論へは至りますまい」

「それならば言わせてもらいますが、籠城などしても三日と保ちますまい」

「ご慧眼です。水を断たれればひとたまりもない。皆の目にはそれが見えておりません。前に隠し水路の掘削の件で、勘定方に資金の立て替えをお願いしましたが、試算の結果、断念しました。あれが実現できなかったこと、今では幸いに思っております」

九郎兵衛はまじまじと良雄を見つめた。

「あの時は大石殿のお気持ちがわかりかねました。もしや、このような日が来ることが、見えておられましたか」

良雄はしばらく無言であったが、やがて口を開いた。

「城を潔く明け渡し、大学様を推してお家再興にかけるのが、藩と殿の御為かと思います」

「では、今、いきり立って籠城、切腹を叫んでおる連中は、どうされますので？」

「実は、次の評議で、籠城は無謀であるとの説得を、大野殿にお願いしたいのです」

「ひぇー、この私が？　あの連中の説得を？」

「是非にお願いします」

良雄は涼しい顔で言う。その口元には笑みさえ浮かんでいた。

「私は殺されてしまいます！」

「いいえ、私がお守りしますので」

九郎兵衛はそこで押し黙り、良雄の顔をじっくりと眺めた。

「本当ですな。本当に守ってくださるのですな？　私は、今は死にたくありません」

「それは、正直でよろしいかと」

「からかっておられるのか？」

「考え抜いた結果、この説得がうまくできるお人は、大野殿しかおられないと思いました」

ふうっ、と九郎兵衛は大きく息を吐いた。

「わかりました。やるだけやってみましょう」

良雄は真顔に戻って頭を下げた。

大野九郎兵衛は大石良雄に尋ねた。

「して、私の逃亡はいつ？　どんなふうに？」

「それは、時期が来たらお願いに上がります。ご家族の逃亡先をご用意いただきたい」

「わかりました。しかし、私の発言で、皆は烈火のごとく怒り狂うでしょうな」

「貴殿には〝胆力〟がおありですので」

九郎兵衛が鼻に皺(しわ)を寄せて舌打ちをした。

赤穂城受け取りのための上使（将軍の使者）として、大目付の荒木十左衛門政羽(あらきじゅうざえもんまさは)と榊原(さかきばら)

采女政殊（うねめまさよし）が任命された。彼らの出発は三月下旬と決まり、同時に幕府は、速やかに城を明け渡すよう浅野家家臣を説得せよと、浅野家一門の大名に命じた。幕閣も赤穂藩の籠城を恐れていたのである。

三月下旬から四月にかけて、赤穂には、広島藩、大垣藩、三次（みよし）藩からの使者が訪れ、幕命に従うようにと、藩士たちの自重を促した。良雄はこれを謹んで受けたが、実際には連日の評議の結果、藩内の大方の意見は、幕府に対する抗議を表すため、籠城して切腹、というものに傾いていた。

その日の評議は、一人の家臣の発言から、大きく紛糾した。

「ちとよろしいかな」

張りのある声で発言を求めたのは、次席家老の大野九郎兵衛であった。

「各々方は、籠城、籠城と言っておられるが、収城使の兵士らがこの城を取り囲んだ時、一体どれくらい保つとお考えか？」

「それは一か月でも、半年でも。赤穂武士の力を見せてやります」

原惣右衛門が力強く答えた。

「今、半年でもと、おっしゃいましたか？」

「いかにも」

「一体どういう軍学を学ばれたので？」

「何を申す！　山鹿素行先生を侮辱するか。家老とはいえ、許さんぞ！」

「山鹿流軍学では、〝彼を知り、己を知れば、百戦殆うからず〟と孫子の兵法から教えを引いておられたと思いますが」

「ああ、そうだ」

「〝己を知る〟のであるなら、この赤穂城のことを、まず知らねばなりません」

「勘定方が、私に軍学を説くか！」

惣右衛門は血相を変えた。

「赤穂城は、籠城となると三日保ちませんぞ」

九郎兵衛は言い放った。

原惣右衛門は激高した。

「理由を言え！」

「水でございます。井戸がないこの城では、二日分しか水を蓄えられぬかと。水路を塞がればひとたまりもございません。たった二日の籠城で切腹など、かえって恥となるだけ」

九郎兵衛の明快な答えを聞き、籠城案に疑問を抱いていた家臣たちの間から、そうだ、そうだ、という声が上がった。水の枯渇は、戦いの根幹を揺るがすものだ。

惣右衛門の気迫に満ちた一喝に怯むことなく、九郎兵衛は粛々と話を続けた。

「家臣は三百名余り。しかしすべてが籠城に賛同するとは、とても思えませぬ。そして、城に今ある武具は、鉄砲百五十九挺(ちょう)、長槍(ながやり)百五十本、弓にいたっては五十張です。鉄砲の玉薬箱も五荷しかございません。収城使の兵は、おそらく我が藩が備中松山城へ出した数とは比べられぬほど多くなるでしょう」

「それがどうしたというのだ。貴殿は命が惜しいから、そう腑抜(ふぬ)けたことを言うのだ」

「そうではありません。大学様という立派な嗣子がおられるのですから、城は明け渡し、お家を再興する方法を模索することが先決と考えておるのです。籠城して幕府に弓を引いてからでは、もう後戻りは叶いません」

大野九郎兵衛の堂々たる弁舌に、良雄は心底感服していた。

――やはり、この男は違うのだ。

始末屋と揶揄(やゆ)され、侮られていた九郎兵衛の話に、今や、広間の皆が聞き入っている。

それでも、惣右衛門は大声で言い募る。

「お主は、庭先で腹を召された殿のご無念がわかっておるのか？　その上、殿を侮辱した吉良上野介はまだ生きていて、どこぞで殿を、我らを、せせら笑っておるのだぞ」

「私も、それは無念です。しかし籠城は軽挙妄動と申し上げているのです」

「軽挙妄動だと？　聞き捨てならん。この原惣右衛門、死を覚悟して申しておるのだ。貴様、斬り捨てる！」

「原惣右衛門殿」

良雄は、ここで初めて声を上げた。

「今は、家中で争っておる時ではござらぬ。しかし大野殿、貴殿の理（ことわり）はよくわかりましたが、武具と兵ならば、これから集めることができますぞ」

「えっ？」

九郎兵衛が素っ頓狂（とんきょう）な声を出した。

大野九郎兵衛は、内心たじろいだ。自分にこの論を張れと頼んだ大石良雄が、反駁（はんばく）するとは思ってもみなかったからである。

——まさか、大石殿に嵌（は）められたのでは。

九郎兵衛に見つめられても、良雄は眉ひとつ動かさず、同じことを口にした。

「兵と武具は集めればいいのでは？」

——そちらがそのつもりなら……いや待てよ、考えがあってのことに違いないのだ。

九郎兵衛はぐっとこらえたが、追い打ちをかけるように、良雄が続けた。

「勘定方ひと筋、戦さ事に縁のない大野殿には、計れぬことかもしれませぬな」

九郎兵衛がさすがに顔色を変えた時、籠城派の藩士の間から、声が上がった。

「そうだ、そうだ。金勘定ばかりの者に何がわかる。引っ込んでいろ！」

堪忍袋の緒が切れた。

「黙らっしゃい！」

怒声に、広間は静まりかえった。家臣たちが目を剝く中、良雄に向き直り、九郎兵衛は言った。

「大石殿、私には戦さのことが計れぬとおっしゃいましたか。しかし古来、兵と兵の討ち合いで勝敗を決した戦さなど、ほんのわずかです。東照大権現から始まり、その末裔が今も将軍として立っていられるのは、潤沢な財力があってこそ。財の力で兵を、武具を惜しみなく揃えられたゆえに関ヶ原も大坂の陣も勝利できたのです。昔から籠城で戦さに勝った例はございません。大石殿、藩札の換銀はすべて六割の率で行いました。城の蔵にすでに金銀はございません。我が藩に尽くしてくれた商人らにできる限りのことをせよと命じたのは、あなたですぞ。ここから、兵と武具をどうやって求めよと言われるのか。〝昼行灯〟のような、役に立たぬ言葉はお控えいただこう」

良雄本人の前で、平然とそのあだ名を持ち出した九郎兵衛に、家臣たちは顔を見合わせた。普段はぼやいてばかりの次席家老に、ここまでの度胸があるとは……。

「今、何と申した？　ご家老を愚弄するのなら、わしが許さんぞ」

原惣右衛門が再び刀に手をかける。

「斬ると？　御免被ります。まだまだ死ぬわけには参らんのでな」

九郎兵衛は傲然と立ち上がった。

奇妙なことに、良雄を一喝した評議の日以来、大野九郎兵衛の下に集まる家臣が出始めていた。

九郎兵衛が長広舌をふるったのは、大石良雄の真意が見えなくなって、怒りを爆発させたものであった。ある意味やけくそな態度だったのだが、勘定方らしい理にかなった考えと、そこで剝き出しになったこの男の本質は、侍たちのこころを捉えたようだ。

「大野殿、長広様を藩主に迎えるには、公儀にどう働きかけるのが最善なのでしょうか」

「是非、お考えを聞かせてください」

これまで人に囲まれることのなかった九郎兵衛は、満更でもない気分だった。あちこちで自説を披露する機会が増えてゆき、その度に、九郎兵衛を慕って集まる者の数は増えた。その中には、藩の上層部の者たちも交ざっていた。

「へなちょこが、調子に乗りおって」

原惣右衛門を中心とする籠城派の藩士たちは、大野たち再興派を冷ややかな目で眺めていた。籠城して最後まで抵抗した後、全員で腹を切り抗議の意を示すべしという籠城派と、城を速やかに明け渡して幕府に恭順の意を示し、長広を藩主にと願い出て、浅野家を再興すべしという再興派の対立は、いよいよ激しさを増していった。二派の間で、良雄一人が平然とした態度を崩さずにいた。

その日の総評議でも、赤穂城の広間は怒声に満たされていた。

「なんの抵抗もせずこの城を明け渡しては、武士の一分が立ちませぬ」

「城明け渡しをつつがなく行うようにとの書状が長広様から来たのをお忘れか。もし籠城してしまえば、長広様の面目は丸潰れだ」

「殿には腹を召させて、吉良には罰を与えぬ公儀が、長広様にお家再興の許しを出すなどと、貴殿らは本気でお考えか。片腹痛いわ！」

「ならば、籠城したところで無駄でござろう。我らが腹を切ったところで、吉良が罰せられるとは限りません」

「ふざけるな。武士が命をかけるのだぞ」

「殿の命すら軽く扱った連中です。我らの命など気にかけるものか」

二組に分かれて向かい合い、口々に言い合ううちに皆が激高していく。連日の議論は堂々巡りになっており、疲労と苛立ちだけが蓄積されていた。藩士たちの目は血走り、怒鳴り過ぎたせいか喉を嗄らした者までいた。

――これが限界か。

上座で一人沈黙を守っていた良雄が、静かに手を挙げた。

怒声をぶつけ合っていた藩士たちが一人、また一人とそれに気付き、広間が静まっていく。一言も発さぬまま広間の興奮をおさめた良雄は、皆の顔を見回し、落ち着いた声で話し始めた。

「意見は割れておりますが、思い出していただきたい。我らの気持ちはひとつであるはずです。すなわち、殿の名誉を回復し、吉良には処罰を与え、そして浅野家を存続させること。これに異論がある方は、この場にいないはず」

皆が頷いた。

「家老としての私の意見を言わせていただきます。私たちは、長広様にお家を再興していただくため、城を明け渡すべきだと考えます」

籠城派から一斉に抗議の声が上がったが、続く良雄の言葉に、その声も止んだ。

「その後、我らは花岳寺(かがくじ)で腹を切りましょう」

そうすれば長広様のお邪魔にはならず、抗議の意志も伝わり、お家の再興も叶うかもしれないと、良雄は淡々と続けた。両派の意見を汲(く)んだ折衷案に、藩士らはざわめき始めた。

良雄は、懐から紙束を取り出した。

「ここに熊野(くまの)の牛王符(ごおうふ)(厄除(やくよ)けの護符)を用意しました」

この時代、神仏への誓いを立てる際には牛王符の裏面を使うのが慣わしであった。

「私に賛同する方は、これに名前と血判をいただきたい」

「神文(しんもん)ですな」

原惣右衛門はそう言うと、腕組みを解き、真っ先に立ち上がった。紙を広げた良雄の前に行くと、矢立を受け取り、名前を書いた後、小刀で親指の腹を切り、流れた血で判を押した。

惣右衛門が下座に戻ると、籠城派の藩士たちが次々と立ち上がり、署名を行った。

そのうちにあって、江戸詰の片岡源五右衛門、磯貝十郎左衛門、田中貞四郎は、頑なに署名を断り、江戸へと帰っていった。

起請文に署名をした藩士は、百二十名余り。大石良雄の名もこれに記されていた。

四月十二日。

大野九郎兵衛と家族が赤穂から姿を消したのは、その夜のことであった。

堀部安兵衛、高田郡兵衛、奥田孫太夫が赤穂へ到着したのは、四月十四日のことである。

彼らは、まず旧知の江戸詰の者と逢った。そこで藩士たちが城を明け渡した後に切腹することを誓い、血判状を出したと知らされたが、当然これに納得しなかった。何しろ強硬に吉良を討つことを主張し、たった三人で吉良の屋敷の襲撃すら試みた男たちである。

安兵衛は、旅の埃で汚れた顔を怒りで赤く染めた。

「何と生ぬるいことを申しておるのだ」

「そういきり立つな。ともかく大石殿に今一度、本心を伺おう」

郡兵衛の言葉で頷き合った三人は、その足で大石邸を訪ねた。玄関に出てきたのは、主税であった。久しぶりに再会した安兵衛を眩しげに仰ぎ、主税は言った。

「堀部様、いつお戻りになられたのですか」

「今しがたです。主税殿、また大きくなられましたな。剣の修行はしておられますか」

「はい。是非またお手合わせをお願いします」

「残念ながら、そういう時でもございません」

主税は、はっと息を呑み、悲しい顔で頭を下げた。

「そうでございました。私も赤穂の武士の一人として、覚悟を決めております」

「それは頼もしい」

安兵衛らは、客間に招じ入れられた。

客間の外で控える主税の耳に聞こえてきたのは、安兵衛の声ばかりであった。

「ご家老、ご家老は本心から花岳寺で……。私どもにだけは……本心をお聞かせください。墓前で腹を切って済むぐらいなら、私も片岡も、とうの昔にそうしております。吉良を討たねば……」

開城後に全員で切腹し、それですべてが終わると思っていた主税は、吉良を討つという言葉に驚いた。

父の声が答える。

「あなた方には江戸で時機を待って欲しいと思います。まずは、長広様に浅野家を再興していただくことが何より大事でござる」

安兵衛の問う声がした。

「それが叶わぬ時はどうなさるおつもりか?」

それへの答えは聞き取れなかった。やがて襖が開き、父が主税に声を掛けた。

「客人がお帰りだ」

赤穂藩士たちは、城を速やかに明け渡し、浅野大学長広を立ててのお家再興願いを幕府に提出すると決めて動き出した。札座勘定奉行の岡島八十右衛門が中心となり、必要な書類が作成された。四月十五日には大石良雄が書類一式を受け取り、内容を検めている。

抗議の切腹をすると決め、神文を作成したにもかかわらず、結局この時、赤穂藩からは一人の切腹者も出なかった。長広をはじめ、浅野家の親類から次々に使者が遣わされ、「城は明け渡して自重せよ」という書状がもたらされたことで、百二十名程度に過ぎない切腹派は、再興派に従うかたちになった。

良雄は、十五日には仮藩庁を城下の遠林寺に置くことに決めて移り住み、家族らは近郊の尾崎村に家を借りて転居させている。開城後の準備は着々と進められていた。

十六日、江戸より大目付の荒木十左衛門政羽と榊原采女政殊が赤穂に到着した。荒木と榊原は、大石良雄にこの一件への幕府の裁定を告げた。播州赤穂浅野家はお取り潰し、赤穂城は没収。その上で藩士たちには三十日間限りで城下を引き払うこと、赤穂領内に引き続き居住する者、領外へ立ち退く者は届け出るようになどの通達だった。

十七日には、開城後、藩領の支配を行う代官の石原新左衛門と岡田庄太夫が到着する。

十八日、良雄と番頭の奥野将監に赤穂城内を案内された大目付らは、荷がすべて整理され、廊下に塵ひとつ落ちていない様子に感服した。明け渡しの準備は万端に整っていた。七年前に備中松山城を案内された良雄が、今は逆の立場となっている。良雄は、あの日の鶴見内蔵助の淋しげな横顔を思い出した。

その夜、国境で待機していた収城使の播磨龍野藩主、脇坂淡路守安照が、四千五百の兵を率いて赤穂城下へ入った。少し遅れてもう一人の収城使、備中足守藩主、木下肥後守公定も城下入りしている。この時、赤穂から七里（約二十八キロメートル）の距離にある備前岡山藩では、国境に六百の兵を待機させた。姫路藩、鳥取藩も国境を兵で固めた。さらに対岸の讃岐高松藩では八百艘の船が海上を封鎖し、讃岐丸亀藩、阿波徳島藩、伊予松山藩も、軍船を出して警戒に当たった。

これは、元禄期の城明け渡しにおける、最大級の警戒態勢であった。この度の浅野家の一件は、それほど大きな事件となり、あらゆる藩の耳目を集めていたのである。

四月十九日卯の刻（午前六時）、大石良雄は赤穂城の本丸、玄関前で、戦さ装束に身を包んだ二人の収城使を出迎えた。

白砂の上に立つ大名らの背後に、同じように戦さ支度をした一人の若い武者の幻を良雄は見ていた。早朝の薄闇の中、一人古風な恰好をした男には影がなかった。

——長矩様の御祖父、長直様ではないか。

寛永八年（一六三一）、播磨赤穂藩の初代藩主であった池田政綱は嗣子がないまま死去し、池田家は一旦改易となる。しかし政綱の祖父が家康であったため、弟の輝興が二代藩主として家督を継ぐことを許された。

ところが十四年後の正保二年（一六四五）三月、輝興は突然乱心し、正室と侍女らを斬殺、実子にも傷を負わせる事件を起こした。その結果、池田家は改易となっている。

こうして明け渡されることになった赤穂城を受け取るため、常陸国笠間藩主、浅野長直は、同年六月、兵を率いてこの地に来た。若武者の幻は、国替えを命じられて赤穂藩主となった長直の在りし日の姿だった。

良雄は身じろぎもせず、その幻影を見つめていた。長直の転封から五十六年後、同じような悲劇が起きたのである。

やがて若武者の姿は消え、次に二人の侍の姿が現れた。二人は、何やら顔を突き合わせ、真剣な顔で話し込んでいる。

――ほうっ。

良雄はわずかに背筋を伸ばした。

忘れもしない横顔である。祖父の良欽と、大叔父、頼母助の若き日の姿であった。

彼らは、今しがた良雄が見ていた主君、長直の孫、長矩が背負う運命を予見していたのか。

こうして今、孫の良雄がここにあって、藩の悲劇を見届けねばならぬ運命になると、わかっていたというのか。

『大石殿、あなたには何が見えているのですか？』

大野九郎兵衛が、事あるごとに自分に尋ねたものは、これであったのであろうか。

――悲劇を見届ける運命……。

「いや違う」

良雄は小さく声を上げていた。

傍らにいた奥野将監が、一瞬、良雄の顔を見たことにも、良雄は気付かなかった。

――違う。私に与えられた運命は、これから私が成すことのためにこそあるのだ。

良雄は、胸の中でそうつぶやいていた。

大石良雄は城の明け渡しを終えた後も、しばらくの間、遠林寺にいた。用人や郡代、奉行、勘定方の役人など三十三人と共に残務整理を行うかたわら、良雄は三つの道筋から、浅野家再興のための算段を進めていた。

まずひとつめは、収城に訪れた大目付の荒木十左衛門政羽と榊原采女政殊に、浅野長広が赦免され再奉公できるよう、江戸へ戻った折の幕閣への取りなしを再三、再四、頼んでいる。両大目付は権限外のこととして一旦は断ったものの、度重なる懇願に折れ、老中、若年寄らへの伝言を約束してくれた。

良雄もこれを幕府の目付に頼むのは筋違いとわかっていたが、赤穂藩士たち、とりわけ神文を提出しながら四散してゆく百二十余名のことを思えば、一縷の望みを託さずにはいられなかったのである。同時に、幕府に対しては徹底的に従順な姿勢を示すことを、この時の良雄はこころに決めていた。

ふたつめは、将軍綱吉が帰依する江戸、護持院の隆光大僧正に、お家再興を働きかけてもらおうというものだった。良雄は赤穂、遠林寺の住職を隆光のもとへ嘆願に向かわせた。それだけでなく、護持院と同じ真言宗の京都の普門院や智積院にも隆光への口添えを頼んでいる。

良雄が頼った三つめの相手は、浅野家の親類であった。広島藩主、浅野綱長と三次藩主、浅野長澄に認めた書状を、原惣右衛門と岡本次郎左衛門を使者として届けさせた。しかし長澄は、閉門中の身であるのだから公儀へのそのような申し出は遠慮すべし、とすげなく断った。本家はさらにつれなく、藩主はこれから入府するので準備に忙しく、力にはなりかねるという返事であった。

肩を落として赤穂へ帰郷した原惣右衛門と岡本次郎左衛門は、良雄への報告を終えて、遠林寺を出た。

「大石殿は、ご一門のことは最初からあてにしておられなかったようだな」

「無理もない。どの藩も自藩に累が及ばないようにするのが精一杯だ」

惣右衛門たちは歩きながら溜め息をついた。道すがら、籠城派だった家臣とその家族に出会い、彼らは足を止めた。血判状にも名を記したその家臣と家族は、旅支度だった。

「大石殿にいとまのご挨拶ですか」

原惣右衛門がそう言うと、暗い顔をした家臣はこくりと頷いた。

「何かあれば、今後のことは私からお主に書状で伝えよう」

原惣右衛門がそう言うと、相手は深々と頭を下げた。〝大石派〟の家臣の要であった惣右衛門は、使いに出た先々で頭を下げて回りながら、愚痴ひとつこぼすことがなかった。

遠林寺の良雄の下には、藩士たちが引きも切らずに訪れた。別れの挨拶に来る者、身の振り方を相談する者、中には借金を申し入れる者までいた。

藩に残った金は、すでに藩士に分配されている。刃傷の報せを受けた直後から、良雄と岡島八十右衛門は、大野九郎兵衛と共に資産の整理を進めた。その際に、手元に残った金を割賦金として三百余名の藩士たちに分配することに決めたのである。

九郎兵衛は禄高に応じた分配を提案したが、良雄は禄高の高い者に薄く、低い者に厚く分け与えるよう主張した。禄の低い者は貯えもなく、路頭に迷うことになる。赤穂の侍であった者たちに惨めな思いはさせたくないという良雄の願いであった。結局、知行取りには石高百石につき十八両、しかし百石増すごとに二両ずつ減額し、九百石以上は切り捨てとした。また、切米取りにも身分に応じて、一定の金子を手渡した。

借金を申し込んできた藩士は、恥じるどころか恫喝するような口調であった。

「何とか用立てていただきましょう。禄の低い者たちに手厚く分配したのはご家老とのことですな。お陰で路銀にも事欠く有り様」

傍らの八十右衛門が、声を荒らげた。

「今さらそのようなことを。ご家老ご自身はこの度の分配金は一切受け取っておられません。武士としての恥を知りなさい」

「これ岡島殿。ご用立てはできませぬが、禄高の多い方々に不利益となる配分となり、あなたとご家族には申し訳ないことをしました。この通りお詫びいたします」

良雄は相手に深々と頭を下げた。

「いくら頭を下げられても、金が出ぬのでは仕方ない。長居は無用。大坂にいるという大野九郎兵衛殿をお訪ねしてみよう」

「大野殿なら金の算段はお手のものゆえ、そうなさればよろしかろう」

八十右衛門の言葉に、男はチッと舌打ちをして部屋を出て行った。顔色を変えて立ち上がった八十右衛門を、良雄は目顔で止めた。

大石良雄が遠林寺で迎えた最後の客は、岡島八十右衛門と神崎与五郎であった。

八十右衛門は札座勘定奉行で、藩札の引き換えを最後まで行った人物である。一方の与五郎は徒目付であったが、持ち前の粘り強さと誠実な人柄で、取り付け騒ぎが起きかねなかった場を何度も収めている。

二人とも年は同じである。

さらにいえば、共に備中松山城の在番として一年以上を過ごしており、その際に良雄が作った〝戦さ組〟では、それぞれが小隊を率いる立場であった。身分の差はあれど、二人は親しい友人同士だった。

八十右衛門は、家族と共に赤穂の近郊で暮らすことになっていた。与五郎は知人を頼って相生(あいおい)に行くという。

「二人とも、今までよく働いてくれました」

良雄が頭を下げると、二人は慌てて、そのようなことはお止めください、と制した。

「遠林寺を去る日に来ていただいたのには、訳があるのです」

顔を見合わせた八十右衛門と与五郎の前で、良雄は、文机(ふづくえ)の上にある手文庫からふたつの袱紗(ふくさ)包みを取り出した。八十右衛門と与五郎の膝元に置く。

「これから先も、お二人に〝戦さ組〟のことをお願いしたい。神文に血判を捺(お)した百二十余名のうち、約三十名が〝戦さ組〟の者です。そこからさらに十五名ほどを選び、いつでも戦えるように鍛錬を続けてもらいたいのです」

「それは、一体何のため……」

与五郎が前に身を乗り出して訊く。

「神崎、いらぬことを問うでない」

八十右衛門が窘めた。

与五郎は一瞬、八十右衛門の顔を見返したが、合点がいったのか、黙って頷いた。

「〝戦さ組〟は、赤穂の侍の、いわば旗のようなものです。その旗を振る機会があるのか、ないのかはわかりませんが、君のために臣は、いかなる時でも戦えるように備えるべきでしょう。〝戦さ組〟には、年若く、禄も少なかった者が多い。この先、その者たちが窮した時にはこれを役立ててください」

「〝戦さ組〟の者たちは、いつかお役に立てる日が来るまで、自力で生き延びて見せます。お気遣いはご無用です」

「いえ、これが入り用になる時が必ず来ます」

良雄の言葉で、二人は懐に包みを収めた。

尾崎村に構えた仮寓に帰った良雄は、医師を呼び、一か月ほど前からひどく痛んでいた〝疔〟の治療を受けた。

良雄の右腕の肩から先は黒く腫れ、悪臭を漂わせていた。目まぐるしく変化する日々の疲労は、病となって良雄の身体を蝕んでいた。

改易に当たって発生した膨大な量の雑務と、家臣らの足並みの乱れは、良雄の想像を超えていたのである。

――ここまで、よくも一滴の血も見ずに済んだものだ。

良雄はこの二か月半を振り返って、己の運の良さに深く嘆息した。

医師を見送り、戻ってきた理玖が言った。

「山科より報せがありまして、あちらの住まいは、あと半月あれば整うそうですよ」

「そうか。その頃に出立できるよう、準備をしておいてくれ」

「父上、これから私たちは山科へ行くのですか」

座敷に顔を覗かせた主税が尋ねた。

「うむ。皆で山科へ行く」

「その後は、どうなるのでしょう？」

良雄は問いには答えようとせず、文机の上にまとめた書状をすべて縁側に運んでくるようにと言った。

書状の束を主税が持ってきた時には、良雄に命じられた下男が、庭で焚き火の用意を始めていた。

薪に小さな火が点ると、良雄は書状を手にして縁側から下りた。一通ずつ中身を確かめては、火の中に投じていく。

差出人の名が記されていない数通の書状は、失踪前の大野九郎兵衛から密かに届けられたものだった。

広間で長広舌を振るったあの日以来、九郎兵衛は、自分の下に集まりはじめた家臣の名前を記し、良雄に届けさせていた。書状にはただ彼らの名が記されているだけで、他には何も書かれていなかった。

それだけで十分だった。

九郎兵衛は恰好の、虫を誘う篝火（かがりび）となってくれた。九郎兵衛の下に走った者たちは、誰一人血判状に名を連ねていなかった。

――本当によくやってくれた。

しかし、良雄は、九郎兵衛がどこまで自分に付いてきてくれるのか、今もってわからぬままだった。

炎はゆっくりと、白い紙を灰に変えていった。

尾崎村に移って数日後、大石良雄は浅野家の菩提寺、花岳寺（かがくじ）に赴き、住職を訪ねた。

「この度はご愁傷様でした。お疲れになったでしょう。浅野家の御廟（ごびょう）は、私どもが手厚く供養いたしますのでご安心ください」

「よろしくお願いいたします」

「大石様は、これからどちらへ？」

「山科（やましな）へ参ります。親戚や友が近くにおりますので、そこに居を構えることにいたしました。本日お訪ねしたのは、殿の墓のそばに、この品を置いていただきたいと思いまして」

良雄は細長い布袋を差し出した。

「家老職に就いた折、殿から拝領した懐剣です。手元にもうひと振りございますので、こちらの剣で、殿の御霊を護りたく存じます」

「お預かりいたしましょう」

住職が懐剣を受け取ると、良雄は懐からずしりと重い袱紗包みを取り出した。

「先般から、もう十分に頂戴しております」

「いえ、この金子は、この先何某かのことが住職のお耳に聞こえてくることがあれば、その折に供養をお願いしたいと思いまして」

良雄の言葉を聞いて住職は顔色を変えたが、すぐ笑みを浮かべ、穏やかな声で言った。

「大学様のお家再興の報せが届きましたら、こころおきなくご供養させていただきます」

花岳寺を後にした良雄は、尾崎村に帰らなかった。赤穂城下にある、かんの家へと足を向けたのである。

緩い坂道を下っていくと、庭で遊んでいた娘のきんが父の姿を認め、父様、と声を上げた。六歳になったきんの笑顔は、どこか弟、専貞の幼い頃を思い出させた。良雄も白い歯を見せて笑い、小さく手を振った。

家の戸口からかんが姿を現す。三月の騒動以来、二か月半振りにかんと顔を合わせた。

――さぞ気を揉んでいただろう。

「よくご無事で……」

かんにしては珍しい言葉だった。

目元が潤んでいた。少し痩(や)せたようだ。

「ああ、思えばよくぞ無事であったものだ」

口元を押さえたかんの手の甲を涙が伝う。

「腹が空(す)いたな」

「はい。すぐにお支度を」

かんは目元を拭って、そのまま小走りで台所に向かった。

「また大きくなったか」

良雄はしゃがんで両腕を広げ、きんを抱え上げると、家へと入った。

昼餉を終えると、かんが良雄の前に紙包みを置いた。良雄には見覚えのないものだった。

「お家(うち)の使いの方が先日届けに来ました」

「そうか。気にせず貰っておきなさい。これからは何かと入り用になる。お前たちはしばらく大坂に居るといい。山科に落ち着いたら連絡をするが、この子と静かに暮らすために、是非そうして欲しい」

「いいえ、私はどこまでも主様(あるじさま)について参ります」

良雄はしばし、かんの顔を見つめた。

「……わかった。ほどなく尾崎村を引き払うが、お前たちの身の振り方は考えておこう。そうだ、ここを去る前に三人で浜を歩かぬか」

良雄の言葉に、かんが目をしばたたいた。

「よいのですか？」

「ああ、前から一度、三人で一緒に歩きたいと思っていた」

かんに、お父様とこれから海を見に行きましょうと告げられて、きんは嬉しそうに小さな手を叩いた。

季節は夏に向かっていて、砂浜はすでに暑かったが、気持ちのよい浜風が三人の肌を撫でていった。良雄は足を止め、対岸に広がる塩浜をじっと見つめた。

「どうなさいましたか？」

「殿が初入府なさった年に、この浜にお連れしたことを思い出したのだ。塩浜を見た殿は、雪景色のようで美しいな、とおっしゃった」

かんは何も言えなかった。

太陽に照らされた塩浜は、今日も変わらずに白く光り輝いていた。

突然、良雄がうずくまる。

仁助から身体の具合が悪いことを聞いていたかんは、驚いて駆け寄った。声を掛けようとして、口元まで出かかった言葉を呑み込んだ。良雄は両膝を砂地に突き、両手で自分の襟を鷲掴みにしたまま、ぶるぶると身を震わせていた。

かんは辺りを見回し、良雄の背中を人目から隠すようにして立つと、手を伸ばして肩を撫でた。良雄はその手を強く握り返す。身体の細かい震えが、かんにまで伝わってきた。

――耐えていらっしゃったのだ。

こんなにつらい時ですら人前では泣くこともできない人なのだ。気付くと、かんの頰は涙で濡れていた。かんは良雄の耳元で囁いた。

「かんが、どこまでもご一緒に参ります。いつまでもお傍におりますから……」

大石良雄と妻、四人の子が赤穂を去ったのは、六月二十五日のことであった。

乗り込んだ船が新浜湊（しんはまみなと）から離れた後も、良雄は船尾に立ち尽くし、少しずつ遠ざかっていく赤穂の山影を眺め続けていた。

「父上は今、赤穂とお別れをしているのです。お邪魔をしてはいけませんよ」

不安げな顔で母の周りに集まった子どもたちに、理玖はそっと囁いた。

豊岡（とよおか）から赤穂に嫁いできてまだ十四年の理玖でさえ、遠ざかる景色に胸が締め付けられた。夫の胸中はいかばかりか。良雄の淋（さび）しげな背を見つめながら、理玖は子どもたちの手を握りしめた。

――これから先、どうなるのだろう。

浅野家の多くの家臣が、仕官を目指し、あるいは次の暮らしを立てるため、親類縁者を頼って早々に赤穂を離れたと聞いた。

たとえ赤穂を離れても、夫が赤穂を捨てることはないのだろうという気がした。改易後の残務整理のために、夫は二か月以上も遠林寺にとどまったが、それは、家老としての責務を果たすためだけではないように思えた。

――夫のこころは、いつまでも赤穂と共にあり続けるのではないか。

三月の早朝、江戸からの早飛脚がもたらした書状を一読し、夫が発したひと声を、あれ以来一日たりとも、理玖は忘れたことがない。

「許さじ、柳沢保明、許さじ、犬公方め！」

あれこそが、夫の本来の姿なのだ。信じ難いほどの荒々しさが夫の胆（きも）に在り、それが身体を突き動かしている。

理玖は、それを怖いとは思わなかった。

祝言の夜、長旅の疲れで痛む自分の足を、良雄は擦（さす）ってくれた。その上、先に寝入ってしまったことを怒るでもなく、良い夫婦になれそうだと言って笑った。

――優しい人なのだ。この人となら、どんなことが起きても安心していられる。

千二百石の家に生まれ、ずっと穏やかに暮らしてきた理玖にとって、これは生まれて初めての試練だったが、恐れはなかった。

ただ、子どもたちのことは気がかりだった。特に、十四歳になった主税は、元服前だというのに、死ぬだの生きるだのと、一端(いっぱし)の武士のようなもの言いをするようになっていた。良雄の傍らにはいつの間にか影のように主税が寄り添い、父と同じ方向に眼差しを注いでいた。

第七章　赤穂浪士

山科の新居は東山の麓に建ち、近くには花山稲荷、家の裏手は伏見稲荷大社に続いている。洛中へ赴くのにも恰好の立地だった。

大石良雄と妻子は、六月二十八日に山科に到着し、初めてこの新居を見た。

古びた赤穂の屋敷とは打って変わり、こぢんまりした真新しい家には木の香りが漂っていた。赤穂の奉公人には暇を出しており、家族六人が暮らすには、ほどよい広さであった。染みひとつない板張りの廊下や白い壁を見て回る理玖と子らの表情は生き生きしている。

良雄は、土地を買い求め、普請を手配してくれた進藤源四郎に改めて感謝した。進藤源四郎は大石家の親族で、赤穂藩では足軽頭を務めていたが、藩の改易後、山科に移り住んでいた。進藤家はもともと公家近衛家の家臣で、昔から山科近辺に土地を持っていたため、良雄たちの身元を引き受けて住居まで用意してくれたのである。

山科での暮らしが始まると、やつれていた理玖の顔に生気が戻った。進藤家は近在の娘を雇ってくれたが、大石家ではできることは自分の手でやるのが習いとなっていたため、理玖は楽しそうに掃除洗濯をこなしていた。

一方、良雄は日がな一日、のんびり過ごしていた。家老でなくなった途端、これほど何もせずにいられる自分に、良雄自身が驚いている。赤穂で〝昼行灯(ひるあんどん)〟として過ごした頃のように、日の高いうちから縁側でこくりこくりと船を漕(こ)ぐ。目を覚ますと、良雄は庭を眺めた。

造られたばかりの庭は、陽当たりは良いが何も植えられていない。

──木がない庭とは、淋(さび)しいものだな。

数日後、良雄は自ら近隣の西野山(にしのやま)村に出掛け、植木屋を呼んできた。

縁側に出てきた理玖は、庭に立って職人と話している良雄の姿に微笑んだ。山から吹きおろす風は、爽(さわ)やかな緑の香りを含んでいた。

「ここには何の花木がいいだろうか?」

良雄に尋ねられた理玖は、即座に答えた。

「牡丹(ぼたん)がよろしゅうございます」

良雄は、どこか愉快そうに笑った。

「何かおかしいですか?」

「いや、赤穂の屋敷では、牡丹がよく育たなかったからな」

「あら、ご存じでしたか」

「せつがそう話していたぞ」

二人は女中のせつを思い出し、懐かしそうに笑い合った。

七月も半ばを過ぎると、小野寺十内や原惣右衛門をはじめ、赤穂の元藩士らが大石良雄のもとを訪れるようになった。

進藤源四郎も、寓居に顔を出す度に、江戸の情報を話してくれた。

源四郎は血判状を提出した同志だが、赤穂を離れてからは俳句に熱中し、名前を〝可言〟と改めたばかりでなく、身なりも侍ではなく俳諧師のようになっていた。これがまたよく似合う。浅野長広を当主にお家再興を目指す良雄をいろいろと手助けしてくれてはいたが、再び侍奉公をするつもりはないらしく、だからこそ、元藩士らを冷静な目で眺めており、彼らの動向を実によく把握していた。

蟬の声がうるさいくらいに響く座敷で、ぽつりぽつりと源四郎が話したところによると、浅野内匠頭長矩の葬儀は、刃傷から一か月後の四月十二日から十四日にかけて、江戸の泉岳寺でようやく営まれたという。六月二十四日には百か日法要が行われている。

堀部安兵衛、高田郡兵衛、奥田孫太夫は、赤穂城の開城を見届けてから江戸へ戻り、この百か日法要に参列した。その際に三人は、吉良上野介を討ち果たし、首級を供える旨を長矩の墓前で誓ったという。

やはり法要に出席していた元江戸家老の安井彦右衛門が、堀部らと顔を合わせている。安井は、吉良の首を差し上げるよりも、浅野家を再興する方が殿は喜ばれるのではないか、と諫めたが、安兵衛らがそれに承服するはずもなく、物別れに終わった。

長矩の側近であった片岡源五右衛門、磯貝十郎左衛門、田中貞四郎は、血判状への署名を固辞して江戸へ去った。彼らもまた仇討ちを狙うものの安兵衛らとは反りが合わず、源助橋の近くで酒屋を開いて町人として暮らしながら、自分たちだけで吉良を討つ機会を狙っているという。

「堀部安兵衛たちの動きは目立ち過ぎますな。このままでは危うい。頭に血を上らせて、吉良を討てと騒ぎ立てておるようです」

「そうらしいですね。私も、自重するように、彼らに手紙を書こうと思っていたところです」

「それがよろしゅうございます」

山科の自宅に暮らす仁助を、良雄は久しぶりに呼び出し、安兵衛への手紙を託すと共に、安兵衛、源五右衛門ら、〝江戸急進派〟の動きを探るようにと申し付けた。

夏が過ぎて、江戸から一通の書状が届いた。

大石良雄に届けられた堀部安兵衛からの手紙には、吉良上野介を討って主君の敵を取ることを第一義とする〝江戸急進派〟と呼ばれる浪士たちの心情が綴られていた。

このまま吉良上野介を生かしておいては武士としての一分が立たない。江戸市中では赤穂の侍は腰抜けばかりだと揶揄され、日々耐えている。大石殿がいうお家再興については、まったく先行きが見えないではないか。あなたからの命令があれば、すぐにでも吉良を討つ準備はできているのだから、一刻も早く我々に指示を与えていただきたい――書状からは、安兵衛たちの焦りと憤怒の情が伝わってきた。

良雄は、急進派が江戸にいる浪士だけで吉良を討ち果たそうと話し合い、強攻策に出ようとしていることをすでに知っていた。片岡源五右衛門、磯貝十郎左衛門、田中貞四郎を中心とする長矩の元側近たちが手紙で報せてきたのである。

良雄は、片岡たち三人が赤穂に帰参した折、自分の屋敷に彼らを呼んでいた。

「血判などといっても、評議に集まった者たちの中に、本心から殿のご無念をわかっている者がどれほどいるとお思いですか？」

片岡は悲壮な顔でそう言った。

「人とは、一旦血が滾るとたやすく平静には戻れません。国元と江戸とでは、見えるものと見えざるものとに大きな隔たりがあります。滾った血を身体の外に少し滴らせてやるだけで、激しているものが静まります。血判にはそういう使い方があるのです」

良雄の言葉に、三人は目をしばたたかせた。

「では我らは、あの神文には署名せずともよろしいのですか？」

良雄は小さく頷いた。

「長矩様は、そんなものを家臣に求めるようなお方ではありませんでした」

良雄が長矩の名を口にすると、片岡も磯貝も、みるみる表情を変えた。この元側近たちが、どれほど主君を思い、忠義をまっとうする気でいるのかを良雄は改めて感じた。

「ともかく今は、浅野家の再興が第一です。軽率なことは慎んでください。堀部たちにも、お主らから自重を促してもらいたいのです」

片岡らが江戸の浪士だけでの吉良討伐に反対し、安兵衛らと反目していると知った時、良雄は、彼らとのこの話し合いを思い出したのである。

「江戸からの書状ですか？」

湯呑みを手にして入ってきた理玖が、手紙を読み終えた良雄に尋ねた。

普段なら夫の表向きのことには一切口を出さない妻の問いかけに、良雄は、やはり不安なのだろうと感じた。

「江戸の者たちは、血の気が多くて困るな」

「堀部安兵衛様ですか？」

「安兵衛もだが、隠居の弥兵衛は、若い者より始末が悪い。上野介を討つよう、皆をけしかけておる。ともかく今は、大学様を立ててお家を再興するのが先だ。浅野家は大権現様の姫君を正室に迎えたほどの家柄だ。簡単に取り潰してはならぬと、少し落ち着けば御上にもわかるはずだ」

「それでは、私たちはまた、浅野家にお仕えできるのでしょうか」

「わからぬが、望みがないわけでもない」

良雄がそう説明すると、理玖の顔から、憂いのようなものが消えた。

「先刻、近江の三尾豁悟（官兵衛）様からまた、松茸と栗、梨、鮒ずしが届きました」

「おお、官兵衛か。それは嬉しい。今宵は夕餉を早めに用意してくれぬか。血の気の多い文を読んでいたら腹が空いた」

理玖が笑みを浮かべて頷いた。

官兵衛からの心づくしの品が並べられた夕餉の席で、理玖はいつになく上機嫌だった。子どもたちもはしゃぎながら、山里の秋の味覚に舌鼓を打っている。

賑やかな夕餉の席で、主税は一人静かであった。このところずいぶんと大人びて、顔立ちも変わってきた。良雄は主税が、自分の目鼻立ちには似ず、理玖に似た面差しだと思っていたが、改めて眺めると、理玖の兄、石束毎明に似ているようだ。

――いや、違うな。

良雄の視線に気付いた主税が、小首をかしげる。

「何でございますか、父上」

「いや、何でもない」

怪訝そうに眉をひそめた主税を見て、良雄はようやく気づいた。主税の表情の中に、祖父、良欽（よしたか）の面影が潜んでいる。

――あの気性の激しい祖父の血が、この子の中に強く受け継がれているというのか。

良雄はそのことに心底驚いた。

その夜、良雄と理玖が過ごす寝間には、庭から秋の虫の声が響いていた。

明け方早くに目覚めた良雄は、縁側に出て、山里の風に吹かれていた。

人の気配に振り向くと、理玖が湯呑みを運んでくるところだった。こんな時刻にもう起きているのかと驚いたが、そうではないと気付いた。久しぶりの夫婦の営みのあと、二人の身体は揃って目を覚ましたようだった。

良雄と理玖は並んで座り、庭を眺めた。

「牡丹の花は無事に咲くでしょうか」

「咲くだろう。人と同じで、花木にも合う土地というものがある。また、どんな地にも、そこに似合う花木があるものだ。幼少の頃に父から教わったことだ」

「良いお言葉ですね」

「そうだな。私は誰よりも父が好きだった。父も、いつも私のことを気にかけてくれた。お前も父に逢（あ）ったら、きっと好きになっていただろうよ。父は風、花、鳥といったものに詳しくて、私はそれを教えられ、父が亡くなってからもずいぶん長い間、父の目を通して見える自然の営みにこころを救われてきた」

理玖は良雄の言葉を聞きながら、改めて夫の優しさを感じていた。

「理玖よ」

「はい」

「しばらく豊岡に帰っていてほしい」

理玖は驚いて良雄の横顔を見つめた。

「私はもうすぐ江戸へ行くかもしれぬ。そこで何が起こるかは、私にもわからぬのだ」

「他の方にお任せするわけにはいかないのですか？」

「原惣右衛門を先に江戸へやろうと思うが、堀部たちを抑えきれるかどうか。それは私が赴いたとしても、同じことだがな」

理玖は小さく吐息を零(こぼ)した。

「子どもたちと共に豊岡へ帰って、しばらく静かに暮らしていてくれ。それが私の望みだ」

「わかりました。ですが、他の子はともかく、主税が言うことを聞くかどうか」

「主税か……」

良雄はしばらく考えてから言った。

「主税は、お前たちを送り届けるためと言って、共に行かせよう。その後、私が江戸から帰る日が決まったら報せるので、戻してくれ」

「そうですね。私が止めても、きっと一人で飛び出してしまうでしょう。あの子をどうか、守ってやってください」

良雄は、黎明の庭に植えられたまだ弱々しい牡丹の苗を見つめ続けていた。

理玖は兄、石束毎明への手紙を認めて送り出した後、すぐに豊岡へ向かう支度を始めた。

「父上、私も江戸へお連れください」

良雄の部屋に入って来て正座をするなり、主税が大きな声で言った。良雄は読んでいた書状から目を上げ、主税に向き直った。

「お前には、母上と弟妹を無事に豊岡へ送り届ける大切な用事を任せたい。すでに母上から聞いておろうが、私が江戸を発つ際に報せる。書状を受け取ったら、ここへ戻って参れ」

主税は不満げな顔で俯いた。

「毎明殿への手紙に、豊岡でも武芸の鍛錬を怠らぬよう目を光らせて欲しい、と書いたぞ」

良雄は主税に笑いかけた。

「見張られずとも、私は修練を休みません」

「そうか。それは何より。弟妹の旅の支度を手伝ってやりなさい」

立ち上がった主税に、良雄は声を掛けた。

「武芸では、頭と身体に実戦への備えを植え付けておくことだ。これからはそうしなさい」

十日後、理玖たちは豊岡へと旅立った。

その翌日、良雄は大津に向かった。三尾豁悟こと官兵衛の屋敷を訪ねるためだった。

官兵衛は、いつものように屋敷の門前で待っていた。

──あやつ、一体何刻からあそこに立っていたのだ？

良雄は苦笑すると、大きく手を振った。

満面の笑みを浮かべた官兵衛は、開口一番に問うた。

「どうだ良雄、ただの浪人になった気分は？」

「なかなか気楽で良いものだな」

「そうだろう、そうだろう。もう武士などやめてしまえ」

「それは良い考えだな」

「ハッハハ、本当だな？」

「武士に二言はないぞ」

「そら、まだ武士が抜けぬではないか」

良雄は頭を掻いた。

その日はたわいない話をしながら、二人は夜半過ぎまで酒を酌み交わした。

翌日、朝餉の席で官兵衛が良雄を見つめ、真面目な顔で言った。

「良雄、お前は変わったな」

「そうか？　これまでと同じだろう」

「いや、俺にはわかるのだ。第一、怖い夢を見なくなったようだしな」

「おう、確かにそうだ。腹の中にいた弱虫が消えたかな」

良雄はその日、官兵衛に連れられて京へ向かった。洛中へと入り、官兵衛は勝手知ったる顔で、宵の四条通を足早に進んでいく。

「官兵衛、そう急がずとも、廓は消えてなくなりはせんぞ」

「何を言う。久しぶりに馴染みの女のもとへ行くのだ。ゆっくりしておられるか」

「ほう、馴染みがいるのか」

「お前も山科にいるのだから、京に馴染みの一人や二人こしらえろ」

「官兵衛が引き合わせてくれるのか」

「甘えるな。女くらい自分で探せ」

大路の両側に並んだ廓の格子越しに、着飾った女たちが声を掛ける。

「そこの主はん、こっちを見ておくれやす」

思わず良雄が足を止めると、官兵衛が呆れた声を上げた。

「立ち止まるな。田舎侍と思われるぞ」

二人は少年の頃のように大声で笑い合いながら、大路から建仁寺を抜けた。細い路地を進み、官兵衛は一軒の瀟洒な茶屋の板戸を開けた。その途端、中から女たちの嬌声が聞こえ、灯りに照らされた官兵衛の顔は、たちまち笑み崩れる。

二階の座敷に案内されると、開け放たれた障子の向こうに、昇りはじめた秋の月が東山の稜線を照らしていた。

すぐに艶のある女が現れ、お辞儀をした。見惚れるような美しい所作であった。

「この店の女将のなかと申します」

――官兵衛の馴染みは、この女将だな。

なかが声を掛けると、続いて芸妓が二人入ってきた。さすがは京、かなりの器量よしである。それぞれが良雄と官兵衛の隣りに座り、艶のある視線を送ってくる。

「気に入ったぞ、官兵衛」

良雄が囁くと、そりゃ良かったと応えた官兵衛が、にやりと笑った。

「こいつは俺の友人、いや、親友だ」

官兵衛はぐいと良雄の肩を抱き寄せた。

「山科のお大尽で、名は……」

官兵衛が言いかけ、良雄が後を引き取った。

「池田久右衛門でござる」

「何だそれは……ああ、そうか。では、その久右衛門殿に頼みがある」

「何だ?」

「お主が得意な踊りを披露してくれ」

良雄が目を丸くすると、官兵衛は頭をのけ反らせて笑い声を上げた。

翌朝、廓で明け烏の声を聴いた良雄と官兵衛は茶室に移り、なかが点てた茶を飲んだ。

「なか、酒をくれぬか。もう少し呑みたい」

ひと息で茶を飲み干した官兵衛がそう言うと、なかは笑って茶室を出ていった。

「近々、江戸へ行く」

良雄が言うと、官兵衛は胡坐をかいた。

「戻ってくるのか？」

「もちろんだ」

「そうか、ならいい。江戸へは厄介事か？」

良雄が頷くと、官兵衛が続けた。

「洛中でも噂になっているぞ。赤穂の浪人たちが吉良上野介を討つ、というのだ」

「根も葉もない、くだらぬ噂だ」

「お取り潰しとなった藩はこの数年でいくつもあるが、そんな話はついぞ聞かない。なぜ、赤穂だけが噂になると思う？」

「さあな。私にはわからぬ」

「教えてやろうか」

「ほほう。お前には理由がわかるのか」

官兵衛は生真面目な顔で頷いた。

「それは、その噂が真実のことだからだ」

良雄の目の奥を覗き込んだ。

「面白い話だな」

「いや、俺にとっては面白くはない。俺のただ一人の友を、死なせたくないからな」

「私が死ぬとでもいうのか」

いつも笑っている官兵衛の口元がきりきりと引き結ばれた。官兵衛は、良雄から目を逸らさぬまま頷いた。

その時、茶室の襖の向こうで、物が毀れる音が響いた。

とんだ粗相をいたしまして、堪忍しておくれやす、という、なかの声が聞こえた。

「人はいずれ死ぬ。違うか、官兵衛」

「犬死にはさせんぞ」

「犬死になどはせぬよ」

「俺に誓うか」

「ああ、誓おう」

「それならいい。さあ、酔い覚ましの一献だ」

官兵衛はさっぱりした顔で笑い、入ってきたなかが、手にした銚子を良雄に向けた。

「昨晩のお前の踊りは、踊りとはいえんぞ。なか、こいつに踊りを教えてやれよ」

「久右衛門様がお望みやったら、喜んで」

「それはかたじけない。久右衛門は洛中で評判の踊りの名手となりましょう」

良雄がおどけると、三人は声を合わせて笑った。

良雄が山科に戻ると、屋敷では仁助が待っていた。

仁助は良雄に仕えて二十年以上になる。髷には白いものが目立つようになり、往年に比べて体軀もひと回り小さくなっていた。

「仁助、まだ私に仕えてくれるのか」

「お言葉の真意がわかりかねます。仁助はいつも良雄様と共におります。しかし足手まといになると思えば、自ら身を引きます」

「そうか……わかった。では江戸へ行ってくれ。大津の官兵衛が、呉服橋門内から大川の向こうの本所松坂町に吉良の屋敷が移ることが決まったと報せてきた。見取り図を入手し、周辺も探ってほしい」

吉良の屋敷替えを官兵衛が知ったのは、呉服橋の吉良邸の隣りに、阿波徳島藩の支藩、富田藩、蜂須賀隆重の屋敷があるからだった。官兵衛の倅は徳島藩の重臣だ。良雄の敵討ちに反対しながらも、官兵衛は各地で浅野家、吉良家に関する噂話を集めてくれていた。

「江戸では、もうひとつ頼みたい。我ら浅野家の元家臣が吉良を討つという噂が流れておる。その噂の大もとが、どこの誰であるかを突き止めてくれ」

「突き止めるだけでよろしいのですか？」

「そうだ。噂も、時には使い途があるからな」

仁助は静かに頷いた。

「江戸の後は米沢へ向かってくれ。吉良は米沢藩藩主の実父。吉良を守ろうという覚悟がどれほどのものであるかを探ってほしい。大切なことはもうひとつある。江戸から米沢へ行列が下る道中、本陣が置かれる屋敷の場所と、待ち伏せできそうな場所を探してくれ」

「道中での襲撃をお考えでしょうか」

仁助が問うと、良雄は答えた。

「そうだ。上野介が逃れようとした時、生かして米沢へは入れぬためだ」

「かしこまりました」

指示を終え、良雄は付け加えた。

「仁助、これまでよりも慎重に行動してくれ。柳沢保明は、私とお前が思う以上に、頭の切れる佞臣だ。配下の隠密も大勢いる」

「承知しております。山科にも何人か入っておるようです。この近辺は息子の太助らが目を光らせておりますので、ご安心を」

「今はまだ我らに手を出してくることはあるまい。しかし、戦いはもう始まっているのだ」

仁助は頭を下げて、闇の中に消えた。

翌日、山科から大坂に向かう良雄の後ろには、仁助の息子、太助が供としてついていた。

二人は伏見から船で淀川を下った。父の良昭が大坂で急逝した折、大叔父の頼母助と共にこの川を下ったことを良雄は思い出していた。

「良雄、平穏とは決して長く続くことがないものだ。お前は、父の死を知って胸の内が揺れておるだろうが、死は、今この刻にも大勢の身の上に訪れている。侍はそのことをよく承知しておかなければならぬ。死は生のすぐ傍にあるのを忘れず、決して取り乱すな。お前の父、良昭は殿によく仕え、侍としての本懐を果したのだ。死による別離は、しばしのいとまでしかない」

頼母助の言葉は、今では良雄の血肉となっていた。

船が大坂に着くと、良雄は太助の案内で、古びた小さな家を訪れた。

その家は存じよりの塩問屋が所有していると聞いたが、すすけた土間から上がると、床板が嫌な音で軋んだ。下働きの老爺に案内されて入った座敷には、書物が山のように積まれ、その中央に埋もれるようにして大野九郎兵衛が座っていた。

「これはこれは大石殿、お約束より二日ばかり遅いご到着ですな」

数か月ぶりの再会であったが、九郎兵衛は書物から目も上げずに言った。

「京で少々、遊興をしておりました」

「まさか、私がお送りした金子で、遊女と遊んだのではありますまいな」

「すまぬ。少し使わせてもらいました。それにしても、もう少し、まともな住まいを借りられましょうに」

ハッハハと、九郎兵衛が笑い出した。

「それはごもっともですな。実は、ここは仮寓でして。赤穂を出てから多くの者が私を訪ねて参ります。大半は仕官の口利きと金の無心でござる。金を欲しがる者に、余裕ある素ぶりを見せるわけにもいきませんのでな。これから家族がいる住まいに参りましょう」

良雄は首を振った。

「私もここで結構です」

「そうはいきますまい。わざわざ大石殿がお訪ねくださったというのに」

「私はもう、ただの浪人者ですから」

「ただの浪人者ですと？　大坂で、町方の衆があなたを何と呼んでおるのかご存じか」

「まったく存じません」

良雄が答えると、九郎兵衛は目の玉をぐるりと回して面白がるような顔になった。

「赤穂の大石内蔵助は、〝昼行灯〟どころか、百戦錬磨の大狸じゃ、と評判ですぞ」

「ほう。私が狸ですか？」

「わしにも狸に見えますぞ」

「では大野殿は、さしずめ狐ですね」

「何をおっしゃる。わしは狐は好かぬ。大石殿はこの本をご存じで？　〝滴天髄〟という、四柱推命の書でしてな」

「貴殿は占いをなさるのか」

「これは占いではござらぬ。何千という人の生まれた年、月、日、刻、その生涯を調べ上げ、時には墓まで暴き、すべてを詳細に分析した、いわば算学と同じものなのです。明国から我が国に渡ってきた折、どこぞの愚か者が占いに使っただけでしてな。これで、あなたを調べさせてもらいました」

「私は、まだ生きておりますが」

九郎兵衛は憤然として続けた。

「そうではない。人は運命には逆らえませんが、あなたの運命は、やはりそこいらの者とはまるで違っておった。いや、驚き申した」

「何が違うというのですか」

「持って生まれた命運でござる」

「ほう。それはこころ強い」

「こころ強いとは、何を言っておられる？」

「私は日々、迷い続けておりますが、先行きが決まっておるのなら、それに従うまでのことですから」

九郎兵衛は舌打ちをくれ、一点を見つめたまま低い声で言った。

「空々しいことを。あなたは、殿があのような最期をご公儀に迎えさせられたと知った時、すでに成すべき事をお決めになったはずです」

「今は、浅野家の再興が第一でございます」

「私の前で、そのような建前を並べずともよい。今日は、そのお家再興のために出しておられる幕閣への賄賂、浅野本家と三次藩への贈答品、遠林寺、智積院などへの喜捨を、お止めいただくよう進言したかったのです」

「なぜですか？」

「すべて無駄金です。どぶに捨てるようなものだ」

「それなら、この先どうしろと？」

「それを、あなたにお尋ねしたいのですよ」

大野九郎兵衛の仮寓の裏手には川が流れており、小舟が繋いであった。舟上では先刻の老爺が棹を手にして待っていた。

良雄と九郎兵衛を乗せ、舟は葦の生い茂る水路を進んだ。やがて石垣が見えてくると、そこを回り込んで小さな桟橋に横付けする。

九郎兵衛は桟橋に軽々と飛び移る。年に似合わぬ身のこなしに、良雄は目を丸くした。

九郎兵衛が先に立って進み、桟橋の傍の屋敷に入っていった。小さいながらも整えられた庭を持つ、瀟洒な一軒家である。良雄が九郎兵衛の家族に逢うのは、孫の元服祝いの夜以来だった。

「戻ったぞ。客人も一緒だ」

九郎兵衛が声を掛けると、廊下の奥からパタパタと軽い足音が近づいてくる。

再会の挨拶(あいさつ)をしようと姿勢を正した良雄の目に、見知らぬ年若い娘の姿が映った。

良雄が戸惑っていると、九郎兵衛が言う。

「これが大狸殿じゃ」

十二、三に見える娘は、口元も隠さずに大笑いをした。

「いらっしゃい。ゆっくりしていってな」

「酒の支度を頼む」

「もう用意しといたわ。九郎兵衛さんの好物のまむし(鰻(うなぎ))も買(こ)うてあります」

庭に面した座敷に通され、良雄が箱膳(はこぜん)の前に座ると、九郎兵衛が盃(さかずき)に酒を注いでくれる。

実に良い酒だった。

「摂津(せっつ)、伊丹(いたみ)の酒じゃ。御上も召し上がっている酒蔵のものですぞ」

元気よく給仕をしていた娘が台所に立ったのを見はからい、良雄は九郎兵衛に尋ねた。

「ご家族はどうされた?」

「薄情な者たちでな。わしが大石殿と共に長矩様の敵討ちをすると言ったら、案の定、出ていった」

「そんなことを話したのですか」

「本気と思ってはおらぬでしょう。ここがおかしくなったと呆れたようだ」

九郎兵衛は自分の額を人差し指で叩（たた）いた。

娘が湯気のたつ鰻を運んでくる。

「おう、いい匂いだ。脂ののったまむしだな。大狸殿、この子どもは縁あってわしが面倒を見ておる。弓手（ゆんで）と申す」

「ほう、弓をなさるのか？」

娘は笑ってかぶりを振る。

「弓は引かぬ。掏摸（すり）の娘だ」

酒を呑みながら、九郎兵衛は顔をほころばせ、愉快そうに笑い声を上げた。弓手の給仕はたどたどしいものであったが、九郎兵衛はそれを咎（とが）めることなく、にこやかに眺めている。

良雄には、目の前にいる男があの大野九郎兵衛だとは、とても信じられなかった。

――この男に、こんな一面もあったのか。

「それで、大野殿……」

良雄が改めて声を掛けると、九郎兵衛は弓手に席を外すように言った。

「大石殿のお話を聞く前にひと言申し上げておきたい。こうして日々を楽しく過ごしておると、お家の再興、吉良の首など、どうでもよくなって来ますな。このまま余生を送れるのなら、そうしたいと本気で思うこともある。この九郎兵衛がそうなのですから、神文を出した百二十余人も、どれほど残るかは疑わしいですな。ましてや生計（たつき）の手段なく困窮すれば、暮らしに追われて志（こころざし）を失う者も出よう」

「まず半数が残れば上々かと」

「お家再興がなったら、どうなさる？」

「そうなると、浅野家にも大学様にとっても、善きことですな」

九郎兵衛は苛立（いらだ）った顔で膝（ひざ）を前に進めた。

「そうではない。お家再興が果たされたとしても、あなたが殿の敵を討つというお気持ちは変わらぬのか、と訊（き）いておるのです」

天井を仰いでいた良雄は、九郎兵衛の顔を正面から見つめた。

「私は、殿が辱（はずかし）められた時に死んでいます。幽霊が何をしようと、それはかまわぬかと」

「幽霊……ああ、またあれですか」

九郎兵衛は良雄の言葉を思い出していた。〝君、辱められし時は、臣死す〟。

「まったく、阿呆（あほ）のひとつ覚えですな」

良雄は懐から帳面を取り出し、前に置いた。

「ここ数か月の金子の使い途と、額でござる」

帳面に目を通した九郎兵衛がおもむろに顔を上げた。

「この二名へ渡した額が多いですな」

「その二人は〝戦さ組〟の頭です。困窮した組の者に渡すようにと。今後は〝戦さ組〟が要になるやもしれませぬ」

「では、こちらの出費は？」

「大坂でも江戸でも、我らのことが噂となっています。その噂を操るために使います」

「そんなことができるのですか？　あなたが誇りとする侍らしくはありませんが」

「私はすでに幽霊ですから」

翌朝、出発の支度を調えた良雄が川を眺めていると、弓手が野菜を入れた籠を手にやってきた。餌をとる水鳥を指さし、今年生まれたばかりの鴨だと教えてくれる。

「私は掏摸というものを知らぬ。掏摸は、人の懐中から気付かれずに財布を盗み取ると聞くが、お主もそれができるのか？」

弓手は笑みを消すと、こくりと頷いた。

「幼い頃からの生業か」

また、黙って頷く。

「そうか。ここにいれば、もう人の財布は盗らずにすむな」

弓手は、今度は白い歯を見せて笑った。

九郎兵衛が欠伸をしながら、ゆっくりと二人のそばまで歩いてきた。

「昨夜はすっかり馳走になりました」

良雄が礼を言うと、九郎兵衛は、何のあれしき、と手を振った。

「大野殿は、どちらで武芸を学ばれた？」

「武芸？　子どもの頃に習わされた程度です」

「今でもかなりの腕前とお見受けしましたが」

「そんな無駄なもの。金も刻も惜しいわい」

「では、今から少し身に付けていただきたい」

九郎兵衛は不審げに首を捻った。

「幽霊一人では、吉良の首は取れません」

「大石殿は私を守るとおっしゃったが」

「もしも幽霊が先に消えてしまった時は、大野殿に志を引き継いでいただかなければ」

「冗談ではない。お断り申す」

「よろしくお頼みします」

一礼すると良雄は小舟に乗り込んだ。桟橋に弓手と並んで立ち、舟を見送る九郎兵衛の姿が遠ざかっていく。九郎兵衛が一度だけ、はっきりと頷いたように思えた。

良雄を乗せた小舟は葦の中に分け入った。

堀部安兵衛ら〝江戸急進派〟の動きを牽制するため、良雄は奥野将監、河村伝兵衛、岡本次郎左衛門、中村清右衛門と共に山科を発ち、十一月二日に江戸へ到着した。九月には原惣右衛門と潮田又之丞、中村勘助が、十月には大高源五、進藤源四郎がそれぞれ話し合いのために江戸入りしたが、彼らは説得どころか〝急進派〟に同調し始めていた。

品川宿で原惣右衛門らに迎えられた良雄は、まずは高輪の泉岳寺に向かった。

「原殿、しばらく一人にしてくれぬか」

良雄は長矩の墓前にぬかずき、目を瞑ったまま手を合わせ、しばらく動かずにいた。

数日後、良雄は赤坂、南部坂にある三次藩下屋敷に向かった。浅野内匠頭長矩の正室、阿久利こと法名、瑤泉院を訪ねたのである。

夫の悲報を聞いた阿久利は、その日のうちに髪を落とした。そして、身の回りのものを片付ける暇すら与えられず、迎えに来た駕籠に乗せられて、二十三年余りを過ごした鉄砲洲を後にしたという。

阿久利の居室は、藩邸から庭を隔てた別棟にあった。案内する女中の後ろに付いて廊下を渡りながら、良雄は庭の一画に目を留めた。

庭の築山の脇に、植えられたばかりと思しき頼りない細さの若木が、木枯らしに吹かれて揺れていた。

――殿がお好きだった枝垂れ桜だ……。

おそらく阿久利が植えさせたのであろう。

座敷に通されると、良雄は阿久利の顔を見ぬまま正座し、まず深々と頭を下げた。

「大石内蔵助、ご挨拶に参りました。長い間お目通りもせず、何とお詫びを申し上げても、お許しはいただけないものと覚悟し……」

「内蔵助」

阿久利が名前を呼んだ。哀切に満ちた声に、良雄は言葉を止めて顔を上げた。

切り下げ髪の阿久利の頬は、病人のようにこけていた。最後にお目に掛かった時の潑剌とした笑顔の面影はなく、余りの痛々しさに、良雄は思わず目を瞑った。

――長矩様の死を最も悲しんでおられるのは、阿久利様なのだ。

二人はしばらく言葉を発しなかった。

――それでも、よくぞ生きていてくださった。

「泉岳寺に参りました。立派なお墓でした」

「内蔵助の墓参を、殿も喜んでおられましょう。廟はもう少し整えようと思っています」

良雄は懐から二通の書状を取り出し、阿久利に差し出した。

「こちらは赤穂の菩提寺、花岳寺と遠林寺の住職からの手紙でございます」

阿久利は一通めの手紙を読み、目元を手巾で押さえた。

「皆の者がそれぞれ殿のご供養に努めてくれて、有り難く思います。そなたも殿の懐剣を奉納してくれたのですね」

「殿をお護りするのは家臣の務めでございますれば……しかし、お護りできませなんだこと、まことに無念で、申し訳なく思っております。内蔵助は、お傍に居られませんでした」

〝江戸急進派〟らとの会合は、三田松本町にある浅野家出入りの商家で行われた。

良雄が座敷に入って中央に腰を下ろすと、待ち構えていた元藩士らは、良雄を取り囲むようにして座った。

まず堀部安兵衛が口を開いた。

「一日千秋の思いで、ご家老の江戸到着をお待ち申し上げておりました。我らは今すぐにでも蜂起する準備ができております。あとはご家老がひと言お命じくだされば、一両日中にも吉良の……」

良雄が右手を挙げ、安兵衛の言葉を制した。

「堀部殿、それは何のお話で？」

良雄の言葉に一同は目を丸くして、背筋を伸ばした。そして互いに顔を見合わせる。

「一体どうしたのでござるか？　各々方、気を逸らせたその有り様は」

安兵衛は両膝に置いた手で袴を握りしめ、良雄を睨みつけた。

「ご家老、我らはこの八か月、我慢に我慢を重ねて参りました。ご家老に書状をお送りしたのも一度や二度ではございません。それを、何の話かとおっしゃるのですか」

「ええ、何の話だと訊いておるのです」

良雄が再び発した言葉に、安兵衛は下唇を噛みしめ、頭を二度三度、横に振った。まるで話にならぬと言いたげな表情であった。

原惣右衛門が話に割って入った。

「ご家老、それはあまりの言われようです」

「原殿、江戸へ向かっていただく際、私は貴殿に何と申し上げましたか？　くれぐれも今は自重するように伝えてほしいとお話ししたはず。それが江戸の方々にはまるで伝わっておらぬようですが」

良雄のいつになく厳しい口調に、惣右衛門はたじろいだ。

「いや、そ、それは。皆にはよくよく言って聞かせましたが……」

「黙らっしゃい！　堀部殿、そして皆様、こころしてお聞きください。貴殿らの心中が綴られた書状は、確かにこの大石も胸が詰まる思いで読みました。皆の思いは重々承知しております。しかし返書では、浅野家の元家臣として、今なすべきことをご説明したはずです。まさかそれを読んでおられぬのですか」

安兵衛は俯けていた顔を上げて言った。

「吉良は、すでに屋敷を本所松坂町に移しました。お堀の外に居を移した今は、絶好の機会なのです。吉良上野介は、御上に隠居を願い出ておるそうです」

「百も承知しております」

良雄が平然と答えると、原惣右衛門が再び横から口を挟んだ。

「江戸では町の衆までが、赤穂の浪人は吉良邸へ押し入るはずだと噂しております。もたもたしておって情けない、という落書まで貼り出される始末」

何人かが惣右衛門の言葉に賛同するように頷いた。

「町の衆ですと？　何を血迷ったことをおっしゃるのか。我らは武士、それも、気骨で知られる赤穂の侍。町方の噂に左右されるなど、どういった態ですか」

「では、お訊きしたい……」

冷静な声で話し始めたのは、〝江戸急進派〟の中でも、堀部らと反りが合わず、別行動をしている長矩の元側近の一人、片岡源五右衛門だった。磯貝十郎左衛門も並んで身を乗り出す。

「ご家老は、我らにどうするべきとはおっしゃらないのですか」

「各々方に、赤穂城明け渡しの際に、またその後の書面でもすでにお伝えした通りです。私は浅野家の再興を、願い出ております。あらゆる手を尽くしたその願いが聞き届けられた後に、なすべき事がございます」

「ではお家再興がかなわなかった時は、いかがいたしますか。吉良の隠居が受け入れられれば、吉良へ下されたこの度の裁定が覆されることは二度とありますまい。我らの殿の無念を晴らすこともなく、討つべき相手にまんまと逃げられることになりましょう」

初めて〝討つ〟という言葉が、日ごろは冷静な源五右衛門の口から出たことで、皆は固唾を呑んで良雄の返答を待った。

「片岡殿、長矩様のご無念に対する我ら家臣の思いは、皆同じ。吉良への思いも同様です。そう、吉良がどうなろうと、どこに身を隠そうとも、必ずやご無念を晴らすのが家臣の務め。しかし今は、大学様の処遇を見守るのが先でありましょう。通例では、閉門は三年ほどで解けると聞きます。あと二年余り待てば……」

「遅い！　遅過ぎます」

安兵衛が吐き捨てるように言った。

大石良雄と〝江戸急進派〟との話し合いは、平行線をたどったまま二刻に及んだ。

浅野家の再興を第一義とする良雄に対し、機会を逸しては敵討ちが遂げられないと焦る急進派の中からは、良雄が本当は吉良上野介を討ちたくないのではないか、と疑う発言まで飛び出した。

「各々方、いかがでしょう。この半年余りにわたって、ご家老はお家再興を願い出てこられた。せめて来年の春までその顚末を見守り、それから次の行動を決めるということでは」

険悪な雰囲気に堪りかねた原惣右衛門が提案すると、安兵衛が嚙みついた。

「春とはいつでござろう。殿の一周忌までに我らが何もせずにおれば、それこそ世間の笑い者になりますぞ。少なくとも一月、二月を目処として貰わねば、とても辛抱できません」

「では、二月にいたしましょう」

惣右衛門が宥めるように言うと、安兵衛は顎に手を当てて黙った。

片岡源五右衛門が念を押すように言う。

「そこを過ぎたら、我らは思うように行動に移しても構わぬということですね」

良雄は目を閉じたまま何も応えなかった。

「それを、今ここでお約束いただきたい」

源五右衛門が言い募る。

「片岡殿」

良雄は目を開け、ゆっくりと呼びかけた。

「貴殿は江戸が長い。国元の我らが知り得ぬこともよくご存じだろう。今の御政道がこれほど長く続いておるのは、御上の力ではない。御上の意を受け、それを先に進めるために手を打つ者がいる。喧嘩両成敗という天下の法に背いてまで、綱吉の意志を通す力量のある者が居るのだ。殿のご最期は、その力が招いたものである。それが我らの真の敵だ。吉良上野介の屋敷替えが、もしも仕掛けられた罠であったら何とする？　ろくな備えもせぬまま一時の感情で押し入り、敵討ちが失敗に終われば、大学様は首謀者として捕らえられるかもしれぬ。そうなれば我らが笑い者になるだけではすまぬ。殿の名も誉れも、恥辱に塗（まみ）れ、もはや浮かび上がる瀬はない。自重せよとは、それをすべて含めて言っておるのだ」

そう話すと、良雄は静かに立ち上がって座敷を出て行く。

「失敗などいたしませぬぞ！」

堀部安兵衛が吠（ほ）えたが、良雄は振り向かぬまま、襖が閉まった。

大石良雄が去った後、残された急進派の人々は顔を見合わせた。

「各々方、来年の二月にもう一度話し合おう」

年長者である原惣右衛門が皆に念を押すと、片岡源五右衛門が頷き、浪士たちは次々に立ち上がった。

「納得がいかん。ご家老の本心がわからぬ。自重、自重と、すべてを先送りにしているようにしか思えぬ」

最後まで座していた堀部安兵衛は、握りしめた大きな拳（こぶし）を畳に打ち付けた。

「しかし、ご家老が御上の名を呼び捨てにしたのを初めて聞いたぞ。安兵衛、大石殿は、すでにこころを決めておられると私には思えるがな。ここは信じようではないか」

奥田孫太夫が安兵衛の肩を叩いた。

翌朝、良雄は奥野将監らと共に高輪の泉岳寺に向かった。十一月にしては暖かな良く晴れた日だった。

墓参を済ませた良雄は、長矩の廟のそばにある小高い丘に登り、品川の海を眺めた。水平線の彼方に目をやりながら、良雄は赤穂の海に思いを馳せた。

「ここなら殿のお気持ちも少しは安らごう」

良雄の言葉に、傍に立つ奥野将監が頷いた。

泉岳寺を出ると、一行は品川宿に向かった。その途中で行き合った一人の男に深々と頭を下げられ、一同は足を止めた。古くから江戸藩邸に出入りしていた御用商人であった。

男は長矩の死を悼む言葉を丁寧に述べた。

「大石様、これからが大変でございますな。手前ども、浅野様には長い間お世話になりました。お役に立てることがあれば、どうぞ声をお掛けくださ い」

そう言った男は、探るような目をした。

「お力を借りることはなさそうです。私は西国に戻って余生を過ごすつもりですので」

良雄はのんびりと笑って見せた。

江戸に着いて以来、良雄は自分を見張っているような人々の視線を常に感じていた。この御用商人のこちらを窺うような目の奥にも、それを感じたのだった。

品川宿に着くと、良雄は奥野たちに声を掛けた。

「皆様は、明日の出発までゆっくりとなさるがよい。品川宿はなかなか賑やかですからな」

奥野たちが出かけた後、仁助の息子、太助が部屋に入ってきて、良雄に頷きかけた。

宿の裏手には駕籠が待っていた。

良雄を乗せた駕籠は寺の建ち並ぶ小道を進み、太助はその傍らを歩いていく。緩い坂を登り、商家の寮と思しき家にたどり着くと、恰幅の良い商人に出迎えられた。

「お客人がお待ちですが、先に私から、お渡しするものがございます」

小さな部屋に通されると、良雄は商人と向き合って座った。

商人は懐から書状を取り出す。表書きは、池田久右衛門殿となっていた。裏返して確かめると、差出人は小野十郎兵衛。これが大野九郎兵衛の仮名であるようだった。あの男らしい生真面目さだ。

書状を開くと、短い挨拶と、目の前に座る商人の名前、そして、ある金額のみが記されていた。

「お主は常陸屋吉蔵殿と申されるのか。出身はどちらか」

「常陸の国、笠間でございます。大野、いや小野様には、お父上様の代から一方ならぬご厚誼を賜っております」

良雄は赤穂の城で、九郎兵衛の父と、自分の祖父、大叔父の三人が額を合わせるようにして何事かを話し合っていた姿を思い出した。良欽も頼母助も、大野親子の財務能力を高く買っていた。

――常陸、笠間からの知り合いか。

浅野家の旧領地からの縁が今も繋がっていることに、良雄は感慨を覚えた。

良雄も書状を手渡した。

「これらの品の調達の件は、誰にも洩らしてはならぬ」

「はい。重々承知しております」

「くれぐれも頼みます」

念を押して、良雄は部屋を出た。

廊下の奥、閉じられた障子の前にすでに太助が控えていた。声を掛けて中に入ると、座敷の隅には赤穂で足軽頭、郡代であった吉田忠左衛門(よしだちゅうざえもん)が座り、その隣りに、体格の良い一人の男が平伏していた。

「長い間ご無沙汰(ぶさた)いたしまして……面目ございません。この度の殿のことは……」

頭を上げた不破数右衛門(ふわかずえもん)の頬は涙に濡れていた。脱藩後に一度詫び状を寄越したきり、六年余りも音沙汰がなかった不破の、相も変わらぬ朴訥(ぼくとつ)な顔を、良雄は正面から見つめた。

「大石殿、本日は是非とも願いを聞き入れていただきたく、不破を同行させました」

吉田忠左衛門もそう言って頭を下げた。

吉田忠左衛門は大石良雄を長く補佐してきた〝大石派〟の副長のような存在であった。元藩士たちからの信頼を集めていたが、それ以上に良雄からの信望も厚かった。

江戸城で刃傷沙汰が起きた折、忠左衛門は任地の加東郡にいた。その夜、江戸から赤穂へ早駕籠が通ったとの話を聞くや、忠左衛門はただ事ではないと判断し、二十里（約八十キロメートル）の道を駆け通して赤穂城に参上した。すでに齢六十を越えていたが、壮健な偉丈夫だった。

「不破、よくよく運が良い男だな。忠左衛門殿からの頼みでなくば、お主に二度と見えるつもりはなかった。ましてや家臣として復させることなど考えもしなかったであろう」

二人は深々と頭を下げた。

「元家老として、お主の帰参を許す」

良雄がそう言うと、不破数右衛門はいきなり大声で泣き出した。まるで子どものようにしゃくり上げる。

傍らで忠左衛門ももらい泣きを始めた。

「不破、お主は数々の不始末をしでかし、もう何度腹を切っても仕方のないところを殿に助けていただいている。ゆめゆめ忘れるな」

「殿のご恩、決して忘れはいたしません。この一命、ご無念を晴らすためになげうつ所存」

数右衛門は、また泣き出した。

——これもまた、殿の優しいおこころが繋げた縁か。

良雄は胸の中でそうつぶやいた。

その夜、仁助の手紙を持った太助が、良雄の部屋を訪れた。二人の膝元には、仁助が手に入れた本所松坂町の切り絵図と、新たな吉良邸の外構図が広げられた。

「普請はまだ終わっていないそうです。警戒が厳しく、屋敷内部の見取り図は入手できておりませんが、引き続き手の者に探らせます」

「これが運河の竪川で、両国橋がここか。舟で近づけるだろうか」

「番所がございます故……」

「川を使うのは無理か」

良雄は図面をしまった。

「仁助は米沢へ発ったのか。して、敵討ちの噂はどこから出ていると？」

「父の報せでは、良雄様のお察しの通り、柳沢の手の者が流しているそうです」

「噂をもっと広げてくれ。いつあるかわからぬ襲撃に備え続け、せいぜい疲弊するがよい」

「承知しました」

山科の自宅へ戻る前に、良雄は一人、洛中へ足を向けた。格子のある町屋が並ぶ小路を進み、一軒の家に近づいた良雄の目に、門前に佇む人の姿が映った。かんであった。

「お帰りなさいませ。ご無事で何よりです」

手紙でおおよその日にちは伝えておいたが、おそらく数日前から待ち続けていたのであろう。良雄はその思いが嬉しく、かんの手を取って家の中へ入っていった。

夜半、良雄は目覚めた。師走も間近な京都の空気はすでに冷たく、微かに高瀬川のせせらぎが聞こえてきた。

良雄は板戸をわずかに開き、目の前に広がる闇をぼんやりと眺めていた。

「お風邪を召されますよ」

かんが言い、背中から綿入れを着せ掛ける。

「江戸の毒気が残っておるらしい。体内に熱が籠もっているようだ」

「江戸は大変でしたか」

「いや、さしたる事もない。ただ、人というものは、それぞれの立場、いる場所で考えも変わるものだ。江戸にいれば、嫌でも公方の住まう城が目に入る」

「さぞ立派なお城なのでしょうね」

「外側からはそう見えるだけのこと。これからは、枕を高くしては眠らせぬわ」

「私も、御上が憎うございます」

「今、何と申した？」

「御上が憎いのです。父上、母上、そして弟も、御上のご裁定でこの世を去りました」

良雄はかんに向き直り、両肩に手をかけて、暗闇に浮かぶ、ほの白い顔を見つめた。

「父は、志摩鳥羽藩藩士でございました。私が十三歳の折、藩主の内藤忠勝様は、将軍家綱様のご法要で警備を命じられ、増上寺で刃傷沙汰を起こし、藩はお取り潰しとなりました。父は浪々の身となり、貧しさの中、居を移した大坂で家族は次々と病に倒れ……私は知り人の紹介で淀屋へ奉公に出たのです。事情を知る淀屋の旦那様から、内藤様と所縁のあるあなた様にお仕えする気はないかと問われた時、私はこれも運命かと思いました」

良雄は、かんが初めて語る身の上話を黙って聞いていた。話し終えると、かんは俯いた。

「余計な話をいたしました」

良雄はかんを引き寄せ、労るように言った。

「いや。つらい話であったが、私の力となった。かんと私に見えている道は、同じであったようだ」

元禄十四年（一七〇一）も師走に入り、洛中は初雪に見舞われた。山科の里も寒気に包まれた。

その寒さの中に、江戸の堀部安兵衛より一通の書状が届けられた。

十二月十一日、かねてから公儀に願い出ていた吉良上野介の隠居が許され、嫡子、左兵衛義周が吉良家の家督を継いだという。この話を、安兵衛は一大事として綴っていた。

安兵衛が心配しているのは、隠居した上野介が江戸を離れ、自領ではなく、実子、綱憲が藩主となっている米沢藩領内に逃げ込むのではないかということだった。

かつて上杉家に世嗣がないまま藩主が殁し、米沢藩が断絶の危機に瀕した折、吉良家は前年に誕生したばかりの長男を、末期養子として上杉家へ入れた。この迅速な判断で、米沢藩は三十万石から十五万石に減知されたものの、存続することができた。

その後、上野介が嫡子としていた次男が貞享二年（一六八五）に夭折した際には、今度は上杉家が藩主、綱憲の次男、春千代（義周）を吉良家の養子とし、以前の恩に報いている。

もしも今度のことで吉良家が助けを求めれば、上杉家は全力で上野介を守るだろう。そうなれば米沢は大藩、赤穂の浪士たちによる敵討ちなど到底かなわなくなる。

そしてもうひとつ、上野介の隠居が認められたということは、この度の刃傷沙汰で上野介が処罰を受ける必要はないと、公儀が意思を示したも同然であった。上野介への処分がなければ、たとえ浅野家再興がなされたとしても、元家臣たちの望む武士としての一分は立たない。

——なれば、嗣子の義周を討てばよいのか？

この度の遺恨は浅野家と吉良家のものであるから、吉良の当主を討てば大義は通らぬものでもない。しかし、浪士たちの気持ちがそれで済むわけもなかった。長矩に堪えきれぬ恥辱を与え、刃傷沙汰に及ばせた上野介本人を討たずして、主君の無念は晴らせまい。

安兵衛だけではなく、〝江戸急進派〟の一党が揃って焦りを覚えるのも当然であった。書状には、もはや一刻を争う事態になったので、決行の判断を下してもらいたいと記されていた。安兵衛の激しい感情がほとばしり出るような文面だった。

しかし良雄は、これを眉ひとつ動かさぬまま読み終え、決行は待てという返事を送った。

元禄十四年十二月、大石家には明るい出来事があった。長男の松之丞(まつのじょう)こと、主税良金(よしかね)の元服である。

父の良雄から元服を申し付けられた時の主税の喜びようは、顔に満ちた光で眩(まぶ)しいほどだった。

母の理玖と弟妹を母の実家である豊岡まで送り届け、先頃山科に戻ってきた主税は、毎日、剣の鍛錬に励んでいた。娘と一緒に住み込みはじめて父の身の回りの世話をしているかんについては、さすがに察するところがあるようで多くを問わず、母子には冷ややかだが礼儀正しい態度と距離を保っていた。

父子はその夜、酒を酌み交わした。初めて口にする酒を、主税は注がれるままに飲み干した。

良雄は黙って、主税の盃を酒で満たした。

「父上、このようなことを尋ねてよいのかどうか、私にはわかりませぬが……」

「何だ？　何なりと申せ」

「吉良への敵討ちは、いつになるのですか」

「誰が、敵討ちをすると申した？」

「そ、それは……」

「豊岡で、そういう話が出たのか」

「伯父上の家を訪れる人たちが、私に尋ねてきました」

「どのような返答をした？」

「わかりません、と申しました」

「それでよい。正直、私にもどうなるのかはわからぬ。今は浅野家の再興に向けて懸命にやっていくしかない」

「再興がかなわぬ場合はどうなるのですか？」

「かなうようにするのだ。あれがだめならこちらを、という考えでは、何ひとつ事をなすことはできぬ。本日からお前を我らの盟約に加える。血判も捺してもらわねばならぬ」

「はっ、はい！」

勢い込んで答えた主税の目が輝いている。

「殿はお前が生まれた日、まるでご自分の子が生まれたように喜ばれ、有り難いお言葉もくださった。私の命も、お前の命も、殿あってのものである。そのことは忘れるな」

「はい」

強く頷いた主税の顔は、興奮と酔いで真っ赤に染まっている。しばらくして主税は、こくりこくりと舟を漕ぎ始めた。

良雄はかんを呼んで言った。

「蒲団を敷いてやってくれ」

かんは笑みを浮かべ、はい、と答えた。


浅野内匠頭長矩の死からまもなく一年が過ぎようとしていた。

各地に散った赤穂浪士たちの中には、片岡源五右衛門や磯貝十郎左衛門のように町人に身をやつして酒屋を開いた者や、行商人となった者もいたが、浪々の身となり、暮らしが困窮していく者も少なくなかった。

神文を提出して誓い合った百二十人ほどの同志のうち、どれほどの人数が今も同じ思いでいるのか。浪士たちが一堂に会する機会はなく、日々の暮らしの中で、覚悟が失われた者も当然いるはずである。その中に、もしも公儀に言いくるめられて寝返る者が出れば、良雄たちの行動は筒抜けになってしまう。

山科に暮らしながら、良雄は各地の浪士たちの居場所と動向を把握するように努めていたが、そんな折、摂津の実家に身を寄せていた萱野三平が自害したとの報せが届いたのである。

「間に合わなんだか……」

良雄は呆然とつぶやいた。

萱野は中小姓として浅野家に仕えていたが、長矩が江戸城内で吉良上野介に刃傷に及んだ際、赤穂にその第一報をもたらす早打駕籠に乗る使者を、自ら買って出た熱血漢である。開城の際には神文を提出しており、元藩士たちからも一目置かれる人物であった。

萱野三平は赤穂を出た後、摂津国萱野で浪人暮らしをしながら、良雄からの指示を待っていた。

ところが萱野を領地とする旗本、大島伊勢守義也は三平が浪人になったと知り、三平の父、七郎左衛門を通して自分の家に仕官するようにと声を掛けた。父はその話を大いに喜んで強く勧めたが、赤穂浪士たちとの盟約を守るため、三平は申し出を断り続け、結局、長矩への〝忠〟と父への〝孝〟の板挟みとなり、切羽詰まって腹を切ってしまった。

良雄は、三平が苦悩していることを他の浪士から伝え聞いており、手紙を書こうと思っていた矢先の出来事だった。

この萱野三平の自刃からほどなくして、今度は〝江戸急進派〟の中心人物の一人、高田郡兵衛の脱盟が、皆の知るところとなった。郡兵衛は叔父から養子にと請われてそれを断ったが、敵討ちに加わることを幕府に密告すると脅され、泣く泣く盟約を抜けることになったという。

萱野三平の自刃に続く高田郡兵衛の脱盟は、大石良雄だけでなく吉田忠左衛門、原惣右衛門らを大いに驚かせた。

良雄に呼び出されてこのことを知らされた忠左衛門と惣右衛門は、顔を見合わせた。

「郡兵衛は〝江戸組〟の中でも信頼の厚い人物でしたな。盟友の堀部安兵衛殿と奥田孫太夫殿がやけにならねばよいが」

「何しろ〝江戸組〟は焦っていますからな」

心配げに語る二人の前で、腕組みをした良雄は首を横に振った。

「堀部殿は、今はまだ動きますまい」

「そうでしょうか」

「かつて御前試合で、堀部殿は一度も負けることなく七戦を勝ち抜かれた。状況を見極めた冷静な戦いぶりは、兵法にかなうものであった。堀部安兵衛は愚か者ではない。いざ戦うとなれば、必ず勝つ。そうするために時機を待つことができると、私は信じております」

良雄は力強く言い切った。

江戸の浪士たちの我慢は、再び限界に達しようとしていた。

堀部安兵衛は、血判による盟約など何の役にも立たないとし、江戸の者たちだけで吉良上野介を討つことを決めようとしていた。

「二月まで待てるか。このままでは我らがあの世に行っても、殿に顔向けができない」

その気持ちは堀部安兵衛らだけではなく、一時は堀部らに反発して距離を置いていた片岡源五右衛門、磯貝十郎左衛門らも同じであった。

高田の脱盟は、かえって残された〝江戸急進派〟の結束を強めていたのである。

安兵衛たちは以前にも、たった三人で吉良邸への討ち入りを画策している。今回の計画は、その時よりは人数を増やした新たなものだったが、結局はこれも中止となった。

中止の判断を下したのは、他ならぬ安兵衛であった。

「吉良邸の家臣はざっと百人。表門の守りは堅く、裏門と二手に分かれて奇襲を掛けるにしても、我らの今の人数ではとても足りぬ」

暖簾を出す前の人気のない片岡源五右衛門の酒屋の片隅で、床几に腰かけた安兵衛は、ぎりぎりと奥歯を嚙みしめた。

急進派の浪士たちが口々に何か言いかけるのを、片岡が手を挙げて制した。

町人として暮らすうち、片岡源五右衛門は酒屋の主人の恰好が板についてきた。慣れた手付きで汚れた前垂れを外しながら、片岡が言った。

「拙者、この命をいつ失おうとも惜しくはない。吉良上野介が江戸から逃れた後では遅いのだ。たとえ討ち死にするとしても、我らだけでせめて一太刀、吉良に目にもの見せてやろうではないか」

「討ち入りは一度きりだ。二度はない」

安兵衛は腰の刀に触れた。

「いざ向き合えば、必ずや、俺は吉良を斬る。だがその時のために、今は堪えねばならぬ」

「その間に吉良が江戸を去れば何とする」

「それなら米沢へ向かうだけだ。十年、二十年かかろうとも、俺は必ず殿の敵を討つ。大石殿もそのおつもりだろう」

安兵衛の声が、冷え冷えとした店の中に響いた。

二月十五日、上方にいる同志と、江戸から原惣右衛門と潮田又之丞、大高源五らが参加し、昨年約束した通り、山科での話し合いが行われた。いわゆる〝山科会議〟である。

この会議に堀部安兵衛は参加していない。数日間の話し合いの結果、前回同様、浅野大学の処遇が決まるまで様子を見るという決議に落ち着いた。安兵衛たち〝江戸急進派〟はこの会議の結論を呑んだ。すぐにでも燃え上がりかねない激情を持てあます急進派の面々が我慢することに決めたのは、彼らをまとめる安兵衛への厚い信頼ゆえであった。

安兵衛はじりじりとした気持ちで、総大将である良雄からの指示を待ち続けている。

赤穂の浪士たちが焦燥に駆られていたこの春、江戸城には待ちに待った吉報が舞い込み、将軍綱吉は上機嫌であった。

綱吉の母、桂昌院がついに朝廷から従一位を授与されることになったのだ。

柳沢吉保からこの報せを受けた綱吉は、子どものような歓声を上げ、満面の笑みを浮かべた。

「吉保よくやった！　大儀である。母上はさぞや喜ばれるであろう」

綱吉の労いは吉保にのみ向けられ、手柄もすべて吉保一人のものとなった。桂昌院に従一位を賜るため、五年以上にわたって働きかけを続けてきた吉良上野介の存在など、二人の頭の中からはとうに消え失せていた。

二月十四日、朝廷から遣わされた使者が江戸城に入り、桂昌院に従一位が与えられる旨を綱吉に告げた。従一位、藤原光子。これが桂昌院に与えられた新しい名である。

将軍綱吉と大老格となった柳沢吉保の蜜月は、この春、最高潮を迎えていた。

吉保はすでに九万二千石の川越藩主となっていたが、昨年末には松平姓と綱吉の偏諱「吉」を賜り、保明から改名し、松平美濃守吉保との名乗りを得ている。この数年、柳沢吉保邸への綱吉の〝御成〟は異例の頻度であった。

初めのうちこそ吉保は、学問好きの綱吉のために貴重な教書を揃え、共に『四書五経』を素読したり、講師を招いて講義を聴いたりしていた。しかし次第に柳沢邸は、政務で疲れた綱吉の休息の場となり、綱吉のために饗宴が催されるようになっていた。

綱吉は、時には母、桂昌院を伴って柳沢邸を訪問した。そんな時は料理をはじめ、内装から催しまで、すべてが桂昌院の好みに合わせて設えられた。

桂昌院にすれば、自分が息子、綱吉に助言して制定された〝生類憐れみ令〟を支持し、推進してくれる吉保は、幕閣の中の誰よりも信頼できる存在であった。

綱吉にとっても、吉保はかけがえのない腹心の部下だった。将軍となったばかりの頃、酒井忠清、堀田正俊ら大老は、綱吉のすることに異議を唱えた。しかし吉保は、〝生類憐れみ令〟はもちろん、それ以外でも、綱吉の望みをことごとくかなえてくれたのだった。

綱吉政権において喫緊の課題であった財政の立て直しが成功したのも、荻原重秀を抜擢し、貨幣の改鋳を行った吉保の力であった。

また吉保は、小中の藩の積極的な取り潰し政策を綱吉に勧めた。

備中松山藩の例を見てもわかるように、表向きの石高と実質的な藩の収益との差を把握するため、改易直後から徹底的な検地を行い、その差額を幕府のものとした。小中の藩の改易は、綱吉と吉保にとって恰好の増収策であったのである。

播州赤穂藩の表高は五万三千石だったが、そのほかに塩田からの収入が二万石以上あることを、公儀は前々から把握していた。

この度の一件は、あくまで浅野内匠頭と吉良上野介の私恨によるものだった。公儀が仕掛けたわけではなかったが、結果として幕府の金蔵に富をもたらすこととなった。

柳沢吉保は、取り潰しの対象になり得る大名や旗本の動向に、常に目を光らせていた。

領地に隠密を送り込み、江戸屋敷では女中や使用人、出入りの商人の中に手の者を紛れ込ませた。そこでお家騒動の火種になりそうなものが見つかれば、諍い合う者たちの双方に情報を与えて煽り、大きな火に燃え上がらせることまでしていた。

綱吉の政権下、改易に処せられた大名の数は、譜代、外様を合わせて四十五家にも及んだ。

その理由は、世嗣がない「無嗣」や、赤穂のような刃傷沙汰、藩主の乱心、相続争い、藩政の乱れなど多岐にわたっている。

　これによって幕府に没収された石高は、実に百七十万石にも及んだ。

　こうしてみると、罰則ばかりを徹底したようにも見えるが、一方で綱吉は、褒賞も積極的に行っていた。

　柳沢吉保が得た領地や加増は別格であるが、荻原重秀ら、幕政に対して貢献があると認めた者たちには出世や褒賞が惜しみなく与えられたのである。

　綱吉の治世は二十年を超えていた。貨幣の改鋳によって景気が上昇し、花開いた元禄文化はまだまだ安泰のようであった。しかし、元禄十五年（一七〇二）のこの頃、度重なる天災と行き過ぎた金融緩和策で物価が高騰し、幕府の足元は揺らぎ始めていた。綱吉はこの陰りに気付かず、ひたすら前だけを向いている。

　あれだけ頼りにしていた吉良上野介のことすら、綱吉は忘れ去ろうとしていた。綱吉にとって赤穂藩への裁定はすでに済んだことだった。そして桂昌院に念願の位が与えられることが決まった今、綱吉の中で、吉良家は単なる高家のひとつに戻りつつあった。

　一方、幕府の中枢で政を握っている柳沢吉保にとって、赤穂の残党による敵討ちは、絶対に阻止せねばならぬことであり、己の立場が揺らがぬよう、公儀の裁定に異を唱える者たちを許すわけにはいかなかったはずだ。

ところが柳沢吉保は、吉良上野介をどうぞ討ってくださいと言わんばかりに、江戸城の堀の内側から大川の向こうの本所松坂町に追い払っている。それだけでなく、赤穂浪士が敵討ちを企んでいるという噂を市中に流させた。

吉保の真の狙いは、米沢藩十五万石にあったのかもしれない。

第八章　刃向は東へ

塗り駕籠の引き戸がほんの少し開き、吉良上野介の囁き声が供の者を呼んだ。

「誰ぞ、誰ぞ」

「はい、何でございましょう」

駕籠の傍を歩く供侍がきびきびと答える。

「今、どの辺りじゃ？」

「ほどなく両国橋を渡ります」

「まだそこか……もっと早う、早う」

蚊の鳴くような声がして、引き戸がぴしゃりと閉まった。

供侍はうんざりした顔を隠しもせずに歩き続ける。駕籠の担ぎ手に、決して急げとは言わない。逆に目立ってしまうからだ。

本所松坂町にある吉良邸から、芝白金の米沢藩下屋敷への往復は、いつもこうだった。上野介の妻、富子が実家である米沢藩邸に住むようになると、上野介も下屋敷に入り浸るようになった。米沢藩主、上杉綱憲（うえすぎつなのり）は、実父である上野介の身を案じ、往き帰りを藩士三名に守らせることにしたのだった。

米沢藩でも、赤穂の浪人たちが亡き主君の敵討ちのために吉良殿を討ちにくるかもしれない、という噂は広まっていた。

しかし、それはあくまでも噂である。判官贔屓（ほうがんびいき）の江戸庶民が、赤穂浪士に肩入れしているようであったが、庶民は敵討ちを見たいだけなのである。

米沢藩の江戸家老、色部又四郎（いろべまたしろう）は警護の者たちに、目立たぬようにせよ、何があっても大刀は抜くな、ときつく言い渡していた。

駕籠が吉良邸の裏門に入るや、米沢藩士たちはそそくさと引き揚げていった。

隠居した後、上野介は裏門近くの座敷を居室としていた。座敷に入った上野介は、ようやく人心地ついた顔になる。そこには、家老の小林平八郎（こばやしへいはちろう）と用人の鳥居理右衛門（とりいりえもん）が、眼光鋭い、細身の侍を伴って待っていた。

「綱憲殿がお風邪を召していてのう。小林、薬を届けてくれぬか」

上野介はそう言いながら座り、末席の見慣れぬ侍に目をやった。

「殿、以前よりお話ししておりました、吉良荘（きらのしょう）の清水一学（しみずいちがく）をお連れしました」

「初めてお目にかかります。宮迫（みやば）村の清水一学にございます」

「おう、よく参った。何でも剣の達人とか。確かに良い面構えじゃ。護衛を頼んだぞ」

清水一学は平伏し、上野介は安堵した表情で二度、三度と頷いた。吉良上野介はその夜、自慢の茶道具を茶室いっぱいに並べ、矯めつ眇めつしていた。

やがて心を決めたように、ひとつの茶壺を取り上げる。慈しむように撫でて、行灯の明かりに近づけた。

「惜しいのう。お前を手放すのは……」

上野介は茶壺を見つめながらつぶやく。

松坂町の屋敷の普請代のため、高価な茶道具を売り払わねばならなくなったのである。

本所屋敷は大川と竪川から近く、明暦の大火や後の安政大地震の犠牲者、水死者や焼死者、刑死者などの無縁仏を埋葬する回向院のすぐそばにある。屋敷には新しく、東、西、南の三方を取り囲むように長屋を建てた。長屋といっても、庶民の住むそれとは違う。外壁としての役割も果たす、三間四尺（約六・七メートル）もの高さがある頑丈な二階建てであった。

用人の鳥居理右衛門は、この三棟の長屋なら、百五十人から二百人の警護の者を収容できると上野介に説明した。北側には旗本寄合席の土屋主税邸と、越前松平家家老の本多孫太郎邸があり、そちら側からの侵入はまずないだろう。

「それは頼もしい。まるで堅牢な城のようではないか」

「その通りでございます。これなら百人、二百人が攻め寄せても、十分に殿をお守りできましょう」

しかし、この長屋の建築には上野介が思った以上の金がかかった。

もともと鍛冶橋にあった吉良屋敷は、四年前、元禄十一年の勅額火事で類焼した。幕府から与えられた呉服橋の代替地は二千七百坪もあったが、この時の普請は米沢藩上杉家が五十人の大工を寄越し、費用のほとんどを持ってくれた。

今回の普請でも上野介はそれをあてにしていたが、屋敷が松坂町に替わり、隠居願いが受理されるや、妻の富子はさっさと生家米沢藩の、芝白金の下屋敷に移り住んでしまった。

「なぜ本所に住まんのだ？」

「あの屋敷は川風で湿気も酷うございますし、陰気くさいゆえ好きではありません」

上野介の問いに、富子は冷たい声で答えた。

富子が屋敷を出て行ったことで、米沢藩から毎年贈られていた五千石は、吉良家に届かなくなった。これは、実家から富子に下されていたものだったからだ。

茶道具を片付けた後、吉良上野介は寝間に移った。床についたが、眠れそうにない。

本所の屋敷にいると、自分の背中に何やら重たいものがのしかかっているように思えて仕方がない。

どこからか犬の吠える声がした。

——今のは本当に犬だったか……。

上野介は耳をそばだてた。

息づかいまでが荒くなる。

——今宵も、白金に泊まればよかった。

そう思った途端、昼間の富子の顔と、富子が口にした言葉が耳の奥で響いた。

富子と上野介、上杉綱憲の三人は、下屋敷の富子の居室で談笑していた。

「父上、来春の私の参勤交代の折に、一緒に米沢へおいでになりませんか。米沢を囲む山々の美しさをお見せしとうございます」

「それは嬉しい。楽しみじゃな」

上野介が相好を崩すと、富子が冷たい顔をして決めつけた。

「綱憲殿、上野介殿に米沢での暮らしはご無理でしょう。雅な京や、繁華な江戸、大坂ならいざ知らず、米沢では三日と保ちますまい」

「そっ、そんなことはないぞ。我が領地、吉良荘も田畑ばかりの場所だ。私はそういう長閑な土地が性に合っておるのだ」

「いいえ、そんなことはございません」

取り付く島もなかった。

上野介は、老いてなお美しさを保つ妻の横顔を見返した。

夫が、昨年の刃傷沙汰でどれほど傷つき、市中に広がりはじめた赤穂浪人の敵討ちの噂でどれほど苦しめられているかをわかっているはずなのに、この言い様はどうしたことか。

——富子も、もうすでに私を見限っているのか……。

「しかし、米沢は本当に美しい国ですよ」

「綱憲殿、その話はお終いになさいませ」

上野介は何も言えなかった。

「誰ぞ、誰ぞおるか……」

近習や女中が寝所近くに控えているはずだったが、いくら呼びかけても返答はなかった。

——もしや、皆は斬られたのか。

腹の中で、不安が急速に膨れあがった。

「誰か来てくれ！」

悲鳴に似た上野介の声が、本所屋敷の暗闇に響き渡った。

浅野内匠頭長矩につけられた傷が癒えた昨夏、吉良上野介は、柳沢吉保あてに一通の礼状を認めた。

江戸城での刃傷沙汰にはお咎めなしとの裁定が下っただけでなく、御上からは傷の養生に努めよ、という有り難い言葉までいただいた。それらはすべて吉保の力によるものだと、上野介は承知していた。

上野介は吉保からの返事を待っていたが、返書どころか使者が返答を持ってくることすらなく、そのうちに、本所松坂町への屋敷替えの命が下った。この屋敷替えは上野介にとって青天（せいてん）の霹靂（へきれき）であった。

――なぜ高家のわしが、あのような淋（さび）しい土地へ移らねばならぬのか。

その頃、江戸には赤穂の浪人が主君の敵を討つという噂が広がりはじめていた。もともと火消し大名として、赤穂藩藩主は江戸で人気を集めていた。近年では勅額火事の際、消火の指揮を執ったのも長矩である。武士の間のみならず庶民からも聞こえてくる己の悪評に交じって、〝吉良を城外へ出したのは、討っても構わないという御上の本心ではないか〟という噂が耳に入り、上野介を狼狽（ろうばい）させた。

まるで、江戸中の人たちが、今か今かと敵討ちを待ち望んでいるように思える。上野介は怯（おび）えて隠居願いを出し、これは受理されたものの、あれだけ濃密な付き合いをしていた吉保からは労（ねぎら）いの言葉ひとつなかった。

そして今春、桂昌院（けいしょういん）様に従一位を贈るとの報（しら）せが京から届いた。上野介はそれを祝する書状に、自分の功績だと匂わせる一文を織りまぜ、祝いの品と共に吉保に届けさせた。しかし、これにも礼の言葉はなかった。

上野介はようやく、ひとつの結論に至った。

――柳沢吉保殿は私を捨てたのだ。

権勢を誇った吉良上野介の頼る先は、もはや米沢十五万石しかなかった。

三十八年前、世嗣のない米沢藩が取り潰しの危機に瀕した時、救ったのは自分である。我が子が藩主を務めている。

夫を疎んじる妻の態度にも構わず、上野介は米沢藩の下屋敷に入り浸った。

四月、山科の大石良雄のもとに、米沢の探索に出ていた仁助がようやく戻ってきた。

「ご苦労であった。米沢はどうであった？」

仁助が差し出した一冊の帳面を、良雄は静かに読み終えた。

「これほど米沢の財政は苦しいのか？」

「家臣への扶持米も滞っております」

上杉家の財政的な苦境は、慶長六年（一六〇一）、家康に領地を四分の一の三十万石に減らされ、米沢へ移封させられた時から始まっていた。

開墾などに努め一旦は持ち直したが、寛文四年（一六六四）の綱勝の急逝によって十五万石に減封されたことで、藩の財政は逼迫した。さらに、長子を藩主として差し出した吉良上野介と富子の奢侈な暮らしぶりの諸費用が米沢藩に回されることになり、代々の家老の頭痛の種となった。

吉良家の借金の肩代わりは延宝四年（一六七六）に六千両、天和元年（一六八一）に二千七百両で、呉服橋屋敷の建築費八千両……。四千二百石の高家が、これほどの金を湯水のごとく使ったのである。

ところが仁助の調べによると、刃傷沙汰以降、上杉家家老の色部又四郎は、吉良家への援助を取りやめたとのことだった。

——米沢は動かぬかもしれぬ……。

良雄は、上野介を取り巻いた黒雲の隙間に、初めて光明が差したような気がした。

「仁助、よく調べてくれた。米沢までの街道で、襲撃できそうな場所はあったか？」

「はい。板谷宿と大沢宿の間に板谷峠があり、近くに馬場平というところがございます」

仁助は絵図を広げてその場所を指さした。

「わかった。礼を言う」

仁助が帰り、夕餉を終えて主税が部屋に引き揚げたあと、かんが晩酌の用意をした。

良雄は上機嫌で、いつもより多く酒を飲み、かんにも盃を勧めた。

「先夜、撞木町に官兵衛と出かけた折、地唄舞を習うたぞ」

「えっ、主様が舞われたのですか？」

良雄が笑って頷くと、かんは目を丸くした。

「洛中近在の百姓衆が五穀豊穣を祝うものらしい。何やらおかしみがある舞だった」

良雄は言い、立ち上がって舞い始めた。

寝間に下がり、行灯の火を落とした後、良雄はかんを強く抱き締めた。

「明日、伊勢に詣(もう)でにいく。戻れば少し忙しくなる。洛中で遊びをせねばならぬゆえ……」

しばらくして良雄は寝息を立て始めた。かんには今宵の様子から、良雄が何事かを決心したのだということがわかった。


大石良雄の伊勢参りには同行者がいた。

京都の呉服商、綿屋善右衛門(わたやぜんえもん)である。赤穂藩に御用商人として長く出入りしていた。

浪人の身とはいえ、五万石の元筆頭家老と一御用商人が共に旅をするのは、余程のことである。

綿屋は、善右衛門の父の代から浅野家だけでなく大石家とも親しく、その付き合いは良雄の祖父、良欽(よしたか)と大叔父の頼母助(たのものすけ)のみならず、父の良昭(よしあき)も、京都に出向いた折は綿屋の離れに逗留(とうりゅう)するほどだった。

善右衛門は面倒見が良く、赤穂藩改易後に京を訪れる元藩士に対しても、身分の上下を問わず金を工面するなどしてきた。また、上方(かみがた)、京、そして東国からもたらされるさまざまな事情に通じ、良雄の耳目となって働いてくれていた。

伊勢への道を歩きながら、二人の話は自然と良雄の父、良昭の思い出になった。

「あれは何歳の時だったか、海辺で傷を負った小鳥を見つけて連れ帰りました。祖父には二度と飛べぬから、捨ててくるか、命を絶ってやれと言われた。それが自然の摂理だと。しかし私にはできませんでした。すると父は、内緒で小鳥の傷を治療してくれた。ほどなく小鳥は死んで、父は共に泣いてくれました」

「良昭様は本当にお優しい方でしたね」

「私は、父の優しさに救われました」

善右衛門は何度となく頷いた。

伊勢に着くと、二人は善右衛門が手配していた宿に入った。宿の使用人が来客を告げる。

「誰が見えたと？」

驚く善右衛門に、良雄は頷いた。

「私の客です。内密にお願いしたことがありまして。綿屋殿には悪いが、ここで待ち合わせをさせてもらいました」

奥まった座敷に案内されると、白髪の老人が一人座っていた。

「徳兵衛（とくべえ）殿、お久しぶりです」

「はい、二十年ほどになりますか」

老人の口元が微（かす）かにほころんだ。

「この方は美濃、志津（しづ）の刀工、徳兵衛清直（きよなお）殿です。私が若い頃から懇意にしている大坂の研ぎ師の方に引き合わせてもらいました」

良雄が紹介すると、老人は頭を下げた。

「徳兵衛殿、お願いした物は上がりましたか」

はい、と答えた徳兵衛が隣りの部屋に向かって声を掛けた。

若い男が、ふたつの布包みを手に入ってくる。すぐに片方の布を解くと、ひと振りの刀が現れ、かしこまって良雄に差し出した。

それを受け取った良雄は、鞘から抜き放った。少し短めの刀身だが、その太さは明らかに実戦用だった。

「たいがいの甲冑は斬れましょう」

徳兵衛は胸を張る。

続いてもう一方の包みを解くと、短めの槍が現れた。男は穂先の覆いを取り去る。

立ち上がった良雄が槍を受け取り、床の間に向けて突き出す。穂先は掛け軸の手前でピタリと止まった。

「この長さ、重さ。望み通りです」

「神崎与五郎様と岡島八十右衛門様にはすでにお渡ししてございます」

徳兵衛が〝戦さ組〟の頭領二人の名を口にした。〝戦さ組〟の面々は、すでに徳兵衛の郷里、志津で鍛錬を重ねていた。

「有り難う存じます。して、彼らは何と？」

「このほかに十文字槍、鍵槍も欲しいとおっしゃいました」

徳兵衛の言葉に、良雄は頷いた。

「お手間をかけますが、よろしく頼みます」

「いいえ、鍛錬を近くで拝見するだけで、皆様の勇ましさに惚れ惚れといたします」

「刀と槍はどのくらいの数が揃いましたか」

「刀が二十振り、槍は二十本を超えたかと」

「どちらも三十ずつ揃えていただきたい。それと弓矢の調達もお願いできますか？」

「少しお日にちをいただければ、必ずや。ご存じの通り、近ごろでは刀鍛冶の数も少なくなっておりますので」

江戸も元禄期になると、刀の需要が減り、刀工の数が激減していた。

美濃で最も多くの刀鍛冶がいるのは、関である。しかし関には公儀の目が光っており、まとまった数の武器を調達しようとすれば、すぐに江戸へ報される。

志津の刀匠、徳兵衛は、元々関白秀吉に与していたため、徳川の世になってからは零落し、細々と家業をつないでいたのだった。

「それにしても、大石様、これはずいぶんと短い槍でございますね」

綿屋善右衛門が良雄の手元を見て尋ねた。

「扱いやすいようにです。私どもの戦さ場は、関ヶ原のような場所ではございませんので」

善右衛門はあっと声を上げ、合点がいったように大きく頷いた。

翌朝、大石良雄と綿屋善右衛門は揃って伊勢神宮に参拝した。

何事かを熱心に祈り続ける良雄の後ろ姿を見つめながら、善右衛門は、二十年前初めて良雄に出逢った日のことを思い出していた。

綿屋一族は、元々、近江の出身である。近江商人の底力は、商いに貫かれた〝三方善し〟の精神にあった。それは、売り手善し、買い手善し、世間善し——というものであった。

善右衛門は先代からの教えを守り、京でも一、二を争うほどのお店へと綿屋を盛り立てた。今では呉服だけではなく、大名家相手に金子の貸し付けも行っていた。

しかし善右衛門は、その身代を三井、鴻池ほどにまで大きくしたいとは思わなかった。商いは順風満帆だったが、どこかで人生に物足りなさを感じるようになっていたのだ。

そんな彼の前に現れたのが、赤穂五万三千石の若き筆頭家老、大石内蔵助良雄だった。

一目惚れであった。

赤穂藩の実高は、表向きの石高よりはるかに多く、藩の財政を堅く支えているのが製塩だということを知らぬ上方商人はいなかった。しかし善右衛門は、赤穂藩の豊かさにこころを惹かれたのではなかった。

「赤穂は、田舎の藩でございます。すべてが不調法で、都育ちの綿屋殿のような、あでやかさとも無縁です。この度、わが殿が三次藩より美しい阿久利姫を娶ることになり、家臣一同からお祝いを献上いたしたく、綿屋殿にその品をお選びいただきたいのです」

「おめでとうございます。お声掛けいただき、これほどの栄誉はございません。それで、どのような品をご所望で……」

「公方様の御台所がお召しになるものより、素晴らしい着物をお願いします」

——今、何と言った？

良雄は平然として善右衛門を見ていた。

——とんでもなく胆が据わっているのだ、この男は……。

一見して生真面目な田舎侍なのだが、他の侍にはない何かがある。

善右衛門は、この年若い家老の行く末を見たいと、心の底から願った。

大坂の豪商である淀屋が、自分と同じように大石良雄に肩入れしていると知ったら、善右衛門はさもありなん、と頷いたことだろう。淀屋然り、大野九郎兵衛然り、良雄には利に聡い男たちのこころを動かす何かがあった。

「善右衛門殿、京に戻ったらひとつ頼みがございます」

伊勢からの帰り道、大石良雄が少し恥ずかしそうに言った。良雄からの改まった頼まれ事は、赤穂藩の奥方、阿久利への献上品を選んで以来であった。

「私には一生に一度、やってみたいことがあるのです。それに付き合ってください」

「ほう、それは何でございましょう？」

「お大尽遊びというやつです」

「お大尽遊び……あの放蕩三昧の……」

良雄の顔には嬉しそうな、明るい笑みが浮かんでいた。善右衛門は、良雄が厳しい顔で武器を受け取った様子を、つい昨日、目にしたばかりである。

「では、蛍の舞う頃に宴席をもうけましょうか」

――本気で言っておられるのか？

「それでは遅い。私は早く遊びたいのです。ここから直接、洛中へ繰り出しましょう。善右衛門殿、お大尽遊びにはどれほどの金子が必要でしょうか」

「それはお気になさらず。私の方で……」

「いいえ、私の一生に一度の望みですから。そのために長い間貯えをしておりました」

「えっ、お大尽遊びのために貯えですか？」

「可笑しいですか？　私とて男です。京一番の女子と、京一番の遊びをしてみたいのです」

善右衛門は良雄の顔を黙って見つめていたが、やがてすべてを呑み込んだように頷いた。

「京へ戻る頃に、両替商が綿屋を訪ねるはずです。その金子で足りなければ、いくらでも用意させましょう。何しろ、一生に一度の〝大遊び〟ですからな」

善右衛門は京に戻ると、番頭に命じて妓楼の手配をさせた。その折、良雄から届けられた金子を見て驚愕した。ある程度の大店でも、一年間に稼げるかどうか、というほどの大金だった。

善右衛門は、赤穂藩取り潰しの折、藩に残った財産を処分し、家臣に分配させたこと、大石良雄自身はそれを一銭も受け取らなかったことを聞き及んでいた。

――どこにこれほどの大枚を貯えておられたのか。今は少しの金さえも惜しいはずなのに。志のためとはいえ、無茶をなさる。

そして、そのこと以上に善右衛門が度肝を抜かれたのは、翌日から始まった良雄の、見事な〝遊びっぷり〟であった。

赤穂藩の元筆頭家老、大石内蔵助良雄の遊蕩は数日では収まらず、ひと月を過ぎた頃には洛中に知れ渡ることになった。

江戸、吉原での紀伊國屋文左衛門の〝総揚げ〟とまではいかぬが、妓楼一軒を借り切って歌舞音曲で大騒ぎをして見せたかと思うと、翌日には女たちを連れて物見遊山に繰り出しもした。

遊びに使った金は千両を超す、と囁かれており、にこやかな顔で良雄に付き従う綿屋善右衛門がその金主なのではないか、とも噂されていた。

赤穂浪士による主君の敵討ちは、初めは江戸庶民に今や遅しと待たれていたが、飽きっぽい江戸っ子からはもはや忘れられていた。そんなところに祇園、島原、撞木町と良雄が遊び歩きはじめたものだから、面白可笑しく脚色されて、新たな噂として広がっていった。

この噂は、京にある各藩邸の侍たちの耳にも入った。堪りかねた進藤源四郎が、良雄が居続ける妓楼まで様子を見にやってきた。遊女たちに囲まれて盃を口に運ぶ良雄を見て、いっもは冷静な源四郎も顔色を変えた。

「源四郎殿、貴殿も一緒に遊んで行かぬか」

酔眼の良雄が手にした扇で招くと、源四郎は苦い顔のまま近くに腰を下ろす。

「大石殿のお志はどうなったのですか？」

良雄の耳元に口を寄せ、小声で訊いた。

「遊びの場で、無粋な話はやめましょう」

「無粋とおっしゃるか。何のために私は……」

源四郎は、幕閣や桂昌院など八方に伝手をたどり、浅野家再興のために奔走していた。拳を握りしめて肩を震わせる源四郎に、良雄は、よく通る声で言い放った。

「ハッハハ。お家再興も、ましてや吉良を討ち取るなど、もうどうでもよいことです」

頭に血を上らせた源四郎が立ち上がりかけると、その手を強く引き、良雄は囁いた。

「親類、縁者にはこだわらず、貴殿は貴殿の生き方を選んでください。生きられよ！」

源四郎は言葉の真意を測りかねて見返したが、良雄はすでにあらぬ方を向き、遊女の首に手を回していた。

大石良雄を探っていた吉良家の密偵が、この時期、江戸へ報せを書き送っている。大石内蔵助は遊蕩の限りを尽くしており、もはや侍としての矜持も無い有り様。敵討ちなどを企てている気配はまるでありません――密偵はそう結んでいた。

京の綿屋善右衛門のもとに、吉田忠左衛門からの手紙が届いた。忠左衛門は〝江戸急進派〟を取りまとめるため、良雄に命じられて江戸に滞在していた。

手紙には、大石殿のことだから、何らかのお考えがあると思うが、浪士の中には噂だけで脱盟を考える者も出始めている。お家再興の件も、その後どうなっているのかさっぱりわからない。綿屋殿からもろもろお尋ねいただけないか、と書かれていた。

実のところ善右衛門も、良雄のあまりの放蕩ぶりに、京の遊里に心底魅入られたのではないかと心配していた。

その日の昼、善右衛門は良雄が逗留している妓楼に足を運んだ。座敷には良雄の姿はなく、通りかかった小女に行き先を尋ねた。

「お大尽は、湯の中でゆっくりしてはります」

――昼湯、昼酒か……。

「おう、綿屋殿。丁度良いところへ来られた。桂まで菖蒲見物にと思っていたのです」

戻ってきた良雄にそう言われて、善右衛門は笑いながら、お供しますと応えた。

良雄の肌はつやつやと輝くばかりで、飲み疲れた様子さえ見えない。

――水が合っていたのか。

駕籠を待つ間、良雄は酒を運ばせた。

「さあ、一献」

「いただきます。本日、吉田忠左衛門様より書状が届きまして、お家再興の件について、大石様に伺ってくれと書かれていました。どのようにお返事をいたしましょうか」

良雄は口に運びかけた盃を止めた。

「吉田殿はまだそんなことを。綿屋殿、考えてもみられよ。上野介の隠居願いをご公儀が聞き届けたということは、吉良家へのお咎めなし、という裁定が覆る望みはないのです。この一年、大老をはじめとしてさまざまな方にお家再興の嘆願書を出し続けてきましたが、未だに何の音沙汰もない。私の中では、浅野家の再興はかなわぬものと、とうに見切りをつけております。それを放置したまま遊び呆けているのには理由があるのです」

「理由、でございますか」

「吉田殿の書状にもあったでしょうが、脱盟していく者がそろそろ増えているはずです」

「確かに、そう書かれていました」

良雄は遠くを見るような目をした。

「今は盟約者の数が多すぎるのです。いらぬ員数は、事をしくじる最大の弱点になり申す」

七月、京都の小野寺十内の屋敷で、堀部安兵衛は十内と向かい合っていた。

「大石殿の遊蕩の噂はまことでござるか」

安兵衛の顔には朱が上っていた。

この春、江戸へ下ってきた吉田忠左衛門の説得に応じて何度目かの譲歩をしたものの、夏を迎えた今、〝江戸組〟の我慢はすでに限界を超えていた。我らだけで吉良を討つべしとの声はもはや抑えがたく、吉良邸を襲撃する人数を集めるために、安兵衛は上方へ来たのだった。

――大石殿を外して、本当に敵討ちができるのか。

吉良への怨念(おんねん)と良雄への信頼の間で揺れていた安兵衛だったが、上方で真っ先に耳にしたのは、良雄の放蕩の噂だった。

十内は内匠頭切腹の折、京都から赤穂に駆け付けた忠臣であり、元京都留守居役という立場から、軽々しい噂を口にする人物ではない。その十内が安兵衛の言葉に頷いた。

「さよう、確かに大石殿は毎晩遊里で過ごしておられますな」

安兵衛の形相が変わった。

「大石、断じて許せん！」

叫ぶなり、大刀を手にして立ち上がった。

「所詮(しょせん)あの男は、噂通りの〝昼行灯〟だったということか。当人が意気地なしとか弱虫とか、常々口にしておったのは、まことだった」

「安兵衛殿、本気でご家老が遊び呆けておるとお考えか？」

「本気とはどういうことでしょう」

正座を崩さぬまま十内は、静かに安兵衛を見上げた。

「だから、あの方が本気で遊女や酒に溺れるような人だとお考えか、と訊いておるのです」

「な、なら何だというのです？　江戸の浪士は皆、その日の糧にも事欠く苦しい浪人暮らしに耐えておるのに」

「それをご家老がご存じないと思うてか！」

十内が一喝した。

睨み合う安兵衛と十内の耳に、慌ただしい足音が聞こえてきた。襖が勢いよく開き、飛び込んできた若い浪士は、座敷の異様な雰囲気に気付くこともなく叫んだ。

「た、大変です。広島藩浅野家への、大学様のお預けが決まったと――」

「何！」

そう叫んだ十内の顔から、見る間に血の気が引いた。

京都、円山の安養寺に集まった十八人の浪士たちは大石良雄の到着を待っていた。

どの浪士の顔も、それまでの迷いや鬱々としたものが失せ、吹っ切れた表情であった。

「大学様が広島藩お預かりの身となった以上、さすがのご家老も腹をくくられるでしょう」

堀部安兵衛がそう言うと、吉田忠左衛門は低い声で窘めた。

「安兵衛、口を慎め。大学様の裁定が下るまで皆が早まることなく辛抱できたのは、ご家老あってこそだ。お主ら若い者は本当の大石内蔵助という人を知らぬであろう。私はご家老が幼き頃より、御祖父、御大叔父から、どれほど厳しく育てられたかをこの目で見てきた。その上、我が殿への思いは、ここにいる誰よりも深い」

普段は物静かな忠左衛門らしからぬ、激しい言葉であった。

「殿の切腹を知った夜、私はご家老の邸へ駆け付けた。動揺していた私は尋ねた。我らはいかがいたしましょう、とな。ご家老は〝君、辱められし時は、臣死す〟と答えられた。私にはわかる。あの夜から、ご家老は一命を賭しておられるのだ。今、こうして進むべき道が定まったからには、我らは一丸となってご家老のお考えに従うまで。異を唱えたり、命に従えぬ者あらば、私が斬る！」

その勢いに、さすがの安兵衛も口を噤んだ。

襖が静かに開き、良雄が入ってきた。

「お待たせいたしました。ここへ来る途中、少し手間取りました」

「何かございましたか？」

原惣右衛門が心配そうに尋ねる。

「この二、三日、見かけぬ顔が近辺をうろついていたようです。ここへ来るまでにも跡をつけられました」

「どこぞの密偵でしょうか」

大刀を手に不破数右衛門が立ち上がりかけると、良雄はその肩に手を置いて首を振った。

「すでに私の手の者が捕らえました。皆様もこの後は、身辺によくよく目を配るようにしてください」

良雄はゆっくりと上座につき、居住まいを正したかと思うと、畳に両手をついて一同に頭を下げた。

「これまでさまざまなことがござった。私の一向に定まらぬ言動に耐え、皆様よく辛抱してくださった。お詫びとお礼を申し上げる」

浪士たちの間にざわめきが起こった。

この日の話し合いで、大石良雄は具体的な話をしようとしなかった。

「討ち入りはいつ頃とお考えですか？」

浪士の一人が身を乗り出して訊いたが、良雄はその顔を見返しもせずに続けた。

「まず、城明け渡しの折に神文を提出した者のうち、何名ぐらいに今でも殿のご無念を晴らす気持ちがあるかを確かめたいのです」

「皆、思いはひとつでござろう」

安兵衛が断言すると、忠左衛門が言った。

「安兵衛、いらぬ口は挟むな。してご家老、そのために何をなさると？」

「神文を、一旦全員に返そうと思います。お家再興は潰えた。血判状を返すので、各々の暮らしを立て直してくだされと。受け取らぬ者だけに、胸の内を明かそうかと思います」

「おう、それは妙案かもしれませぬ」

吉田忠左衛門が何度も頷く。

「〝神文返し〟のための使者を選んでください。血判を捺したのは、百二十余名。ひと月のうちに全員を回ってもらいたい」

良雄は皆の顔を見回して続けた。

「ここで皆様に約束していただきたい。神文を返されて受け取った者、この先、盟約を脱した者への悪態は決してつかず、黙って見送って欲しいのです。離脱に当たって遺恨が残れば、そこから首尾が洩れるおそれがあります。これから我らのなすべきことでは、針の先ほどの穴があってもならぬのです」

「ご家老、どれだけが残るとお考えですか」

大高源五が尋ねた。

「まずは半数かと。あるいは、もっと少ないかもしれません。員数が絞られた方が、むしろ好都合です。それでは、今夜はここまでに」

良雄は立ち上がった。

「ご家老、まだ何も決まっておりませぬぞ」

安兵衛が呼び止めて問う。良雄は去り際に、その日初めて安兵衛の顔を見つめた。口元にかすかな笑みが浮かんでいた。

半刻後、座敷に居残った吉田忠左衛門、小野寺十内、間瀬久太夫、原惣右衛門、堀部安兵衛、大高源五、潮田又之丞、不破数右衛門らの前に、再び良雄が姿を見せた。

「先ほどは失礼いたしました。さて、そろそろ本題を。夜も更けましたゆえ、戸を閉めて、皆さん車座になっていただけますか」

一同は座敷で、ぐるりと輪になって座り、良雄を真剣な目で見つめた。

大石良雄は手にした扇子で車座の中央を指し示して言った。

「これから私が話すことは、その一切を皆様の頭の中だけに刻んでいただきたい」

一同が頷く。

「我らが成すべきは、吉良上野介を討つことだけではない。我が殿に辱めを与える裁定を下した幕閣、大老、将軍を討つことだと考えていただきたい。殿のご無念がどれほどか、我ら家臣が、赤穂の侍が受けた屈辱がどれほどのものかを思い知らせるのです」

そこまでを一気に話し、良雄は扇子を左手に乗せ、掌を柔らかく叩いた。

「やるからには、間違いなく上野介を討たねばなりません。たとえ米沢に逃げ込んでも、上野介の首は我らが取る。首級を殿の墓前に供え、少しでもご無念を晴らしていただくのです。盟約に残る者は、多くても五十名。松坂町の吉良邸に雇われた警護は、この六月で百名を超えたそうです。百名が待ち受ける屋敷に討ち入るには、我が方の備えを万全にせねばならぬ。

それに三か月はかかるでしょう」

「おう……」

安兵衛が、感嘆したように息を吐く。

「武具は美濃の刀工に造らせています。甲冑は使いませんが、長矩様が好んでおられた火消し装束と鎖帷子を誂えております。肝心の武力ですが、吉良方はいざ知らず、こちらは、残念ながら大半が人を斬ったことすらありません。この先、鍛錬が必要になりましょう。ご存じの方もおられるが、神崎与五郎、勝田新左衛門ら若手が〝戦さ組〟として今も鍛錬を続けています。彼らを中心に総勢四十名ほどの部隊を揃えたいと考えております」

良雄が言い終わると、忠左衛門が尋ねた。

「米沢へ逃れた折の手立ては？」

「それは、私の手の者と、神文を提出させておらぬ忠臣とで準備を進めております」

「忠臣とは、誰のことでござろう？」

小野寺十内が首を傾げた。

「それは申し上げられません。浅野家が笠間を治めていた頃より仕えし者です」

一同は顔を見合わせた。

「私は、秋になりましたら東へ向かいます。討ち入りまでの費えは、瑤泉院様からお預かりした大枚をあてるつもりです」

突然、安兵衛が畳に頭を擦りつけた。

「お見それいたしました！　数々の無礼……」

安兵衛に視線を投げ、良雄は愉しげに笑った。


山科に戻った大石良雄は、文机に向かい、妻の理玖への手紙を書き始めた。

暇状（離縁状）である。

ひと文字ひと文字を丁寧に綴っていった。

庭先から風音が聞こえた。筆を止め、耳を澄ます。良雄はその音で、理玖が嫁入りした春のことを思い出していた。

三月、桜の頃に嫁いで来る理玖に、良雄は是非とも赤穂の桜を見せてやりたいと願った。

あの年は、もうすぐ満開かという頃になって春の強い風が吹き出した。

――何とか静まってくれぬか。

良雄の祈りの甲斐あってか、理玖が国境の峠を越えた午後、美しい満開の桜が出迎えた。

あれからもう十五年になる。

理玖の娘のような明るさが、堅苦しい大石の家を、どれほど救ってくれたかと思う。

「とうとう訊くことができなかったな」

良雄は小さくつぶやいた。

婚礼の夜、豊岡から赤穂への長旅で痛んだ足を良雄が揉んでやると、理玖はそのまま寝入ってしまった。理玖の足は、幼い頃に木にのぼって落ちたため、少し変形していた。長旅と婚礼の宴で座り続けたことが重なり、足の痛みに耐えていたのだった。

その時の理玖の愛らしい寝顔を見ていて、良雄は、いつか共白髪になって婚礼の日のことを懐かしく笑い合う時、どんな木にのぼり、どうして落ちたのかを尋ねようと思った。その日が迎えられれば、それは二人が平穏に生きることができた証しになるだろうと。

――私のもとに嫁いできたばかりに。

しかし、これも運命である。

暇状は、きわめて簡素な文面で終えた。

その方がいらぬ感情を抱かずに済む。

書き終えて下働きの者を呼び、豊岡の石束家への飛脚を出すように言った。その上で主税を呼ぶように頼んだ。

「父上、ご用でしょうか」

主税が座敷に入ってきた。このところ上背だけでなく、肉がついて精悍さを増している。

「吉良上野介を討つこととなった。私たちが東へ下るのは、秋になるだろう。その前に、豊岡を訪ね、母と弟妹に逢って来なさい。今生の別れになるやもしれぬ」

「私一人でございますか？」

「そうだ。討ち入りのことは決して伝えてはならぬ。わかったな」

主税は母に似た目を向け、強く頷いた。

豊岡の石束家へ飛脚が書状を運んできたのは、二日後の夕刻だった。

理玖は、山科の夫から書状が届けられたと兄の毎明（つねあき）から聞かされた時、すぐに内容を察した。浅野大学様が広島藩へお預けとなった、という報せは、豊岡にももたらされていた。

毎明も察していたらしく、理玖に書状を手渡すと、すぐに居室を出て行った。

三男の大三郎（だいざぶろう）を胸に抱いたまま、理玖は手紙に目を通す。

簡潔な暇状であった。

しかし、理玖は、夫の手跡がいつになく丁寧であることに気付いた。その丁寧さが、自分への思いの深さであることがわかり、理玖の目からは大粒の涙がとめどなく溢（あふ）れ出た。

赤児の頬に顔を寄せ、強くかき抱く。

主君の切腹後、慟哭（どうこく）する良雄を垣間（かいま）見たあの夜明けから、理玖は、いつかこの日が来るのではと覚悟していた。それでも、こうして暇状を目にすると、やはり胸が張り裂けるようだった。

別離の前に、夫にはもう一度逢えると思っていた。いや、そう念じていた。

——思ったよりも、その時が早まったに違いない……。

七月五日に生まれたばかりの大三郎に、せめてひと目逢ってやって欲しかった。おそらく、夫も同じ気持ちであったはずなのだ。

子どもたちが居室にやってきた。

「父上からの便りが届いたと、伯父上にお聞きしました」

十三歳になった長女のくうが、夫に似た生真面目な眼差しで問う。

「そうですよ。皆は元気にしているかと、書いてこられました」

「いつ父上のところに帰れるのですか」

理玖には返事ができなかった。

夕餉の前、父と母、そして兄に、暇状を受け取ったと伝えた。三人とも黙ったまま聞き、母は涙を落とした。

その夜、理玖には眠りが訪れなかった。

夫と過ごした十五年の月日が、頭の中を駆け巡っていた。

「この桜の美しさを、理玖殿に見せたかったのです。間に合って良かった」

「豊岡では、娘は木にのぼるのか」

耳の底に夫の懐かしい声が響いた時、理玖は声を上げて子どものように泣き出した。

次の日から毎朝、理玖は一人で城下の外れにある山王社へ詣でるようになった。

――宿願を果たせますように、お守りください。

自分が夫にできるせめてものことだった。

最後に、主税のことを祈った。夫は、この度の件に、まだ子どもである主税を関わらせないはずだと思っていた。ところが一月、山科から届いた手紙には、主税を元服させたと書かれていた。もしも夫が主税を巻き込むつもりがないならば、主税を豊岡へ寄越すはずだ。だが、一向にその気配はない。

——やはり、かなわぬことなのか。

多くの同志が親子兄弟で盟約に加わる中、自分だけが外れることを善しとする息子ではないし、嫡子を外す夫でもない。

山王社の階段と坂を下り、武家屋敷の塀が連なる城下を歩いていた理玖の目に、人影が映った。大小を差した背の高い侍は、理玖に気付くと足を止め、被った菅笠を手で押し上げた。理玖は思わず声を上げて駆け寄る。笠の下の顔も笑い、歩み寄ってきた。

「主税。今、豊岡に着いたのですか」

「はい。石束の家に寄って、母上がこちらにいると聞いたものですから」

「父上のお使いですか。何かありましたか」

「いいえ、そうではありません。生まれた弟の顔が見たくて参ったのです」

嘘が下手な子である。理玖には、理由がそれだけではないことがわかっていた。

「まあ、こんなに埃を被って」

理玖は主税の道中着を優しくはたいた。

この時刻に豊岡へ着いたということは、夜明けに宿場町を出たのだ。峠道を懸命に歩いてきたであろう息子の姿を思うと、理玖は嬉しくもあり、哀しくもあった。

石束の家の前には、父、毎公と兄、毎明が立っていた。

「主税、よく参った。いつまでいられるのだ」

「明朝には発とうと思います」

「そうか。今夜はゆっくり母に甘えるがよい」

「お祖父様、私はすでに元服いたしました。そのようなことはいたしませぬ」

「おう、そうであったな」

気負った孫の言葉を聞き、父が笑いながら頷いてくれるのが理玖には嬉しかった。

毎明は元服の祝いを述べた後、立派になられたな、と甥の肩を叩いた。

主税が足を洗い、身を拭っている間に、理玖は台所に立った。息子の好物をこしらえてやろうと思ったのだ。

父の毎公が珍しく台所に顔を出す。

「主税の好物は何だ?」

「赤穂ではよく魚を食べました」

理玖が答えると、毎公は大声で人を呼び、浜でうまい魚を買ってこい、と言った。

理玖が縁側に行くと、主税はくう、吉之進と並び、るりを膝に抱えて談笑していた。子どもたちが揃った姿を見て、理玖は久しぶりに自分がこころから笑っていることに気付いた。

その日の夕餉は賑（にぎ）やかだった。毎公は笑いながら孫の盃に酒を注ぐ。

「ほう、父上と同じく東軍（とうぐん）流をするのか」

「はい。父に教わり、鍛錬しております。軍学は山鹿（やまが）流を習いました」

「赤穂には山鹿素行（そこう）先生が長らく滞在なさっていましたな」

毎明が言うと、主税は誇らしげに答えた。

「父と、亡き殿は、素行先生から直接軍学を学んだそうです」

亡き殿という言葉に、大人たちの顔は強張（こわば）った。

食事を終え、主税は庭を望む縁側の柱に背をもたせかけ、居眠りを始めた。蜩（ひぐらし）の声が聞こえる穏やかな夏の夕べだった。

自分たちに逢うため、主税は懸命に歩いてきて疲れたのだろう。寝ぼけた顔の主税を寝間まで連れて行った。理玖は、自室に戻って真新しい木綿の布を柳行李（ごうり）から取り出す。布を裁ち、ひと針ひと針、肌襦袢（はだじゅばん）、下帯を縫う。仕上がった時には、すでに夜も更けていた。

真新しい肌襦袢と下帯を、寝間でやすむ主税の枕元に置きにいった。理玖は、主税の寝顔を覗（のぞ）き込んだ。主税は、弟妹の面倒をよく見る、こころ根の優しい長男だった。

——なぜこの子が、死が待ち受けているやもしれぬ旅へ出なくてはならないのか。

理玖は掌（てのひら）で顔を覆い、嗚咽（おえつ）を聞かせまいと歯を食いしばった。夜明けまで主税の寝顔を見ていた。

翌朝、疲れをまったく見せず、主税は元気に起き出してきた。腕には大三郎を抱いていた。

「あなたは、吉之進もるりも、そうして抱いていましたね」

理玖が話し掛けると、主税は微笑み、庭に咲く萩の花を見ながら言った。

「母上がどうして花がお好きなのか、この家の庭を見てわかりました」

石束家の長屋門の前で、主税は祖父、毎公に丁寧に頭を下げた。

「ご長寿をお祈り申し上げます。母のこと、弟妹のこと、よろしくお願いいたします」

「案ずるでない。この祖父に任せておけ」

理玖は国境まで送っていきたかったが、兄、毎明に止められた。城下の外れまで、理玖と毎明は主税を送っていった。

三人で並んで歩き、やがて橋の袂（たもと）に至ると、理玖は主税の手を取った。

「どうぞ、命を大切にしてください」

毎明が、これ、とたしなめる。

「はい。父上は、私たちを決して犬死にはさせぬとおっしゃいました。犬公方に一泡吹かせてやりとうございます」

主税は、ひと言ひと言、はっきり話した。

「お達者で。伯父上、お世話になりました」

そう言うと、主税は母を見ずに踵(きびす)を返した。振り向きもせず、顔を上げて橋を渡っていく主税の後ろ姿に、理玖は、息子はもう、己の道を見つけたのだと思った。

「犬公方か。切なきことだ……」

兄の独り言が聞こえてきた。

良雄は、大野九郎兵衛(おおのくろべえ)への手紙を書き終えると、かんを呼んだ。

「この書状を、明日、大坂の大野九郎兵衛に届けて欲しい。太助(たすけ)を供につける」

良雄の前に座ったかんは、こくりと頷いた。

「お前を使いにやるのは、大野九郎兵衛と知り合っておいて欲しいからだ。この先、事と次第によっては、私の代わりにお前に大野の手助けをしてもらうことになるかもしれぬ」

「承知しました」

「きんは、二人で決めた通り、大津の官兵衛(かんべえ)に預けてくる。よくよく頼んでこよう。官兵衛も官兵衛の妻も、優しく大らかな気性だ。心配せずとも良い」

かんは、膝の上に置いた自分の手に一度落とした目をすぐに上げ、はい、とはっきりした声で答えた。

「その後はどういたしましょう」

「私は江戸へ下る。お前も付いてきてくれ」

「わかりました」

かんの口元には、薄い笑みが浮かんでいた。

「つらくはないな」

良雄が問うと、かんは、微笑みを消さぬまま、良雄の手を握った。初めて逢った娘の時と変わらぬ、白い手であった。

秋を迎え、江戸の浪士たちの動きはにわかに慌ただしくなった。

大石派の筆頭格である吉田忠左衛門は麹町五丁目に居を定め、作州浪人と身分を偽り、そこに暮らし始めた。この家が、浪士たちの連絡拠点になった。

八月十二日の午後、初秋の陽差しが水面を輝かせる大川に、屋形船が浮かんでいた。船には二十人ほどの武士たちが乗り込み、物見遊山の客らしくなごやかに談笑にふけっていたが、船が川岸を離れると彼らの顔から笑みが消えた。

下座にいた者が懐から書状を取り出すと、皆の視線がそれに集まった。

「大石殿からの指示でござる」

大石内蔵助良雄の縁者である、潮田又之丞だった。大石から命じられて又之丞が急ぎ江戸入りしたのは、討ち入りの大略を話し合うためであった。

吉良上野介が屋敷内にいる時、同志全員で討ち入って首級をあげ、その首を高輪、泉岳寺の浅野内匠頭の墓前に備えて亡君に遺恨を鎮めていただく。途中、米沢藩上杉家の抵抗があった場合、それに立ち向かい、交戦する。吉良を討ち果たした後の身の処し方は、大石が江戸へ入った後に決めることになった。

武具に関しては、大小刀、槍、弓などを希望する者には与える。普段から使い慣れたものがあれば、それを持参して構わない。甲冑類は使用せず、すべて大石が用意したものを着用することとした。統率の取れた討ち入りにするため、抜け駆けや指示への不服従は許されない。

又之丞が読み終えた書状を再び懐にしまうと、堀部安兵衛ら浪士たちの間から熱いざわめきが沸きあがった。急進派が待ち続けていた吉良討伐が、ついに動き出したのだ。

忠左衛門が用意した屋形船での打ち合わせは、長時間に及んだ。

まず討ち入りの日程は、大石の江戸入りを待って決定することとなった。

堀部安兵衛ら江戸組の浪士たちが吉良について調べ上げた事柄は細かく、多岐にわたっていたが、それでもまだ十分ではなかった。

「上野介は相変わらず白金にある米沢藩下屋敷に入り浸っており、屋敷の普請もまだ続いておるという噂だ。我らが考えているよりも吉良邸に攻め込むのは厄介かもしれん」

奥田孫太夫(おくだまごだゆう)が渋面を作って言った。

「手強いと申すのか。喧嘩(けんか)と同じで、守ることしかできない者は、攻める者に敗れるのが必定だ。狙われる者よりも狙う方が強い」

〝喧嘩安〟と呼ばれる安兵衛が不敵に笑う。

「それよりも肝心なのは、事を迅速に進めることだ。潮田殿、そのことを上方組とご家老にお伝え願いたい」

吉田忠左衛門の言葉に、潮田又之丞は力強く頷いた。

この話し合いの結果を大石に伝えるため、潮田又之丞は京へと取って返したが、これとすれ違うように、上方にいた多くの浪士が東海道を東へと下っている。

八月二十五日に岡野金右衛門、武林唯七、毛利小平太が江戸へ着き、市中に潜伏した。九月に入ると不破数右衛門、間瀬孫九郎、吉田澤右衛門。数日遅れて千馬三郎兵衛、中田理平次、間十次郎、矢頭右衛門七、木村岡右衛門。

十月には、父から一足先の江戸入りを命じられた大石主税と、大石瀬左衛門、小野寺幸右衛門、茅野和助、間瀬久太夫、矢野伊助。この後に、岡島八十右衛門、小野寺十内、貝賀弥左衛門、瀬尾孫左衛門、間喜兵衛、原惣右衛門も続々と江戸入りした。

浪士たちの江戸での潜伏場所を探し、討ち入りの日まで各人が目立たず過ごせるように手配をしたのが吉田忠左衛門であった。

大石主税は忠左衛門の家にしばらく滞在した後、日本橋石町三丁目の小山屋弥兵衛裏店で暮らし始めている。

この日本橋石町から横山町、馬喰町のあたりは問屋が建ち並び、全国から多くの商人が江戸へ来て逗留し、商談をするための旅籠も多かった。上州屋、下総屋、美濃屋、京屋など国名を屋号にした店も少なくない。

これらの旅籠屋とは別に公事宿というものがあり、江戸藩邸に入れない侍が宿泊していた。彼らの多くは訴訟ごとのために江戸へ出てきた者たちで、各藩内の訴訟もあれば、公儀への訴えもある。いずれの場合も、訴訟を扱う役人らは多くの件数を抱えており、一、二か月待たされる侍も多かった。

忠左衛門はこれに目をつけた。

大石親子をはじめ数名の浪士を、訴訟のため江戸へやってきた上方の侍に仕立てた。逗留が長引けば旅籠代が嵩む。彼らは忠左衛門が公事宿近くに用意した借家で、一緒に暮らすことになった。

江戸に潜入した浪士たちは、忠左衛門の指示のもと、上野介の住む本所松坂町を中心に、麴町、芝、深川、八丁堀などに分かれて住み着いた。

主税のようにどこかの藩士に扮した者、仕官先を探す浪人者として暮らす者など、侍のままの身分を保っている者もいた。その一方で、長矩の元近習であり、江戸詰であった片岡源五右衛門、田中貞四郎、磯貝十郎左衛門は実際に町人となり、江戸で商いをしながら、吉良邸の様子を窺っていた。忠左衛門の指示のもと、赤穂の浪士たちは、江戸の町で吉良を囲む輪を慎重につくりあげていた。

だが、彼らに号令をかける立場の大石はまだ江戸に現れず、十月中旬に入ると浪士から苛立ちの声が聞かれるようになった。

「吉田殿、ご家老がいまだ江戸に着かれぬのは、何かお考えがあってのことですか？」

麴町の吉田忠左衛門の家で会合があり、いち早く訪ねてきた堀部安兵衛は、身体をぶつけんばかりの勢いで忠左衛門に詰め寄った。

「お考えとは何だ？」

「よもや討ち入りに加わらないのでは、と言い出す者もおります」

「口を慎め、安兵衛。円山の会議でご家老の固い意志を聞いて、涙を流し、これまでの無礼を詫びたのはどこの誰だ？」

「それはそれ、これはこれですぞ」

悪びれることなく言い切った安兵衛に一瞬目を剝いた後、忠左衛門は声をひそめた。

「主税殿はすでに江戸へ到着しておられる。息子だけを寄越す父親がどこにいる？」

「それでは、主税殿は人質のようではないですか！」

幼少の頃の主税に請われて、安兵衛は剣を教え、以来、赤穂に行くたび成長する主税と稽古を続けている。真っ直ぐな気質の主税を、息子か弟のようにかわいがってきた安兵衛は、思わず眉をひそめた。

「大石殿はお主のように自分を疑う者が出ることを見越しておられるのだ」

「そ、それは……」

その時、障子戸が開いた。入ってきたのは当の大石主税であった。

「堀部様、お久しぶりです」

元服して前髪を落とした主税は、子どもの頃と変わらぬ笑みを安兵衛に向けた。

「これは主税殿、また大きくなられましたな。剣の腕前は上がりましたか」

「はい。剣は、父から手ほどきを受けておりました」

「ほう。して、ご家老はいずこに？」

「それを報せるため、参りました。父より手紙が届き、二日前に箱根に着いたそうです。箱根神社と、曾我兄弟の墓に参るとか」

「そうですか。さすがはご家老。我らの悲願成就のため、見事に仇討ちを果たした曾我兄弟の墓に参るのですな」

安兵衛はそう言い、主税と笑い合ったが、忠左衛門は舌打ちをして、安兵衛を睨みつけた。

——調子のよい奴じゃ。

山科を出発する二日前、良雄はきんを連れて、大津の官兵衛こと三尾豁悟のもとを訪ねた。

いつものように、官兵衛は門前で良雄を待っていてくれたが、その日は官兵衛の妻も一緒に立っていた。道中ずっと無言で良雄と手をつないでいたきんは、身を屈めた官兵衛の妻に、ようこそいらしたね、と優しく抱きしめられても、まだ良雄の手を離そうとしなかった。

数刻後、眠りに落ちたきんを官兵衛の妻が寝間へと連れていった後、いつもの座敷で良雄は官兵衛と向かい合って座っていた。

「今日はお主に貰ってほしいものがあってな」

良雄が言うと、官兵衛は笑った。

「ほう。浪人のお前が、私に何をくれるのだ？　どうせ要らなくなったものだろう」

「価値は、お主に決めてもらいたい」

良雄は荷物から細長い木箱を取り出し、畳の上に一幅の絵を広げた。

「前に羨ましがっていたであろう。石清水八幡宮の豊蔵坊信海様からいただいたあの絵だ」

大きな赤い陽を背に千鳥が飛ぶ、見事な絵だった。

高僧、信海はすでに亡くなっていたが、その書や俳諧師としての作品を自筆した短冊などは、彼の愛用していた茶道具と並んで、大名や好事家が所望する逸品だった。親しく交際させてもらっていた良雄は、信海への強い敬愛の念をいまだ抱いていた。

「これを私に？」

「そうだ。官兵衛、お主にこそふさわしい」

官兵衛は眼をぎゅっと瞑ったが、やがて言った。

「わかった。それで、いつ江戸へ発つ？」

「明後日だ」

「京へ帰ってきたら、共に祇園へ行こう。それまでに、吉原で江戸の踊りを習ってこい。私となかに、ぜひ披露してくれよ」

良雄は、笑って頷いた。

門前まで見送った官兵衛が声を掛ける。

「お前の娘は、私がずっと見守ろう」

良雄は黙って頷き、歩き出した。

山科を出立した良雄に同行していたのは、潮田又之丞、菅谷半之丞、近松勘六、早水藤左衛門、三村次郎左衛門らであった。

十月二十日、一行は箱根に到着し、芦ノ湖湖畔にある箱根神社に参拝した。仇討ちで名高い曾我兄弟が仇討ち成就の祈願をしたという故事があったからである。近くにある兄弟の墓へも参った。

翌日、江戸から迎えに来た吉田忠左衛門と鎌倉で落ち合うと、今度は鶴岡八幡宮へ共に参詣し、討ち入りの成功を祈った。

十月末、富森助右衛門が平間村に持っている粗末な家に入り、良雄はここに十数日間滞在して討ち入りの詳細な計画を練った。

月も改まった十一月五日、大石良雄は江戸へ到着した。

主税は、垣見左内と名乗り、訴訟のため江戸に滞在していることになっていた。良雄はその後見人で、伯父の垣見五郎兵衛と名乗ることになった。

良雄が主税の待つ日本橋石町に到着すると、奥の座敷では片岡源五右衛門と田中貞四郎、磯貝十郎左衛門が待っていた。

三人は赤穂城明け渡しの際、神文を提出せず江戸に引き揚げていたため、吉良邸討ち入りに加わらせてくれるよう、改めて良雄に頼みに来たのである。

大石良雄は片岡らの顔を順番に見た。

「貴殿らの殿への思い、十分に承知しております。吉田忠左衛門殿からの報告でも、貴殿らが町人に身をやつして吉良邸に探りを入れていることを聞き及んでいます。改めて申すまでもないが、正式に加わってくださり、これ以上こころ強いことはございません」

良雄は三人に頭を下げた。

片岡らが帰って行くと、良雄は忠左衛門に尋ねた。

「これで、盟約者は何名になりましたか？」

「上方から江戸入りした者は三十九名、江戸にいた者が十五名、これに片岡ら三名を加え、合わせて五十七名です」

「五十七名ですか。しかし、これからもまだ脱盟者は出ることでしょう」

良雄が言うと、忠左衛門が応えた。

「侍といえども、いざとなればうろたえます。ここから各々が己を見つめ直し、本当に命を賭せるか、答えを出していくものでしょう」

良雄が頷くと、忠左衛門は吉良邸の見取り図を膝元に広げた。

本所の吉良邸は敷地二千五百五十坪（約八千四百平方メートル）。

東西に三十四間（約六十二メートル）余、南北は七十三間（約百三十三メートル）余。

東側、西側の道は幅五間（約九メートル）、南側は幅七間（約十三メートル）。

北側には本多孫太郎邸と土屋主税邸。

大川と掘割の竪川に挟まれた、いわば角地のような場所にある東西に長い敷地で、近隣では大きい方だ。多くの屋敷と町屋が建ち並び、大人数で集まれそうな場所は、道を隔てた回向院ぐらいしかない。しかし陽が落ちれば人通りのない、淋しい場所だった。

以前、仁助が手に入れた図面は、外構と以前の持ち主、松平登之助の屋敷を描いた大まかな物であった。その後、偵察や潜入を何度も繰り返しながら、図面はより正確なものへと少しずつ描き替えられていた。

最も大きな変化は、屋敷の東、西、南を取り囲むようにして建てられた三間四尺（約六・七メートル）ほどの高さがある頑丈な二階建ての長屋だった。外から見ると、さながら城郭のようである。

「普請を請け負った大工の棟梁を捜していますが、吉良家でも警戒しておるようで、なかなか見つけることができません。また、毛利小平太が小者として潜入しましたが、屋敷の奥までは行けませんでした」

吉田忠左衛門が言った。

「いずれにしても、より正確な図面を手に入れてください」

大石良雄は吉田忠左衛門に命じた。

「して、ご家老、決行の日はいつ頃とお考えでしょうか？」

その問いに、良雄は腕を組んで目を閉じた。

人は、戸惑うものである。戸惑いは不安を生む。不安はやがて、仇討ちをしようとしている己の行動にさえ、疑問を抱かせる。その疑問を、同じ立場にいる者が口に出すようになれば、何かの拍子に脱盟という考えが頭に浮かび、それを肯定し合う。崩れていくように同調者が増える。

自分が想像していなかった方向へ、江戸の浪士たちの気持ちが流れつつあるのではないかと、良雄は危惧(きぐ)していた。

いずれにしても、すべてを急がねばならぬと、良雄は考えていた。

そもそも、しばしば米沢藩邸に泊まり込むという吉良が、本所の屋敷に確実にいる日すら、まだ摑(つか)めていないのだ。

決行の日についての答えを待つ忠左衛門に、良雄は独り言のように言った。

「殿の月命日は、年内にあと二回あります」

それを聞き、忠左衛門は何度も頷いた。

――十一月か、十二月か。

「討ち入りに加わる確実な人数が知りたい」

良雄はそう言った。

良雄の心配は、思ったよりも早く的中した。討ち入りの日が迫るにつれて浪士の脱盟が続き、吉田忠左衛門、原惣右衛門らを慌てさせた。

以前、良雄は吉良家を疲弊させるために赤穂浪士が討ち入りを企てているという噂をわざと広めさせたが、その後も討ち入りに関する噂はどこからか生まれ、江戸市中に広がり続けていた。

〝吉良家は警備を増員し、何かあれば援軍を出すと上杉家も約束しているそうだ。赤穂浪士の討ち入りは、容易ではあるまい〟

〝吉良家は吉良荘(きらのしょう)から清水一学(しみずいちがく)という剣の達人を雇い入れた。討ち入っても、逆に斬り殺されてしまう〟

〝ご公儀も自分たちの裁定に逆らうことは許さないと、吉良邸の近くに兵を備えている〟

ここに来て、さまざまな噂に怖(お)じ気づく浪士たちが現れたのだ。

江戸へ集結していた中から、鈴田(すずた)重八郎(じゅうはちろう)、中田理平次、中村清右衛門(せいえもん)、田中貞四郎らが抜け、残りは五十二名になった。

そんな中、主税が書状を持って帰ってきた。

「小野十郎兵衛という方からです」

――大野九郎兵衛か。

その書状は、やはり九郎兵衛の手跡であった。これが届く頃には、大坂を発ち、越前、越中、越後から米沢へ向かっているだろうことと、昨年、品川宿で逢った常陸屋吉蔵から、鐘木を届けさせる旨が、書かれてあった。

――鐘を打つ木か。面白いことをいう。

討ち入りに必要な金子を江戸に届けさせる、という符丁であろう。

良雄は、相変わらず頼りになるな、とつぶやきながら、雪の降る越後路を歩く九郎兵衛の姿を思い浮かべた。

二日後の昼過ぎ、日本橋石町にある大石良雄の借家に、大きな風呂敷包みを背負った町人姿の男二人が訪れ、周囲を窺うようにしてから中へ入った。二人は手前の部屋にいた男と目顔で挨拶を交わし、奥へと上がる。

彼らは元赤穂藩士の前原伊助と神崎与五郎であった。それぞれ米屋五兵衛、小豆屋善兵衛と名乗り、吉良邸裏門に近い本所相生町で雑穀などを扱う店を出していた。

座敷に入ると、前原と神崎は背中の荷を下ろし、包みを解きはじめた。

ほどなくして、良雄が座敷に入っていくと、そこには、奇妙な黒い装束を着て立つ、一人の男がいた。

黒い頭巾に黒い小袖、籠手、足元は軽衫袴に脛当て、草鞋をつけている。

「おう、出来上がりましたか。神崎殿、町人姿よりも、やはりこちらの方が似合いますね」

良雄はそう言いながら近寄った。

恐れ入りますと言って頭を下げた神崎は、頭巾の上に黒い兜を被っていた。

「兜に頭巾を縫い付けてもよいと思います」

こちらは先ほどと変わらず、町人姿のまま傍らに座っている前原が言った。

良雄は頷き、神崎の小袖の襟元を両手で開く。小袖の下から細かく編まれた鎖帷子がのぞいた。

その鎖帷子に手を触れ、良雄は試すように強く引っ張ってみた。薄くてしなやかだが、強度は申し分なさそうだ。

「これなら、一撃を受けたとて、骨までは届くまい」

小袖の襟と、両の袖口は白い布でぐるりと縁取られていた。

「暗闇でも同志が判別できるようにしました」

前原が装束について説明を加える。

「これは妙案です。神崎殿、動きやすいか？」

神崎は両腕を上げ、上段の構えを取った。

「はい。それに、思ったより軽いです」

良雄が軽衫袴を叩くと、ジャリッと軽い音が聞こえた。

「袴の下にも、同じく鎖を縫い付けています。籠手と脛当てには薄い鉄を入れております」

「白色の襷も判別のためですか？」

「俯せで倒れても目立ちます故」

「唐人笛は人数分揃いましたか？」

「はい。五十二個ございます」

笛は襟に縫い留め、上野介を見つけた際、互いに報せるために使うことになっていた。

討ち入りは、夜襲以外には考えられない。ともかく闇が深い場所での戦いは、敵味方の判別がしづらい。

良雄は、江戸に到着した翌日から、昼となく夜となく、浪士たちに交代で本所界隈と吉良邸周辺を偵察させていた。皆は口を揃えて、本所の夜は思いのほか暗うございます、と報告した。

「神崎殿、部屋奥の壁際に立ってくれぬか」

光の届かない場所に立つと、神崎の姿は暗がりの中に溶け、身体の輪郭も見えづらくなった。小袖の白い縁取りと白い襷だけが、ぼんやりと浮かび上がっている。

「帯にも白を用い、刀の柄には白布を巻いた方がよいですね」

良雄は言い、満足そうに頷いた。

前原伊助はもうひとつの包みを解き、短い弓を取り出した。

「半弓でございます。相手との距離が近い屋敷内の戦いでは、この長さがよいと思います」

良雄は弓を受け取ると、弦を引いた。

「なるほど。狭い場所では数段扱いやすい」

前原は、コの字形の太い鉄釘のようなものを革袋から取り出した。

「前にお伝えした鎹でございます」

吉良邸襲撃の一報が上杉家に届けば、上杉の侍が攻め寄せるだろう。その時には、良雄は門や戸を閉じつけて邸内に籠城し、そこで彼らを迎え撃つつもりでいた。また、吉良邸の家臣が住まう長屋の戸口に外側から鎹を打って閉じ込め、足止めする計略もあった。

前原と神崎は、良雄の命を受けてこうした物品の手配を着々と進めていたのである。

四半刻後、町人の身なりに戻った神崎と前原は、良雄の居室に座を移していた。

「これが〝戦さ組〟に残った者たちです」

前原が差し出した名簿には、三名ずつ五組に分けて名が並んでいた。

「全部で十五名ですね。よく精進してくれました。神崎殿、前原殿、ご苦労でした」

二人は深々と頭を下げた。

「当初は十八名でしたが、三名脱落しました。それぞれ事情はありましょうが、殿のご恩に報いることなく、ふがいない者たちです」

神崎が罵（ののし）った。

「神崎殿、脱盟者を悪く言ってはなりません。もしも、たった一名でも敵方に寝返れば、我らは大きな打撃を受けることになります」

「申し訳ありません。肝に銘じます」

包み直した荷物を手に、前原伊助は大石良雄の借家を後にした。

残された神崎与五郎に、良雄は尋ねた。

「美濃の徳兵衛殿から返事はありましたか？」

「はい。委細承知した、と書かれていました」

「そうですか。次の手紙では、十二月の初めには米沢へ入っているようにと、伝えてください。米沢の国境（くにざかい）、板谷峠の手前にある宿で、小野十郎兵衛という侍が待っています。そこからは、小野の指示に従うようにと」

吉良邸への討ち入りを決意してから、良雄はあらゆる事態を想定していた。襲撃が失敗した場合、吉良は素早く米沢藩へ逃げ込むだろう。その時、自分と江戸の浪士たちが自由に動ける可能性は極めて低い。良雄は米沢での襲撃の指揮を、小野十郎兵衛こと大野九郎兵衛に委（ゆだ）ねると決めた。良雄と九郎兵衛はこの案を慎重に進めていたが、九郎兵衛は襲撃の際の配下を元赤穂藩士でない者で揃えて欲しいと頼み、良雄はその人選を、美濃の刀工、徳兵衛に依頼していたのである。

「書状では、七名の志津衆を揃えたとのこと」

「たったの七名で上杉の行列を襲って、上野介の首級を取れるというのですか？」

「できると思います。私は美濃の志津の里で、幾度も彼らと手合わせをしてきました」

「それほどの腕前ですか」

神崎は、生真面目な顔で頷いた。

「志津衆一人と、私たち〝戦さ組〟は三名一組で対峙しましたが、最初の三日は遊ばれておりました。日を追うごとに少しずつ彼らの身体近くに迫れるようになり、今夏、ようやく互角の一歩手前となりました。彼らとの激しい鍛錬のお陰で、〝戦さ組〟は生まれ変わりました。ですが……」

「……何ですか？」

「彼らには、吉良を打つための信や義はなく、人を殺める手練があるのみです」

「それでよいのです。上野介の首級は、必ずや我らで取りますから。あくまでも備えです」

「ご家老、その小野十郎兵衛なる方は、我が殿にお仕えしていた武士でしょうか？」

「無論です。故あって名は明かせぬが、元赤穂藩士の中でも、随一の忠義の臣です」

「それをお聞きして安堵いたしました」

——しかし、我が方には五十二名の同志。それを九郎兵衛は、たった一名で……。

雪の降る中、寡兵で行列に斬りかかる九郎兵衛の姿を思い浮かべ、良雄の胸は痛んだ。

大野九郎兵衛の件を、大石良雄が吉田忠左衛門に打ち明けたのは、翌日のことだった。

忠左衛門は眼を剝いた。

「私は、大野殿は腹を切ることを恐れ、出奔したと思っておりました。それが、米沢でそのような大役を担っておいでとは」

「それだけではありません。この度の討ち入りのための金子は、瑤泉院様がお預けくださったものだけでなく、私が前々から大野殿に頼み、公儀の目を盗んで捻出しておいたものです」

「ご家老、そのこと、皆に伝えるべきですぞ」

忠左衛門は、ぐいと姿勢を正すと、珍しく厳しい顔になり、息子を叱るかのような声を出した。

「皆は、特に若い者は、大野殿のことを尻尾を巻いて逃げ出した卑怯者と、嘲笑っております。汚名を着てなお、たった一人吉良を討ち取らんとするとは、不忠義どころか、まこと忠臣の鑑ではござらぬか」

「いや、ここまで隠密に事を運んだのは、万が一を考えてのこと。今の大野殿は我らと敵対しておると、味方すら信じ込んでおります。すべてが終わるまでは、このままに……」

首を横に振った良雄の目を見て、忠左衛門はため息をついた。

「大野殿もおつらいことですな」

「はい。私は藩の財政について大野殿と遣り合うたび、感服して参りました。そして、このような役を引き受けてくれる肚の据わった男は大野殿しかおらぬと、そう考えました」

穏やかにそう言った良雄は、声の調子を変えぬまま続けた。

「吉田殿、そろそろ討ち入りの日も近い。若い者たちに、改めて切腹の心得を教えてやってください」

「それは……皆、承知しておりますでしょう」

「承知しておるのはわかっています。しかし、それでも今一度、伝えておきたいのです」

若い浪士たちの中には、吉良上野介を討ち果たした後の自分たちの処遇について、よくわかっていない者がいた。

赤穂城明け渡しの折、原惣右衛門が籠城もしくは城中にて皆で切腹しようと述べて、家臣の大半は、信じられぬ、という顔をした。

武士というものの本分を彼らは学んでおらぬ。死ぬ覚悟さえ持たぬのだと痛感した。

——これほどか。

良雄は、正直驚いた。

「許さじ、犬公方め！」

藩主が庭先で切腹させられたと知った夜明け、長矩の無念を思い、良雄は慟哭した。あれ以来、良雄の覚悟は揺らぐことがなかった。

殉死は、三代将軍家光（いえみつ）の時代にすでに禁じられていたが、それでも主君を追って死ぬ者は後を絶たなかった。

良雄も当初、藩主長矩の墓前に吉良上野介の首級を供えた後、一同がその場で切腹するということを考えていた。

主君が死ぬ。家臣がその後を追って死ぬ。これほど潔（いさぎよ）いことはなかろう。

その考えが覆ったのは、事件の本質が、実は吉良上野介一人の引き起こした厄災ではなく、片田舎の小藩、赤穂藩への柳沢吉保の冷淡な処遇と、公儀の懐を肥やさんとしてそれを善しとする将軍綱吉にあると気付いてからだった。

長矩は、上野介からの度重なる嫌がらせの末、上野介に斬りつけた。上野介にも非がある喧嘩ならば両成敗が天下の法である。それにもかかわらず、公儀の裁定は、内匠頭に切腹を申し付け、上野介にはお構いなし。のみならず、浅野家はお取り潰しとなり、養子の大学様のもとでお家を再興する望みすら絶たれた。浅野家と良雄の祖父たちが臣民らと力を合わせて造りあげてきた豊かな赤穂は、幕府のものとされた。

病床の恩師、山鹿素行からの警告を受け、長年、さまざまな手を打ってきたにもかかわらず、敬愛する殿の誇りが踏みにじられる様を、故郷の赤穂が取り上げられる様を、良雄はここまでじっと見守るしかなかったのである。

遺恨は晴らさねばならぬ——だが、本当の敵は、たかだか四千石の高家の老人ではないと、良雄は思い定めていた。

立ち上がった忠左衛門が、庭に面した障子を開けた。冬の冷たく清澄な空気が流れ込んでくる。

空は鈍色の雲に覆われていたが、その雲の隙間から、ひと筋の夕陽が落ちていた。

〝古来、天命あり〟

山鹿素行の声が耳に蘇った。

——これが私の道か。

十二月二日、深川八幡宮門前にある大茶屋に集まるようにという報せを、良雄は討ち入りの盟約者全員に出した。

茶屋の亭主は、大高源五ら江戸詰の藩士らと昔からの知り合いだった。源五は今回、頼母子講の寄り合いという名目で、亭主に話を通していた。頼母子講とは、加入者全員が一定の金額を積み立て、金銭を融通し合う互助組織で、百名を超える大きな講もある。

この日、茶屋に集まった浪士の数は五十名。食い詰めた浪人姿の者が大半で、片岡源五右衛門をはじめ町人姿の者もいる。隠居をしてもおかしくない高齢の間瀬久太夫の後ろには、部屋住みの矢頭右衛門七の若々しい顔が覗いている。一番若い同志は十五歳になる良雄の嫡男、主税であった。主税は、隣り合った毛利小平太と小声で何かを囁き交わしていたが、父と目が合うと小さく頭を下げてみせた。赤穂を出て以来さまざまな暮らしをしてきた藩士たちは、皆、目に強い光を宿していた。座敷を見回し、良雄は、これで討ち入りの人数は決まりだろうと思った。

　ここで討ち入りの心得が読み上げられた。

まず集合は、本所林町（はやしちょう）の堀部安兵衛宅、本所徳右衛門町（とくえもんちょう）の杉野十平次（すぎのじゅうへいじ）宅、本所相生町の前原伊助宅の三か所とすること。

吉良を見つけたときは笛を吹いて報せる。討ち取った首級は上着でくるみ、泉岳寺の亡君の墓前に供えること。

手負いの同志は肩に担いで連れ帰ること。

引き揚げの際は裏門から出て回向院に集まるが、寺に入れなければ両国橋の橋詰めの広場に集まること。

吉良邸からの追っ手が掛かれば、全員で勝負をすること。

討ち入りの最中（さなか）に公儀の検使が来ても決して門は開けず、事情を告げること。

良雄が手ずから書いた心得は、赤穂の侍らしい生真面目な潔さに満ちていた。

これらの心得を聞いた一同の顔は引き締まり、背筋は伸びた。

良雄は立ち上がり、口を開いた。

「討ち入る際の取り決めをしましたが、これはこの大事における一端に過ぎません。まずは、何が何でも首級を取らねば、引き揚げも、集まる場所も、泉岳寺もない。これを、各々方の肝に銘じていただきたい」

一旦言葉を切ると、良雄の口調が変わった。

「我らは必ずや、上野介の首級を取る！」

浪士たちが初めて眼にした、大石良雄の激情であった。

「決行は明日やもしれぬ。準備を怠らぬよう」

会合は、吉田忠左衛門の言葉でお開きとなった。茶屋を出た浪士たちは、三々五々、塒へと散っていく。

「そういえば今年はまだ雪が降っておらんな」

懐手をした堀部安兵衛が空を見上げてつぶやいた。隣りを歩く奥田孫太夫は無言だったが、安兵衛に、どうだ一杯呑んで帰るかと言われて、苦笑しながら頷いた。

その夜、仁助から吉良邸の詳しい図面が届けられた。添えられた書状には、吉良邸にいる家臣は百五十名ほどであることや、その中には清水一学をはじめ名の知れた手練れはいるものの、以前と比べるとやはり警備は緩んでいる、などの内情が記してあった。

「でかしたぞ」

良雄はそうつぶやき、新たな図面を広げた。

翌日、今度は五日に吉良邸で茶会が催されるという報せがもたらされた。

報せは大高源五からのもので、茶会のことを話したのは、源五の茶の師匠、山田宗徧であった。宗徧は千宗旦の高弟であり、何よりも茶道を好む上野介と懇意にしていた。

ところが四日になって、五日に将軍綱吉が柳沢吉保邸に〝御成〟になることがわかり、茶会は急遽中止されることになった。

状況は絶え間なく動き続け、浪士たちの身辺もざわめき続けた。足軽の矢野伊助と、大石良雄の家臣、瀬尾孫左衛門が決意を翻して逐電し、その後、良雄は毛利小平太から脱盟を申し入れる手紙を受け取った。小平太は吉良邸に潜入したこともある熱心な同志であり、その離脱は誰も想像しないものであった。

良雄はしばらく絶句していたが、こころの中でつぶやいた。

――人は、それぞれの運命に従うしかないのだ……。

盟約者は、四十七人となった。

数日後、吉良邸で、改めて十四日に茶会が開かれるという報せがもたらされた。

報せは宗徧からのものと、大石良雄の一族で、江戸在住の大石三平からのものだった。これに加えて、吉良邸近くで人の出入りを見張っていた神崎、前原の見立て、仕出し屋に大量の料理の注文が入ったことなどから、十二月十四日夜、上野介が屋敷に居ることは確実であると思われた。

かくして、討ち入りの日は決した。

第九章　春賦の海

元禄十五年の師走（しわす）は、例年になく寒さが厳しかった。十二月十四日の早朝は、二日前から降り続いた雪がようやく止み、江戸市中は銀世界へと変わっていた。

陽が昇ってからも寒気は去らず、凍りついた町にはいつもより人の姿が少なかった。夕刻を告げる寺の鐘の音が鳴り響く中、市中に分散していた男たちが、足音を忍ばせ、ふたつの場所に向かっていた。

大通りも小さな路地も、雪で覆われていた。その雪を踏みしめる足音が一人、二人、三人と、数を増して重なった。

一方は、本所林町にある堀部安兵衛（ほりべやすべえ）の借家、もう一方は、本所徳右衛門町の杉野十平次（すぎのじゅうへいじ）の借宅であった。

安兵衛宅の裏手を流れる堀川からは、十日前、小舟を使って武具、装束が運び込まれた。土間の竈（かまど）脇には机が据えられ、その上に飯台があり、握り飯がぎっしり並べられていた。奥には安兵衛が注文した一斗樽（だる）が見えた。

集まって来た者たちは真っ直ぐ二階へ上がった。そこは襖(ふすま)が開け放たれた広間になっており、火消し装束がひと揃いずつ畳に並べられていた。その上に載せられた半紙に己の名を見つけると、着古した着物を脱ぎ捨て、着替え始める。皆無言で、鎖帷子(くさりかたびら)の立てるジャラジャラという微(かす)かな音だけが響いていた。

着替えを終えた者から、広間の隅に置かれた太刀、槍(やり)、半弓などそれぞれの得物を手に取る。鞘(さや)から抜き放って刀身を見つめる者がいれば、槍の穂先に指先を走らせる者や、半弓の弦(つる)を張って引いてみる者もいる。

浪士たち一人一人の動きには一切の無駄が無い。主君を亡くして一年と九か月、さまざまな局面で揺れ動いてきた者たちのそれには見えなかった。

階段を白髪の侍が上ってきて、言った。

「各々方(おのおのがた)、表門と裏門の組分けのほか、ご自身の持ち場をもう一度確認されるように」

老武士は、安兵衛の義父、弥兵衛(やへえ)だった。

「おう弥兵衛殿、今宵(こよい)は十歳ほど若返ったように見えますぞ」

奥田孫太夫(おくだまごだゆう)が言うと、まったくだと声が上がる。

「若返らずとも、わしは若い者には引けを取らぬわ。皆の方こそ、怖(お)じ気づくでないぞ」

「本当に十年、いや二十年若返られた」

奥田の返事に、あちこちからハッハハと笑いが起こった。

昂揚した空気は、本所徳右衛門町の杉野十平次の家でも同じだった。

出発までにはまだ時間があった。

何人かの浪士が黒小袖を畳に広げ、白い襟元に己の名を記し出した。万が一討ち伏せられた場合に身元を判別するためである。

縁者への書状なのか、家族への別離の手紙なのか、しきりに筆を動かす者もいる。小さな帳面に何やら書き付けているのは、大高源五をはじめとした、俳諧をたしなむ者たちである。

今宵の決行を前に、それぞれの浪士が、それぞれの思いを持っていた。

大石良雄は日本橋石町の借家を出る前に、仁助の息子、太助を呼んだ。

「吉良上野介は本所の屋敷に入りました」

「色部又四郎殿は？」

「父親の忌日で、おそらく米沢藩江戸屋敷にはおりません」

色部は上杉家の江戸家老であった。

藩主綱憲の実父、吉良上野介の屋敷に浪士たちが討ち入ったと知れば、謙信公以来の武士道を重んじる上杉の家臣は必ずや駆け付けてくると、良雄は考えていた。

――だが、色部が不在ならば、その動きは鈍くなるであろう。

「討ち入りは暁七つ（午前四時）過ぎだ。長くとも明け六つ（午前六時）には決着をつけたい。それまで上杉の上屋敷、下屋敷を見張り、兵が出された際は、すぐ吉良邸に報せてくれ」

太助は、はい、と言って頭を下げた。

装束を身に着けた者たちは、運ばれてきた握り飯を食べ始めた。酒も出されたが、これは年輩の浪士たちの忠告もあり、ほとんどの者が軽く口をつけただけだった。

最後に借宅に入ってきたのは、前原伊助と彼が指揮する数名の浪士であった。

前原らは先ほどまで、吉良邸で催されている茶会に何人の客と駕籠が入り、出て行ったかを監視していた。何らかの理由で今夜の討ち入りが露見していた場合、上野介が客人を装って屋敷を抜け出すかもしれなかったからだ。

前原は良雄に報せた。

「上野介は確かに屋敷に居ると思われます」

良雄は黙って深く頷き、それぞれの持ち場の組頭を呼ぶように言った。

大石良雄はそれぞれの持ち場の組頭七人を集めた。表門と裏門、玄関、新門、長屋、こういった要所をそれぞれ固める組があり、それとは別に、屋敷内に斬り込む組は表門と裏門の二手に分かれていた。

組頭らの前で、良雄は吉良邸の図面を扇子で指し示しながら、最後の動きを確認した。

暁七つ（午前四時）近くなると、銘々が武器を手に二階から下り、数人ずつ本所相生町にある前原伊助の借家へ向かった。前原宅前に皆が揃うと、良雄は低い声で告げた。

「出陣」

冬の満ちた月が凍った白い路面を皓々と照らし出し、大石良雄を先頭に進む黒い火消し装束の浪士たちの姿は、勇ましくもあり、不気味でもあった。

吉良邸の塀の前に着き、良雄が手にした采配を右へ掲げると、表門に向かって半数の浪士が走り出した。次に采配が左に振られると、残りが裏門へと足早に向かった。

表門から討ち入る組は二十三名。

表門を固める組は、組頭の原惣右衛門元辰五十五歳と、堀部弥兵衛金丸七十六歳、間瀬久太夫正明六十二歳、村松喜兵衛秀直六十一歳。そして、この討ち入りの総大将である大石内蔵助良雄四十四歳。以上五名で、さまざまな槍を携えている。

新門と呼ばれる出入り口を固めるのは、貝賀弥左衛門友信五十三歳、岡野金右衛門包秀二十三歳、横川勘平宗利三十六歳の三名。

玄関固めと屋敷内に斬り込んでゆく戦闘部隊は、腕自慢の者が揃っていた。長刀の奥田孫太夫重盛五十六歳、槍の片岡源五右衛門高房三十六歳、富森助右衛門正因三十三歳、武林唯七隆重三十一歳、勝田新左衛門武堯二十三歳、間十次郎光興二十五歳、矢頭右衛門七教兼十七歳、刀の岡島八十右衛門常樹三十七歳、吉田澤右衛門兼定二十八歳、矢田五郎右衛門助武二十八歳、小野寺幸右衛門秀富二十七歳、近松勘六行重三十三歳、大高源五忠雄三十一歳、半弓の神崎与五郎則休三十七歳、早水藤左衛門満堯三十九歳、以上十五名。その大半は〝戦さ組〟だった。

裏門から討ち入る組は二十四名。

裏門を固める組には、裏門側の大将の大石主税良金十五歳、副将の吉田忠左衛門兼亮六十三歳、間喜兵衛光延六十八歳、小野寺十内秀和六十歳、潮田又之丞高教三十四歳の五名がいた。この組も得物は槍だった。

裏門から討ち入り、長屋の中にいる吉良家家臣らを押し止めるのが、長屋固めの役割である。千馬三郎兵衛光忠五十歳、中村勘助正辰四十六歳、木村岡右衛門貞行四十五歳、前原伊助宗房三十九歳、茅野和助常成三十六歳、不破数右衛門正種三十三歳、奥田貞右衛門行高二十五歳、間新六光風二十三歳、間瀬孫九郎正辰二十二歳、以上九名。

裏門の斬り込み部隊にも猛者が並ぶ。組頭は〝江戸急進派〟の筆頭であった堀部安兵衛武庸三十三歳。刀が菅谷半之丞政利四十三歳、寺坂吉右衛門信行三十九歳、三村次郎左衛門包常三十六歳、赤埴源蔵重賢三十四歳、倉橋伝助武幸三十三歳、杉野十平次次房二十七歳。槍が大石瀬左衛門信清二十六歳、村松三太夫高直二十六歳、磯貝十郎左衛門正久二十四歳、以上十名。

裏門の人員が表門より一名多いのは、上野介の寝所が裏門に近いと知れたからである。

吉良家の邸内にいる家臣や使用人は合わせて百二十名ほどで、そのうち戦うことができる者は約半数と推測された。

邸内が寝静まった時刻の不意打ちではあるが、六十名余りに対し、斬り込んでいく赤穂の部隊は半数にも満たない二十五名。にもかかわらず、良雄には勝算があった。

吉良家は武を重んじぬ高家。ましてや上野介は隠居の身である。命を賭(と)してまで隠居を守る者は少ないはずだ。

一方、こちらは一年余りの鍛錬を重ねた、〝戦さ組〟を中心とした精鋭揃いであった。

さらに、非番の家臣の多くは長屋で休んでいる時刻なので、出入り口を鎹(かすがい)で閉じ付けてしまえば、かなりの人数を足止めできるだろうと踏んだのだった。山鹿流軍学、東軍流の兵法を学んだ良雄は、勝機を見出(みいだ)していた。

表門に集まった赤穂浪士二十三名がお互いの姿を認めたのは一瞬だった。

まずは大高源五と間十次郎が、梯子(はしご)を長屋の壁に立てかけると、素早く駆けのぼり、屋根から飛び降りて邸内に侵入した。

それに続いた吉田澤右衛門と岡島八十右衛門が、飛び出してきた門番二名を捕らえて声を出すな、と言うや布切れを咬(か)ませ、縄で縛りあげた。

そうして内側から表門の潜り戸を開くと、良雄以下十九名が邸内に踏み込んだ。

真っ先に表門から踏み込んだ横川勘平に、門番が剣を抜いて打ちかかってきた。難なくこれを斬り捨てた横川の背後を、表門組の浪士たちが、装束の裾(すそ)を翻しながら駆け抜ける。表門組が玄関の戸を打ち破ると、斬り込み組が邸内へとなだれこんでいった。

斬り込み組の最後の一人が駆け込むと、玄関前には素早く青竹の先に挟んだ「浅野内匠頭(たくみのかみ)

家来口上」が掲げられた。これは堀部弥兵衛の文案で原惣右衛門の筆による、この敵討ちの大義名分を書いたものであった。玄関固め組は屋敷から人を逃がさぬよう、また、援軍が駆け付けた際に彼らを中へ通さぬよう、破れた玄関を守るように立ち塞がった。

その間に、斬り込み組は勢いを殺さぬまま玄関から広間まで駆け込んでいる。飛び出してきた不寝番三人を小野寺幸右衛門、矢田五郎右衛門、吉田澤右衛門が斬り捨てた。死体を跨ぎ越して斬り込み組は先へ走っていったが、小野寺は一人、倒れた襖から見える奥の部屋に入った。そこにずらりと並べられた武具を見回すと、荒い息を整えながら弓の弦を次々に断ち切り、槍を折っていった。その間に、裏門からは、火事だ、火事でござる、と呼ばわる赤穂浪士たちの声が聞こえてきた。

斬り込み組は書院、納戸、廊下を制するたび、板戸や襖を蹴り倒し、四方を開け放って屋敷内を進んでいった。神崎与五郎と早水藤左衛門は屋根の上へのぼり、縁側から飛び出してくる者を牽制するために弓矢を構えた。

一方の裏門組の動きも迅速だった。

吉田忠左衛門の合図で、三村次郎左衛門と杉野十平次が大槌を振り上げ、木の門に叩きつけた。力自慢の二人に二度、三度と打たれ、鈍い音と共にとうとう扉が割れ、斜めに傾く。

先陣を切ったのは、むろん堀部安兵衛であった。その後に磯貝十郎左衛門、倉橋伝助、そして斬り込み組の浪士たちが続く。取り決め通り、火事だ、火事だと浪士たちが叫んで突き進む中、安兵衛は肩に野太刀を担ぎ上げた。

「浅野内匠頭が家臣、主の仇討ちに参上！」

堂々と声を張り上げた安兵衛の顔には、笑みが浮かんでいた。一人駆け出した安兵衛の頭の中には、吉良邸の図面が入っている。上野介のいる隠居所の間取りは、賊の侵入を防ぐため壁が多く、通路が細くなっていた。

喧噪の中、隠居所の中にある上野介の寝所へと、安兵衛は真っ直ぐに進んでいった。

良雄の読み通り、吉良家家臣には逃げ出す者が少なくなかった。踏み留まって主君のために戦うことを選んだ者たちは、浪士らと激しい斬り合いとなった。

西の長屋から刀を手に走り出てきた家臣の者の前に立ちはだかったのは、小野寺十内と間喜兵衛であった。共に齢六十を越えていたが、誰何に応じて小野寺が叫ぶ。

「赤穂浪士推参！」

突き出した二人の槍は、見事に相手の胴に刺さった。白く凍った地面が赤く染まった。

長屋固めの組は、長屋の板戸に次々と鎹を打ち込んで回った。すべての戸を閉じ終えると、庭の混乱はようやく収まった。

不破数右衛門は庭を見回りながら、斬り込み組からの、上野介を見つけたという報せを今か今かと待っていた。突入から四半刻が過ぎようとしている。発見を報せる笛の音はまだ聞こえてこない。この襲撃において、浪士たちはそれぞれ持ち場と役目が決まっていた。だが、数右衛門は待ちきれなくなった。

「ええい、面倒だ！」

抜き身の刀を引っ提げ、屋敷に向かって走り出した。縁側から邸内へ上がった数右衛門は、寝間着姿に刀を持った男たちと鉢合わせたが、この二人を即座に斬り倒した。奥の廊下からは、堀部安兵衛の怒鳴り声が聞こえた。

「怯むな。突き倒せ！　殿の御恩に報いるは、今ぞ！」

上野介の寝所に最初に到着したのは、斬り込み組の菅谷半之丞であった。座敷の真ん中には寝乱れた分厚い蒲団が敷かれていたが人の気配はない。菅谷の後ろから駆け込んだ茅野和助が膝を突き、蒲団に手を差し入れた。

「まだ温かい。上野介はここを逃げ出したばかりだ。間違いなく屋敷内におります」

上野介は邸内にいるぞという声が、次々と伝えられていった。

暗かった屋敷の廊下にはいつの間にかいくつもの蠟燭が点されている。これは台所役人を捕まえて蠟燭のありかを聞き出し、燭台を点して回った磯貝の機転と手柄であった。

ほのかに明るくなったその邸内から、小柄な男が駆け出してくる。屋根から下りて庭の警戒に当たっていた神崎がそれに気付き、提灯を掲げた。照らされた男は怯えた様子で顔を隠した。一見ただの中間めいた恰好であったし、逃げようとする者には手を出すなという命令だったが、神崎は違和感を覚えた。

「待て、何者か」

一歩踏み出して神崎が鋭く問うと、男は諦めたように顔から手を下ろした。

「小林平八郎でござる」

神崎は驚いて声を上げた。

「吉良家のご家老、小林平八郎殿ですか」

「さよう」

言いながら、小林は剣を抜いた。

庭を警邏していた矢頭右衛門七と間十次郎が駆け付け、二人も神崎の後ろで剣を抜いた。

奇しくもこの三人は〝戦さ組〟であった。

小林が斬りかかってくると、神崎はその太刀を払った。払い上げられた剣を小林が引き戻す前に、右手から矢頭の槍が太ももを、左手から間の槍が左肩を貫いた。〝戦さ組〟が得意とする三人一組の攻撃だった。小林の顔面めがけて、神崎が上段から太刀を振り下ろした。うめき声を上げながら倒れ込む小林を刺したのも、神崎だった。

表門組と裏門組、吉良家の家臣たちが邸内で入り乱れ、激しい争いが続いていた。安兵衛の怒声が響く。

「怯むな。押せ、押せ。右の座敷に二人が入ったぞ。襖を蹴倒せ」

「上野介はいたか？」

「おらぬぞ」

「上野介は間違いなく屋敷の中だ。捜せ！」

浪士たちは口々に仇敵の名を叫ぶ。

その時、雄叫びと共に、鮮血に染まった寝間着姿の侍が庭先に飛び出してきた。右手に大刀を、左手に小刀を握っている。立ち姿と気魄から、かなりの手練れと知れた。

男の勢いに呑まれ、思わず後ずさった若手を押しのけ、抜き身を提げた不破数右衛門が進み出た。

「浅野内匠頭の元家臣、不破数右衛門」

低い声で名乗ると、振り向いた男も応える。

「吉良上野介が家臣、清水一学」

さながら剣術試合のように二人は向き合った。しかし、間合いを計る隙も与えず、数右衛門が凍った庭の土を蹴って体当たりした。その勢いで二人は転がるように倒れた。

男に覆い被さった数右衛門の脇からは、小刀の先が覗いていた。二人の身体は小刻みに震えていたが、やがて小刀を持った手が倒れ、数右衛門がゆっくりと立ち上がった。

数右衛門の顔と胸は、返り血を浴びて赤く染まっていた。

堀部安兵衛は表門の近くに陣取った総大将、大石良雄のもとに走った。

「くまなく捜しましたが、上野介は見つかりません。しかし屋敷内にいると思われます」

良雄は頷くと、声を張り上げた。

「各々方、上野介は必ずやどこかに隠れておる。全員で今一度、邸内を捜せ！」

この声に応えて、皆が走り出した。

突入から、すでに半刻が過ぎようとしている。屋敷の中には、浪士たちの忙(せわ)しない足音と、打ち倒された者の呻(うめ)き声が響いていた。

吉良屋敷の北側に面した本多孫太郎(ほんだまごたろう)邸の塀の上から、本多家の侍たちがこちらを覗(のぞ)き込んでいる。

片岡源五右衛門と小野寺十内が塀近くに駆け寄り、呼ばわった。

「我らは、元赤穂藩士。亡君の恨みを晴らすべく、敵討ちに参りました。武士は相身互い。どうぞ捨て置いてください」

すでに察していたのであろう。侍たちは黙って頷き、頭を引っ込めた。しばらくすると、本多家の家紋入りの高提灯が掲げられた。

「本多家の皆様、かたじけない」

それは、本多邸の隣りに建つ土屋主税(つちやちから)邸でも、表門正面の牧野長門守(まきのながとのかみ)邸でも同じであった。

吉田忠左衛門は、高々と掲げられた提灯の列を見て、無言のまま深々と頭を下げた。

すでに吉良邸内の座敷という座敷の襖、障子、板戸はすべて外されていた。柱に掲げられた蠟燭の灯が寒風に揺れている。

「見つかりませぬ」

「長屋に逃げ込んではいませんか？」

すぐに長屋固め組が呼ばれた。

「敷地内に入ってすぐ、長屋から飛び出してきた者らは討ち取り、ほかは鎹を打って閉じ込めました。入った者はおりません」

東の空がかすかに白んでいる。父の命令に従いずっと裏門を守っていた大石主税は、白い息を吐きながら庭を捜し、時折天を仰いだ。まだ幼いその顔には、ほかの浪士たちと同じく焦燥の色が浮かび始めていた。

茅野和助は寝所をうろつきながら、考え続けていた。

――あの布団の温かさは……。

三度目となる邸内の捜索が始まった。

「畳を返し、床下も検めよ。掛け軸や長持があれば、動かして壁も確かめよ。床板は叩いてみよ。空洞があるかもしれぬ」

表門で一人、大石良雄は目を閉じ、吉良発見の報せを待っていた。

すでに一刻近くが過ぎようとしていた。

吉田忠左衛門が良雄の傍らにきて、声を掛ける。

「やはり隠居所にいるように思えて仕方ありません。もう一度くまなく調べましょう」

良雄は、目を開いた。

「私も今、同じことを考えていました」

忠左衛門は近くにいた数名の浪士に声を掛け、良雄の後ろについて隠居所へ向かった。

上野介の寝所を出た茅野和助も、提灯を片手に隠居所の中を丹念に調べていた。

土間には湯殿があり、そこには誰もいなかった。土間の奥に物置のような小屋があり、その板戸だけ、なぜか閉められていた。

——戸はすべて開け放したはずだが。

中を窺うと、微かな物音がする。息を呑んで、ほかの浪士を呼びに行こうとして茅野が振り返ると、こちらにやってくる良雄たちの姿が見えた。茅野は提灯を振り、身振りで小屋を指した。

血相を変えた忠左衛門が良雄を見る。良雄は小さく頷いた。

忠左衛門らが駆け寄り、小屋を取り囲む。三村次郎左衛門が大きな槌を手に進み出て、一撃で板戸を打ち破った。

半弓を手にした茅野と間新六と早水藤左衛門が素早く入り口に立ち、奥の暗闇に向かって矢を射た。すると奥から、茶碗や炭、薪が次々に投げ返された。なおも矢を射込むと、うわあ、という叫び声と共に、刀を手にした三人の侍が飛び出してくる。

一人目は堀部安兵衛が一撃で斬り捨て、続いて出てきた男を矢田五郎右衛門が討った。三人目は〝戦さ組〟の前原伊助、間瀬孫九郎、潮田又之丞が、取り囲んで仕留めた。

小屋の内を窺うと、どうやら奥にもう一人いるらしい。

「どなたか知らぬが、観念して出てこられよ」

忠左衛門が声を掛けるが、返事はない。

間十次郎が暗闇に槍を突き出すと、柔らかく重いものが穂先を受け止めた音がした。

次の瞬間、白い寝間着姿の小柄な男が、奇声を上げながら小刀を滅茶苦茶に振り回し、小屋から飛び出してきた。

よく見れば、それは六十を越えたと思しき白髪の老人だった。

夜明け間近の空に、唐人笛が鳴り渡った。

笛の音の聞こえる方角へ、血相を変えた浪士たちが駆け付ける。

物置の前では、間十次郎と武林唯七が総髪にした老人の白絹の小袖を開き、背中を検めていた。昨年の春、江戸城中で亡君が斬りつけたという刀傷を探していたのだ。

「それらしい傷痕がございます」

良雄は無言で、土間に両手両膝を突いて座る白髪の老人を見据えていた。

老人の顔を検めるため、番所に縛りあげておいた門番が連れてこられた。浪士たちに囲まれた番人は、震える声で何かを言おうとしたが、言葉にはならなかった。

「隠居の上野介殿に間違いないか？」

忠左衛門が問うと、門番は歯をカチカチ鳴らしながら、二度、三度と頷いた。

オーッというどよめきが沸き起こった。

大石良雄は老人の前に歩み出た。

「吉良上野介殿ですな」

「………」

「拙者、元赤穂藩家老、大石内蔵助でござる。この者たちは同じく赤穂藩藩士でありました。昨春の勅使饗応役における我らが殿への貴殿のお振る舞いは、あまりにも非道。長矩様に、この間の遺恨覚えたるかとまで言わしめた。無念の思いで腹を召された殿の恥辱をお雪ぎするため、我ら四十七名、参上いたしました」

良雄は腰に差していた脇差しをゆっくりと抜いた。それは長矩から拝領した刀だった。

「上野介殿、高家といえども武士でござろう。この上はお腹を召されよ」

上野介はそれにも応えず、一点に目を落としたまま首を横に振り続けている。

「さあ、切腹をなされよ」

肚の底から絞り出すような良雄の低い声が、辺りに響きわたった。突然、上野介が顔を上げた。良雄は高家肝煎として権勢をほしいままにしてきた男の血走った目を、静かに見返した。

「浅野内匠頭……浅野内匠頭など、たかが田舎大名ではないかっ！」

良雄の顔に、哀れむような表情が浮かんだが、それはすぐに消えた。

「貴殿らの目には、たかだか西国の小藩の主君としか映らなかったのであろうな。吉良上野介、武士の真髄を、大きく見誤りましたな」

上野介は何事かを喚(わめ)きながら立ち上がり、良雄に摑(つか)みかかろうとした。

「戦さ組！」

大石良雄の鋭い声に応え、すぐ傍にいた武林唯七が素早く槍を突き出す。穂先は上野介の胸に深々と刺さった。冷たい土の上に倒れ込んだ老人の白い小袖が、みるみるうちに赤く染まっていった。

間十次郎によって上野介の首級が上げられると、集まった浪士たちからどよめきが起こった。思い知ったか、と吐き捨てるように言う者もいれば、号泣する者もいた。

浪士らは裏門内に集められた。帳面を手にした堀部弥兵衛が名前を呼びながら、一人ずつ傷を確かめて歩く。大きな怪我をしたのは、屋根から飛び降りる際に足をくじいた原惣右衛門、斬り合いで重傷を負った近松勘六だけで、そのほかは軽傷だった。

弥兵衛にその旨を伝えられ、総大将、良雄の顔にはようやく安堵(あんど)の色が浮かんだ。

「忠左衛門殿、上杉やご公儀の動きは？」

「まだどこからも討手は参りませぬ」

それに頷き、良雄は大声で呼ばわった。

「各々方、見事なお働きでござった。鬨を上げましょう」

良雄が采配を天に向かって突き上げると、皆のエイッ、エイッ、オーという声が重なり、黎明の空に響いた。

「いざ、泉岳寺へ。引き揚げましょう」

先頭に立った良雄が裏門を出ると、浪士たちはそれに続いた。血と汗に汚れた男たちの頭上に、明けの明星が輝いていた。

夜明けは近かった。

桜田にある上杉家上屋敷へ、赤穂浪士による討ち入りの一報をもたらしたのは、吉良邸出入りの豆腐屋だった。時刻は明け六つ（午前六時頃）。

上杉家の家臣が慌てて駆け付けた本所屋敷は、惨憺たる有り様であった。邸内に散乱する武具、開け放たれた座敷や廊下、庭先に横たわる遺体と夥しい血の広がり、多くの負傷者たち。あまりの血なまぐささに、家臣は鼻を覆った。壮絶な戦場であった。

雷撃のようなこの討ち入りで、赤穂浪士四十七名は誰一人欠けることはなかった。奇跡というほかはない戦いである。

一方の吉良側の死者は、上野介と家老の小林平八郎、清水一学を合わせて十七名。負傷者は吉良家の嫡子、義周ほか二十名余りだった。板戸を閉じつけられた長屋の中には、八十名が閉じ込められていた。

吉良上野介の首は、吉良が身につけていた白い小袖に包み、槍先に括り付けられた。潮田又之丞がその槍を肩に担ぐ。

しかし本所松坂町の吉良邸から高輪の泉岳寺へ向かう道程は、決して凱旋といえるような華々しいものではなかった。大石以下四十余名は、いつ来るかわからない吉良家や上杉家の討手を警戒していたからだ。

この道筋は、最初から決めてあったものだ。十五日は大名が江戸城へ総登城する「御礼日」であったため、行列に行き合わぬよう、大名屋敷の前は避けて通ることになっていた。

良雄らは、両国橋を渡らずに御船蔵近くを通って大川東岸を南下し、新大橋（現在の永代橋）を渡って、霊岸島から築地、鉄砲洲の旧赤穂藩上屋敷前を過ぎ、木挽町から汐留橋、そして芝、金杉橋に至り、ここでようやく追っ手は来ないだろうと安心した。

途中、仙台藩邸と、その隣りの会津藩邸の門前で番人に呼び止められ、何の一行かと問いただされた。怪我のため駕籠に乗っていた原惣右衛門が、我らは赤穂浪士であると答えると、門番らはそのまま通過させてくれた。

その頃、米沢藩上屋敷では、赤穂浪士による吉良邸襲撃の報せを受け、上杉綱憲が激怒していた。すぐにでも馬廻りを差し向けようとしたところに、高家の畠山下総守義寧と若年寄の本多紀伊守正永が訪ねてきた。二人はすでにあらましを知っていて、討手を差し向けるな、という老中の命を携えていた。

綱憲は無論納得しなかったが、畠山と本多から、もしも兵を出して返り討ちに遭ったら、それこそ恥の上塗りになると諫められ、断念せざるを得なかった。

亡君の菩提寺に到着したのは、五つ半（午前九時）頃。実に三時間近くの道程だった。泉岳寺に入ると、浪士らは真っ直ぐ長矩の墓所に向かった。

上野介に一番槍をつけた間十次郎が、首級の布を解いて手桶の水で洗い、墓前に供える。良雄が墓に向かって事の次第を報告している間、後ろに控えた浪士たちの間から、すすり泣く声が洩れた。その後、皆が順番に墓前へ進むと、名を名乗り、手を合わせた。片岡源五右衛門は涙を流しながら、堀部安兵衛は黙って頭を下げ、堀部弥兵衛は誇らしげだった。

泉岳寺の住持は浪士らを労って粥を食べさせた後、戒律を破って酒まで振る舞った。

泉岳寺に赤穂浪士らが到着し、長矩の墓前に上野介の首級を供えていた時刻、隊列から離れていた者たちがいた。

吉田忠左衛門と富森助右衛門である。

顔を見合わせて頷き合うと、疲れた足を励まし、二人が向かった先は、愛宕下にある大目付、仙石伯耆守久尚の屋敷。

討ち入り前に大石良雄の指示で認めておいた口上書を、届けるためであった。

その口上書には、元赤穂藩士、四十七名が亡君、浅野内匠頭長矩の無念を晴らすために、高家、吉良上野介義央を討ち取るべく行動し、それを果たした旨が記されていた。同時に、自分たちの行動は御上に刃を向けるものではなく、ただひたすら武士道を貫き通したいがためのものである、とも書かれていた。

朝の五つ半（午前九時）、表門が騒がしいのを聞きつけた伯耆守は、すでに目覚めて登城の準備を整えていた。家臣から、表門に赤穂藩の元藩士が口上書を携えて参上していると報告され、一瞬何ごとかわからず怪訝な顔をしたものの、ハッと気付くと、口上書を受け取るよう命じた。

家臣が運んできた書状を、伯耆守はすぐに開いて読むと、その顔はみるみる赤くなった。

「あの噂は真実になったのか……」

絞り出すような声で言い、取り次いだ家臣に二名の使者の様子を尋ねた。

「落ち着いた、きわめて物静かな使者たちでございますが、片方の着衣には夥しい返り血と思しきものが付いておりました」

伯耆守は眉根に皺を刻んでしばし考え、すぐに指示を出した。

「その使者らを帰すな。沙汰があるまで見張っておれ。泉岳寺には人を遣わし、他の浪士がいるかどうかを確かめさせよ」

次に、伯耆守は家老を呼び、赤穂浪士による吉良邸襲撃、上野介が討ち取られたとの報告を老中、稲葉丹後守正往にしてくるよう命じた。さらに、高家、畠山下総守と若年寄、本多紀伊守を選び、彼らを米沢藩上屋敷に送り、決して討手は出すな、という命を上杉家に伝えさせることにした。

この伯耆守の判断の速さが、赤穂浪士への上杉家の追撃を食い止めたのであった。

伯耆守がここまでできたのは、大目付という職務故だった。その職権は強く、御上への背信あらば、たとえ老中でさえ、糺すことができたのである。

伯耆守の使者は急ぎ江戸城へ登城し、事の次第を幕閣に報せた。

驚いたのは、月番老中たちであった。一大事であることを察し、互いに顔を見合わせた。しかし、すでに上杉家の追撃を阻止するべく、畠山、本多の両名を差し向けていると聞き、伯耆守に処置を委ねることにした。

この件について、公儀の命を受けた伯耆守は、泉岳寺に向かう準備を始めた。

こうしたやり取りの後、吉田忠左衛門と富森助右衛門は、ようやく泉岳寺に戻ることを許された。

泉岳寺では大石良雄が指示し、上杉家の討手に備えて、同志を三組に分けていた。一組は表門に立ち、もう一組は中門に控える。そして残る一組には休息を取らせた。

大変な騒ぎに巻き込まれたのは、表門組だった。赤穂浪士による討ち入りの噂は早々と江戸市中に広がっており、二、三百人を超える見物人が押しかけ、参道の店の屋根に上がってまで寺の中の様子を覗こうとしていた。

「赤穂の侍が吉良上野介を討ち取ったらしいぜ。やっぱりやってくれたぜ」

「見ろよ。血だらけじゃねえか。吉良の首を槍にぶら下げて行進してきたって話だぜ」

「よっ、赤穂浪士。あんたたちは侍の鑑だ」

果ては拍手までが沸き起こる。

「お〜い、お侍さん。堀部安兵衛の旦那は、その中にいるのかい？」

野次馬の掛けた声に、表門を守る浪士が黙って頷いた。

「俺は安さんと酒を呑んだ仲だ。お祝いを言いたいんだ。そこを通してくれないか？」

浪士が今度は首を横に振ると、町人たちの間から笑い声が上がった。

その頃、休息組は僧侶の宿坊で休んでいた。安兵衛の隣りでは、大石主税が横になっている。他の者たちがすでに鼾をかいているのに、主税は眠れないようで、じっと天井を見つめていた。

「主税殿、少しでも休んだ方がいいですよ。上杉家の手勢は間違いなく来ます。私は越後、新発田の出身ですから、長尾（上杉）の侍たちが謙信公以来の武者だということを知っています。休まねば力は戻りません」

「寺坂殿はどこへ行かれたのでしょうか？」

「あんな腰抜けのことなど、放っておかれよ」

安兵衛は言い聞かせるように話した。

先刻、泉岳寺に到着した直後、浪士の人数を数えた堀部安兵衛は首を捻（ひね）った。口上書を届けるために隊列を離れた二名を除き、四十五名いるはずの同志が、なぜか一名足りなかったのだ。

「おかしい。吉良邸の裏門内では確かに四十七名だったのだが」

安兵衛が点呼を取り、名を呼ばれた浪士が次々に返答をしていく中、寺坂吉右衛門だけは返事がなかった。

「寺坂はどうした？」

安兵衛が問うと、皆はきょろきょろと辺りを見回す。

「寺坂はいるはずだ。私は寺坂と共に、吉良邸の裏門から討ち入ったのだから」

菅谷半之丞が言った。

「そうだ。鬨を上げた時には隣りにおったぞ」

「汐留橋を渡った時もいたぞ」

ほかの浪士たちも頷いた。

「寺坂、寺坂吉右衛門はいずこにおる？」

安兵衛がもう一度大声で呼ばわる。

しかし、やはり返事はなかった。寺坂はいつの間にか姿を消しており、その行方を知る者もいなかった。安兵衛から寺坂の失踪（しっそう）を報された良雄は、動じた様子を見せなかった。

「いない者は捨て置け」

いつになく冷たく、険しい声で良雄が言ったので、傍に控えていた主税は咄嗟に父を見た。

父は、これまで主税には見せたことのない、厳しい横顔をしていた。

寺坂吉右衛門は、主税もよく知る人物だった。父の盟友、吉田忠左衛門の家臣で、足軽の身分であった。赤穂が平和だった頃は、忠左衛門からの報せや、釣った川魚を持って、度々大石家を訪れていた。父は吉右衛門を可愛がっていた。

「この鮎は忠左衛門殿ではなく、吉右衛門、お主が釣ったのであろう」

「いいえ、忠左衛門様が見事に釣りました」

「まあよい。お主は忠義者だのう」

笑う父の隣りで吉右衛門が頭を掻いていた光景が、主税の脳裏に蘇った。

——吉右衛門殿が、裏切るはずはない。ましてや、先刻の父の様子はおかしかった。

主税はもう一度、父を見たが、良雄はいつもの泰然とした表情に戻っていた。

皆が姿を消した寺坂吉右衛門の行方を案じていたその時、家臣を引き連れた仙石伯耆守が泉岳寺の境内に姿を現した。

浪士全員が愛宕下にある仙石伯耆守の屋敷に移送されることになった。

出発前、良雄は住職に丁寧に礼を言った。住職は小声で、本懐を遂げられてよろしゅうございました、と応えた。

返り血を浴びた黒小袖を整えた安兵衛は、境内で出発の準備にざわめく浪士たちの間に忠左衛門の背中を見つけると、歩み寄り、寺坂吉右衛門が逃げたようですぞ、と告げた。

「そうか。いない者は捨て置け」

吉田忠左衛門もまた、平然と言ってのけた。

——やはり、何かある。

近くで聞いていた主税は、父と同じ言葉を口にした忠左衛門を見て、確信した。

主税の直感は正しかった。

討ち入りの十日前、良雄は吉田忠左衛門を密かに呼びつけた。無事に敵討ちが果たせた時、あるいは吉良を討ち損じた後、米沢藩の国境で待機させている第二陣の襲撃組、大野九郎兵衛へ、報せを走らせねばならない。その役目を誰にやらせるべきか。良雄の問いに、忠左衛門は考え込む様子を見せた。

「一人で逃げ出すようで、つらい役目でございますな。できれば私が担いたいくらいです」

そう言って、忠左衛門は額に手を当てた。

「それはできぬ。敵討ちを果たせば、おそらくご公儀は懸命に経緯を調べようとします。当然、吉田殿にも詮議の矛先が向くであろう。ご公儀に刃を向けてはおらぬが、ご公儀が殿に下した拙速な処置を、我らが決して許さぬことを、我らの思いと正当性を、これまで私と共に浪士たちを束ねてきた吉田殿にも堂々と訴えてもらいたいのです。それに、あなたが姿を消せば、若い浪士たちが動揺します」

忠左衛門は、苦いものを呑んだような表情を見せ、誰をやるかは考えておきましょうと言った。

忠左衛門がこの件に結論を出したのは、討ち入りの前夜だった。

「寺坂吉右衛門を行かせます」

「当人は納得していますか」

「爽やかな顔で、承知してくれました」

「そうか。良い家臣を持たれたな。私からも礼を申すと伝えてください」

「吉右衛門は、お役に立てるならと喜んでおりました」

忠左衛門の目からは、大粒の涙が零れ落ちた。

芝から愛宕下への道の両端にも、赤穂の忠臣をひと目見ようと町人らが詰めかけていた。

「安さん、安さん、俺だよ。八丁堀の留吉だ。やったね。さすがは安さんだ」

安兵衛は、その声の方には顔を向けなかったが、満更でもない笑みを浮かべた。

行列の先頭をいく駕籠の中で、仙石伯耆守は、市中の人々の大歓声を聞いていた。

——これほどの人気とは。

赤穂浪士らが吉良上野介に敵討ちをするという噂は、藩主切腹の直後から江戸市中に広がり始め、伯耆守の耳にも入っていた。しかし、公儀の裁定に背くそんな行為が民衆に支持されるはずはないと、伯耆守は考えていた。

大衆とは、ご政道の評判が良い時はあがめ奉るが、逆に、どんな些細なことでも失態あらば、激しく牙を剝くものである。いかに権力、武力があるといえども、結局は少人数である公儀は、大衆の声をまったく無視してはいられない。

伯耆守はつぶやいた。

「この一件、判断を誤れば、御上の命取りになるやもしれぬ。何としても、法に背いたものとして処罰せねばなるまい」

伯耆守の遥か後ろ、行列の殿近くを歩きながら、大石良雄は静かに思いを巡らせた。

――これからが肝心だ。ようやくここまで来た。本当の戦いはここからだ。待っておれ、柳沢吉保。そして……。

「見ておれ、犬公方め」

傍らを歩く吉田忠左衛門が振り向いた。

「ご家老、何かおっしゃいましたか？」

「いや、何も。各々方、立派なお働きぶりでした。殿もさぞやお喜びでしょう」

良雄は討ち入り後、初めて笑顔を見せた。

仙石伯耆守の屋敷で、吉良邸討ち入り事件の詮議が始まった。

大石良雄と吉田忠左衛門がまず取り調べを受けることになり、寒風の吹きすさぶ庭に引き出された。居ずまいを正して座る二人に、容赦のない質問が向けられた。

「御上が浅野内匠頭に下したご裁定に対して、逆恨みするかのごときこの度の行動は、あるまじきもの。不届きである」

伯耆守は、開口一番、そう切り出した。

しかし良雄は、泰然と言い返した。

「ご公儀に対する恨みなど、いささかもございません」

良雄の表情には、一点の曇りもなかった。

「ただただ、吉良上野介殿への我が殿、浅野内匠頭の無念を晴らさんがため、夜分に吉良邸へ推参し、お討ち申し上げました」

間髪を容れず、伯耆守は問うた。

「では、その方たちは〝国詰〟であるか。それとも、〝江戸詰〟であるか?」

伯耆守が言った〝国詰〟と〝江戸詰〟とは、江戸の地に詳しいのか、それとも詳しくないのか、という問いであった。

「〝国詰〟でございます」

江戸は不案内だ、と良雄は答えたわけだ。良雄には、次にくる質問がわかっていた。意図的に騒動を起こし、江戸市中を混乱させるのが目的ではなかったのかと、伯耆守は問おうとしているのだ。案の定、伯耆守は言った。

「吉良邸への討ち入りは何刻であった？」

「暁七つ（午前四時）でございます」

「夜討ちであるな。であれば当然、多くの松明を点して持ち運んでいたことであろう」

江戸市中では火事は最も恐れられた。大人数で裸火を使えば、不測の事態も起こり得た。伯耆守の仕掛けた罠に、二人は引っ掛からなかった。吉田忠左衛門が答えた。

「いやいや、江戸城下で火を扱う心得は、重々承知しております。火の扱いには用心を重ね、松明を持ち歩くことは、全員に固く禁じておりました。昨晩は、幸いにも月明かりがまことに強く、道を行くのに不自由はございませんでした」

「では、屋敷の中ではいかがいたした？」

「門番を捕らえ、蠟燭を出させて用いました」

「では、火を点してからどういたした？」

伯耆守の問いは執拗だったが、忠左衛門が話す上野介を討ち取るまでの経緯は、道理に外れていなかった。

この時、伯耆守は奇妙な気持ちに捉われていた。目前で畏まっている元家老と家臣、浪士二人の受け答えは、公儀に従順でありながら、伯耆守の目にはまるで一国の大名のごとく映ったのであった。それも、御上に、江戸幕府に対して、堂々と正面から挑む構えをしている者のようだった。

詮議が進むうち、伯耆守は亡君の思いを貫き通す彼らを、羨ましくすら思い始めていた。

それでも伯耆守は、何としてもこの襲撃を、法に背く謀反に仕立てねばならなかった。

「では、さらに問う」

姿勢を正して伯耆守は続けた。

「御上のお膝元である江戸ご城下で、徒党を組んで屋敷に討ち入り、咎もない者を殺め、あまつさえ槍や弓矢等を用いたることは、ご公儀を憚らぬ振る舞いではないか」

伯耆守が身を乗り出すようにして、大石良雄に迫った。

将軍の住まう特別な場所である江戸で、殺される理由のない者を大勢殺傷したこと自体が謀反であり、罪ではないかと問うたのだ。

詮議の要所に、伯耆守は踏み込んだ。

答える良雄の声がやや甲高くなった。

「長道具は、それがいかなる場所であれ、武士が持つべきものです。参勤交代で大名行列が江戸市中に入る際も、長道具が仕舞われることはございません」

良雄は〝武士〟という言葉を、あえて凜とした声音で発した。

吉田忠左衛門は、傍らの良雄を見て、思わず息を呑んだ。

大目付を相手に堂々と語る良雄の姿が、主君、浅野内匠頭に重なって見えたからである。

――そうか。あの春から、殿の魂は大石殿に宿り、片時も離れることはなかったのだ。我らはこれほどの人物を家老に戴いたのか。

良雄はさらに続けた。

「長道具は我らの本願を遂げるためのもの。御上への叛心なき証拠に、甲冑は身につけず、鉄砲も持参しておりません。また、大目付殿は咎もなき者と言われるが、先方は人数を揃えておりました。彼らとて主君を守るためには刀を抜くのが武門の慣習。我らも忠義を果たさんと攻め寄せておりますれば、妨害する者を討つのは当然の理。ただし、その交戦において逃げる者は追わず、抵抗する者のみ突き伏せましたが、止めの刃は刺しておりません。倒れた者たちをご検分いただければわかりましょう。斬った我らも忠義、倒れし彼らも忠義。しかるに、此度の一件で辱めを受けし侍は、我らが殿、ただ一人でございました。我らは死ぬ前に、殿の恥を雪いだのでございます」

この言葉に、伯耆守は大きく目を見開いた。

「死ぬ前、とはいかなることか？」

「〝君、辱められし時は、臣死す〟ということでございます」

「そちら四十六名は死んでおると申すのか」

「あの春に、すでに皆死んでおります」

良雄は、そこで下げていた視線を上げ、伯耆守の目を見た。

「これにて詮議は終わる。これよりそちら四十六名は、公儀の裁定が下るまでの間、四家に分けてお預けとなる。そう心得よ」

伯耆守は、大石良雄と吉田忠左衛門にそう言い渡すと、廊下に畏まっていた家臣に向かって、門前で待機している四家の使者を屋敷内に招じ入れるよう声を掛けた。

伯耆守は縁側に立ち、すでに沈もうとしている冬の陽を見つめてつぶやいた。

「自ら、さあ殺してみよ、と申すのか。大石内蔵助、恐ろしき武士であるな。この一件、裁定如何では、やはり御上の命取りになる」

大目付仙石伯耆守久尚の脳裏に、将軍綱吉と、大老格、柳沢吉保の顔が浮かんだ。

同じ頃、愛宕下の仙石伯耆守の屋敷を、千四百人の軍勢が取り囲んでいた。浪士らを預かることになった四家、細川越中守綱利（熊本藩）の七百五十人、松平隠岐守久定（松山藩）の三百人、毛利甲斐守綱元（長府藩）の二百人、水野監物忠之（岡崎藩）の百五十人で、これは上杉家を警戒してのことだった。

十五日の朝、四大名の中で最も大藩である細川家の当主綱利は、播州赤穂浪士らが亡君の恨みを晴らすために吉良上野介邸に討ち入り、見事首級を上げたという報せを耳にした。綱利は忠義に篤い者たちだとして、この敵討ちをたいそう喜んだ。

その日の夕刻前、細川家は裁定が下るまで浪士らの身柄を預かるようにと公儀から命じられ、綱利はさらに喜んだ。忠義の士らを上杉家の襲撃から守るため、七百五十名の兵を連れて出迎えに行くよう指示した。

細川家に振り分けられた大石良雄、吉田忠左衛門、堀部弥兵衛ら十七名は、それぞれ駕籠に乗せられ、高輪にある熊本藩下屋敷に入った。すでに丑(うし)の刻(午前二時)を過ぎていたにもかかわらず、藩主自らが出迎えた。

「各々方の働き、実に見事であった。これほど大勢の張り番をつけておくには及ばないのだが、公儀からの指示なので了解してもらいたい。用事があれば遠慮なく家臣らに申し付けるように」

五十四万石の藩主、綱利のこころある言葉に、良雄らは感激した。

細川家では居室として広間二間が与えられた。着替えとして小袖二枚ずつが下され、食事も二汁五菜という豪華なもので、あまりの歓待ぶりに浪士たちは戸惑うほどだった。

四家に分けられた赤穂浪士は、すべてで同じような厚遇を受けたわけではなかった。

松平家では、預けられた大石主税や堀部安兵衛ら十名を、十五日の夜は仙石邸に近い上屋敷に置き、翌日になって三田にある中屋敷に移した。当初は長屋二軒に五人ずつを住まわせ、見張り番や不寝番などを配した。

三田の中屋敷に神崎与五郎ら九名を迎え入れた水野家では、浪士らを下屋敷の書院に置くつもりだったが、仙石伯耆守に尋ねたところ長屋でよいと言われ、使っていなかった長屋を急遽修理して押し込め、外側から釘を打ち付けるという処遇だった。

最も扱いが酷かったのは、毛利家であった。前原伊助ら十名を預かることを命じられた毛利家は、浪士を乗せる駕籠には縄をかけるべきか、と伯耆守に尋ねた。浪士らを罪人と見なしていたためである。さらには、到着した十人を麻布の上屋敷の隅にある小屋ふたつに押し込め、一人一人の周りに屏風を巡らせて隔離し、小屋の前には番人を置いた。

しかしこれらの三家でも、しばらくすると浪士らは座敷へ移され、丁重に扱われるようになった。討ち入りに遭った吉良家と、その縁戚にあたる上杉家には厳しい処分を、という意見書が評定所から出されたという噂が武士の間で広まったためである。

同時に江戸市中でも、赤穂浪士らの襲撃は大評判で、〝武士の鑑〟〝忠義の士の快挙〟として英雄視する声が圧倒的だった。

大老格、柳沢吉保が討ち入りの件を知ったのは、十五日の昼前であった。仙石伯耆守の使者が江戸城に上がり、同じく登城してきた吉保に報せが来た。

吉保は一瞬、驚きの表情を見せて尋ねた。

「吉良がか？」

伝令が頷くと、吉保は、まず上杉家の動向を尋ねた。高家の畠山義寧と若年寄の本多正永が上杉家を訪ね、討手を出さぬように綱憲を説得したと聞き、小さく頷いた。

吉保はこの件について、頃合いを見計らって綱吉に報せた。

「それは、まことか？」

綱吉は少し驚いた顔で、その問いを発した。しかし、赤穂浪士らの身がすでに捕らえられ、身柄を四家に預けられていると聞くと、興味を失ったようだった。

「裁定はすべてそちに委せる」

綱吉に裁定を委された柳沢吉保は、老中五人を呼びつけた。阿部豊後守正武、土屋相模守政直、小笠原佐渡守長重、秋元但馬守喬知、稲葉丹後守正往である。

「元赤穂藩の浪士らが各々方もご存じの吉良上野介の屋敷を襲撃し、上野介を討ち取った。御上を憚らぬこの不届き者らの処分について早速評議し、決を採っていただきたい」

こう命じられた老中らは、その物言いから、今や幕政のすべてを握っている大老格の柳沢が何を考えているかを察した。老中らは形だけの議論を早々に終えると、議決を行った。

「元赤穂藩士らがなしたる事は、すべて夜盗の仕業と同様につき、四十六名の浪士、打ち首に処すべきとの評決に達しました」

平伏した老中らを見回し、柳沢は満足そうに頷いた。この一件はこれで落着するかに見えたが、諸大名、旗本らの赤穂浪士への称賛、支持する声は予想以上に高まっていた。

大老格という特別職を復活させ、盤石な地位を手中に収めた柳沢の真骨頂は、優れた情報収集力にあった。その柳沢の耳に届く江戸城内の評判は、どれも赤穂浪士の忠義は天晴れ、というものだった。

しかも困ったことに、綱吉自身が、あの松の廊下で起きた刃傷沙汰の際の激高を、すっかり忘れてしまっていた。

「浅野の家来の忠誠義烈の有り様は、末世には珍しいことである。予としてはこのまま助けてやりたく思うが……」

綱吉が近習に洩らしたこのつぶやきは、あっという間に江戸城中に流布してしまった。

その上、浪士を預かっている熊本藩の細川綱利や、水戸藩主の徳川綱條からは助命嘆願が届いていた。綱條は前藩主の光圀が生前、大石良雄と縁があったこともあり、赤穂藩を気にかけていた。日を追うごとに多くの大名から同様の嘆願書が寄せられるようになった。

柳沢がこのまま浪士らを助命すれば、浅野内匠頭に即日切腹を申し付けた公儀の威光は地に落ちる。それだけでなく、上杉十五万石から異議を申し立てられる恐れまであった。

柳沢の心中を察してか、老中たちは浪士の処遇を評定所に委ねることにした。

評定所は、いわば最高司法機関で、重罪や、前例がないために幕府の各役所で判断がつかない事件などを取り扱った。寺社奉行、町奉行、勘定奉行が一座を構成して評議を行うが、老中、大目付、目付が出席することもあった。

赤穂浪士らによる吉良邸討ち入りの一件を評議するため和田倉門外辰ノ口にある評定所に集められたのは、寺社奉行三名、勘定奉行四名、南町奉行、北町奉行、本所奉行、それに大目付の仙石伯耆守、安藤筑後守（あんどうちくごのかみ）、近藤備中守（こんどうびっちゅうのかみ）、折井淡路守（おりいあわじのかみ）の十四名であった。

座敷に居並んだ一同は、世間の耳目を集める赤穂事件の評決に臨み、厳しい表情を浮かべていた。

まず、仙石伯耆守が口を開いた。

「この度の元赤穂藩士による吉良上野介邸襲撃は、公儀にとってもゆゆしき出来事です。各々方にはこれまでお調べになったことを詳細にお話しいただき、その上で慎重に評議をしていただきたい」

町奉行らはすでに、討ち入り当夜の浪士らの行動、吉良側の動き、米沢藩上杉家の対応について調べるよう命じられていた。

伯耆守は浪士らの総大将、大石良雄から討ち入りの口上書を託されており、また、大石と吉田忠左衛門を直々に詮議した立場上、座の中心となって評定を進めた。

まずは当夜の浪士らの振る舞いに、江戸市中を混乱に陥れる作為はなかったかという点。

さらに、伯耆守が大石らの詮議の折に執拗に問うた、火気の取り扱いについても議論された。

本所奉行の報告を受けて、伯耆守が問う。

「浪士たちは、少人数ずつきわめて静かに吉良邸まで移動、その門前で参集し、江戸市中を騒がすような意図はまったく見られなかったのだな。また、火の取り扱いも、規律を守って安全に行われていたと」

「はい。左様にございます」

本所奉行が一揖した。

「では次に、襲撃を終えて、泉岳寺に移る際はどうだったのだ？　当日は諸大名が総登城する御礼日であった。その行列とかち合うような、悶着などはなかったのか」

「一切ございません。浪士らはあらかじめそれを把握しており、行列を避けて海沿いに高輪へ向かっております」

南町奉行が明快に言う。

「泉岳寺に入った後はどうじゃ？」

「伯耆守殿もご存じの通り、口上書を持参する使者を差し向け、亡君の墓前に首級を供えた後は、寺内で神妙にお沙汰を待っておったそうにございます」

寺社奉行が書き付けを見ながら答えた。

「元赤穂藩士らには、吉良邸に討ち入ったという一点以外、落ち度は見当たらないというのだな。それに相違ないか？」

南町奉行は、はい、と頷いた。

「では、吉良家側はどうであった？　浪士の総大将、大石良雄が申し述べた通り、上野介殿をはじめ家臣らは皆立派に戦ったのか？」

その質問には本所奉行が答えた。

「それは、少しばかり違うておりました」

「ほう。どこが違うのだ？」

「赤穂浪士による吉良殿襲撃の噂は一年以上前から江戸市中に流布しておりました。吉良邸ではそれに備えて高い城壁のごとき長屋を建てて周りを囲い、腕の立つ侍を多数雇い入れ、邸内には常に百二十名以上の家臣がいたそうです。にもかかわらず、総員で応戦した事実はございません。当夜の吉良側の死者は十七名、負傷者は二十名余り。負傷者の中には当主の吉良義周殿もおります。残りの八十名以上は戦ってすらおらず、逃亡した者も十数名いたとか」

「それはまことか？」

一同が目を剝いて身を乗り出した。

「門から逃げていく姿を周辺の屋敷の者たちが見ております。長屋には、侍たちが漫然と閉じ込められていたそうです」

「当主とその父が討たれたというのに、その者らは追撃もせなんだのか？」

「そう聞き及んでおります」

「武士にあるまじき身の処し方であろう」

寺社奉行が扇で自身の膝を叩いた。

「上野介殿の実子であり、義周殿の実父でもある上杉綱憲殿はどうされたのか」

これには南町奉行が答えた。

「明け六つ、桜田にある米沢藩上屋敷に襲撃の第一報を届けたのは、吉良邸お出入りの豆腐屋。上杉家からは数名の家臣が本所の吉良屋敷に向かいました」

「応戦のためか？」

「いいえ。ただの様子見のためで、浪士らはすでに屋敷を退去していたそうです」

「その家臣らが屋敷に立ち戻ってからも、討手を差し向けることはなかったのだな？」

勘定奉行の一人が呆れ顔で問うと、伯耆守は応えた。

「私が畠山殿と本多殿に頼んで、討手を差し向けぬよう、上杉家に伝えさせました」

「それにしても、指一本動かさぬとは……」

勘定奉行は嘆くように首を振った。

評定所の議論は、元赤穂藩士たちが亡君の無念を晴らすために吉良邸に討ち入ったことが、君への忠義であるか否かに移った。

「殿中での刃傷は禁じられております。浅野内匠頭が私恨から上野介に刃を向けたることが、そもそも武士にはあるまじき振る舞い」

「天和(てんな)三年（一六八三）に発布された〝武家諸法度(ぶけしょはっと)〟の第一条には、〝学問と武芸に励み、礼儀正しくすること〟とあり、浪士らの行いはこれに従ったもの。内匠頭はどうあれ、浪士らは天晴れですぞ」

「いや、同じくその第五条に〝謀反を企て、仲間を集めて誓約することを禁止する〟とあります。四十六名での襲撃は、まさに徒党を組んでの謀反でありましょう」

「謀反のつもりならば赤穂城明け渡しの際に籠城などの動きがあって然るべきですが、いささかの背反もございませんでした。亡君の無念を晴らすため、やむなく大勢で申し合わせたものを徒党とも謀反ともいえぬのでは」

二分したまま平行線をたどった意見を、評定所一同は「評定所一座存寄書」として何とかまとめ、老中に手渡した。

これを要約すると、以下のようになる。

吉良義周の手抜かりは申し開きができぬものであり、切腹を申しつけるべきである。

吉良家家臣で戦わなかった者は斬罪。

上杉綱憲と嗣子の吉憲が、浪士らを追撃もせずそのままにしたのは侍にあるまじき行為なので、いかなる処分も仕方がない。

そして、浅野家元家臣への処分は、裁定が難しいためこのまましばらくお預けの身とし、後年になって落着を目指すべきであろう、と結んでいた。

この意見書を読んだ老中らは、自分たちとまったく異なる評決に狼狽した。

浪士らの行いを忠義として支持しているのは、評定所の者だけではなかった。

幕府の儒学者、林大学頭は〝亡君の遺恨を継いで吉良殿を討ちしは、義に当たるところにて、その行い、いささかも公儀に背かず。（中略）この者らに厳罰を下さば、天下の物笑いとなるのみならず、忠義の道は地に落ちること必定なり〟と説いて浪士らを讃えた。室鳩巣、浅見絅斎などの学者も、同意見であった。

老中らはますます判断に迷い、芙蓉の間詰めの役人七十名余からも意見を聞いたが、彼らの考えもまた、二分した。

元禄十五年が暮れようとしていた。

四家に分けて預けられた赤穂浪士のうち、熊本藩細川家の十七名は、思わぬ厚遇に戸惑いながらも、思い思いの時を過ごしていた。

大石良雄はその日、朝から官兵衛こと三尾豁悟への手紙を認めていた。

おそらく官兵衛の耳にも、良雄らが吉良邸を襲撃し、上野介を討ち取ったという話は届いているだろう。

最後に大津へ挨拶に行った折、自分の本心を告げることができなかったことへの詫びを書き綴っていた良雄は、ふと筆を止めた。寒さのせいか、官兵衛と酒を酌み交わし、笑い合って過ごした日々、大津の雪の風景が思い出されたのだった。官兵衛のもとで暮らす幼いきんや、離縁した理玖と、吉之進、くう、るりの顔が次々に頭に浮かんだ。

「ご家老、少しよろしいでしょうか」

声に振り向くと、吉田忠左衛門だった。

「はい。何でしょう」

「実は若い者の中には、切腹の作法を知らぬ者がおるようで。いかがいたしましょうか」

「知っているものが教えてください」

「それが……。教えようと申す者がおりません。切ったことがある者はおりませんのでな」

「なら、皆を集めなさい」

「よろしいのですか？」

良雄は頷いた。

十六名が顔を揃えたところで、良雄は一人一人を見回して口を開いた。

「遠からず切腹の沙汰があるでしょう。吉田殿が改めて作法を教えてくださるそうです」

忠左衛門は、すぐに居住まいを正した。まず肩衣を脱ぎ、次に襟元を両手で寛げ、思い切って左右に開き――と説明を始めた。浪士たちは真剣な目つきでそれを見つめていた。一通りの手順を示した後、忠左衛門は大きな声で良雄に呼び掛けた。

「で、最も肝心なのは……。ご家老、何でございますかな」

文机の前に座り、皆に背を向けて手紙の続きを書いていた良雄は、ゆっくり振り返り、持っていた筆を自分の腹に刺す仕草をした。

「自身で腹を切るよりも、首をしっかり伸ばしてうまく介錯をしてもらうことです」

良雄が笑ってそう言うと、短い沈黙のあと、しんと冷えた部屋に、さざ波のように皆の笑い声が広がっていった。

三田にある松山藩の中屋敷では、堀部安兵衛が庭先に出て黙々と身体を動かしていた。松平家には十名の浪士が預けられていたが、その扱いは当初と比べてずいぶん良くなり、座敷から出られるようにもなっていた。

大石主税が庭へ出てきたことに気付き、安兵衛は上体を起こした。

「おう、主税殿。相撲でも取りませぬか。こう毎日食べて寝てばかりでは、身体が鈍る一方。切腹の際にみっともない腹をさらすことになり申す。困ったものです」

青白い顔をした主税は、安兵衛の引き締まった身体を見て微かに笑みを浮かべた。

「先ほど大高源五を誘いましたが、今朝も句作で悩んでおるからと断られました。厚氷やら薄氷やらと、ぶつぶつ言うておりましたが、あんなものの何が楽しいのやら」

主税は、今度は声を上げて笑った。

「堀部殿、〝神文返し〟の話をした後で、父上が話したことを、覚えておいでですか?」

「はて。何でしたかな」

「よしんば上野介殿を江戸で討てず、米沢に逃げ込むようなことがあっても、首級は必ず取る、と言ったことです」

「そうでしたかな。まあ、江戸で討ち果たせたのですから、よいではありませんか」

「米沢へ逃れた際の手立ては考えてあるとも言いました。あれは、私たちとは別の浪士らがいた、ということではないでしょうか」

　再び腰を落とし、両手を前に突っ張るような動きを始めた安兵衛が、主税の顔を見た。

「父上はすべてにおいて用意周到です。二番手の浪士を米沢へ向かう街道に配しておいたとしても、何らおかしくありません」

「まさか。そんな者たちがいれば、すでに本懐を遂げたという噂を聞き、殿の墓前に参っておるはず。我らの耳にも入りましょう」

「米沢は雪深い地と聞きます。使者が着くまでには日数がかかりましょう」

「使者を送ったと？」

「ですから、それが寺坂吉右衛門殿です。そういうことを、ずっと考えておりました」

　安兵衛は信じられぬという顔をした。

「だとしても、我らにはもはや確かめようがありませぬよ」

　首を横に二度三度振って、安兵衛はまた両手を前に突き出し始めた。

　主税はその背中をじっと見つめていた。


　元禄十六年（一七〇三）を迎え、柳沢吉保は赤穂浪士らの処遇を巡っていまだ窮地に立たされていた。

　柳沢は、幕閣のみならず譜代、外様の別なく大名らの動静を常に監視していた。その上、江戸、関八州、上方で市中の動きも逐一報告させていた。

この度の赤穂浪士による吉良邸討ち入りは、多くの大名、町人らに支持されていた。諸大名は「武家諸法度」にも叶うとして称賛し、市中では〝忠義の士〟と大評判だった。浪士らを熱狂的に支持する者たちは、松の廊下での刃傷沙汰直後、きちんとした詮議も行わぬまま、内匠頭を即日切腹に処したことがそもそも理不尽だと声高に叫んでいた。

その裁定を下したのは、誰あろう、柳沢吉保なのであった。

浪士たちへの支持は、つまりは内匠頭一人に切腹の裁定を下した柳沢への糾弾に繋がることになる。柳沢は一人、苦い顔をした。

あの春の勅使饗応は、特別なものだった。母、桂昌院への従一位を切望する綱吉にとって失敗が許されぬ饗応であり、晴れの日を血で汚されたと激高する綱吉を慮っての素早い裁定でもあったのだ。

ところが当の綱吉が、わざわざ林大学頭を呼びつけ、浪士たちの討ち入りに対する意見を述べさせたという。

その上、綱吉は、年賀の挨拶に登城した上野寛永寺の輪王寺門跡公弁法親王にまで、浪士らを助命するべきかと尋ねたそうだ。幸い、公弁法親王は浪士らの命を助けるべきではないとし、切腹を提案したという。

——御上は赤穂浪士を助けたいようだ。

このような噂が流布するのも当然だった。

柳沢吉保は、大目付の仙石伯耆守を御用部屋に呼んだ。此度の愚挙を企てた赤穂藩元家老の大石内蔵助と対峙(たいじ)した伯耆守から、大石の印象を聞いておこうと思ったのだ。

評定所において伯耆守は、浪士の行いを〝忠義〟と評する側に回ったと噂されていた。

「伯耆守殿、貴殿は浪士の総大将、大石内蔵助を泉岳寺にて詮議しておられたな。浪士らの処分について意見を伺いたい」

「はっ。老中の評議では、すでに打ち首と決まったそうですが」

さすがに抜かりのない応答だった。

「貴殿の私見でよい。大石の口上も聞いたであろう。なれば、直(じか)に逢(あ)って見聞きし、感じた大石という男の真意をお聞かせ願いたい」

柳沢吉保は、強い目で仙石伯耆守を見た。

「切腹が然るべき処遇かと思われます」

伯耆守の言葉は、思わぬものだった。

「貴殿は助命をお考えかと思っておりました」

「私は当初、彼らの行いは忠義によるものと考えておりました。それでもなお、御上のお膝元である江戸市中で徒党を組んで武家屋敷を襲撃した浪士らは、謀反人とせねばならぬと考えて詮議を始めました。詮議を進めるうち、大石内蔵助は事件を起こす遥か前から、問われるであろうことをすべて見通していたのだということがよくわかりました。これは乗せられてはならぬ、と気を引き締めました」

「乗せられる?」

「左様です。彼らには自分らの命を助けたいという気持ちは、さらさらございません」

「なぜ、そう思われた?」

伯耆守は押し黙った。

「なぜそう思ったのかを申せ」

柳沢が強く促すと、伯耆守は渋々という風に口を開いた。

「おそらく、大石内蔵助に率いられし四十六名は、亡君の無念、恨みを晴らすことのみを目的としているのではございません」

「他に何があるというのだ?」

「御上と、ご公儀に向かって、いまだに刃を向け続けておるように思われます。これは、これまで数十人もの侍を詮議して参った私の勘です。あの大石という侍は、平然と、自分たちはすでに死しておる、と口にいたしました」

「死しておると?」

「はい。〝君、辱められし時は、臣死す〟と。彼らにとって〝君〟とは浅野内匠頭、唯一人で、内匠頭を辱めたのは、すなわち御上でありましょう。御上を平然と蔑ろにする侍を、生かしておいては危険きわまりないかと」

江戸城を下がって大手町の屋敷に戻った柳沢吉保は、すぐに荻生徂徠（おぎゅうそらい）を呼んだ。

荻生徂徠は柳沢家に勤める儒学者で、まだ三十八歳だった。柳沢はこの若き儒学者の明晰（めいせき）さと話力を高く買っていた。

「徂徠、元赤穂藩士による一件を、そちも聞き及んでおろう。意見を聞かせてくれ」

徂徠は下げていた頭を上げると、恐れることなく、じろりと柳沢を睨（にら）んだ。同じ儒学者の林大学頭や、室鳩巣といった名だたる幕府の儒官たちが、浪士らの行動を〝忠義〟と称賛していることを知っていた。

荻生徂徠はしばらく黙って考えてから、緊張した面持ちで一気に話し始めた。

「忠孝をなそうとこころがけて事を起こしたる人士を、もしもただの盗賊同然として処断する先例をつくれば、今後、不義不忠の者どもの取り裁きはどうなるでしょうか。他国はさておき、これを我が国の義の判例とするも、徒党を組んでの行いとしては処断し、切腹を仰せつけられましたらよろしいかと。さすれば、彼らの忠臣としての宿意も相成り、世の示しとなるのではないでしょうか」

柳沢は膝を打った。打ち首でなく、切腹を申し付ければ、赤穂浪士共の忠義心による行いを否定したことにはならない。

柳沢は早速綱吉と面談し、浪士らの忠義心は、これを善しとする御上の姿勢を示しつつも、徒党を組んでの公儀を憚らない行動により、彼らには切腹を申し付ける旨、言上した。

綱吉は公弁法親王の意見をあらかじめ聞いていたこともあり、柳沢の提案を了承した。

二月に入ってすぐ、赤穂浪士を預かる各家に使者が遣わされた。各大名家では前もって準備は進めていたものの、いざ浪士ら切腹の命を受けるや、屋敷中に緊張が漲った。

その夕刻、細川家の屋敷では、浪士たちが暮らすふたつの座敷それぞれの床の間に、椿の花が飾られた。それだけで、浪士らが来るべき時が来たと察するには十分であった。

原惣右衛門は活けられた椿を目にして、珍しく白い歯を見せた。

「おう、めでたいことですな」

惣右衛門の声を聞いた浪士らは、それぞれの思いがあふれた表情で頷いた。

その日の夕餉は、汁も菜も、いつもより丁寧に拵えてあり、酒までが供された。

良雄は、吉田忠左衛門に酒を勧めた。

忠左衛門は下戸である。昔から宴席に出ても、酒を一切口にすることはなかった。

良雄が差し出した銚子から酒を受けた忠左衛門は、盃に口を付け、わずかに酒を舐めてから渋面を作った。

「うまいものではありませんな」

良雄は笑って、忠左衛門が注ぎ返してくれた酒を、ゆっくりと飲み干した。

座敷を見回せば、浪士たちは皆、常とは変わらぬ様子で、ささやかな宴を楽しんでいた。

穏やかな笑い声を聞きながら、良雄は忠左衛門に二杯目の酒を注いだ。

聞き覚えのある鳥の声で目覚めた。

大石良雄は静かに寝床を抜け、庭に出た。

――やはり。

すでに花を落とした梅の小枝に、目元の白い鳥がとまって啼いていた。

耳の奥で声が聞こえた。

「父上、あの鳥は何という鳥ですか？」

幼い頃の、自分の声であった。

「メジロだ。ほらご覧、目元が白いだろう」

見れば、その鳥の目元は白粉を引いたように白く眩しい色をしていた。

「身体は小さいが、きちんと仔育てをする強い鳥だ。鳥も人も、一人では生きていけない。喜内（良雄の幼名）も、人を助けられるような武士にならねばな」

「喜内も、助けなくてはならないのですか」

「そうだ。私も喜内も、代々家老職を賜る家に生まれたのだ。家臣が皆、お前を頼ってきた時に、きちんと応えられる人にならねばならない」

「家臣を助ければいいのですか？」

「いや。一番大切なのは殿だ。殿を常にお護りするのが家臣の務めだ」

幼い良雄は、父、良昭の言葉の意味がわからずに黙ってしまった。父は良雄の小さな肩を抱き寄せた。

「まあよい。少しずつ学べばよいのだ。いずれできる」

良雄は父の腕の中で頷いた。

遠い日の思い出が消え去ると、良雄の鬢を早朝の風が揺らして吹き過ぎた。

「おう、汐の香りだ」

この細川屋敷にも、江戸前の海から風に乗って運ばれてくるのだ。大叔父、頼母助に命じられて、鍛錬のために一人赤穂の浜を黙々と歩いていた少年時代の日々が、ふいに蘇ってきた。あの日見た赤穂の海と、江戸の海は繫がっている気がした。

「ずいぶんと早うございますな」

背後から吉田忠左衛門の声がした。

「忠左衛門殿、汐の香りがいたしますぞ」

「おお、ほんにそうですな」

忠左右衛門が相好を崩した。

「ようやく、我らも赤穂へ帰ることができます」

「誠に、さようでございますな。我らの殿がお待ちになっておられる赤穂へ……」

忠左衛門の言葉を聞きながら、良雄は春賦の風に吹かれてしばし佇んでいた。

元禄十六年（一七〇三）二月四日の四つ刻（午前十時）、元赤穂藩士らが預けられている各大名家を、老中の奉書を携えた使者が訪れた。奉書は、浪士たちに切腹を申し付けるものであった。

八つ刻（午後二時）、それぞれの屋敷に検使、使番、徒目付、小人目付らが到着した。

細川越中守の屋敷では、大書院の前庭の三方に、白い布の幕を張り巡らし、手前に白屛風が立てられた。雪の舞いだした庭を見下ろす大書院には、検使、使番が、縁側には徒目付が座り、白州には各家の家来が居並んだ。白幕の囲いの真ん中に畳三枚が敷かれ、これは切腹する浪士の座所だった。その上には木綿の大風呂敷が広げてある。風呂敷で一人ずつ遺骸を包み、運び出すのである。

小人目付の呼ばわる声が響いた。

「元赤穂藩家老、大石内蔵助良雄出でませい」

控えの間で十六名の同志と共に並んでいた良雄は、仲間たちに軽く会釈をすると、立ち上がって廊下を進んだ。

裃姿の良雄の振る舞いは平静で、その顔には晴れ晴れとした表情さえ浮かんでいた。切腹の席に着いた良雄の静かな目は、検使たちではなく、もっと遠くを見ているようだった。

良雄は、目の前に運ばれてきた三方の上の脇差しを手に取り、静かに頭上に押し戴くと、開いた左脇腹に刃先を当てた。

エイッーと、介錯人の一声が庭に響いた。

享年四十五歳。大石内蔵助良雄の生涯は見事に幕を閉じた。

続いて吉田忠左衛門、原惣右衛門、堀部弥兵衛ら、十六名の切腹が粛々と行われた。

松平隠岐守の屋敷では、真っ先に大石主税の名が呼ばれた。

おう、と声を上げて控えの間で主税が立ち上がると、傍に座していた堀部安兵衛が微かに笑って声を掛けた。

「主税殿、私もすぐに参ります故」

笑みを浮かべ、主税も力強く頷いた。

やがて、控えの間に介錯人の声が届いた。

程なく名を呼ばれた安兵衛が立ち上がり、口を真一文字に結んだまま一同に頭を下げ、廊下を進んで庭先へ下りた。

大石主税、享年十六。堀部安兵衛、享年三十四。

毛利甲斐守、水野監物の屋敷でも同様に、きわめて迅速に切腹が行われた。四十六名の亡骸は直ちに泉岳寺へ送られ、亡君、浅野内匠頭の眠る墓所の隣りに埋葬された。

第十章　いとまの雪

元禄十五年（一七〇二）十二月二十一日の夕刻近く、一人の男が奥州街道をひた走っていた。

寺坂吉右衛門である。

町人姿に身をやつし、寒風の中を突き進む吉右衛門は、江戸から八丁目宿を経て米沢へ至る国境の宿場町、板谷宿へ向かっていた。

吉右衛門が主の吉田忠左衛門に呼ばれたのは、討ち入りの二日前のことだった。

「吉右衛門、私のたっての頼みを、何も言わずに聞いてくれるか？」

沈んだ声で尋ねる主に、吉右衛門は爽やかな顔で笑いかけた。

「何を今さら。吉右衛門、とうに命は主様に預けております。何なりと仰せ付けください」

忠左衛門は、それまでに見せたことのない苦渋の表情を浮かべていた。

「大石殿は、この度の討ち入りが不首尾に終わった時のことも考えておられる。我らが失敗した際には上野介が米沢藩へ逃げ込むと見て、米沢へ入る手前の宿場に二番手の浪士らを待機させておるのだ。ここに二通の手紙がある。討ち入りの後、お前にはそっと隊を抜け、誰にも知られぬようにすぐさま板谷宿へ走ってもらいたい。見事、吉良邸で上野介を討ち果たしたなら、こちらの手紙を渡せ。万が一討ち入りが失敗した時は、こちらの手紙を渡すのだ。浪士は小野十郎兵衛と名乗り、その宿場で待機しておる」

忠左衛門は吉右衛門の顔を正面から見た。

「吉良邸で本懐を遂げた時、お前は……」

主の目から、大粒の涙がこぼれた。

「脱盟者の汚名を着ねばならん……すまぬ」

頬を濡らしながら、深々と頭を下げる。

「主様、どうぞ頭をお上げください。他人に何を言われようが、このような大役を足軽の私に任じて下さったこと、望外の喜びでございます」

本所松坂町で吉良上野介の首級を取り、浪士たちは鬨を上げた。意気揚々と泉岳寺へ引き揚げる途中で隊列の最後尾まで下がった吉右衛門は、機を見て列から離れた。

あらかじめ準備していた空き家で、吉右衛門は討ち入りの黒装束から町人の着物に着替えた。丸めた装束を近くを流れる竪川に投げ捨てると、真っ直ぐ千住へと向かった。

その懐には大石良雄から預かった書状があった。

板谷街道の庭坂宿から板谷峠を越えて米沢へ至る道は、奥州でも屈指の難所である。

参勤交代の各藩は、その険しさを嫌い、羽州街道へ回った。しかし米沢藩上杉家だけは上杉景勝以来、歴代藩主がここを使い、いわば上杉専用の街道のようになっていた。

これを知った大石良雄は、峠越えの前に米沢の一行が泊まる板谷宿の御宿所を調べ上げていた。

上杉綱憲が、実父である吉良上野介を元赤穂藩士らの襲撃から守ろうとすれば、その最後の砦は米沢城となるはずだ。

本所松坂町の吉良邸で上野介を取り逃がすようなことがあれば、良雄は浪士たちと共に吉良を追って米沢へ向かう覚悟だった。

逃げる上野介一行がもしも少人数であれば、良雄ら本隊の到着を待つことなく、板谷宿で待ち伏せをしている二番手の刺客らが攻撃する。これが良雄の描いた筋書きだった。

その二番手を委されていたのが、小野十郎兵衛こと、元赤穂藩次席家老の大野九郎兵衛である。

浅野内匠頭切腹の後、籠城か否かで家臣が二派に分かれて対立した際、九郎兵衛は、用水と武器の面から真っ先に籠城策を否定した。その後、早々に赤穂から逃亡し、不忠者として他の浪士から命まで狙われることになった。

しかしこれは、あくまで良雄の命に従ってのことだった。

九郎兵衛の家は代々勘定方であり、いざという時に備えて、藩の裏金を蓄えるよう筆頭家老に命じられていた。そして、刃傷沙汰、改易という不測の事態は起こり、良雄はその金を使い、殿の恥辱を雪ぐことを決めた。

三百名余の家臣から、討ち入りの覚悟を持つ真の同志を絞り込めたのも、彼らの生活を支え、武具、装束を揃えることができたのも、すべて九郎兵衛あってのことだった。

九郎兵衛こそは、この討ち入りの最大の功労者であった。

しかも九郎兵衛は、〝忠義の誉れ〟などを欲しがりもせぬ、大胆な肝を持っていた。良雄と九郎兵衛は、共に、徹底した実利主義と純粋な忠誠心を併せ持った、希有な侍同士であった。

そして今、〝裏切り者〟の九郎兵衛のもとへ向かう寺坂吉右衛門も、九郎兵衛と同じ汚名を背負っていた。

「それにしても、いつまで待たせるのやら」

大野九郎兵衛は夕陽に染まった板谷峠を見ながら、また独り言を繰り返した。

十一月に届いた大石良雄からの書状には、遅くとも年内に事を成就させたい、とあった。

しかしすでに、今年も残りわずかだ。

――あの男に限って、しくじるようなことはあるまいが……。

廊下から九郎兵衛の座敷に向かってくる軽い足音が聞こえた。夕餉の支度ができる頃合いだったが、九郎兵衛はため息をついた。

何しろ雪中の、しかもこの時期、街道を通る者とてほとんどない、そんな地に建つ宿である。人も訪れないが、物も届かない。

赤穂、江戸、大坂で暮らし、美味いものを食べ慣れている九郎兵衛は、一度干したものを水で戻したぶよぶよの鱈と蕪や大根を煮たものばかりの食膳にうんざりしていた。

しかし、障子の向こうから女中がかけてきた言葉は、思わぬものだった。

「小野様、お客様がお着きになりました」

「客？　またあの薄汚い男たちか」

以前、金を受け取るために訪ねて来た、美濃の〝志津衆〟の男の顔を思い浮かべた。彼らは二番手の手勢で、板谷宿から三里（約十二キロメートル）ほど離れた庭坂に家を借りて住まわせていた。逢えば怪しまれるので、二度と来るな、と厳命したはずだった。

九郎兵衛は顔をしかめた。

「浪人者なら、帰るように言え」

「いいえ、町人の方です」

「町人。町人が何の用だ？　名乗ったか？」

「それが、逢ってから言うの一点張りで」

「なら、通せ」

女中が立ち去ってしばらくした後、重い足音が聞こえた。

「小野十郎兵衛様でしょうか」

「そうだ。入れ」

障子が開き、三十代と思しき細面の男が一礼して頭を上げた。

「はて、どこぞで逢ったか……」

首を捻る九郎兵衛をまじまじと見詰め、男はやがて、得心したように大きく頷いてから、再び深く頭を下げた。

「元赤穂藩、吉田忠左衛門に仕える足軽、寺坂吉右衛門と申します。主より小野様宛てに、ご家老、大石良雄様から預かりし書状を持参いたしました」

大野九郎兵衛の顔が、一瞬で引き締まった。

寺坂吉右衛門は懐から油紙に包んだ書状を取り出し、大野九郎兵衛に差し出した。

書状を読み進めるうち、九郎兵衛の顔にみるみる血の気が上ってゆき、やがて、大声で笑い出した。

「ハッハハ、やりおった！　やりおったか。さすが〝昼行灯〟殿だ。吉良を見事術中に嵌めおった！　ハッハハ」

笑いすぎたためか、九郎兵衛の目の縁には涙まで滲んでいた。それを手で拭いながら書状を読み終えた九郎兵衛は、使者が訝しげな顔で自分を見詰めていることにようやく気付き、座り直した。

「寺坂殿と申したな」

「はい。郡代を務めし吉田忠左衛門の足軽にございます」

「わしが誰だかわかるか？」

九郎兵衛は笑顔のまま、自分の鼻に人さし指を当てて尋ねた。

「はい。私の憶えが正しければ、元赤穂藩次席家老の大野九郎兵衛知房様かと……」

「わしを見知っておるか」

「はい。お話ししたことはもちろんございませんが、幾度もお姿は目にしております。最後は赤穂城での総評議の折、我が主、吉田忠左衛門が大野様にご挨拶申し上げ、私はその傍らにおりました」

「ご挨拶、ではなかろう。おそらくその時、忠左衛門はわしを罵倒しておったはずじゃ」

城明け渡し前の総評議の際、大野九郎兵衛は籠城派にも、明け渡し後に切腹するという派にも与さず、神文に署名することなく席を蹴って出ていった。そして、その夜、赤穂から逐電した。以来、浅野内匠頭の敵討ちに燃える藩士たちの間で、九郎兵衛は不忠者として忌み嫌われていたのである。

「そうよ。わしは、裏切り者の大野九郎兵衛よ。ハッハハ」

吉右衛門は、戸惑った顔で瞬きをした。主の忠左衛門は、信頼できる浪士が二番手として控えていると言ったが、それが大野九郎兵衛だとは思ってもみなかった。

「貴殿の戸惑いはよくわかる。しかし世の中には、表から見ただけではわからぬ、思わぬからくりが隠れておるものなのだ。貴殿は討ち入りに加わったのか？」

「はい。裏門から屋敷内に斬り込みました」

「上野介の首級を目にしたのだな」

「しかと」

大野九郎兵衛は満足げに頷いた後、突然、畳の上に両手を突いた。

「なっ、何をなさいます」

寺坂吉右衛門は狼狽して腰を浮かせた。

足軽である自分に向かい、次席家老であった大野九郎兵衛が、深々と頭を下げていた。

「頭をお上げください、大野様」

「いや、よくぞ吉良めを討ち果たしてくれた。礼を言う」

そう言った九郎兵衛の声は震えていたが、やがて顔を上げると、その表情は先ほどの機嫌の良さを取り戻していた。

「して、吉良邸に何人で攻め入ったのだ？」

「四十七名でございました」

「よくもそれだけ残ったものだ。上野介の首級を泉岳寺の殿の墓前にお供えし、皆はどうしたのだ？」

吉右衛門は首を振った。

「それは、私にはわかりません。私はすぐに隊列を離れ、その頃にはこちらへ向かっておりましたので。おそらく、切腹をされたのではないかと存じます」

この時、赤穂浪士は細川家をはじめ四家のお預かりになっており、その処遇を巡っては幕閣の間でも論争が湧き起こっていた。彼らが切腹を命じられるのは、さらにひと月ほど後のことだ。吉右衛門も九郎兵衛も、無論そのことを知らなかった。

九郎兵衛は力強く頷いた。

「寺坂吉右衛門殿、大石殿のこの書状には、貴殿に申し付けよと書かれていることがあるのだ。それをやってくれるか？」

「もちろんでございます」

「では、これから書状を書く故、それを持って来た道を戻り、庭坂宿の旅籠（はたご）に逗留（とうりゅう）してお る者らに手渡してほしい」

吉右衛門は黙って頷いた。

九郎兵衛は手を叩（たた）いて宿の者を呼んだ。現れた女中に、主人を呼ぶようにと告げる。

主人を待つ間、九郎兵衛は素早く手紙を書き終えた。

「寺坂殿、この書状を仁助（にすけ）という男に、こちらをかんという女に渡してもらいたい」

小野様、お呼びですかと言いながら、主人が座敷に顔を出すと、九郎兵衛は蔵に預けておいた物のひとつを持ってきてくれ、と命じた。

男衆に荷物を持たせた主人が戻ってくる。九郎兵衛の傍らに置かれたその荷物に、吉右衛門は目を剝いた。なんと、千両箱だった。

宿の主人が立ち去った後、九郎兵衛は無造作に千両箱を開けた。中から数個の包金を取り出し、布包みを三つ拵える。そのうちのふたつを吉右衛門の膝元に押しやった。

「ひとつを仁助に渡し、志津衆にやるよう伝えてくれ。もうひとつはかんのものだ。貴殿が直接、手渡してくれ」

「私がでございますか」

「この大雪の中、他の誰が庭坂まで行ける?」

九郎兵衛は当然のように言い、残る一包みを吉右衛門の手の上に載せた。

「これは、この先、貴殿が生きて行くためのものだ。大石殿からの手紙には、吉田忠左衛門殿も、大石殿も、貴殿に生き続けてもらいたい、と書いてある」

吉右衛門は大きく首を左右に振った。

「私は主のもとへ参ります」

「その主が、貴殿に来るなと言っておるのだ。生きよと言っておる。それでも死ぬのか? 死ぬのなら、その金は返せ。金は国を生かし人を生かすためのもの。わしはそのために金勘定を続けてきたのじゃ」

「しかし、それは……」

「寺坂殿、つまらぬことにこだわるな。生きてさえいれば、新しい道も拓(ひら)ける。いや、生きているものにしかできぬ仕事があるのだ。あの大石殿が、生きよというのなら、貴殿には何か生きるべき理由があるはずだ」

吉右衛門は黙したまま頭(こうべ)を垂れた。長い沈黙の間に、二人がいる座敷は闇に包まれた。やってきた女中が座敷の隅に置かれた行灯に火を入れて、出て行く。その頃になって、ようやく吉右衛門が身じろぎした。

「私にはわかりません」

ぽつりとそうつぶやいた。

「なに、それがわかるまで生きれば良い。それだけの話よ」

吉右衛門は項垂(うなだ)れたままだったが、その手が小判の包みを強く握りしめたのを見て、九郎兵衛は満足したようだった。

「やれやれ。これでわしの役目も終わったようだ。寺坂殿、出発は明日の朝にし、今夜はわしに付き合ってくれぬか。討ち入りの話を聞かせてくだされ」

そう言うと、九郎兵衛は再び手を叩いた。女中が顔を覗(のぞ)かせると、両手を広げた。

「あるだけの酒と肴(さかな)を持ってこい」

そう大声で命じると、からからと笑った。

庭坂の宿に逗留していたかんと仁助を寺坂吉右衛門が訪ねてきたのは、翌日の昼だった。

板谷にいる大野九郎兵衛の近くで待ち、いざとなれば九郎兵衛の手助けをするよう良雄に命じられて以来、かんは喧噪から離れた鄙びた宿で、仁助と二人、ひっそり暮らしていた。父のような年齢の仁助は時折、旅支度を整えて宿を出て、数日後に戻ってきた。そういった折には、良雄や主税をはじめとする浪士たちの近況や、大津の三尾豁悟こと官兵衛のもとで暮らすきんの話を、土産話として持って来てくれ、かんを喜ばせた。静かではあるが、どこか張り詰めたような暮らしだった。

町人姿の見慣れぬ男がやってきて、大野九郎兵衛の名前を出した時、かんは、すぐにひとつの覚悟を胸の中で決めた。

京都で良雄の命を受け、山科を離れて旅立ったあと、かんはこれからは泣くまいとこころに決めていた。にもかかわらず、吉右衛門から金子の包みと共に手渡された大野九郎兵衛の書状を読みはじめたかんは、いつの間にか大粒の涙をこぼしていた。

「そうですか。大石様と皆様は、見事に本懐を遂げられましたか……」

その後の言葉は声にならず、嗚咽となった。

仁助は書状を読み終えると、膝の上に置いていた手で袴を摑み、静かに何度も頷いた。その手に涙が零れ落ちた。

「それで良雄様は、今、何処に？」

しばらくして仁助が尋ねた。

「私は大野様に書状を届けるべく、吉良邸を出てすぐこちらに向かいましたので、皆様のことは存じません。泉岳寺で殿の墓前に参った後のことは……」

吉右衛門が生真面目に答える。

「わかりました。かん殿、すぐに江戸へ向かいましょう」

金子を懐にねじ込んで立ち上がった仁助は、かんを見下ろした。

「私はこれから志津衆に約束の金を届けて参ります。かん殿は旅の支度をしてお待ちください。戻りましたら、すぐにここを発ちましょう」

その時、吉右衛門が声を上げた。

「お二人にはまだ何か為すべきことがおありなのですか。それならば、私にも手伝わせてください。私は、主の忠左衛門と大石様から、生き残ってやるべきことをやれと申しつかりました。しかし、為すべきことがわからぬのです。私にも、あなた方を手伝わせてください」

寺坂吉右衛門の言葉に、かんと仁助は顔を見合わせた。

「では、しばらくここでお待ちください」

仁助は改めてそう言うと、宿を出た。

部屋に残されたかんは、障子を細く開け、雪雲に覆われた空を見上げた。外には雪が降りはじめていた。

「大石様に、やるべきことをやるようにと命じられたのですね」

かんの言葉に、吉右衛門は頷いた。

「私たちには大石様から命じられた仕事がございます。寺坂様にも、それをお手伝いいただけますでしょうか」

「その仕事とは、何でございましょう？」

吉右衛門が尋ねると、かんは障子を閉め、振り返った。

「江戸の堀内道場に細井知慎という儒学者がいらっしゃいます。堀部安兵衛様と同門でご昵懇の方です。寺坂様は此度の一件をよく知っておられる、いわば生き証人。討ち入りの一部始終を細井様にお話しいただけませんでしょうか」

「それはできますが、何のために討ち入りの詳細を話すのでしょう？」

「今はまだ、それをお話しすることはできませんが、いずれにしても大石様のお考えがあってのことです」

吉右衛門は突然、あの討ち入りの夜に吉良邸へ向かう大石良雄と、その後に続いて雪の道を進む仲間たちの背中を思い出した。

「なれば、お引き受けいたします」

吉右衛門がそう答えると、かんは頷いた。

「ありがとうございます」

かんと仁助、それに寺坂吉右衛門が加わり、江戸に向かったのは、元禄十五年の年の瀬であった。

日光街道に入ったところで、仁助の倅、太助が合流した。

一行はそこでようやく、赤穂浪士四十六名が四つの大名家にお預けの身になっていることを知った。江戸城内でも市中でも、今回の赤穂浪士らの討ち入りについて〝天晴れな忠臣なり〟と評する声が上がっていた。

「では、大石様は放免になるのでしょうか？」

かんの表情が明るくなる。

仁助は眉間に皺を寄せたまま、大きく首を横に振った。

「かん殿、たとえ放免されても、良雄様も皆様も、生き永らえようという意思はございますまい。そのための私たちでございますぞ」

かんは胸を突かれたようにハッとし、ちいさく頷いた。

松の内の五日、四人は品川宿に入った。

その日のうちに太助が堀内道場を訪ねて細井知慎に伝言を頼んだ。翌日、身なりの良い総髪の男が宿に現れた。

「細井知慎でござる。堀部安兵衛殿とは親しくしております」

男はかんたちにそう告げた。穏やかに笑うと、秀でた額には皺が寄った。

「安兵衛殿からの書状で、委細承知しております。では寺坂殿、これまでのことを、順にお話しいただけますか」

「はい。私は同志の中で、ただ一人の足軽でしたから、上のご身分の方々が何をなさったのかは、主の吉田忠左衛門のお供をしていた折に、この目と耳で見聞したことのみです」

吉右衛門はそう断って、一年と十か月前の春の朝の出来事からゆっくりと話し始めた。

「元禄十四年三月十九日の未明、江戸表より急を告げる使者がお城に到着したとの報せを受け、主の忠左衛門はまず、筆頭家老の大石内蔵助様のお屋敷へ駆け付けました。江戸よりの使者は早水藤左衛門、萱野三平で……」

細井知慎は、吉右衛門の話を聞きながら、素早く紙に書き取っていった。傍らではかんと仁助がじっと耳を傾けていた。

寺坂吉右衛門の語ることは浪士たちの目に見える行いの話であったが、それはまた、赤穂の侍たち一人一人の揺れ動き続けた〝人の葛藤〟そのものでもあったのだ。或る者は激高し、或る者は惑い、或る者は慟哭し、或る者は沈黙を続けた。

そうしてそれは大半の者が立ち去り、一人また一人と人影が消えてゆく歳月でもあった。

「少し休みましょうか。寺坂殿」

「いいえ、一気に話してしまわないと、一人だけ道を分かたれた自分が許せなくなりますので。このまま……」

この言葉を聞いて、細井知慎は吉右衛門の顔を見直した。

それから五日の間、細井知慎は、寺坂吉右衛門に話を聞くため、宿に逗留した。何ごとも聞き洩らすまいとする細井の熱心な姿勢に、吉右衛門は誠心誠意応えた。

ただ、足軽という身分上、吉右衛門には知り得ぬことが多かった。一方の細井は、同じ堀内道場の門下として親交の深かった堀部安兵衛から、討ち入り前の浪士たちの動きを聞いていた。良雄のそばにいたかんと仁助も、自分たちにわかることは言葉を足した。一同の記憶を補うように丁寧に問いを重ねていく細井の表情からは、この一件の真相を知り、記録として残したいという執念のようなものが感じられた。

細井知慎は前々から、江戸城の刃傷沙汰に端を発する一連の出来事についても、堀部安兵衛から詳しい話を聞いていた。安兵衛は、忠義心に篤く、聡明な細井を、初めて酒を酌み交わした日からずっと、変わらずに信頼し続けていた。そして討ち入りが決まった頃、細井は大石良雄からの伝言を受けた。良雄は安兵衛を通して、是非真実を書き残してもらいたい、と伝えてきたのだ。

細井にすれば、赤穂浪士からのお墨付きを得たも同然だった。もともとさまざまな記録を取るのが好きだったこともあり、千載一遇の機会とばかりに、ふたつ返事で引き受けた。

細井が書き留めた紙の束を持って品川の宿を引き揚げると、仁助は吉右衛門に言った。

「寺坂殿、お疲れ様でした。あなたのお陰で、浪士の皆様の忠義も報われましょう」

かんは黙って吉右衛門に茶を差し出した。

細井知慎が品川の宿に再び顔を出したのは、それから二十日余り後のことだった。記録は、清書して綴じられていた。細井は、げっそりと面窶れをしていた。おそらくは不眠不休で筆を執り続けたのだろう。

帳面を開いたかんは、そこに四十七名の浪士が生きて動いているかのように思えた。それほど見事な出来映えだった。

かんは、細井に深々と頭を下げ、謝礼を差し出した。

「大石様と赤穂の方々からのお礼です」

「頂戴するわけには参りません」

仁助は、正面から細井の目を見て言った。

「それでは、浪士の供養にお使いください」

かんと細井は、その言葉に驚いて目を見張った。

「おそらく明日、赤穂藩浪士の皆様には切腹のお沙汰が下るはずです」

太助は細川家に入り込み、密かに良雄と連絡を取り続けていた。

仁助は、万が一、良雄が細川家の屋敷からの脱出を決心するならば、手助けすることも考えていたのだった。

しかし、太助が良雄から託された仁助宛ての手紙には、まったく違うことが書かれていた。自分は明日、切腹を申し付けられるだろう。そこで、切腹を待たずにかんを連れて大坂の淀屋を訪ね、その後、娘のきんが待つ大津の官兵衛のもとまでかんを送り届けてほしい、という内容だった。

仁助の言葉を聞いたかんの顔は青ざめた。

寺坂吉右衛門も同じだった。

「仁助殿、それが本当であるなら、今からその記録を直させてください」

細井知慎も血相を変えて言った。

「いいえ、それはできません。月末がお約束の期限でしたが、もう三日です。届ける先がございますので、これ以上は待てぬのです」

「これをどこの誰に届けると?」

「それは申し上げられません。ご勘弁ください」

仁助は頭を下げた。

細井が帰っていった後、押し黙って一点を見詰めている吉右衛門に、仁助が告げた。

「寺坂殿、良雄様と吉田様があなたに申し付けたことを、忘れてはなりません。生き続けよというからには、必ずそこに意味があるのです。明朝は早発ちですから、もうお休みください」

吉右衛門が一礼して部屋に下がると、仁助はかんに向き直った。

「かん殿、せめて良雄様が切腹を終えられるまでは、江戸の地にお残りになりませんか。おこころを残したままではつらいでしょう」

かんは頭を上げ、襟元を整えた。

「いいえ。大石様のお申し付け通り、明朝大坂に向かいます。私はすでに、別れを済ませておりますから。仁助殿、あなたこそ、江戸に残って大石様のご供養をなさりたいのでは？」

「いいえ。仁助はこの一件以来、毎日良雄様のことを祈り、今日まで生きてきましたので」

立ち上がって部屋を出ていく仁助の背中を見送り、かんは確信していた。

——この人も共に死ぬ気なのだ。

かんと仁助が大坂の淀屋を訪れたのは、すでに三月に入ろうかという頃だった。

大坂の淀屋三郎右衛門広当（さぶろうえもんこうとう）は亡くなった先代重当（じゅうとう）の跡を継いだばかりで、まだ若かったが、その商才は先代を超えると評判だった。

かんは廊下を歩きながら、自分が働いていた頃から広大だった屋敷がさらに大きくなっていることに驚いた。客間に通されたかんと仁助は、やがてやってきた広当に、丁寧に頭を下げた。かんの前に腰を下ろした広当は、子どもの頃とは違う尊大な口調で言った。

「久しぶりやな、かん。よう来てくれた」

「お久しぶりでございます。重当様のご葬儀の折には顔も出さず、失礼いたしました」

「なんのなんの。赤穂藩の騒動を、親父はずっと気にかけとった。かんが大変やったのは親父もようわかっとったと思いますわ。しかし大石様は、見事に切腹を果たされましたな。あの方は西国一の武士やと先代はよう言うとりましたが、さすが親父が見込んだだけのことはある」

しみじみとした口調で言い、広当は女中が運んできた茶を飲んだ。

「吉良の跡継ぎはんは、信州の山の中の城にお預けになったんやて？　何から何まで大石様の書いた筋書き通りになったのやから、かんも満足やろ」

「いいえ、まだひとつ、やらねばならぬことが残っております」

「それも大石様のお言いつけですか」

かんは曖昧(あいまい)な笑みを浮かべて答えなかった。広当はおどけた口調で言った。

「吉良親子を葬ったのに、まだ、やらなあかんことがあるんですか。おおこわ、大石様はほんまに恐ろしいお人やな。……ほな、案内しましょ。お客さんがお待ちですわ」

立ち上がった広当のあとを追って、かんと仁助は長い廊下を歩き出した。

庭一面に満開の桜が、白から紅の濃淡を重ねて咲き乱れている。

「どうや、見事な桜やろう。吉野(よしの)から三年かけて揃えさせたんや。これを見たお人が、〝淀屋千本桜〟と呼びよった。吉野山も凌(しの)いでおるとなあ。ハッハハ」

飾り気のない人柄だった先代の重当とは違う若い広当の驕気に、かんは危うさを感じた。

廊下の突き当たりの障子を開けると、一人の小柄な壮年の男が、開け放たれた縁側から淀川の流れを眺めていた。

男は背を老人のように丸めていた。身なりも横顔も陰気な印象であった。

広当はその男に向かい、改まった態度で畳に手を突いた。

「お待たせいたしました。お客人をお連れしました。私は用事がありますので、これで失礼いたします」

広当が出ていくと、男はゆっくりと座り直した。

「はじめまして。淀屋さんから頼まれましたが、私がご尽力できることがございますとか」

「かんでございます。これは、供の仁助です。わざわざお越しいただきまして、お礼申し上げます」

男はしばらくかんをじっと見詰めていたが、やがて仁助に目を移した。

「たいそう怖い目をしたお方ですなあ」

男はそう言って、フフフッと笑った。

「さて、えらいべっぴんな奥方様と、怖い男衆や。私みたいなふらふらしたもんが、一体、何の力になれるんやろか」

かんは手にした包みを解き、そこから細井の手になる分厚い帳面を取り出した。

男は、表紙に何も書かれていない綴りを手にし、ゆっくりと読み始めた。

文字を追う男の眸が、時折、鋭く光った。

時間をかけて読み終えた男は、嬉しそうに笑った。

「たいしたもんですな。この大石内蔵助いうお侍はんは……」

「西国一の侍でございます」

かんが力強く言うと、陰気な男は頷いた。

「よろしいな。相手に不足はございません。この近松門左衛門、西国一の戯作者やと自負の少しもありますさかい」

男は口元に不敵な笑みを浮かべた。

赤穂浪士の討ち入りは、江戸でも上方でも大評判で、これを芝居、浄瑠璃を生業とする興行主らが見逃すはずもなかった。打てば必ず客が押し寄せる、恰好の演し物になる。綱吉の統治下で芝居は大衆の娯楽として根付き、この頃には大輪の花を咲かせていた。

浪士の切腹から間もない二月十六日、江戸堺町の中村座で、討ち入りを題材にした「曙曾我夜討」という芝居が早速上演された。

しかしそのわずか三日後、幕府はこれを上演禁止とした。

近松門左衛門は、それをよく承知していた。

中村座での上演禁止と同時に、幕府は市中に触書を出した。

一、世上で起きている変事を浄瑠璃にしたり、小唄を作ったり、読売にすることを禁ず。
一、堺町、木挽町の小屋でも、変事を他の作品に準えた芝居に仕立ててはならない。

それほど幕府は、この一件に敏感になっていた。

とはいうものの熱しやすく冷めやすい民衆の気質を考えれば、これまでの他の出来事と同じように、赤穂浪士への熱狂もそのうち忘れ去られていくはずだった。

中村座の上演が禁止されて十日が過ぎた頃、大坂の道頓堀川沿いに並ぶ芝居小屋のひとつに、猫背の男がふらりと入っていった。懇意にしている芝居小屋の主から、江戸中村座の「曙曾我夜討」の筋書きを受け取りに来た近松門左衛門であった。

筋書きを読み終えた門左衛門は、事も無げに言い放った。

——これではとてもやないが、この度の敵討ちの台本とは言えまへん。敵討ちのほんまの相手は、上野介やない。

門左衛門は他の仕事をすべて断り、赤穂の覚え書きをもとに戯作に取りかかった。

大坂の淀屋を発ったかんは、仁助、吉右衛門と共に大津の官兵衛の屋敷を訪ねた。

官兵衛に呼ばれて庭から戻ってきたきんは、座敷に座る母親の姿を認めるなり飛びついてきた。かんは、両手を当てて娘の顔をじっと見た後、胸に強くかき抱いた。その頬には涙が流れていた。

男たちは、母子の姿を静かに見つめていた。

かんと娘が抱擁を終えた頃を見計らい、仁助が膝を前に進めてきた。

「かん殿、では、私はこれにてお暇します」

かんは仁助に向き直った。

「色々お世話になりました。仁助殿がいらっしゃらなければ、かんはここへは戻ってこられませんでした」

「私こそ、良雄様に成り代わって、お礼を申し上げとうございます。かん殿がおられなければ、赤穂を出てからの良雄様のご生涯は、さぞお淋しいものとなったことでしょう」

「有り難う存じます。嬉しいお言葉です」

そう言ってかんは、自分の傍に寄り添う娘に優しい目を向けた。きんは父親によく似た眼で母を見上げ、屈託のない笑みを浮かべた。

仁助が座り直し、今度は官兵衛と吉右衛門にも顔を向けて言った。

「今朝、米沢から報せがございました。板谷峠近くにある馬場平という場所で、一人の侍の亡骸が見つかったそうです。雪から掘り起こしたところ、その男は裃姿で、一人で腹を切った痕跡があったとのこと。介錯人のない切腹とは、よほど肝の据わった侍であったろうと、近隣で噂が広がっているそうです」

かんははっと息を呑んだ。

「大野九郎兵衛様でしょうか」

その言葉に、吉右衛門が腰を浮かせかけた。仁助はかんの問いに答えぬまま話を続けた。

「その亡骸を見た者から聞いた話だそうですが……」

「何でしょう？」

「死に顔が笑っているように見えたそうです」

「まあ……」

「九郎兵衛殿は、生きてやるべきことをやり終えたのでしょうか」

吉右衛門が独り言のようにつぶやいた。

「赤穂では、あの方はずっと裏切り者と罵（ののし）られてきました。その噂を信じたまま亡くなった藩士もおりますでしょう。人というものは、上辺からでは真実の姿は見えないのだと、私は、この歳（とし）になって学びました」

吉右衛門が口を閉ざすと、かんは目を瞑（つむ）って手を合わせた。

仁助が立ち上がる。

かんはその背中に向かって声を掛ける。

「仁助殿、もうすべては終わりました。どうか、御身を大切になさってください」

「はい。しかし私にはまだ、やることが残っております」

「まだ何かあるのですか？」

「主様の大願を果たします」

「大石様の、ですか？」

「雪中で笑って死んでいった侍が、京の綿屋善右衛門殿に、相当な額の金子を託しておりました。赤穂の家臣の方々が苦心して蓄えたものです。その金の一部は、すでに甲府宰相、綱豊様の下に届けられております。これで私は、犬公方と柳沢吉保を葬りたいのです」

「三番手、ということでしょうか？」

仁助はそれには答えず、黙って頭を下げて部屋を出ていった。

残された寺坂吉右衛門はぎゅっと唇を引き結ぶと、かんと官兵衛に深々と頭を下げた。立ち上がり、仁助の後を追っていった。

元禄十六年の夏を過ぎた頃から、江戸市中に奇妙な噂が立ち始めた。

江戸城内で、深夜、幽霊が歩き回るというのである。

まずは廊下を忙しなく走り始め、その足音は誰かを捜し回るように各座敷の襖を次々と開け放ち、風のごとく疾走するというのだ。

足音が聞こえ始めるのは通称〝松の廊下〟と呼ばれる大廊下である。場所柄、幽霊は元赤穂藩の浪士たちであったと茶坊主の一人が言い出し、その疾風が大奥にまで吹き抜けるという尾ひれがついた。

すでに吉良上野介の首級は取ったはずなのに、浪士たちは誰を狙って、毎夜徘徊しているのか……。

まさか……。そのまさかが平然と囁かれるのが、流言飛語の常である。

幽霊の噂は、将軍綱吉の耳にも届いていた。娘の鶴姫、母親の桂昌院もその噂に怯え、護国寺、増上寺の僧侶らを呼び、祈禱をさせたという。

鶴姫は、秋に入って寝付いた。

見舞った柳沢吉保に、鶴姫は尋ねた。

「赤穂の浪士たち四十六名を、ことごとく切腹させたのですね」

「鶴姫様までがそのような噂にお心を痛めるとは。彼らが一人残らず高輪の泉岳寺に埋葬されたことは大目付が確認しております」

見舞いを終えた柳沢吉保は、廊下を歩きながら舌打ちした。

——また赤穂浪士なのか。

幕臣たちが足を止め、頭を下げて通り過ぎていく。その者たちの間に、これまでとは違う空気を感じ、吉保はさらに苛立った。

大老格の自分を疎かにする幕臣が居ようはずもない。しかしそれでも、これまでとは明らかに違うものがある。聡明さと鋭い勘で幕臣の筆頭にまで上り詰めた吉保だからこそ、察知できた空気であった。

次期政権を見据え、勢力が少しずつそちらに流れていた。

綱吉の母、桂昌院があれほど祈って、待ち望んでも、直系の世嗣はいなかった。その最後の願いを託されている鶴姫にも、一向に懐妊の気配はない。

そうなると、次期将軍は……。甲府宰相、綱豊に多くの目が向けられている。

すでに幕臣の何人かが、綱豊に接近を始めているようだった。

その年の冬、江戸城三之丸で桂昌院が中風の発作を起こして倒れた。右半身が痺れ、手足を思うように動かせなくなった。

綱吉は、最愛の母の突然の病に驚き慌て、以降、母の傍らに付き添うようになった。

同じ頃、犬、猫の死骸が江戸市中の道にこれ見よがしに打ち捨てられるという事件が続いた。実施から十数年を経てなお〝生類憐れみ令〟に庶民の反感は募り続けていた。

町奉行所の同心、目明かしらは必死で犯人を捜したが、手がかりさえ摑めなかった。江戸城内で柳沢吉保が敏感に察した綱吉の権勢の陰りは、城下にまで広がり始め、それと呼応するように、世相は徐々に乱れつつあった。

庶民の不安を煽るような噂話が次々と流れ始めたのもこの頃である。

「木更津の漁師に聞いたんだが、これまで見たこともない、小屋ほどの大きさのイカが網に掛かったってぇ話だ」

「富士講でお山に登った連中が言うにゃあ、地面が熱くて気味が悪かったんで、早々に下りてきたんだってよ」

町人たちは井戸端や居酒屋で落ち着かなげに顔を見合わせた。

「おいおい、この頃何やらおかしくないか？」

「お天道様がお怒りなのかもしれねえなぁ。ほら、お前だってあの無茶なお裁きのこと覚えてるだろ。前に赤穂のお侍さんたちがさ……」

「馬鹿、滅多なことを言うもんじゃねえよ」

仲間に叱責されて町人は口をつぐんだが、長く続いた綱吉政権に対する人々の鬱憤は、もはや隠しようもなかった。

こうした不満はゆっくりと、新しい時代への期待に姿を変えていった。江戸の町は、綱吉の時代の終わりを待ち望み始めていたのである。

元禄十六年十一月二十三日の丑の刻（午前二時）、突然の地鳴りと共に大きな地震が関八州を襲った。

六千人もの死者を出した〝元禄大地震〟である。

大地が上へ下へ激しく揺れ動き、家屋は一瞬のうちに傾いて、棟や梁と共に瓦は落ち、崖が崩れて逃げ惑う人々を下敷きにした。高さ四間（約七メートル）を超える津波が押し寄せた地域では、多くの家や建造物が波に呑み込まれて海へと流失した。

比較的被害の小さかった江戸市中でも、武家屋敷の塀や門が崩れ、多くの建物が倒壊した。江戸城の各所で見附門、櫓、石垣が崩れ、三の丸も損壊し、桂昌院は侍女たちに抱えられるようにして庭へ逃れた。

将軍綱吉は飛び起きて足袋のまま庭に出て、不気味に続く揺れの中、松の幹に抱きついた。

柳沢吉保は各地から届いたこの地震の記録を、『楽只堂年録』に書き残している。

――本日明け方の地震は、武蔵、相模、安房、上総、下総、伊豆、甲斐の七か国にまで被害があった。その中でも安房、相模で特に強い揺れがあり、相模の小田原では城が崩れて火事となって、寺院や民家はほとんど残っていない。地震と同時に東南の方から大波が押し寄せ、安房、上総、下総、伊豆、相模の海浜に入って民家を押し流し、田畑を壊滅させた……。

地震の範囲は広域にわたり、その被害は甚大であった。

小さな余震が続く十一月二十九日、小石川の水戸藩邸から出火した。南西風に煽られて炎は広がり、本郷、下谷、浅草を焼いた火は、北西風に変わるや、両国橋、本所、深川近辺を呑み込んだ。十二月一日になってようやく鎮火した時には、武家屋敷三百、町屋二万軒ほどが焼失していた。

人々は口を揃えた。

「天罰が下った」

さすがの綱吉も、次々に起こる災難に動揺し、柳沢吉保にかねてから進言されていた改元に踏み切った。

元禄十七年（一七〇四）三月、元号は〝宝永〟と改められ、十七年間続いた〝元禄〟は、ここに終焉を迎えた。

徳川幕府開幕以来、最も好景気に沸き、綱吉と吉保の独断で押し進められてきた〝繚乱の時代〟は、赤穂浪士の討ち入りによって陰りを見せ、その後で起こった大地震、大火災によって幕を下ろされたのである。

市中では、大地震は赤穂浪士らの恨みが引き起こした祟りであると噂されていた。この噂が狂歌や読売にもなっていると殿中の柳沢の耳に届いた時、柳沢は珍しく顔色を変えた。宝永元年三月、この虚説を厳しく取り締まるため、御上の批判をする者があれば、名主、家主、五人組までことごとく罰するとの触書が出された。

社会不安を払拭するために改元を行ったにもかかわらず、綱吉と柳沢吉保の望みとはかけ離れた方向へ時代は動き出していた。

宝永元年四月、綱吉の長女、鶴姫が疱瘡のため二十七歳で死去。夫である徳川綱教との間に子を儲けぬままであり、ここに綱吉直系の血脈は絶えた。綱吉は娘婿である紀州藩藩主、綱教を後嗣にするつもりであったが、この綱教も翌年には病没する。

さらに宝永二年六月、我が血を引く綱吉の子を次期将軍にするため、多くの寺社を建てて祈願を続けていた桂昌院が歿した。

改元から一年余りの間に、綱吉は最愛の家族を失い、失意の中で日々を送った。

綱吉の不幸はこれだけではなかった。信心深く、天災を何より恐れていた綱吉を、宝永四年十月四日には遠州灘から四国沖を震源地とした宝永地震が、同十一月二十三日には富士山の大噴火が襲った。

富士山の噴火は江戸市中におびただしい量の火山灰を降らせた。

城内で空を仰いだ綱吉は、手の中に舞い落ちる不気味な灰を見て声を上げた。

「どうなっておるのじゃ。すぐに吉保を呼べ」

駆け付けた吉保も為す術はなく、喚き続ける綱吉の声を聴いているしかなかった。

宝永五年の初春、二人の儒学者が江戸、小石川にある後楽園に向かっていた。

先を歩むのは室鳩巣。加賀前田家に仕える学者である。その鳩巣に導かれるように歩むのは新井白石で、甲府宰相、綱豊に仕え、当代一の儒学者との呼び声も高かった。

新井白石の主である綱豊は、この頃すでに名を家宣と改め、将軍綱吉の世嗣として江戸城西の丸に入っていた。

白石は、その家宣から全幅の信頼を得ていた。それはつまり、次の政権の要になるのがこの儒学者であることは、誰の目にも明らかであるということでもあった。

鳩巣と白石は、京都の木下順庵のもとで学んだ同門であり、共に〝木門十哲〟と呼ばれ、その見識と智力は江戸でも知られていた。

白石が小石川の水戸藩邸を訪ねるのは、これで三度目であった。

やがて前方に邸が現れ、二人は正門ではなく、茅葺きの草庵がわずかに見える西門から入った。西門は先の藩主、水戸光圀が儒学者、茶人、豪商を迎えるために造らせたものだ。

――今日がおそらく最後の訪問になる。

白石は口を真一文字に結んで門を潜った。

邸の座敷には、儒学者の三宅観瀾がいた。観瀾も同じく木下門下で、十哲の一人に数えられていた。室鳩巣と新井白石よりも一回り以上若かったが、水戸光圀の要望を受け、国史の編纂に携わってきた。のちに『大日本史』と呼ばれる歴史書である。

三人が短い挨拶を交わしていると、座敷奥の襖が開き、水戸藩三代藩主、徳川綱條が大柄な家臣を伴って姿を現した。名君と名高い前藩主光圀に養嗣子として迎えられた人物であり、快活な人柄で知られていた。

「新井白石、待ちかねたぞ。先月の話の続きをせよ」

白石はまず、荻原重秀の通貨改鋳案で大量に鋳造された〝元禄金銀〟の失策を糾弾した。のみならず、目下改鋳が進められている〝宝永金銀〟に関しても、即刻製造を取りやめるべきであるとし、含有金銀量の多い良貨への吹き替え策を主張した。

その根拠を綱條が尋ねると、白石は、家康が〝慶長金銀〟を鋳造した折の「貨幣は常に尊敬に値する素材で吹き立てられるべきである」という言を明晰に示した。

綱條は大きく頷いた。

次に、〝生類憐れみ令〟について綱條が訊いた。この法令に対する白石の糾弾もまた、容赦がなかった。

綱條はこれも身を乗り出して聞き入った。二代藩主光圀以来、学者の意見に耳を傾けるのが水戸藩のならいであった。

綱條は江戸城内にいる綱吉の容体が芳しくないことを知っていた。この会合は、すなわち次期政権を取る家宣の、政策の道筋を決めるものであったのだ。

白石は一気に話し終えると、息を吐いた。

「先代の藩主も話しておられたが、意見を範(ひろ)く聞かねば、御政道は誤った路(みち)を進むな」

綱條は綱吉と柳沢吉保のことを言っているのだと、白石にはわかった。

襖の向こうに綱條が声を掛けると、侍女らが入ってきて各々の前に昼餉の膳を並べた。

椀(わん)に口をつけた綱條は、美味い、と言った。

「これは汐(うしお)椀というものだ。水戸藩自慢の鯛(たい)のすまし汁で、その美味さは秘伝の材料からきている。室鳩巣、何かわかるか？」

「いえ、味覚には疎うございます」

「はて、鳩巣にならわかると思うたが」

「水戸様、何故に私ならわかると？」

「塩じゃ。その椀には、西国一の塩を使っておる」

室鳩巣が綱條の言葉に目を見開いた。

赤穂事件の折、室鳩巣が浪士たちの行いを肯定する論を張ったことは衆目の知るところであった。

鳩巣は、切腹という裁定に納得がいかなかった。己が幕府に睨まれる危険を顧みず、赤穂浪士を義人と論じた『赤穂義人録』という書を、元禄十六年十月にものしている。

この書の執筆に大いに役立ったのが、浪士たちと親しい学者の書き付けであった。

細井知慎というその人物の助けがなければ、鳩巣の『赤穂義人録』はまた違ったものになっていただろう。

西国一の塩と聞いて、鳩巣はすぐに察した。綱條はその様子を見て、満足げに椀を置いた。

「そう、赤穂の塩じゃ。浅野家の極上品よ」

「恐れ入りますが、赤穂にはすでに他家が入っております。この塩は……」

「浅野家の幽霊が、まだなお献上してくれるのよ」

綱條は、赤穂藩浅野家が長年、水戸藩に塩を献上し続けてきたことを語り、お家取り潰し後も、浪士切腹ののちも、誰からともなく塩が届けられていることを説明した。

「私は以前、あの大石内蔵助に逢うたことがある」

「あ、あの大石殿にですか？」

「そうじゃ。光圀公も一緒じゃった」

「それはいつ頃のことでしょうか」

「この目付の稲葉がよく存じておる」

綱條は背後に控えていた大柄な家臣を顎で指した。

頭を下げた後、稲葉と呼ばれた目付は、自分は元々、貞享元年に江戸城内で起きた刃傷沙汰で大老、堀田正俊を暗殺した稲葉正休の家臣であり、遠縁に当たると、淡々と告げた。正休の通夜に弔問に訪れた水戸光圀公に拾われたが、その折、若き大石良雄が山鹿素行の代理として書状を届けに来ていたのだという。

堀田正俊の名前を聞いて、新井白石が驚いた様子で顔を上げた。

白石は二十代の頃、堀田正俊に仕えていたからである。主君の正俊が刺殺された後、堀田家は困窮を極め、白石は浪人となったことすらあった。

「世の中というものは、一見、何の繋がりもないようでいて、どこかで糸は絡み合っているものだ。光圀公はよくおっしゃっていた。ひとつの小さな穴から城の築石が崩れ落ちることもあるとな。御上は、江戸城中でのふたつの刃傷沙汰で、裁定を急ぎ過ぎたのやもしれぬ。しかし、それでも我が水戸藩は代々、将軍家の御政道をお守りする役目を申し付けられておる。のう、白石」

綱條は白石の名を呼んだ。

「甲府宰相の時代は、もうすぐそこまで来ておる。過ちは過ちとして認め、早急にそれにかかわった者らも処断する覚悟が必要じゃ。本日の講義、実に満足であった」

そう言って綱條は立ち上がり、ゆっくりと座敷を後にした。

宝永五年（一七〇八）十二月、徳川家宣は、病床にある綱吉に呼ばれた。綱吉はやせ細った震える手を伸ばし、家宣の袖に縋った。

「家宣殿、どうか〝生類憐れみ令〟だけは、この先いついつまでもお続けくだされ。これは予の、たったひとつの頼みじゃ」

「綱吉殿、家宣は御上の願いをお守りしとうございます。しかし天下万民は〝生類憐れみ令〟から免れることを願っておりましょう」

家宣は眉ひとつ動かさず、平然と言い放った。

翌年一月、綱吉は死去した。享年六十四。

江戸城内で綱吉の亡骸は清められ、上野寛永寺で行われる法要を待つことになった。その夜、棺に納められた綱吉の傍らで不寝番を命じられた松平輝貞は、柳沢吉保と並ぶ綱吉の寵臣であった。

夜半を過ぎ、輝貞はいつの間にかうたた寝をしていた。頬をぬるい風が撫で、輝貞は目を開けた。驚いたことに黒い装束に身を固めた侍の一群が、輝貞と棺を取り囲んでいた。

彼らは手に手に刀や槍を携え、その刃先からは真新しい血が滴っていた。

「お前たちは何者かっ！」

驚愕から立ち直った輝貞は剛毅に問い質したが、返事はなかった。

侍の輪の中から大将と思しき男が黙ったまま歩み出た。手にした刀で綱吉の棺を刺し貫くや、男たちの姿はたちまちかき消えた。

呆然としていた輝貞は、大将の羽織の背の家紋が右二ツ巴であったことに気付いた。

「あれは赤穂藩家老、大石内蔵助良雄か」

うめくようにつぶやくと、冷や汗が額を流れた。


大坂、道頓堀にある竹本座の中から、興奮した客たちの掛け声が洩れ聞こえてくる。

まるで小屋が膨らんでいるように見えるのは、すでに興行百二十日を超えているにもかかわらず、連日札止めの大賑わいだからだろう。

演目は座付きの戯作者、近松門左衛門の手になる「碁盤太平記」。上方一の戯作者が五年の歳月をかけて仕上げた人形浄瑠璃であった。

この太平記、主人公は大星由良之介。あの赤穂浪士の頭目、大石内蔵助のことだと、客たちは初日から合点していた。討ち入りから七年が過ぎたが、公儀が赤穂浪士の芝居や噂を厳しく取り締まったせいで、皮肉なことに、庶民はかえってこれを忘れずにいた。浅野内匠頭は、赤穂名産の塩にかけて、塩谷判官。大石主税は力弥……。こころ憎いほど巧みに、近松門左衛門は赤穂浪士らの討ち入りの顛末を、三百年前の物語に紛れ込ませていた。

大坂の町は、演目の噂で持ち切りだった。

「あんさん、もう見はりましたか？」

「竹本座の今度の浄瑠璃でっか。二へんも三べんも見ましたわ。由良之介が高師直の首を見事に討ち取った場面な、小屋のあちこちからすすり泣きが聞こえてくるんで、こっちまで思わずもらい泣きですわ」

「へーえ、そらえらいこっちゃな。そないおもろいんでっか？」

「おもろいだけやない。あれを見て、つくづく思いましたわ。綱吉はんは赤穂に何という酷いことをしよったのかと」

「これこれ、あれは太平記の物語なんやから」

評判は評判を呼び、客は遠く四国から海を渡って来る者もあれば、京、尾張からも足を運んできた。

同じく道頓堀にあり、竹本座と競い合う豊竹座は、このところ閑古鳥が鳴いている。

竹本座、座元の竹田出雲は笑いが止まらなかった。

「さすが近松はんや。長いこと待った甲斐がありましたわ。客が押し寄せるのも当然や」

この大入りを見た歌舞伎芝居の座元は、早速これに似せた台本をと戯作者に頼んだが、天下の近松門左衛門が相手とあって、なかなか首を縦に振る戯作者がいなかった。

「何を尻込みしとるんや。この演目こそ、人形やのうて、人で演じたいもんやろ」

人形浄瑠璃と歌舞伎芝居とが、まだ鎬を削っていた時代だった。

近松門左衛門の渾身の浄瑠璃を見た人びとは、まるで申し合わせたように、江戸で起こった赤穂浪士の敵討ちを思い出し、語り合うことになった。

「あのお裁きはあかんかったなあ。赤穂のお侍さんたちも悔しかったやろう」

「犬公方は、赤穂浪士の祟りで死によったらしいやん」

昨年歿した綱吉の御政道への批判は、今や大っぴらに口にされるようになっていた。

「吉良のようにあくどいことをしたら、お天道さんの罰が当たるんや」

「そうや、そうや。淀屋もあないなことになったしな」

全国の米相場を牛耳り、大名への金貸しで栄華を極めた淀屋三郎右衛門広当は、五年前、奢侈が過ぎるとして闕所となった。

広当は、金を貸し付けている幕閣に働きかけて申し開きをしたが、莫大な富を背景に大きな影響力を持ち過ぎた淀屋は疎まれており、聞き届けられることはなかった。

金十二万両、銀一億貫、屋敷百八か所といわれたすべての財産は没収され、大坂、京都、堺から所払いとなったほか、手代など何人かの使用人には死罪が申し付けられた。

五代続き、全盛期には幕府を超えるほどの富を持つ、とまでいわれた淀屋が、この世から消えた。

近松門左衛門は、この淀屋の隆盛と凋落ぶりを浄瑠璃「淀鯉出世滝徳」に描いた。

鋭い社会批判を帯びた門左衛門の作品の数々は、庶民たちからやんやの喝采を浴びた。自分の作品が、己の死後も後世に伝わっていくだろうことを、門左衛門は確信していた。

竹本座の「碁盤太平記」が大当たりしたと知った門左衛門は、小さくつぶやいた。

「これでずっと、赤穂浪士の忠義と吉良の悪名は語られ続けることになりますやろ。大石内蔵助は、ほんまに怖いお方ですわ……」


その春、播州赤穂にある大石家の菩提寺である花岳寺に向かって城下を歩く、二人連れの女性の姿があった。

かんときんの母娘である。

かんの手には樒に花を添えた束が見える。

寺の門を潜り、二人は墓所のある本堂の左手に向かった。

赤穂の海から吹き寄せる汐風が、十五になったきんの細いうなじにかかる後れ毛を優しく揺らした。

「母上、山桃ですよ」

墓所の入り口にそびえる木を指差し、きんが懐かしそうに言った。

「あら、本当ですね」

山桃は赤褐色の小花を咲かせていた。

二人にとって思い出深い木だった。

赤穂城下の小さな家で、かんときんは何年かを過ごした。その狭い庭に、山桃が植わっていたのだ。

きんの父、大石良雄は時折、訪ねてきては娘を膝に抱えながら、この木を見上げていた。台所で良雄のために立ち働くかんは、二人の会話が耳に届く度に、柔らかく微笑んだ。

穏やかな日々であった。

墓参を済ませた母娘は、海に向かって歩き出した。

左手に赤穂城の瓦が、春の陽光に眩(まぶ)しく光っていた。かんはちらりと城影を見て、すぐに目を逸(そ)らした。すでに主が変わった城である。眺めても何の思いも湧くはずはない。

かんの思い出に残る城は、ここではなかった。十四年前、備中松山(びっちゅうまつやま)で初めて大石良雄の傍らで暮らすことができたあの日々、良雄と二人で松山城の近くにある山へ登った。お腹にはすでにきんがいた。

「安産のためには少し歩いた方が良いというが、近くまでは駕籠(かご)で行くとしても、頂上あたりは険しい山径(やまみち)ゆえ、どうであろうか」

「松山城は、雲の上に城が浮かんで見え、その美しさは比類がないとか。ぜひ、かんも見てみとうございます。山径くらい平気です」

強い口調で言うと、良雄は苦笑した。

「途中疲れたら、無理せずに言うのだぞ」

早朝、山頂に近い径を、良雄に気遣われながら二人だけで登った。静かに揺れる雲海の中、松山城は朝の陽差しを受けて輝いていた。

「まあ、なんと美しい……」

「これを、かんに見せたかったのだ」

かんの目頭は熱くなった。自分のお腹にそっと手を触れ、我が子にも見せたいと願った。

「この城を血と汗で築いた人たちは、すでにここにはいない。それでも侍たちは、決してこの美しい城を忘れることはなかろう。しかしこの美しさ故に、世の無常が押し迫ってくるのかもしれぬ……」

良雄は、去っていった武士(もののふ)たちのことを、切なそうにつぶやいた。

かんは思わず良雄を見詰めた。

かんは、備中松山でのことを思い出しながら、良雄との日々は、これから何度でもこうして胸に蘇(よみがえ)るのであろうと考えた。

大坂や京、滋賀での日々は遠く恩讐(おんしゅう)の彼方(かなた)に消えた。良雄と出逢ったことで、ふたつめの生き方ができた自分は幸せだった。いや私の人生は、ふたつではなくひとつだけだ。良雄とのひとつの人生のために、それ以前があったのだろう。

かんは、きんを見た。

きんは、水平線の遥(はる)か彼方を見詰めている。これから向かう筑前(ちくぜん)の海を思っているのかもしれない。

黒い蜜のような眸も横顔も、良雄によく似ている。母としては、乱のない穏やかな人生をと願うのだが、かんにはどうしてやることもできない。それが女の生というものだろう。

きんは、かんの知り人が営む京都の旅籠で半年働いた。働きたいと言ったのはきんだった。そのわずか半年で、きんは一人の若侍に見そめられ、男のもとに嫁ぐことになった。

その侍は、国元へと向かう折、雨天にもかかわらず先を急いだ街道で、足を滑らせ、怪我を負った。宿に担ぎ込まれた侍を看病したのはきんだった。

二十日ほどの逗留で快癒した後、若侍は、きんを嫁に貰いたいと申し出た。

宿の主人からの報せを受け、旅籠へと赴いたかんは、店の表で母の到着を待っていたきんに迎えられた。真一文字に唇を結び、正面から自分を見詰める娘の顔で、かんは察した。

——この子は決心している。

宿の座敷で待っていたのは、まだ二十代そこそこの若い侍であった。

「拙者、和波徳右衛門と申します」

筑前の、それも小藩の家臣であった。

「きん殿を、拙者の嫁にいただきたいのです」

「娘はまだ子どもです。あなたの嫁として務められる作法も躾も足りておりません」

「それは嫁に来てから、おいおい覚えていただければよろしいかと」

利いた風なことを言う、と、かんは少し腹を立てた。しかし、もう一度相手の顔を見直せば、まことに澄んだ眼をしていた。濁りに踏み入ったことがないのだろう。

「お国はどんなところですか？」

「海が美しいです。土地の者は皆穏やかで、魚も美味うございます。拙者は料理が得意で、きん殿に美味い料理を食べてもらいます」

自分と真っ直ぐに向き合う若侍の清々しい姿に、かんは、この男のもとにきんが嫁ぐのは、自然なことのように思えた。

その夜、かんはきんに尋ねた。

「あなたは、あの方のもとに嫁に行く。それでいいのですね」

「はい、母上」

普段はおっとりとしたきんが、その時だけは、母親を見返してはっきりと言った。

海の彼方に目をやる娘を、かんは後ろに立ったまま黙って見ていた。

頭上で鳥の声がした。

高い空を、鳶がゆっくりと旋回していた。

その鳥影に、また良雄のことを思い出しそうになったかんは、小さく頭を横に振り、きんの名を呼んだ。

「そろそろ宿に戻りますよ。明日は船旅とはいえ、筑前までは長い道程です。早く休みましょう」

きんは頷いて、ゆっくりとかんの方へ向かってきた。

その時、娘の背後から、こちらへと走ってくる人影が見えた。

どうやら少年のようだったが、腰に木刀を差しており、侍の子だと知れた。どこか遠くから、檄を飛ばす声がかすかに聞こえていた。

「竹太郎、もっと顎を引いて腿を上げるのだ。砂を踏め、強く踏み込むのだ」

見れば、少年の着物は汗でびっしょりと濡れていた。

正面に立つかんには目もくれず、歯を食いしばって、ただ通り過ぎようとした。

「竹太郎、歩みが遅くなっておるぞ、それでも侍の子か。もっと早う」

竹太郎、という名前に聞き覚えがあった。

耳の奥で良雄の声がした。

「子どもの時分は〝弱虫、泣き虫、竹太郎〟と呼ばれておってな」

――もしや、この少年は……。

かんは思わず、あえぐような息遣いで走り続ける少年に向かって手を差し伸べながら、数歩前に出た。

その手を、きんが強く摑んだ。

「どうしたのですか、母上」

問われたかんは、目が覚めたように小さく瞬きをし、砂浜を見直した。

そこには、波が寄せているだけだった。

――幻だったのだろうか。

宿に帰ったかんは、部屋の隅にぼんやりと座って、あの白日夢のような光景を思い出していた。

――いや、幻なんかではない。あの浜には、主様の魂が消えずに残っているのだ。

仁助の言葉が、脳裏に蘇った。

「幼い時から、良雄様は他の家の子らと違い、たいそう厳しく育てられました。仁助は良く知っております。正直、お可哀相に思うこともございましたが、あの日々があったからこそ、良雄様はあれほどの方になられたのです」

良雄の姿を見たことへの戸惑いはあったが、かんの胸には温もりが残っていた。

やがて母娘は行灯を消し、床に就いた。

いつもならすぐに聞こえてくる娘の寝息が、今夜は聞こえない。

「きん、まだ起きているのですか」

「はい」

「母は、あなたに母らしいことができませんでした。程なく、あなたは一人で歩かなくてはなりません。侍の妻がどのようなものであるか、私にはよくわかりません。しかしひとつだけ、母が大切にしている言葉があるので、それを伝えます」

天井を見上げたまま、かんは続けた。

「母はあなたと同じ年頃であった時、家族を次々に亡くし、自分が死ぬということ、親しい誰かと死別するということがひどく怖かったのです。その頃、人が死ぬとはどういうことかと、教えてくれた人がいました。その方がおっしゃるには、〝生きていることは束の間でしかない。死ぬことはしばしのいとまでしかない〟と……」

「生きるは束の間、死ぬはしばしのいとま」

きんがその言葉を繰り返した。

「それを聞いて、生きることの怖さが失せました。それを教えてくださったのが、あなたの父上、大石良雄です」

「はい、母上。有り難うございます」

翌朝早く、母娘は宿を出て、新浜湊へと向かった。空も青く染まる気配だった。まさに海路日和である。

白い帆を張ると、船は滑るように西へ向かって進み始めた。

振り向けば、赤穂城は朝の陽差しに輝いていた。

娘は一心に西を見ている。
かんは、娘のその姿が眩しかった。

〈完〉

解説

池上冬樹（文芸評論家）

本書を読む前に、たまたま繙いていたある随筆集に、こんな一節があった。「過去は収穫の終った畑のように見えるから、追憶や思い出にこだわることを不健康のしるしのように言う人がいるが、私はそう考えない。過去は生きかえり動くものだし、無益に見えた日が時をへて、突然、実を結んでかえってくることもある」（森内俊雄『掌の地図』＝潮出版社所収「日の結び」）と。同じ作者の自伝的な回顧録（『道の向こうの道』新潮社）では「過去というのものは、思い出すかぎりにおいて現在である」（大森荘蔵）という言葉も引かれていた。

この場合の過去とは個人的な過去であるが、過去の歴史と捉えても間違いではないだろう。資料をあさり、調べれば、過去は生きかえり、動き出すものなのである。

伊集院静は「歴史を学ぶことは、自分を見ることである。（略）生きるということは歴史の中に立っていることなのだ」（『不運と思うな。大人の流儀6』＝講談社所収「見えないもの」）と述べているが、歴史の中に立つとは、過去と現在と未来を見すえた地点にいるということだろう。現在に召還された過去を生きながら、自分たちはいかに生きるべきなのか考えることなのである。

そして本書はまさにそれを考えさせる小説である。生きるとは何なのか問いかける力強くも美しい小説である。

本書は、『いとまの雪　新説忠臣蔵・ひとりの家老の生涯』（KADOKAWA）の文庫化であり、光文社文庫収録にあたり、『48KNIGHTS（フォーティーエイト・ナイツ）もうひとつの忠臣蔵』に改題した。

その改題については、前書きで簡単に触れられているように、「忠臣蔵」というチームによるリベンジストーリーを、「若い人の大半が知らぬことがわかった」からである。歴史的な事実も、仇討という行為さえも知らない。しかしイギリス人、フランス人、アメリカ人（特に東海岸の）の間では、「この忠臣蔵を世界一の騎士道にそっくりのストーリー」として賞賛する声があるし、「アーサー王以前の騎士道精神（王のための死）を好む人々は歴然と存在し、『忠臣蔵こそが世界一の騎士道の物語だ』と絶讃するほど」。それならば「世界に誇る日本の騎士道を若い人にも注目してもらおうと、これまで四十七人の騎士を、私流忠臣蔵のあらたな重要人物の登場で、〝48KNIGHTS〟とタイトルを新しくして挑んでみることにした」というのである。

騎士道精神云々を突飛に思う人もいるかもしれないが、忠臣蔵が騎士道の物語として注目されていることは、キアヌ・リーヴス&真田広之主演で『47RONIN』(二〇一三年。監督カール・リンシュ)として映画化された事実で充分だろう。忠臣蔵をモチーフにしつつ大胆に脚色して、なおかつファンタジー&アクションに昇華されていて、だいぶオリジナルとはかけはなれているけれど、ハリウッドが映画化するだけの普遍的な物語性を含んでいる。二〇二二年には、続篇『47Ronin —ザ・ブレイド—』も、アメリカでNetflixオリジナル映画とし公開された。なお、紹介が前後するが、映画史的には、溝口健二監督の『元禄忠臣蔵 前編・後編』(一九四一年、四二年)が『The47Ronin』として海外で公開され、高い評価を受けていることも記しておく。

さて、若い人に馴染がなくても、忠臣蔵といえば、長い間、日本人に愛されてきた物語である。時代小説の作家たちの多くが自分なりの忠臣蔵を書いてきたし、テレビ化、映画化、演劇化もさかんに行われてきた。十二月になると忠臣蔵がテレビでドラマ化されたり、テレビの名作劇場で忠臣蔵関係の映画が放映されたりと、長年ある種の風物詩のイメージがあったのだが、時代劇人気の衰退もあってか、近年すっかり影をひそめてしまった。

それでも中高年の読者層にとっては、慣れ親しんできた物語である。主君の仇討のために二年近く周到な準備をして、四十七人の浪士が討ち入りして敵(かたき)の首をとる物語は、復讐譚(リベンジストーリー)であり、忠義に殉じた者たちの散りゆく者の美学、または抑圧された者たちによる強力な体制への革命意志ともとれる。日本人が好きな判官贔屓(悲劇的な主人公への肩入れ)、みなが愛してやまない勧善懲悪的な物語でもあり、大衆によって長いあいだ支持されてきた。

本書は、従来の忠臣蔵の物語におけるカタルシスをもちつつも、四十七にプラスされる浪士はいったい誰で、どのような背景があるかの興味も強く抱かせる内容であるが、冒頭に書いたように、生き方を問いかけるメッセージが随所に織り込まれている。

まず、物語は、「忠臣蔵」の発端となる赤穂事件の十七年前から語られる。江戸城中では七度の刃傷事件が起きているが、赤穂事件の前の三番目の城内での刃傷沙汰から始まる。

貞享元年(一六八四)八月、第五代将軍綱吉の謁見当日、若年寄の稲葉石見守正休が、大老の堀田正俊に切りつけ、のちに正俊は死亡する事件が起きる。石見守は、刃傷の現場で老中たちに刺殺された。刃傷沙汰の原因究明もなされず、その場で成敗されたことに不穏な気配があった。

たまたま江戸にいて、病床にある師の山鹿素行を見舞っていた赤穂藩の若き筆頭家老・大石内蔵助良雄は、事件を知り、師に託された書状を石見守の屋敷に届けにいくが、そこで水戸光圀公と遭遇する。短慮な行動だった。赤穂藩家老が、謀反人同然の扱いを受けている大名の弔問にいった。その者を綱吉の後ろ楯である光圀が見つけて誅殺してもおかしくなかった。自分の命だけではなく、赤穂藩までを危険にさらした行為だったが、何とか難を逃れる。光圀は「あの面容は、信義のためなら東照大権現にも弓を引くほどの胆を持っておる」(25頁)というのだが、後の元禄赤穂事件の指導者、大石内蔵助良雄の覚悟を言い当てた場面でもある。

主人公は、大石良雄。この時、二十六歳。興趣をそぐので詳しくは書かないが、さきほど触れた赤穂事件、つまり元禄十四年(一七〇一)江戸城・松の大廊下で、播磨赤穂藩藩主の浅野内匠頭長矩が高家の吉良上野介義央に斬りつけ切腹に処せられた事件は、本書の半ばの第六章「騒乱の春」に出てくる(なぜ刃傷沙汰になったのかは第五章「ふたつの多寡」で詳しく触れられる)。義央は一命を取り留めたが、五代将軍綱吉と側用人をつとめる柳沢吉保の思惑で、長矩はすぐさま切腹させられ、赤穂藩は改易となる。この裁定に赤穂藩は大きく揺れ、籠城派と再興派が激しく対立することになる。やがて浅野大学長広をたててのお家再興へと向かうのだが、良雄はひそかにある決意をかためていた。

この小説をリアリスティックなものにしているのは、度重なる自然災害で財政難におちいっていた幕府が、虎視眈々と改易すべき藩に狙いをつけて、あわよくば除封を計画していたということだろう。著者は「特に綱吉の時代は大名家取潰しが多かった。要は財政に窮した幕府が問題のある藩を改易に追い込んで利権ごと召し上げた。その不穏さを察知する憶病者を私は書きたかった。つまり〈弱虫、泣き虫、竹太郎〉です」とインタヴューで語っているが（「週刊ポスト」ポスト・ブック・レビュー／「日本で最も有名な復讐劇を、新しい視点で描いた大作」より。以下同じ）、除封にあう松山藩の話など忠臣蔵ではさほど重視されていないのに頁をさくのは、「弱虫、泣き虫、竹太郎」といわれた良雄に、改易にともない武士たちが籠城して抵抗するのかどうかという問題を前もって目撃させるためである。「怖いという気持ちを常に持つことが大切なのです」（29頁）という言葉が出てくるが、おそれがあるからこそ、あらゆることを想定して備えることができるということだろう。お家再興を願いつつも、一方で、それがかなわないときを考えて、次善の策を次々に打ち出していく。

そのときに対立するのが、藩の財政を長年管理している大野九郎兵衛である。大野は無駄な金の支出を断る緊縮の鬼で、何かと良雄と方針でもめる。徹底した実利主義の男は、城明け渡し前の総評議の際、籠城派にも、明け渡しの後に切腹するという派にも与さず、神文に署名することなく席を蹴って出ていき、逐電した。そのために以来、赤穂浪士の間では不忠者として忌み嫌われたのだが、この小説が迫力あるものになっているのは、良雄と大野の対峙であり、議論だろう。大野には大野なりの純粋な忠誠心があるからで、組織を守る上での異なる意見のぶつかりあいは危機管理論として興味深いし、理想と現実の中で浪士たちをいかに導いていくのかというリーダー論としても面白い。そこにあるのは過去の体験からの学びであり（収城使として松山藩の改易に携わったことが大きい）、様々な人との出会いと気づきである。

忠臣蔵に詳しい人ならば、堀部安兵衛をはじめとする赤穂浪士たちの挿話も繰り出されてきて愉快だし（とくに赤穂浪士の花形、堀部安兵衛の登場する場面は賑やかで稚気にあふれ潑剌としている）、視点人物となることは少ないものの、有能だが俗物ぶりが際だつ吉良、冷酷無情な柳沢吉保なども憎々しさが際立って昂奮をかきたててくれるだろう。

だが、いちばん印象的なのは良雄の生活を彩る女性たちだろう。妻の理玖や愛妾のかんが控えめながら凜とした立ち居振る舞いで、逆に良雄の抑制された心情を映し出す。良雄が語る鳥や花や木の場面や挿話が胸に残るのは、いずれ訪れる死に縁取られているからでもある。

「死は、今この刻にも大勢の身の上に訪れている。（略）死は生のすぐ傍にあるのを忘れず、決して取り乱すな。（略）死による別離は、しばしのいとまでしかない」（381頁）

この原稿のはじめで、力強くも美しいといったのは、「死は生のすぐ傍にある」ことを教えてくれるからである。しかも決して悲しむことではなく、生きる摂理として存在することを静かに、劇的な物語を通して訴えている。

忠臣蔵の物語なので、武士として義に生き死ぬことを捉えているけれど、ここで語られるのは、もっと根源的な生きることの難しさ、辛さ、悲しさだろう。元禄の世の武士たちの命を懸けた復讐劇と精神、それを見守る家族たちの思いは、大震災にたびたび見舞われ、格差による貧困や理不尽な政治で生きづらい思いをする現代人（とくに若者）と通じるものがあり、現代を生き抜くうえでの示唆がいくつも感じとれるはずである。

実際作者は「元禄と今は似てるんです」と語っている。「武家社会や政治が行き詰まり、金に精神まで侵された連中が元々人から盗んだ富を奪い合う一方、自分がどう生きていいのか、めざす姿が見つからなくて、特に若い人が困っている」と述べている。

冒頭で僕は、「過去は生きかえり、動き出すものなのである」と書いたが、忠臣蔵的には、もうひとりの浪士の存在をしかと書き加えたことだろう。四十七ではなく、四十八の浪士（騎士）である。「世の中には、表から見ただけではわからぬ、思わぬからくりが隠れておるものなのだ」（542頁）と当該の人物が語っているけれど、この言葉はもうひとつ、何故かくも忠臣蔵が広く詳しく語られ続けたのかという〝真相〟にもあてはまる。大石良雄が残した〝からくり〟があったのである。それは本書を読んだ人ならわかるだろう（おもわずニヤリとする心憎い解釈だ）。

ともかく、とても歴史時代小説にはじめて挑んだとは思えないほど充実した、実に読み所の多い秀作である。伊集院静の歴史時代小説をもっと読みたくなるのは、僕だけではないだろう。

二〇二〇年十二月　ＫＡＤＯＫＡＷＡ刊『いとまの雪　上・下』改題

光文社文庫

48 KNIGHTS（フォーティーエイト・ナイツ）　もうひとつの忠臣蔵（ちゅうしんぐら）

著者　伊集院静（いじゅういんしずか）

2023年4月20日　初版1刷発行

発行者　三宅貴久
印刷　堀内印刷
製本　榎本製本

発行所　株式会社　光文社
〒112-8011　東京都文京区音羽1-16-6
電話（03）5395-8149　編集部
8116　書籍販売部
8125　業務部

落丁本・乱丁本は業務部にご連絡くだされば、お取替えいたします。

ISBN978-4-334-79526-9　Printed in Japan

組版　萩原印刷

光文社文庫　好評既刊

白い陥穽　鮎川哲也
竜王氏の不吉な旅　鮎川哲也
マーキュリーの靴　鮎川哲也
写真への旅　荒木経惟
白い兎が逃げる　有栖川有栖
妃は船を沈める　有栖川有栖
長い廊下がある家　有栖川有栖
ぼくたちはきっとすごい大人になる　有吉玉青
SCS ストーカー犯罪対策室（上・下）　五十嵐貴久
PIT 特殊心理捜査班・水無月玲　五十嵐貴久
黄土の奔流　生島治郎
火星に住むつもりかい？　伊坂幸太郎
死刑囚メグミ　石井光太
よりみち酒場 灯火亭　石川渓月
おもいでの味　石川渓月
夕やけの味　石川渓月
結婚の味　石川渓月

小鳥冬馬の心像　石川智健
断罪　石川智健
月の扉　石持浅海
心臓と左手　石持浅海
玩具店の英雄　石持浅海
二歩前を歩く　石持浅海
パレードの明暗　石持浅海
鎮憎師　石持浅海
不老虫　石持浅海
志賀越みち　伊集院静
女の絶望　伊藤比呂美
人生おろおろ　伊藤比呂美
セント・メリーのリボン 新装版　稲見一良
心音　乾ルカ
ぞぞのむこ　井上宮
珈琲城のキネマと事件　井上雅彦
ダーク・ロマンス　井上雅彦監修